DUMONT

Sharon Gosling

LIGHTHOUSE BOOKSHOP

Roman

Aus dem Englischen
von Sibylle Schmidt

DUMONT

Von Sharon Gosling ist bei DuMont außerdem erschienen:
Fishergirl's Luck

FSC www.fsc.org
MIX
Papier | Fördert gute Waldnutzung
FSC® C083411

Das bei der Produktion dieses Buches entstandene CO_2 wurde durch die Finanzierung von Klimaschutzprojekten kompensiert:
climate-id.com/17531-2110-1001/de

2. Auflage 2023
DuMont Buchverlag, Köln

Die englische Originalausgabe erschien 2022 unter dem Titel ›The Lighthouse Bookshop‹ bei Simon & Schuster UK Ltd, London

Übersetzung: Sibylle Schmidt
Umschlaggestaltung: Lübbeke Naumann Thoben, Köln
Umschlagabbildung: © Haley Tippmann
Satz: Angelika Kudella, Köln
Gesetzt aus der Meridien
Druck und Verarbeitung: CPI books GmbH, Leck
Gedruckt auf säurefreiem und chlorfrei gebleichtem Papier
Printed in Germany
ISBN 978-3-8321-6666-3

www.dumont-buchverlag.de

Für Adam, wegen der Bücher.

Prolog

Der Brief traf an einem Donnerstag ein, verborgen in einem Umschlag, der so unauffällig wirkte, dass Rachel ihn nichtsahnend öffnete. Als sie den Brief herausnahm, stellte sie fest, dass er ziemlich mitgenommen aussah, als hätte er eine lange Reise mit vielen Umwegen hinter sich.

Sie legte ihn auf die Verkaufstheke, starrte auf Namen und Adresse im Sichtfenster und hatte dabei das unangenehme Gefühl, rasend schnell aus höchster Höhe abzustürzen. In nur einer Sekunde lösten sich all die Jahre in Luft auf, die zwischen diesen fünf Zeilen und Rachels jetzigem Leben lagen, zwischen der Person, die sie früher einmal gewesen war, und der von heute. Sie hörte nur noch ihren holpernden Herzschlag, als ihre Fingerspitzen diesen Namen berührten, der die Macht hatte, ihr Leben zu zerstören.

Dem verschlossenen Brief lag ein zusammengefaltetes Blatt bei. Erst nach einiger Zeit fand Rachel den Mut, es zu öffnen, und nachdem sie eine Weile wie blind auf die schnörkelige Handschrift gestarrt hatte, begann sie zu lesen.

Als Erstes: Bitte mach dir keine Sorgen! Er ist weggezogen und hat keine Ahnung, dass ich den Brief an mich genommen habe. Der alten Mrs Meadows hat er gesagt,

er würde zum Arbeiten ins Ausland gehen und nicht mehr wiederkommen. Ich weiß natürlich nicht, ob das stimmt, aber andererseits: Warum sollte er sie anlügen? Er hatte etliche schwarze Abfallsäcke vor die Tür gestellt. Die Möwen sind darüber hergefallen, und als ich den auf der Straße verstreuten Müll aufgesammelt habe, fiel mir dieser Brief in die Hände. Ich habe ihn nicht geöffnet, wollte ihn dir aber zur Sicherheit schicken. Warum, weiß ich selbst nicht so genau. Ich hatte einfach das Gefühl, wenn so ein Mann etwas wegwirft, sollte man es sich besser noch mal anschauen.
Ich hoffe sehr, dass es dir gut geht. Ich denke oft an dich und wünschte, wir hätten die Gelegenheit gehabt, uns näher kennenzulernen. Oder könnten uns jetzt noch kennenlernen, aber ich vermute, das wäre schwierig für dich, weil du dann ständig an ihn denken müsstest. Ich freue mich jedenfalls, dass du ein neues Zuhause gefunden hast, und danke dir sehr, dass du mir davon berichtet hast.
Ich hoffe auch, dass du Freunde und vielleicht eine neue Liebe gefunden hast und dass dir ein richtiger Neuanfang gelungen ist.
Fühl dich bitte nicht gedrängt zu antworten.
Alles Liebe
A.

Rachel starrte noch einen Moment auf die Zeilen. *Ausland. Nicht mehr wiederkommen.* Dann hob sie den Kopf und schaute zur Tür. Sah vor ihrem inneren Auge, wie er plötzlich durch die Tür des Buchladens trat, und diese imaginierte Szene wirkte so real, dass Rachel der kalte Schweiß ausbrach. Sie zwang sich zur Beherrschung. Viele Jahre waren vergangen, er hatte sie bisher nicht gefunden, und falls es je dazu kommen sollte …

»Alles in Ordnung mit dir?«, hörte sie die vertraute Stimme von Cullen, der wie immer in seinem Lieblingssessel saß.

»Ja, klar«, antwortete Rachel. »Ich habe nur etwas vergessen. Kannst du hier kurz die Stellung halten? Bin gleich wieder da.«

Sie ging mit dem Brief nach oben, ohne zu wissen, was sie damit machen sollte. In ihrer Küche blickte sie hektisch um sich. Es kam ihr vor, als wäre der Brief in ihrer Hand glühend heiß. Doch diese Räume waren so klein, hier konnte man kaum etwas verstecken.

Schließlich zog Rachel eine der Küchenschubladen auf, stopfte den Brief hinein und gelobte sich, ihn zu vergessen.

Es war alles gut. Nur ein Name, der längst vergessen war und keinen Schaden mehr anrichten konnte. Was sollte schon passieren?

1

Toby hatte wieder von seinem Tod geträumt. Schweißgebadet schreckte er hoch und starrte in die Dunkelheit. Es dauerte ein paar Minuten, bis er merkte, dass die Schreie in seinem Kopf mit dem stechenden Schmerz in seinem Bein zu tun hatten. In einem seiner Anfälle von Naivität – die bereits seine Ex-Frau Sylvie zur Raserei getrieben hatten – hatte Toby angenommen, die Todesgeister gemeinsam mit seinem alten Leben hinter sich lassen zu können. Dass das ein großer Irrtum war, wurde ihm nun endgültig klar, als er in dem unbekannten Bett um Atem rang und darauf wartete, dass die mittlerweile vertrauten Schmerzen nachließen.

Garantiert war diese furchtbare Dora McCreedy, der er gestern begegnet war, Ursache der Albträume. Sie war aus dem Haus neben seinem gemieteten Cottage gekommen, als Toby gerade vorfuhr. Offenbar hatte sie das Nachbarhaus besichtigt, auf dessen Rasen ein Zu-verkaufen-Schild stand. »Wunderschöne Gegend, oder?«, sagte Toby im Rausch seines Neuanfangs und fragte dann: »Wollen Sie da einziehen?«, woraufhin sie auf eine derartig herablassende Art lachte, dass Toby sich sofort wünschte, den Mund gehalten zu haben. Dann erklärte McCreedy, ihre Familie gehöre zu den alteingesessensten der Gegend und sie besitze Immobilien in ganz Aberdeenshire.

»Habe aber seit jeher eine Schwäche für Newton Dunbar«, fügte sie hinzu. »Ich komme von hier und will am Ball bleiben. Mit besserer Planung und Investitionen könnte das ein schöner und lebendiger Ort werden.«

»Also, ich finde es jetzt schon herrlich hier«, erwiderte Toby. »Vor allem der Leuchtturm ist so charmant.«

McCreedy blickte zu dem skurrilen Bauwerk hinüber, das auf dem Hügel hinter dem Dorf aufragte, und seufzte dramatisch. »Diese alte Scheußlichkeit! Ich hoffe doch, Sie sind nicht deshalb hierhergekommen.«

»Ich brauche einen ruhigen Ort für ein Arbeitsprojekt«, erklärte Toby, als müsste er sich rechtfertigen, »und Newton Dunbar schien mir dafür gut geeignet zu sein.«

Das löste ein weiteres Lachen aus. »Ja, ruhig ist es hier auf jeden Fall. Was arbeiten Sie denn, Mr ...?«

Inzwischen bereute Toby zutiefst, die Frau überhaupt angesprochen zu haben. Die Unterhaltung jetzt abzubrechen, wäre allerdings extrem unhöflich gewesen.

»Toby Hollingwood«, stellte er sich vor. »Ich bin ... Autor.«

Zu seiner Erleichterung schien McCreedy ihn nicht zu kennen.

»Wenn Sie über den Leuchtturm schreiben wollen«, sagte sie, »werden Sie feststellen, dass er in furchtbarem Zustand ist. Wird allmählich zu einem richtigen Schandfleck. Ist vollgestopft mit altem Gerümpel.«

»Aber ist da nicht ein Antiquariat drin?«

McCreedy ging auf die Frage nicht weiter ein. »Sie kennen die Geschichte, oder? Der Bauherr, James MacDonald, kam bei einem Brand ums Leben.«

»Im Leuchtturm?« Toby schaute unwillkürlich zu dem Gebäude hinüber.

»Nein, nein. Im Herrenhaus, Braecoille. Anfang des neunzehnten Jahrhunderts, kurz nachdem dieser absurde Turm entstanden ist. Seine Frau war verrückt, wissen Sie. Hat das Haus angezündet, und er ist darin verbrannt.«

Toby schauderte unwillkürlich. »Grausige Geschichte.«

»Ja, wahrhaftig«, sagte McCreedy mit dem befriedigten Unterton der Sensationslüsternen. »Die Ruine und das Grundstück gehören mir. Das Gemäuer ist inzwischen überwuchert, aber die Überreste sind immer noch kohlschwarz. Es heißt, man hätte die Flammen meilenweit sehen können und die Frau hätte auf dem Rasen getanzt, während die Villa abbrannte. Perfekter Romanstoff, oder?« Sie lächelte.

Toby fragte sich, ob McCreedy wohl immer noch lächeln würde, wenn sie jemals einen brennenden Menschen gesehen hätte. Er befürchtete, die Frage bejahen zu müssen, worauf die Frau ihm schlagartig noch unsympathischer wurde.

»Über so etwas schreibe ich nicht«, hatte er knapp erwidert.

Dieses Gespräch war bestimmt der Auslöser dafür, dass Toby wieder von Feuer und dem üblichen Horrorgemisch aus Schüssen, Explosionen und Flucht geträumt hatte. Jetzt lag er im Bett und starrte in die Dunkelheit. Es war zwar noch nicht mal fünf, aber Toby wusste aus Erfahrung, dass an Einschlafen nicht mehr zu denken war. Er stand auf, zog

Jogginghose und Pullover an und ging nach unten. Die Stille im Haus war so intensiv, dass sie wie Rauschen in seinen Ohren klang.

In der Küche, die ebenso weiß und minimalistisch gestaltet war wie der Rest des Hauses, trat er an die breite Glastür zu Veranda und Garten und spähte hinaus. Sein Spiegelbild in der Glasscheibe sah aus wie ein Gespenst.

Handlungsunfähigkeit war schon immer Tobys Hauptproblem gewesen. Er wusste oft nicht, was er tun sollte. Oder vielmehr: Er wusste durchaus, was er tun sollte, nur nicht, wie er damit anfangen sollte. Sylvie hatte ihm klargemacht, dass sie seine Memoiren an einen Verlag verkaufen könnte. Dazu musste er sie aber erst einmal verfassen, einen Anfang finden. Als Journalist war Toby daran gewöhnt, Ereignisse zu beschreiben, sie in Zusammenhängen, im Kontext darzustellen. Er hatte allerdings keinen blassen Schimmer, wie er sein eigenes Leben in irgendeinen Kontext setzen und sich selbst anderen Menschen erklären sollte. Wie auch, wenn er sich seit geraumer Zeit nicht einmal mehr selbst verstand.

Was, wann, wo, wie, warum – diese fünf Fragen musste jeder journalistische Text beantworten können, sonst taugte er nichts. Zurzeit konnte Toby nicht einmal die erste Frage beantworten. Sein Kopf war so angefüllt mit den Lebensgeschichten und Ereignissen anderer, die er mit dreihundert, fünfhundert oder auch tausend Wörtern nicht einmal annähernd hatte beschreiben können. Und er befürchtete, dass er diesen Geschichten nicht hatte gerecht werden können, dass er sie nicht mit genügend Mitgefühl dargestellt hatte.

Seines eigenen Spiegelbilds überdrüssig, verließ er das Haus mit seiner Umhängetasche über der Schulter, als wäre er unterwegs zu einem Auftrag. Der Morgen dämmerte allmählich, doch der Himmel war wolkenverhangen. Die Luft roch feucht, es musste vor Kurzem noch geregnet haben. Wenn er Büsche streifte, sprühten ihm Tropfen ins Gesicht.

Das Cottage, das Toby gemietet hatte, befand sich am westlichen Ende der Hauptstraße von Newton Dunbar, die auch die einzige Straße der Ortschaft war, von einigen kurzen Seitenwegen abgesehen. Sie endeten meistens an Feldern oder dem Fluss Dun, der sich durch das Tal an den nördlichen Ausläufern der Cairngorms schlängelte, in dem das Dorf entstanden war. Links und rechts der Ansammlung von Häusern und Geschäften, aus denen Newton Dunbar bestand, erstreckten sich die Bergrücken des Gebirges. In Richtung Westen verlief die Hauptstraße entlang des Flusses bis nach Grantown-on-Spey. Im Osten führte sie über den Fluss, und nach etwa sechzehn Kilometern erreichte man Great Dunbar, Newton Dunbars größeren und etwas städtischeren Cousin. Von dort aus gelangte man zu den Autobahnen nach Aberdeen.

Newton Dunbar war ein abgelegener Ort und weitgehend unbekannt. Als einzige Attraktion des Dorfes galt der Leuchtturm, der gar kein Leuchtturm war. Er stand an der Ostseite des Dorfes auf einem Hügel, an dessen Fuße sich einige Reihenhäuser und ein kleines Pförtnerhaus befanden. Toby hatte gelesen, dass der Turm in der viktorianischen Zeit, in der man Reichtum gerne protzig zur Schau stellte, als Bibliothek für das Anwesen Braecoille entstanden war, dessen Ruine nun vom Wald überwuchert wurde.

Und James MacDonald, der Bauherr, hatte gewiss zu schätzen gewusst, dass man von der Spitze des Turms eine fantastische Aussicht hatte, nicht nur über das gesamte Dorf und das Tal, sondern sogar auf Great Dunbar in der Ferne.

Toby ging so zügig, wie es ihm mit seinem schmerzenden Bein möglich war. Er steuerte aber nicht den Turm des unglückseligen Gutsherren an, sondern das Waldstück auf der anderen Hügelseite. Als Toby dessen Rand erreichte, war es schon hell genug, um in den blauschwarzen Schatten Umrisse von Büschen zu erkennen. Ein hüfthoher Zaun versperrte den Zutritt, und Toby fiel wieder ein, dass McCreedy die Besitzerin dieses Grundstücks war. Da die allerdings weit und breit nicht zu sehen war, kraxelte Toby mühsam über den Zaun, sein widerspenstiges Bein verfluchend.

Für Rachel begann der Tag wie jeder andere damit, dass Eustace ihr lautstark ins Ohr miaute. Sie öffnete die Augen, rollte sich auf den Rücken und blickte zur weiß tapezierten Decke ihres runden Schlafzimmers auf. In den dicken Steinwänden des Turms gab es nur kleine Fenster, und zum wiederholten Mal in den fünf Jahren, in denen sie hier lebte, sann Rachel darüber nach, wie absurd es war, in einem Leuchtturm zu wenig natürliches Licht zu haben.

Auf den Treppenstufen nach unten in die winzige halbmondförmige Küche versuchte Rachel, nicht über den Kater zu stolpern. Eustace gehörte zum Inventar des Leuchtturms, aber deshalb noch lange nicht ihr, da machte sich Rachel keine Illusionen. Er war und blieb der Kater von Cullen MacDonald, genauso wie der Leuchtturm, auch wenn Cullen ihn nicht mehr bewohnte. Als Rachel dem alten

Kater Futter hinstellte und ihn streichelte, fragte sie sich unwillkürlich, wie lange er – und auch sein Besitzer – die vielen Treppenstufen des Turms wohl noch bewältigen könnten.

Später stieg Rachel die Wendeltreppe zum Buchladen hinunter, begleitet von Eustace. Am Fuß der Treppe befand sich eine schwere Holztür, durch die man aufs Halbgeschoss hinaustrat. Die schmiedeeiserne Treppe nach unten zum Buchladen verlief entlang der runden Wände. Seit sie das Antiquariat betrieb, hatte Rachel immer wieder mit Cullen darüber debattiert: Wenn doch der Turm von Anfang an als Bibliothek geplant war, wieso hatte der Architekt die Wendeltreppe nicht in der Mitte des Raums fortgeführt? Dann hätte man die ohnehin unpraktischen runden Wände zumindest für Regale nutzen können, was bei dem notorischen Platzmangel sehr willkommen gewesen wäre.

Cullen war für Umbauten in dem Turm jedenfalls gar nicht zu haben. Vor sechzig Jahren war er hier eingezogen, und auch damals hatte er so wenig wie möglich in dem höhlenartigen Raum verändert, in dem seine heiß geliebten Bücher untergebracht waren. Die Liebe zum Buch war bei Cullen zweifellos über Generationen vererbt worden. Allerdings waren die Finanzmittel, die man brauchte, um in einem derart sonderbaren Gebäude seiner Leidenschaft für Literatur nachzugehen, leider kein Teil des Erbes gewesen.

Lediglich zwei Veränderungen hatte Cullen gestattet: den Einbau der winzigen Toilette im Erdgeschoss und der halbkreisförmigen Verkaufstheke mit zahllosen Schubladen und Fächern, in denen sich im Laufe der Jahre allerhand angesammelt hatte, Wichtiges wie längst Vergessenes. Dazu zählten unter anderem die Kasse, ein Wust von Rechnungen, ein Laptop, der in Computerjahren etwa so alt war wie der Leuchtturm, sowie Wasserkocher, Tee und Kaffee, Toaster, Brotkasten und eine gläserne Kuchenglocke mit Fuß.

Gleich hinter der Theke befand sich der Ofen, der in einem Gebäude, dessen Steinwände dick genug waren, um Sturmfluten der Nordsee zu widerstehen, das ganze Jahr über in Betrieb war. Dabei spielte es keine Rolle, dass sich in der Nähe dieses Leuchtturms lediglich ein Fluss befand und das Meer kilometerweit entfernt war.

Der kurze Abstand zwischen Theke und Holzofen wäre ideal gewesen, hätte Bukowski es sich nicht gerne daneben gemütlich gemacht. Das führte nicht selten dazu, dass Rachel über den Hund stolperte und um ein Haar auf ihrem Gesäß landete. Sie dachte oft, dass der Schriftsteller, nach dem der Collie benannt war, wohl seine helle Freude daran gehabt hätte.

Als Rachel den Ofen anfeuerte, hörte sie, wie sich ein schwerer Eisenschlüssel im Schloss der bogenförmigen Eingangstür drehte, bevor sie langsam aufging. Rachel legte die Streichhölzer beiseite, machte einen Riesenschritt über den gegenwärtig nicht vorhandenen Hund hinweg, lavierte sich an den zwei Sesseln und dem kleinen Tisch mit Schachbrett neben der Theke vorbei und eilte zur Tür, während sie auf die Uhr schaute. Es war noch nicht einmal halb neun.

Die gebückte weißhaarige Gestalt von Cullen MacDonald erschien im Türrahmen, vor dem Hintergrund eines düsteren blauschwarzen Himmels und von stürmischem Wind gepeitschten Bäumen.

»Was machst du denn schon so früh hier?«, fragte Rachel

und nahm Cullen den Korb ab, den er über einem Arm trug. »Ich dachte, du wolltest ausschlafen.«

»Hab ich ja«, erwiderte ihr Vermieter und Arbeitgeber munter, während er Regentropfen aus seinem dünnen Haar schüttelte. »Bin um halb sieben statt um sechs aufgestanden.«

Der Korb, der mit einem blütenweißen Geschirrtuch abgedeckt war und einen betörenden Duft nach buttrigem Gebäck verströmte, erinnerte Rachel an Illustrationen in Märchenbüchern.

Cullen ließ sich in seinem olivgrünen Samtsessel mit den abgewetzten Armlehnen und dem gelben zerdrückten Kissen nieder. Wie aus dem Nichts erschien Eustace, sprang auf den Schoß des alten Mannes, vollführte eine Drehung und rollte sich ein, behaglich schnurrend, weil alles seinen üblichen Gang ging.

»Ist nur Shortbread«, erklärte Cullen, als Rachel an der Theke den Korb aufdeckte. »Dachte, ich mach mir heute mal wenig Arbeit.«

Rachel lächelte, während sie die Kuchenglocke unter der Theke hervornahm und die Kekse hineinlegte. »Kommst du inzwischen gut mit dem Herd zurecht?«

»Wird jedenfalls besser«, antwortete Cullen. »Auch wenn ich immer noch nicht kapiere, wieso man so viele Piep- und Klingeltöne an einem Gerät braucht, mit dem man lediglich Essen zubereiten will. Das Ding sieht doch aus, als könnte es im Alleingang zum Mars und wieder zurück fliegen.«

Nachdem das Shortbread verstaut war, widmete Rachel sich ihrer gemeinsamen täglichen Morgenroutine, der Zubereitung von Kaffee und Toast. Als sie nach Newton Dunbar gekommen war, hatte Cullen noch im Leuchtturm gewohnt. Doch der Nachfahre der Familie MacDonald war in seinem siebten Lebensjahrzehnt angekommen, und damals hatte sich schon abgezeichnet, dass er mit den baulichen Eigenarten des Turms nicht mehr gut zurechtkam. Die Treppen waren für Cullen kaum noch zu bewältigen gewesen, und so war er in das Pförtnerhaus am Fuße des Hügels gezogen, das zum Familienanwesen gehörte und seit Jahren leer stand. Geld für eine vollständige Renovierung war nicht vorhanden, außerdem wollte Cullen auch dieses Häuschen nicht wesentlich verändern. Er hatte aber eingesehen, dass zumindest eine neue Küche und ein neues Bad vonnöten waren.

»Wir haben einen Gast im Dorf«, verkündete Cullen kurz darauf, während er sich den heißen Toast mit Butter schmecken ließ. »Ezra hat gestern im Pub von ihm erzählt.«

»Ich hoffe, du warst artig«, sagte Rachel, während sie den Inhalt der Kasse überprüfte. »Du weißt ja, was der Arzt gesagt hat.«

»Gab Shepherd's Pie gestern«, erwiderte Cullen, was eher ein Ablenkungsmanöver als eine Antwort war. »Dieser Typ scheint offenbar Interesse am Leuchtturm zu haben. Deshalb ist er überhaupt nach Newton Dunbar gekommen. Er schreibt ein Buch.«

Rachel lief es kalt den Rücken hinunter. »Was? Über den Buchladen? Über *uns*?«

Cullen verputzte den Rest seines Toasts. »Glaube ich eher nicht. Was soll es da zu erzählen geben?«

Dennoch konnte Rachel ihr Unbehagen nicht abschütteln. »Hast du den Mann kennengelernt? War er gestern Abend im Pub?«, fragte sie.

»Nee, Ezra hatte es von Ron gehört, und der von Stanley, und der hatte es direkt von Dora McCreedy, die gerade aus dem Featherly-Haus kam, als der Mann eintraf. Sie hat das Haus übrigens schon gekauft, obwohl es gerade mal einen Tag auf dem Markt war. Das ist schon die dritte Immobilie, die sie sich dieses Jahr unter den Nagel gerissen hat, oder? Scheint das gesamte Dorf aufkaufen zu wollen. Na, jedenfalls fing der Mann an, Kartons auszuladen, und die beiden kamen ins Gespräch.«

»Hm«, machte Rachel, während sie versuchte, den antiquierten Laptop zum Starten zu bewegen. »Na, jedenfalls muss einem der Bursche leidtun. Wen McCreedy sich krallt, der hat keine ruhige Minute mehr.«

Cullen gab sein typisches keckerndes Lachen von sich. Rachel hatte unwillkürlich mitlachen müssen, als sie es zum ersten Mal gehört hatte, obwohl sie damals seit einer Ewigkeit nicht mehr gelacht hatte. Auch jetzt musste sie grinsen.

»Könnte aber von Vorteil für uns sein, oder nicht?«, bemerkte Cullen. »Ein Autor kauft doch bestimmt Bücher. Und einen neuen Stammkunden könnten wir gut gebrauchen, auch wenn er vielleicht nicht lange bleibt.«

»Dem kann ich nicht widersprechen«, pflichtete Rachel dem alten Mann bei. Abgesehen von Touristen und einer kleinen Stammkundschaft verirrten sich selten leseinteressierte Menschen in den Laden. Der Leuchtturm gehörte Cullen, und Rachels Lohn war niedrig, weil sie umsonst hier wohnen konnte. Aber sie hatten auch Ausgaben, und an manchen Tagen verkaufte sie kaum mehr als die Postkarten von den wunderschönen Holzschnitten vom Leuchtturm, die von der Künstlerin Edie Strang angefertigt wurden.

Rachel legte eigentlich keinen Wert auf neue Besucher im Laden – ganz besonders nicht auf solche, die Newton Dunbar »endlich mal weithin bekannt machen« würden, wie Dora McCreedy ständig verlangte. Aber Rechnungen mussten nun mal bezahlt werden.

Obwohl es inzwischen hell geworden war, blieb Tobys Suche nach der Ruine des Herrenhauses vergeblich. Eigentlich hätte ihn diese Eigenschaft des Universums, Anzeichen von Tragödien spurlos verschwinden zu lassen, nicht wundern sollen. Er müsste sich längst daran gewöhnt haben, weil er nur allzu gut wusste, wie schnell die Wahrheit einer Reportage nach ihrer Veröffentlichung in Vergessenheit geriet. Aber er hatte das tatsächlich nie akzeptieren können, nicht einmal nach zwanzig Jahren Berufsleben.

Nachdem er über eine Baumwurzel stolperte, stürzte und sich danach wegen der Schmerzen im Bein minutenlang nicht rühren konnte, gab er die Suche schließlich auf und machte sich auf den Rückweg.

Als Toby aus dem Wäldchen trat, begann es erneut zu regnen. Er fühlte sich erschöpft und bleischwer. Nach Jahren mühseliger Reisen, Jetlag, Schlafmangel und anstrengender Arbeit war er mit dieser Form von Müdigkeit vertraut. Er sehnte sich nach Kaffee, wusste aber nicht mehr, ob er welchen mitgebracht hatte. Auf dem Weg zu seinem Cottage bemerkte er, dass oben im Leuchtturm gelbes Licht durch die schmalen Fensterschlitze fiel. War der Buchladen etwa schon geöffnet? Toby machte sich auf den Weg, um es herauszufinden.

Als die Tür erneut knarrend aufging, rechnete Rachel mit Ron und Bukowski. Doch stattdessen erschien ein ihr unbekannter Mann. Er war sehr groß und hielt sich ein wenig gebückt, als fürchtete er, seine Körpergröße könnte einschüchternd wirken. Sein Gesicht erinnerte Rachel an Werke ihrer Künstlerfreundin Edie: kantige, gerade Linien und interessante Schatten wie bei einer ausdrucksstarken Skulptur. Rachel schätzte ihn auf Mitte vierzig, sein dunkles Haar war schon grau meliert. Er hatte markante Wangenknochen und sonnengebräunte Haut und wirkte auf Rachel wie jemand, der immer ein sehr aktives Leben geführt hatte. Als er den Kopf schräg legte und ein leicht schiefes Lächeln auf sein Gesicht trat, erschienen Fältchen in seinen Augenwinkeln. Auf Haar und Schultern glitzerten Regentropfen.

»Hi«, sagte der Mann. »Ist der Laden schon geöffnet? Ich habe einen frühen Morgenspaziergang gemacht und weiß nicht, wie spät es ist.«

Rachel warf einen Blick auf die Wanduhr. »Es ist kurz vor neun«, sagte sie. »Eigentlich machen wir erst um halb zehn auf, aber kommen Sie ruhig rein.«

Das Lächeln wurde breiter, und der Mann schloss die Tür hinter sich. Über der Schulter trug er eine abgenutzte Ledertasche, die etwa so alt zu sein schien wie der Laptop, den Rachel noch immer zum Leben zu erwecken versuchte. Die Hosenbeine des Mannes sahen nass aus, als wäre er durch Unterholz gestapft, und auf einem Knie war ein Schlammfleck, den Rachel rührender fand, als ihr lieb war.

»Wir können einen frischen Kaffee anbieten, falls Sie mögen«, verkündete Cullen, der sich jetzt in seinem Sessel vorbeugte, um den Neuankömmling zu beäugen.

»Oh«, sagte der Fremde überrascht. »Das ist sehr nett, vielen Dank. Ein Kaffee wäre absolut wunderbar.«

Cullen machte Anstalten, sich zu erheben, aber Rachel bedeutete ihm, sitzen zu bleiben, und förderte aus einem der Thekenfächer einen weiteren Becher zutage. Als der Mann näher kam, sah sie, dass er links stark hinkte, wodurch ihm die Tasche bei jedem Schritt gegen die Hüfte schlug. Später dachte Rachel immer wieder daran, dass dies ihr allererster Eindruck von Toby gewesen war: ein Mann, der sie an ein robustes Schiff mit beschädigter Takelage erinnerte, das kühn und unerschrocken auf den Weltmeeren unterwegs war.

Tobys erste Reaktion auf das Innenleben des Leuchtturms war Erstaunen. Er hatte Dora McCreedys Beschreibung nicht hinterfragt – ein verheerender Fehler, sich als Journalist auf eine einzige Quelle zu verlassen – und hatte sich einen schäbigen, muffigen Raum vorgestellt. Stattdessen war es in dem Turm wohlig warm und duftete so süß wie in der Küche seiner Großmutter an einem Sonntagnachmittag. Und im nächsten Augenblick wurde er von einer freundlichen Frau am Tresen hereingebeten und bekam von einem alten Mann, der aus einem Sessel hervorspähte, Kaffee angeboten, als wären die beiden Flaschengeister, die alle Wünsche erhörten.

»Sie sind ja zeitig auf den Beinen«, bemerkte der Alte, während Toby sich zwischen Bücherkisten zur Theke durchlavierte. »Und das auch noch bei Regen.«

»Ich bin gerne frühmorgens unterwegs«, erwiderte Toby, »und als ich losging, hat es noch nicht geregnet. Ich vergesse manchmal, dass ich nicht mehr so schnell bin wie früher. Rasch zurücklaufen, um was zu holen, ist nicht mehr.«

Der Alte gluckste, und erst jetzt sah Toby den großen getigerten Kater auf seinem Schoß. »Kann ich nachfühlen.«

Toby bemerkte, dass die Frau einen Blick auf seine Beine warf, aber sie sagte nichts, sondern reichte ihm nur mit einem kleinen Lächeln den Kaffeebecher. Um Toby ins Gesicht zu schauen, musste sie den Kopf heben. Ihre wasserhellen Augen standen in eigenartigem Kontrast zu ihrem kurzen dunklen Haar, und alles an ihr erschien Toby zierlich und fein. Als Journalist war er den Tatsachen verpflichtet und verlor sich eher selten in Fantasien, aber angesichts dieser Frau kamen ihm die Worte *bezaubernd* und *elfenhaft* in den Sinn. Sie hätte gut in den Wald gepasst, den er gerade erkundet hatte. Toby mochte die stille Ernsthaftigkeit in ihrem Gesicht, die ihn auch eine gewisse unirdische Weisheit erahnen ließ. Gekleidet war die Frau jedoch sehr irdisch mit einer weich fallenden weißen Bluse, einer übergroßen blauen Strickjacke, engen Jeans und braunen Stiefeletten mit Knopf am Knöchel. All diese Details registrierte Toby, aber ihr Alter konnte er beim besten Willen nicht schätzen.

»Suchen Sie nach etwas Bestimmtem?«, fragte sie, als er sich Shortbread von dem dargebotenen Teller nahm.

Toby schüttelte den Kopf. »Eigentlich nicht. Ich wollte mir den Laden nur mal anschauen.«

Die Frau lächelte und wandte sich ab. Er hatte den Eindruck, dass sie so etwas öfter zu hören bekam.

»Es sei denn, Sie haben Bücher über diesen Ort hier«, fügte er rasch hinzu, um nicht wie ein beliebiger Tourist zu wirken, obwohl er natürlich genau das war. »Den Leuchtturm, meine ich – wann und warum er erbaut wurde, Material über den Architekten, solche Sachen.«

»Damit kann ich nicht dienen, fürchte ich.«

»Wäre aber auch ein verdammt dünnes Bändchen«, warf der Alte ein. »Die Geschichte vom Turm lässt sich auf einer Seite abhandeln. Etwa so: 1812 beschloss der hiesige Grundbesitzer James MacDonald jede Menge Geld aus seinem beträchtlichen Vermögen in den Plan und Bau eines Leuchtturms auf einem Hügel am Rande des Dorfes New Dunbar zu investieren. Er benannte den Turm nach sich selbst, wie derlei Männer es zu tun pflegen, und brachte seine private Bibliothek darin unter. Heutzutage beherbergt der Leuchtturm ein Antiquariat. Ende der Geschichte.« Der Alte blickte mit verschmitzter Miene zu Toby auf. »Jedenfalls nicht genug, um ein Buch darüber zu schreiben, so viel steht fest.«

Toby grinste. »Aha. Bin ich hier im Ort bereits bekannt, oder wie ist das?«

Der Alte schmunzelte. »Wenn Sie der Bursche sind, der nach Newton Dunbar gekommen ist, um ein Buch zu schreiben, dann ja.« Er streckte Toby eine knochige Hand hin. »Cullen MacDonald.«

»Toby Hollingwood.« Er drückte die dargebotene Hand. »Stammen Sie aus der MacDonald-Familie, die den Turm erbaut hat?«

»So sieht's aus.«

Toby wollte sich gerade erkundigen, welche von Dora McCreedys Äußerungen der Wahrheit entsprachen, als hinter ihm ein Tumult entstand. Die Eingangstür wurde aufgerissen, und als Toby sich umdrehte, sah er einen kleinen untersetzten Mann, der sich mit theatralisch ausgebreiteten Armen seitlich durch den Türrahmen drängte, um einen zottigen triefnassen Collie hereinzulassen.

»Nein, nein, nein!«, schrie die Frau und kam hinter dem Tresen hervorgeschossen, wobei sie vor dem Ofen einen merkwürdigen kleinen Hopser machte. »Raus mit dir! Erst schütteln!«

Der Neuankömmling wandte sich zur Tür, als wollte er wieder gehen. Das galt jedoch nicht für den Collie, der mit hängender Zunge und freudigem Hundegrinsen Richtung Theke trabte. Der Kater auf Cullen MacDonalds Schoß hob den Kopf und beobachtete die Szene mit argwöhnisch verkniffenen Augen.

»Ron!«, kreischte die Frau, schnappte den Hund am Halsband und zerrte ihn zur Tür. »Bukowski! Er ist klatschnass, er muss sich erst *draußen* schütteln, bevor du ihn reinbringst!«

»Ach ja!«, dröhnte der Mann. »Hab kurz gedacht, du meinst mich. Na klar. Komm, mein Junge, hopphopp, raus mit dir!«

Der Collie wurde nach draußen gescheucht, und die Frau stand an der angelehnten Tür Wache, während von draußen »Na, jetzt schüttel dich, Junge, los doch!« und dann das Geräusch von schlackerndem nassen Fell zu hören war. Danach öffnete die Frau die Tür wieder und ließ das feuchte Duo erneut ein.

»Das ist ein *Buchladen*, Ron«, sagte die Frau sanft mahnend zu dem Mann. »Bücher und Nässe gehen nicht gut zusammen.«

»Weiß ich doch, Mädchen, weiß ich«, erwiderte der Mann

namens Ron aufrichtig zerknirscht. Dann blickte er zu der Sitzecke hinüber, und ein sonniges Strahlen trat auf sein Gesicht. Einen Moment lang dachte Toby, Ron würde mit seiner Baritonstimme ein Lied anstimmen. »Cullen!«

»Morgen, Ron. Kaffee ist fertig.«

»Prächtig, prächtig. Und wer ist das?«, fragte Ron mit Blick auf Toby und fügte dann sofort hinzu: »Lassen Sie mich raten. Sie sind doch bestimmt der Schriftsteller, von dem McCreedy ganz aufgeregt in der Dorftränke berichtet hat.« Ron trat zu Toby und schüttelte ihm so kraftvoll die Hand, dass Toby das Gefühl hatte, seine Hand steckte in einem Schraubstock.

»Ja, stimmt«, sagte Toby. »Allmählich habe ich den Eindruck, dass ich schon im ganzen Ort bekannt bin, obwohl ich noch keinen hier kenne.«

Ron schlug Toby schwungvoll auf den Oberarm. »Willkommen in Newton Dunbar, junger Mann, wo nie was passiert und keiner je was zu tratschen hat.«

»Was für eine Art von Autor sind Sie denn?«, erkundigte sich Cullen.

»Ich bin Journalist. Oder war es zumindest«, antwortete Toby. Ron steuerte unterdessen auf den Kaffee zu, und der Collie hatte sich dicht am Ofen niedergelassen, um so viel Wärme wie möglich zu ergattern. »Ich soll meine Lebensgeschichte schreiben, habe aber noch keine Ahnung, wie ich das anfangen soll«, erklärte Toby. »Deshalb bin ich hierhergekommen. Weil ich mir dachte, Abgeschiedenheit hilft vielleicht.«

Cullen gab sein keckerndes Lachen von sich. »Hast du das gehört, Rachel? Wir werden doch nicht berühmt! Sie hat sich nämlich Sorgen gemacht, dass Sie über den Leuchtturm schreiben wollen«, fügte er, zu Toby gewandt, hinzu.

»Ich habe mir keine *Sorgen* gemacht«, widersprach Rachel, die inzwischen E-Mails auf einem Laptop durchsah, der aus der Zeit der Dampfmaschinen zu stammen schien. »Aber wie üblich ist es in diesem Dorf etwa so einfach, die Wahrheit zu ermitteln, wie mit Spaghetti zu stricken.« Sie schaute mit einem Lächeln zu Toby auf. »Auf dem Halbgeschoss da oben stehen Sessel, falls Sie irgendwo ruhig sitzen und nachdenken wollen. Oder sogar vielleicht arbeiten.«

»Vielen Dank. In meinem Cottage gibt es einen Schreibtisch, aber ich habe den größten Teil meines Lebens auf dem Schoß oder auf der Rückbank von Autos geschrieben. Ich hatte eigentlich gedacht, dass ich in der Stille die nötige Konzentration finden würde, aber inzwischen bezweifle ich, ehrlich gesagt, dass Stille förderlich ist.«

Rachels Blick richtete sich wieder auf sein Bein, als versuchte sie Informationen zu kombinieren, ohne weitere Fragen zu stellen.

»Die Zeit läuft davon!«, rief Ron aus und ließ sich in den Sessel gegenüber von Cullen plumpsen. »Ich muss ein bedrohliches Imperium besiegen, und es ist schon spät am Tage!«

Rachel sah Toby an. »Bleiben Sie ruhig hier, Mr Hollingwood«, sagte sie trocken. »Wie Sie sehen, gelingt es uns mühelos, so viel Krach und Chaos zu erzeugen, dass ›Stille‹ für uns alle ein Fremdwort ist.«

2

Als Edie Strang aus dem Atelierfenster schaute, erblickte sie in ihrem Staudenbeet eine Ziege, die genüsslich Blumen verspeiste. Mit einem Aufschrei ließ Edie den Druck fallen, den sie gerade in der Hand hielt, und stürzte hinaus in den Regen.

»Hau ab!«, schrie sie.

Die Ziege, die sich an den gefüllten orangen Tulpen gütlich tat, störte das allerdings nicht im Mindesten.

»Verschwinde, du altes Biest!« Edie schnappte sich eine leere Gießkanne und begann erbost mit der Faust auf den Boden zu hämmern. Der Krach übertönte sogar das Trommeln der Regentropfen auf den Steinguttöpfen. Die Ziege erschrak, schlug aus und wich zurück auf Edies sorgsam gepflegtes Rasenstück.

»Wage es bloß nicht!«, zischte Edie, als die Ziege auf den schmalen Steinplattenweg galoppierte, der das Gemüsebeet von den Rabatten trennte. »Wenn du meinen Palmkohl auch nur anschaust, dann …« Sie schlug noch wilder auf die Gießkanne ein, worauf die Ziege vor Schreck einen Luftsprung machte.

Edie jagte dem Eindringling nach, bis es ihr schließlich gelang, das Tier zwischen Zaun und Schuppen im hinteren

Garten in die Enge zu treiben. Dann ließ Edie die Gießkanne fallen und packte die Ziege fest am Nackenfell. Durch ein Tor im Zaun kam man direkten Wegs auf den Hügel hinter dem Haus, und einen Moment lang erwog Edie, das Tier einfach hinauszujagen, damit es anderswo Gärten verwüsten konnte. Der nichtsnutzige Ziegenbesitzer hatte weiß Gott nichts anderes verdient.

Doch stattdessen zerrte Edie das meckernde, störrische Tier, das in alle Richtungen ausschlug, zu einem anderen Tor im Zaun, durch das man in den benachbarten Garten gelangte.

»Ezra!«, brüllte Edie, während sie die zeternde Ziege durch das Tor bugsierte und es rasch wieder zuknallte. »Ezra Jones, hörst du mich? Komm sofort raus, du Vollidiot!«

Von ihrem Nachbarn war weit und breit nichts zu sehen. Entweder er war nicht zu Hause, oder er hatte beschlossen, Edie keine Beachtung zu schenken. Beides war denkbar.

»Wenn dieses Vieh noch mal in meinem Garten auftaucht, kommt es auf den Grill, das *schwöre* ich dir!«, schrie Edie, bevor sie wutentbrannt ins Atelier zurückstapfte. Dort säuberte sie ihre Hände am Waschbecken und rubbelte sich mit einem Handtuch die regennassen Haare trocken, immer noch schäumend vor Wut.

Vor zwanzig Jahren hatte Edie ihr Reihenhäuschen, das Corner Cottage, gekauft. Damals hatte sie es noch als Glückstreffer erachtet. Sie hätte zwar lieber ein einzeln stehendes Haus gehabt, aber der Anbau eignete sich perfekt als Atelier, und ein großartigeres Motiv als den kuriosen Leuchtturm, der auf dem kahlen Hügel aufragte, konnte es für eine Künstlerin kaum geben. Nie wäre Edie auf die Idee gekommen, dass sie nun Tür an Tür mit einem Mann leben musste, den sie wahrhaftig noch weniger leiden konnte als den Mistkerl, mit dem sie früher verheiratet gewesen war.

Und dann auch noch diese Ziege. Dieses Vieh gab Edie endgültig den Rest. Seit es sich in Ezras Besitz befand – »Ich habe ihr das Leben gerettet, Edie, jetzt sei doch nur ein einziges Mal nicht so kaltherzig!« –, hielt sich dieses gescheckte Ungeheuer mehr in ihrem Garten auf als nebenan. Ezra weigerte sich hartnäckig, die Ziege anzubinden oder in einen Pferch zu stecken, weil er ihre »natürlichen Instinkte« nicht beschränken wollte. Edies natürliche Instinkte dagegen hätten sie gerne dazu verleitet, der Ziege ebenso wie ihrem Besitzer mit einem Baseballschläger auf den Kopf zu hauen. Was auch immer noch irgendwann passieren konnte ...

Sie seufzte und machte sich wieder ans Verpacken der Holzschnitte. Es hatte zwar eine Weile gedauert, bis Edie sich mit Instagram vertraut gemacht hatte, aber es war den Einsatz wert gewesen, denn sie hatte damit ein neues Publikum gewonnen. Zwei Jahre nach Beginn ihres Ruhestands hatte Edie alle Hände voll zu tun.

Der Leuchtturm war seit zwei Jahrzehnten ihre Muse und ein Hauptmotiv ihrer Arbeit. Beim letzten Projekt hatte sie etwas Neues ausprobiert: eine Serie von vier Holzschnitten in fünf Farben, auf denen der James-MacDonald-Turm in allen vier Jahreszeiten dargestellt war. Die nuancierten Unterschiede von Licht und Schatten stellten eine Herausforderung dar, die Edie sehr inspirierend fand. Monatelange Vorbereitung und Arbeit hatten schließlich fünfundneunzig Holzschnitte ergeben, neunzehn Sets, die allesamt verkauft worden waren. Nun war Edie dabei, jedes einzelne Blatt sorgfältig zu verpacken, um es in so weit entfernte Orte wie Neuseeland und Malta zu verschicken. *Ein dreifaches Hoch auf das Internet,* dachte sie, als sie nach dem nächsten Blatt griff.

Im letzten Moment sah sie das Blut an ihrem Daumen und riss fluchend die Hand zurück. Das fehlte gerade noch – eines der Originale auf teurem, zarten Daphnepapier mit einem Blutfleck zu ruinieren.

Edie ging zum Waschbecken zurück, hielt den Finger unters Wasser und tupfte ihn verärgert mit Haushaltspapier ab. Am Tag zuvor war sie beim Schnitzen abgeglitten und hatte sich einen kleinen, aber tiefen Schnitt am Daumen zugezogen. Ein Anfängerfehler, der wegen der feinen Winkel bei der Arbeit für ihren nächsten Druckstock entstanden war. Und beim Gerangel mit der abscheulichen Ziege war die Wunde wohl wieder aufgegangen.

Edie warf das Papier in den Abfalleimer und klebte ein Pflaster auf den Daumen. Sie brauchte frische Luft und musste sich die Beine vertreten, bevor sie sich die letzten dreißig Sendungen vornahm. Außerdem musste sie ohnehin beim Buchladen vorbeischauen; letzte Woche schon hatte sie Rachel einen Satz neuer Postkarten versprochen, aber noch keine Zeit gefunden, sie abzuliefern. Edie schlüpfte in ihre Jacke, griff nach ihrem Regenschirm und der Box mit den Karten und schloss die Tür hinter sich ab.

Vom Gartentor aus war der Weg zum Leuchtturm nicht mehr weit. Corner Cottage war das Eckhaus von vier Reihenhäusern, am anderen Ende stand das Pförtnerhaus, in dem inzwischen Cullen wohnte. Edie hatte ihn einmal nach der Geschichte dieser Häuserzeile gefragt, und Cullen hatte erklärt, dass sie ursprünglich für Bedienstete des Anwesens gebaut worden war. Vielleicht hatte in ihrem Haus sogar einer der Arbeiter gewohnt, sagte sich Edie, der am Bau des Leuchtturms beteiligt gewesen war. Ein späterer Mieter hatte dem Haus mit vier Zimmern den Anbau hinzugefügt, der so hell und geräumig war, dass sich Edie dort ihr Atelier eingerichtet hatte.

Als sie die umlaufende Veranda am Leuchtturm erreicht hatte und die Tür öffnete, hörte sie Ron triumphierend posaunen: »Schachmatt!«

»Du hast gemogelt!«, protestierte Cullen, wie jedes Mal, wenn Ron gewonnen hatte.

Edie, vertraut mit dem freundschaftlichen Gezänk der beiden, ging zur Theke.

»Hallo, ihr zwei«, begrüßte sie die beiden Männer im Vorbeigehen. »Belagern die Barbaren mal wieder die Pforten?«

»Sie hatten keine Chance«, antwortete Ron grinsend. »Ich habe die heidnischen Horden vertrieben, es ist wieder Frieden eingekehrt.«

»Ein Frieden, der mit unrechten Mitteln gewonnen wird, ist keiner«, beschwerte sich Cullen, »weshalb ich eine sofortige Revanche verlange.«

»Na, dann leg los«, versetzte sein Freund.

Die beiden begannen das Schachbrett vorzubereiten, und Edie wandte sich Rachel zu, die sie bereits lächelnd erwartete.

»Tut mir leid, dass ich sie dir nicht schon früher vorbeigebracht habe«, erklärte Edie, als sie die Schachtel mit den Postkarten auf die Theke stellte. »Hab gerade viel um die Ohren.«

»Vielen Dank, dass du neue gemacht hast«, erwiderte Rachel und nahm einen Stapel Karten aus der Box. »Wir haben fast keine mehr. Möchtest du einen Kaffee?«

»Das wäre herrlich, danke.« Sie wollte sich gerade einen Sitzplatz suchen, als Edie etwas Außergewöhnliches hinter dem Tresen bemerkte und verblüfft fragte: »Wer ist das denn?«

Neben dem Ofen saß eine junge Frau, fast noch ein Mädchen. Sie hatte nasse zerzauste Haare, trug ein verwaschenes Sweatshirt und schmutzige Jeans und war barfuß. Abgetragene Sneakers waren an den Ofen gelehnt, fadenscheinige Strümpfe lagen daneben. Neben einem abgewetzten Rucksack stand ein Teller mit Toast. Das Mädchen hielt einen dampfenden Becher Kaffee in einer Hand und streichelte mit der anderen Bukowski, der schmachtend zu ihr aufblickte.

»Das ist Gilly«, sagte Rachel leise, während sie Edie Kaffee eingoss und ihr den Becher reichte. »Ich glaube, sie braucht ein trockenes Plätzchen, bis der Regen vorbei ist.«

»Hm«, machte Edie stirnrunzelnd. Rachel, die begonnen hatte, den drehbaren Kartenständer aufzufüllen, warf ihrer Freundin einen Blick zu. »Was ist?«

»Sei lieber vorsichtig. Gestern war Jean vom Supermarkt beunruhigt, weil sich jemand dort herumdrückte und offenbar etwas stehlen wollte. War ein Mädchen … sie hier wahrscheinlich …«

»Edie«, sagte Rachel mit mahnendem Unterton.

»Was denn?«

Bevor Rachel sich äußern konnte, tauchte eine wuchtige Gestalt neben Edie auf. Sie wusste auch ohne hinzuschauen, um wen es sich handelte. Finster blickte sie ihren Nachbarn an. Ezra Jones hatte wieder etliche von diesen lächerlichen historischen Liebesromanen in der Hand, offenbar die einzige Lektüre, die er sich jemals zu Gemüte führte.

»Ich hab ein Hühnchen mit dir zu rupfen«, begann Edie.

»Was für eine Überraschung«, erwiderte Ezra in diesem betont nachsichtigen Tonfall, der Edie regelmäßig in Rage versetzte. »Was meinst du denn, was ich schon wieder verbrochen habe, Edie? Erzähl's mir.«

»Ich *meine* nicht, dass du etwas verbrochen hast, ich *weiß* es«, fauchte Edie aufgebracht. »Und zwar, dass deine verdammte Ziege vor einer halben Stunde *wieder mal* in meinem Garten war, wo sie *wieder mal* meine Pflanzen fraß.«

»Hattest du das Tor verriegelt?«, fragte Ezra, während er seine Romane auf den Tresen legte.

»Natürlich!«

»Ziegen sind nämlich nicht nur störrisch, sondern auch schlau. Sie hat wahrscheinlich verstanden, dass sie das Tor aufmachen kann, wenn der Riegel nicht vorgeschoben ist.«

»Das Tor war geschlossen!«

Ezra warf Edie einen unnachgiebigen Blick zu. »Dann muss meine Ziege wohl fliegen können.«

»Nun werd nicht auch noch sarkastisch«, knurrte Edie.

»Bin ich nicht. Der Riegel für das Tor befindet sich auf deiner Seite, Edie, also ...«

»Ich habe dir schon tausendmal gesagt ...«

»Hey, hey, ihr beiden«, mischte Rachel sich ein, »nun zankt euch mal nicht. Wir haben einen Gast.«

Edie blickte misstrauisch auf das Mädchen, aber das war so mit Toast und Hund beschäftigt, dass es den Streit am Tresen nicht zu bemerken schien.

»Ich meine nicht Gilly«, fügte Rachel mit gedämpfter Stimme hinzu. »Sondern den Mann, der da oben versucht, ein Buch zu schreiben.«

Edie blickte zum Halbgeschoss hinauf, obwohl die Lesesessel vom Tresen aus nicht zu sehen waren. »Ach, wirklich? Ist das der Journalist, der nach Newton Dunbar gekommen ist, um hier seine Memoiren zu schreiben? Toby Hollingwood, oder? Er war früher Auslandskorrespondent für die *Times*. Ist letztes Jahr im Jemen angeschossen worden, wusstest du das? Hat seither ein kaputtes Bein und arbeitet nicht mehr. Wie ist er so?«

Rachel schüttelte resigniert und amüsiert zugleich den Kopf. »Dieses Dorf ist doch wirklich der reinste Albtraum.«

»Was meinst du damit?«

»Ich glaube, Rachel meint damit, dass es in Newton Dunbar jede Menge Klatsch und Tratsch gibt«, meldete sich Ezra wieder zu Wort. »Und wahrscheinlich kann sie nicht fassen, dass eine Freundin von ihr zu den Hauptakteuren der Gerüchtekuche gehört.«

»Also, du bist doch wirklich …«, zischte Edie erbost.

»Ezra«, sagte Rachel mit warnendem Unterton.

Aber Edie hatte die Nase voll. Der Ausflug zum Buchladen hatte ihrer Entspannung dienen sollen. Stattdessen war sie noch wütender als vorher, und alles nur wegen diesem hirnverbrannten Idioten.

»Muss los«, verkündete sie. »Manche Menschen haben ja zu arbeiten.«

»Aber du hast deinen Kaffee noch gar nicht ausgetrunken, Edie«, wandte Rachel ein.

»Ich komme morgen wieder. Bis dahin hat sich hoffentlich die Qualität deiner Kundschaft verbessert.« Edie wusste, dass sie überreagierte, konnte aber nicht anders. Ezra Jones hatte immer diese Wirkung auf sie. Sie konnte sein selbstgefälliges Grinsen einfach nicht ertragen. Und auch nicht, dass er immer so viel Raum einnahm. »Vergiss nicht, was ich gesagt habe, Rachel. Hab ein Auge auf die Kasse. Und du«, sagte Edie zu ihrem Nachbarn, »sorg dafür, dass diese Ziege auf deinem Grundstück bleibt, wenn du sie behalten willst.«

»Ziegen sind bekanntlich nicht nur starrsinnig, sondern auch biestig und launisch«, erwiderte Ezra. »Und sie legen großen Wert auf die Gesellschaft ihrer Artgenossen. Ich vermute, Georgette sucht deshalb so oft deine Nähe.«

Als Edie hinausmarschierte, gelang es ihr nur mit Mühe, die Tür nicht hinter sich zuzuknallen. Draußen nahm sie ihren Schirm vom Haken und stapfte den Hügel hinunter. Der verletzte Daumen pochte und schmerzte, sie musste ihn wohl mit Wundsalbe behandeln. Eine leise, hartnäckige Stimme in ihrem Hinterkopf behauptete allerdings, sie sollte sich vor allem um die Schmerzen in ihrem Gelenk kümmern. Denn die waren der Grund dafür, dass sie überhaupt beim Schnitzen abgerutscht war.

In ihrem Garten inspizierte Edie das Tor zu Ezras Grundstück. Der Riegel war tatsächlich nicht richtig eingerastet. Sie versuchte ihn herunterzudrücken, aber er hakte, schien verrostet zu sein. Es gefiel ihr gar nicht, wie lange ihre Finger sich weigerten, genügend Druck auszuüben. Aber schließlich hatte sie auch den ganzen Vorabend damit verbracht, winzige Details zu schnitzen, danach schmerzten ihre Finger immer. Zu guter Letzt kehrte Edie dem widerspenstigen Tor den Rücken zu und stellte dabei fest, dass die Tür des Schuppens offen stand, wahrscheinlich aufgerissen vom Wind. Mit einem Seufzer ging Edie hinüber, machte sie zu und gelobte sich zum wiederholten Mal, endlich ein Schloss anzubringen.

3

»Du solltest sie nicht immer so aufregen, Ezra«, sagte Rachel mahnend, nachdem Edie aus dem Laden gestürmt war.

»Ich finde, sie fordert das heraus«, wandte Ezra ein.

»Du weißt doch, wie sehr Edie ihr Garten am Herzen liegt.« Rachel nahm sich Ezras Romanstapel vor und gab die Preise in die Kasse ein. »Stimmt es denn, dass deine Ziege immer wieder auf Edies Grundstück kommt?«

»Nur weil sie dauernd das Tor nicht verriegelt«, beharrte Ezra. »Keine Ahnung, warum sie nicht überprüft, ob es richtig zu ist. Wenn sie das machen würde, müsste ich sogar darum bitten, dass sie mir öffnet, um den hinteren Ausgang benutzen zu können. Und wir wissen doch alle, wie sehr sie es genießt, wenn ich sie um etwas bitten muss.«

Ezra liebte sein Häuschen sehr, aber es gab einen Haken daran, der zu viel Ärger führte: eine Sonderklausel in seinem Kaufvertrag, den Zugang zu seinem Grundstück betreffend. Ezras Cottage lag in der Mitte der Häuserzeile, und im Gegensatz zu allen anderen gab es von Ezras Garten aus keinen direkten Zugang zum Hügel. Die hintere Begrenzung des Grundstücks bestand aus einem gewaltigen Felsen – vor Äonen von einem wandernden Eisberg hinterlassen, der auch das Tal geschaffen hatte, in dem Newton

Dunbar lag –, sodass ein Zaun an dieser Stelle unnötig gewesen wäre.

Als die Grundstücke aufgeteilt wurden, hätten die Bauentwickler auch einen Streifen für einen Hinterausgang mit Gartentor einplanen können. Stattdessen legten sie vertraglich fest, dass der Besitzer des Hauses rechtlichen Anspruch auf die Benutzung des Hinterausgangs vom Haus nebenan, Corner Cottage, hatte.

Der Anwalt, der den Hauskauf für Ezra geregelt hatte, sah damals keinen Anlass zur Beanstandung dieser Klausel, sondern sagte, solche Regelungen seien in dieser Gegend nicht unüblich. Und Ezra hatte sich keine Gedanken darüber gemacht, sondern war davon ausgegangen – fälschlicherweise, wie er inzwischen wusste –, dass sämtliche Nachbarn immer so vernünftig und freundlich sein würden wie er selbst. Ezra war eigentlich immer mit allen Menschen gut zurechtgekommen, so schwierig sie auch sein mochten. Ohne diese Fähigkeit wäre seine Laufbahn auf den Ölbohrinseln schnell zu Ende gewesen.

Bis heute war ihm nicht klar, wann und aus welchen Gründen seine Probleme mit Edie Strang begonnen hatten. Wären sie nicht anfänglich befreundet gewesen, hätte er Edie für eine dieser mürrischen verschrobenen Personen gehalten, von denen es in Newton Dunbar etliche gab. Aber in den ersten Monaten nach Ezras Umzug vor mittlerweile fünfzehn Jahren verstanden Edie und er sich so prächtig, dass er manchmal sogar eine Chance für mehr in ihrem Verhältnis sah. Edie nahm ihn damals mit ins Antiquariat und stellte ihn ihren Freunden vor. Im Pub führten Edie und er ebenso angeregte Gespräche wie am Gartenzaun und debattierten leidenschaftlich über ihre Lesevorlieben. Sie gab ihm allerlei nützliche Ratschläge für seinen Garten, weil Ezra noch nie einen besessen hatte und sich von dieser Aufgabe zunächst überfordert fühlte. Damals empfand er Edie Strang als faszinierende Künstlerin – er liebte ihre Bilder – und als charmante, attraktive Frau.

Doch das lag lange zurück. Ezra hatte es längst aufgegeben, den Grund für ihr mittlerweile gestörtes Verhältnis verstehen zu wollen. Irgendwann war einfach eine feindselige Atmosphäre entstanden, und seiner Ansicht nach ging das ausschließlich von Edie aus. Ihm wollte beim besten Willen nicht einfallen, was er falsch gemacht haben könnte. Doch offenbar war dieser Zustand nicht mehr zu verbessern, und Ezra hatte ihn irgendwann als unabänderlich akzeptiert. Er weigerte sich allerdings, Edie deshalb auszuweichen. Vor allem der Buchladen und die dazugehörigen Menschen waren ihm ans Herz gewachsen. Ezra hatte nicht die Absicht, auf sein Leben hier zu verzichten. Damit würde sich Edie Strang eben abfinden müssen, so erbittert sie darüber auch sein mochte.

Rachel reichte ihm die Bücher. »Möchtest du einen Kaffee?«

Ezra schüttelte den Kopf. »Ich sollte lieber nach Hause gehen und schauen, ob Georgette nicht schon wieder ausgebüxt ist.«

Sein Blick fiel auf die abgerissene Gestalt, die neben dem Ofen am Boden hockte.

»Sie muss doch nichts Böses im Sinn haben«, sagte er so leise, dass das Mädchen es nicht hören konnte. »Jedenfalls hat sie bestimmt kein leichtes Leben.«

Rachel wandte den Blick ab. Etwas in ihrer Miene veränderte sich, aber es war nur eine Nuance, die Ezra sich nicht erklären konnte. Es kam ihm vor, als sei ein Schatten über ihr Gesicht gehuscht, obwohl Rachel sonst immer so ruhig und ausgeglichen wirkte. Sie machte den Eindruck, als könnte sie so leicht nichts erschüttern. Vielleicht stand das in Zusammenhang mit ihrer Vergangenheit, über die Rachel kein Wort verlor. Eines Tages war sie einfach in Newton Dunbar aufgetaucht, als wäre sie vom Himmel gefallen, hatte sich aber von Anfang an perfekt hier eingefügt. Als sie den Buchladen übernahm, wusste niemand etwas über ihre Vorgeschichte. Das galt wohl auch für Cullen MacDonald, der allerdings ein Ehrenmann war. Selbst wenn er etwas wusste, würde er das Geheimnis auf jeden Fall für sich behalten.

»Ich rede nachher mal mit ihr«, sagte Rachel, »und versuche rauszukriegen, ob sie Hilfe braucht.«

Ezra lächelte und nahm seine Bücher unter den Arm. »Du machst das bestimmt richtig«, sagte er. »Wie immer.«

Draußen regnete es, und Ezra blieb einen Moment unter dem Holzvordach stehen. An den Garderobenhaken hing gegenwärtig nur seine eigene Regenjacke. Ezra besaß sie schon seit Jahren. Das gute Stück hatte ihn von einer Bohrinsel zur nächsten begleitet und war eine Zeit lang sein wertvollster Besitz gewesen. Mittlerweile sah die Jacke ziemlich mitgenommen aus, war jedoch immer noch wasserdicht und konnte heftigsten Stürmen und Schauern trotzen. Ezra musste unwillkürlich daran denken, wie nass die Kleidung des Mädchens gewesen war.

Er ließ die Jacke hängen, zog seinen Pullover über die

Bücher, damit sie trocken blieben, und eilte nach Hause. Dicke warme Regentropfen klatschten ihm ins Gesicht, und als Ezra an seinem Tor ankam, spähte er kurz in Edies Garten, um sicherzugehen, dass Georgette sich nicht dort herumtrieb. Dabei bot sich Ezra ein Anblick, bei dem ihm fast das Herz stehen blieb.

Edie Strang stand auf der obersten Sprosse einer Leiter, die ziemlich schief an der Wand lehnte, und schwang, über das Dach gebeugt, einen Hammer, als wollte sie damit Steine zertrümmern. Jedes Mal, wenn sie zuschlug, geriet die Leiter gefährlich ins Wanken.

»Was um alles in der Welt machst du da?«, fragte Ezra vom Gartentor aus.

»Ich lass Drachen fliegen«, knurrte Edie. »Wonach sieht es denn aus, um Himmels willen? Da ist ein Loch im Dach, es regnet rein.«

»Sieht eher aus, als hättest du vor, dir den Hals zu brechen, wenn du mich fragst.«

»Tue ich aber …«, brachte Edie gerade noch hervor, bevor sie einen schrillen Schrei ausstieß, weil die Leiter zu kippen begann.

Ezra schoss durchs Tor und fing Edie gerade noch im Fall auf. Leiter und Hammer landeten mit gewaltigem Getöse auf dem Gartenweg. Dann herrschte Stille, und Ezra spürte, wie Edie sich an ihm festklammerte, während er sie stützte. Seine Bücher waren auf dem Boden verstreut.

»Alles in Ordnung?«, fragte er schließlich.

Edie räusperte sich und schob ihn weg, aber er spürte, dass sie zitterte. »Mir geht's gut«, sagte sie und fügte dann, ohne ihn anzusehen, hinzu: »Danke.«

Er nickte. »Mach das bitte nie wieder.«

Jetzt schaute sie zu ihm auf, die Augen zusammengekniffen. Regentropfen glitzerten auf ihrem silbernen Haar. Ezra wappnete sich innerlich gegen eine bissige Bemerkung. Doch stattdessen musterte Edie ihn von Kopf bis Fuß und fragte stirnrunzelnd: »Wo ist deine Regenjacke?«

Ezra bückte sich und hob die Bücher auf. »Ach, die habe ich am Leuchtturm hängen lassen. Für dieses Mädchen, Gilly.«

Edie blieb stumm, und als er sie wieder ansah, bemerkte er einen Ausdruck in ihren Augen, den er nicht deuten konnte. Jedenfalls war es nicht der Zorn, mit dem er gerechnet hatte. Dann gab Edie ein Schnauben von sich und schüttelte den Kopf.

»Viel zu weichherzig«, murmelte sie. »Geh lieber ins Haus, und trockne dich ab. In deinem Alter holt man sich bei einer Erkältung leicht den Tod.« Sie deutete auf die Pforte zwischen den Gärten. »Du kannst da durchgehen.«

Ezra zögerte einen Moment, bevor er durchs Tor trat. Dann drehte er sich noch einmal um. »Sieh zu, dass du es vernünftig absperrst. Kein gutes Wetter zum Grillen heute.«

Er sah einen Anflug von Amüsiertheit in ihren grünen Augen, bevor Edie das Tor hinter ihm verriegelte und sich abwandte.

Im Haus griff Ezra als Erstes zum Telefon und wählte die Nummer des Buchladens. Als Rachel sich meldete, sagte Ezra: »Gilly hat ja nichts zum Überziehen, deswegen habe ich meine Regenjacke draußen hängen lassen. Sag ihr, sie soll sich die Jacke nehmen. Und alles, was in den Taschen ist.«

Dann legte er auf und starrte an die Wand, die sein Haus und Edies Cottage voneinander trennte.

Gilly war in den Buchladen gegangen, sobald er öffnete. Ihr kleines Zelt war völlig durchnässt, und sie fürchtete, dass auch noch ihre wenigen trockenen Klamotten nass werden würden. Sie hatte gehofft, sich irgendwo hinter einem Bücherregal verkriechen zu können, bis sie einigermaßen trocken war, aber Rachel hatte sie sofort mit einem Lächeln begrüßt. »Hallo, willkommen. Grässliches Wetter heute, magst du dich vielleicht am Ofen wärmen? Ich habe ihn gerade angefeuert, und frischen Kaffee könnte ich auch anbieten.« Und als Gilly dann den Buttertoast roch und ihr der Magen knurrte, fügte Rachel hinzu: »Wie wär's mit einem Toast? Wir haben reichlich Vorrat.«

So ein Angebot hatte Gilly einfach nicht ablehnen können, vor allem, weil ihre sorgsam gehüteten Ersparnisse zu schwinden begannen. Und nun war sie immer noch hier, Stunden später, und fühlte sich mollig warm. So warm war ihr nicht mehr gewesen, seit sie zum letzten Mal in einem richtigen Bett geschlafen hatte.

Gilly sagte sich zum wiederholten Mal, dass sie jetzt besser wieder verschwinden sollte, konnte sich aber einfach nicht aufraffen. Dabei war es nie gut, es sich irgendwo zu bequem zu machen, das war zu auffällig. Und kurz darauf fingen die Leute immer an, Fragen zu stellen, die Gilly nicht beantworten wollte.

Die Menschen hier waren allerdings alle recht nett und hatten sie in Ruhe gelassen. Die beiden Alten hatten sie nur begrüßt und sich dann wieder ihrem Schachspiel zugewandt.

Was sie von dem großen Mann halten sollte, der gerade eben den Laden verlassen hatte, wusste sie nicht so recht. Allerdings hatte er die alte Schreckschraube zurechtgewiesen, die vorher herumgetuschelt hatte. Worüber die sich beschwerte, hatte Gilly zwar nicht genau gehört, konnte es sich aber denken. Sie war nicht blöd, ihr war schon klar, dass sie nicht danach aussah, als würde sie viel Zeit in Buchhandlungen verbringen.

Dabei kannte sie – dank ihrer Großmutter – den Leuchtturm aus ihrer Kindheit. Aus einem der idyllischen Sommer, in denen sie zumindest kurz von jemandem geliebt worden war, noch vor all den Kinderheimen und Pflegefamilien, in denen sie eigentlich niemand haben wollte. Nur ein einziges Mal war Gilly hier gewesen, als sie mit ihrer Oma die triste graue Stadt verlassen und einen Ausflug in der ratternden alten Schrottkarre gemacht hatte. Gilly konnte sich noch genau erinnern, wie ihre Oma damals zu dem Leuchtturm aufblickte, der stolz auf dem Hügel aufragte. »Das ist er«, sagte sie und klang froh und glücklich dabei. »Genauso, wie ich ihn in Erinnerung habe! Und er ist *voller Bücher*, ist das nicht wunderbar?« Gilly hatte ihr zugestimmt.

Und voller Bücher war der Leuchtturm auch heute noch.

Gilly saß am Boden und streichelte den Collie, als das Telefon klingelte und sie vor Schreck zusammenzuckte. Rachel nahm ab, und als ihr Blick daraufhin zu Gilly wanderte, wurde ihr ganz flau im Magen.

»Na klar«, sagte Rachel. »Ich richte es ihr aus. Schönen Tag dir noch.«

Die Buchhändlerin legte das Telefon weg und sah Gilly lächelnd an. »Das war Ezra. Er sagt, er hat seine Regenjacke für dich draußen an der Tür hängen lassen. Du sollst sie dir nehmen.«

Gilly blinzelte verwirrt. »Ezra?«

»Der große Mann, der vorhin hier war.«

Ezra. Was war das denn für ein Name? So konnte doch nur ein Irrer heißen. Wer sonst würde einfach so seine Jacke weggeben, die er vor Kurzem noch getragen hatte? Und das auch noch an sie, mit der er kein einziges Wort gewechselt hatte?

Gilly blieb stumm, aber Rachel bemerkte offenbar ihre Skepsis, denn jetzt trat die Buchhändlerin einen Schritt näher.

»Er hat bemerkt, dass du keine Jacke hast«, sagte sie. »Und er wollte nicht, dass du nass wirst, das ist alles. Du kannst alles behalten, was in den Taschen ist, sagt er.«

Was?

»Ich brauche nichts, danke.«

Rachel sah sie nachdenklich an, fast so als müsste sie eine schwierige Entscheidung treffen. Schließlich ging sie neben Gilly in die Hocke und fragte behutsam: »Brauchst du vielleicht Hilfe? Gibt es jemanden, den ich anrufen ...«

Na bitte. Und schon ging es los. Genau deshalb durfte man es sich nirgendwo bequem machen. Sofort kamen die Fragen, auf die Gilly nicht antworten wollte.

»Mir geht's gut«, sagte sie. »Ich brauche keine Hilfe. Bin nur in den Regen geraten, mehr nicht. Aber ich muss auch nicht mehr herkommen, wenn Ihnen das lieber ist.« Sie stand auf.

»Hey«, sagte Rachel, als sie sich aufrichtete. »So habe ich das nicht gemeint. Aber wenn du Hilfe brauchst ...«

»Tue ich aber nicht. Ich bin erwachsen und kann auf mich selbst aufpassen. Mir geht's gut, wie gesagt.«

Rachel nickte. »Okay, aber wenn du es dir noch anders überlegst …«

»Werd ich nicht tun.« Gilly strich über ihre Jeans, die inzwischen getrocknet war. »Ich geh jetzt.«

»Musst du aber nicht.«

»Bin mit einer Freundin zum Lunch verabredet.« Gilly war klar, dass das nach einer Lüge klang. »Danke für den Toast.«

»Gerne«, erwiderte Rachel. »Und das Angebot für die Jacke gilt immer noch.«

Doch Gilly hatte genügend Lebenserfahrung, um zu wissen, dass es nicht bei einem netten Angebot blieb, auch wenn sie nicht recht einschätzen konnte, was dieser Ezra im Sinn hatte. Wäre er direkt zu ihr gekommen und hätte breit grinsend gesagt: »Hey, Mädchen, du siehst aus, als könntest du eine Regenjacke gebrauchen, nimm meine«, hätte sie genau gewusst, worum es ging. Die klassische »Ich hab dir einen Gefallen getan, was kriege ich dafür«-Situation. Das hatte sie gelernt, als sie das letzte Mal weggelaufen und bescheuert genug gewesen war, in eine Großstadt zu flüchten. Gilly hatte geglaubt, da würde sie weniger auffallen. Aber als sie schließlich gezwungen gewesen war, auf der Straße zu betteln, hatte sie schnell gemerkt, dass die Anzugtypen mit dem strahlenden Lächeln und dem dicken goldenen Ehering am Finger die gefährlichsten waren. Nicht zu fassen, was solche Männer sich trauten, wenn sie glaubten, sie könnten unbemerkt damit davonkommen.

So etwas hatte Ezra allerdings nicht probiert. Er hatte

nur Rachel angerufen und wegen der Jacke Bescheid gesagt, hatte nicht mal seine Adresse hinterlassen. Gilly befürchtete, er könnte ihr draußen auflauern. Vielleicht hatte er auch religiöse Beweggründe? Wahrscheinlich würde sie eine Bibel oder einen Flyer in der Tasche finden, in dem Jesus sie aufforderte, zu ihm zu kommen oder irgend so einen Schwachsinn. Ezra war doch sogar ein biblischer Name, vielleicht nahm dieser Spinner das etwas zu ernst.

Draußen war er nirgendwo zu sehen, doch Gilly hatte nicht die Absicht, die Jacke an sich zu nehmen. Sie durchsuchte allerdings die Taschen, das konnte schließlich nicht schaden. Eine Taschenlampe kam zum Vorschein, die Gilly wieder zurücksteckte. Sie wollte die Suche schon aufgeben, als sie in einer versteckten Innentasche vier zusammengefaltete Zehn-Pfund-Scheine fand. Vierzig Pfund, für ihre Verhältnisse ein Vermögen! Damit kam sie ein paar Wochen durch, wenn sie gut aufpasste. Vielleicht konnte sie sich sogar ein billiges Buch kaufen. Dann hätte sie einen guten Grund, hierher zurückzukommen, ohne dass Rachel sie für eine Schnorrerin hielt.

Auf dem Rückweg zum Zelt machte Gilly einen Abstecher zur Imbisstheke im Supermarkt und genehmigte sich ein Würstchen in Blätterteig, sodass sie zumindest an diesem Abend nicht hungrig schlafen gehen musste.

4

»Das kann doch nicht wahr sein!«, ereiferte sich Sylvie am Telefon. Sie hatte angerufen, um sich nach den Fortschritten mit dem Buch zu erkundigen. »Du stellst diese bedauernswerte Frau ja jetzt schon auf ein Podest!«

Die Rede war von Rachel. Toby konnte beim besten Willen nicht mehr nachvollziehen, wie es seiner Ex-Frau gelungen war, die Buchhändlerin zum Thema zu machen. Wahrscheinlich hatte Sylvie irgendwelche Untertöne in seiner Stimme wahrgenommen, als er von dem Antiquariat im Leuchtturm berichtet hatte.

»Nein, tue ich nicht«, widersprach er entschieden.

»Du kommst aus dem Schwärmen gar nicht mehr heraus, seit wir von ihr reden«, wandte Sylvie ein.

»Nur weil du gesagt hast, ich soll alles haargenau erzählen!«

»Stimmt, aber ›alles‹ scheint sich offenbar nur um diese Rachel zu drehen. Ich hab ja kaum was anderes zu hören bekommen.«

»Weil sie den Buchladen betreibt, in den ich zum Schreiben gehe«, sagte Toby. »Und der hat eine ganz besondere Atmosphäre, ist eine Welt für sich. Manchmal kommt es mir vor, als wäre ich in eine Inszenierung von Shakespeares ›Sommernachtstraum‹ geraten. Da sitzt auch jeden Tag ein Mädchen herum, das mindestens eine Halbelfe ist.«

»So ist das immer in Mittelengland, mein Guter. Kommt dir nur so vor, weil du überall auf der Welt unterwegs warst. Das wird dir im Nu so langweilig werden wie allen anderen auch.«

»Ich bin in *Schottland,* Sylvie.«

»Ist mir einerlei, wo du bist, Hauptsache, keiner schießt mehr auf dich. Was machen die nächtlichen Angstzustände?«

»Reden wir über was anderes.«

»Kein Thema mehr, oder wie? Also gut – wie sieht's mit dem Buch aus?«

»Das ... wird.«

Sylvie seufzte hörbar. »Du steckst jetzt schon seit zwei Wochen in diesem Kaff.« Sie verstummte und fügte dann hinzu: »Warte mal ... Wo genau in Schottland bist du?«

»In Newton Dunbar. Das liegt in Aberdeenshire.«

»Ist das am Meer?«

Nur durch jahrelange Erfahrung gelang es Toby, sich die Ungeduld angesichts Sylvies Unaufmerksamkeit nicht anmerken zu lassen. »Nein. Ich habe dir doch gesagt, dass es kilometerweit von der Küste entfernt ist. Deshalb ist es ja so bizarr, dass hier ein Leuchtturm steht.«

»Ach so, ja, entschuldige«, erwiderte seine Ex-Frau in diesem zerstreuten Tonfall, aus dem Toby schloss, dass sie wie üblich nebenbei drei andere Sachen machte. »Ah – ha!«, rief sie jetzt aus. »Dachte ich's mir doch! Du *musst* diese Frau jetzt bitte zum Essen einladen, damit du mit ihr ins Crovie Inn gehen und mir davon berichten kannst.«

»Was, wohin?«

»Ins Crovie Inn. Das Restaurant aus der Fernsehshow«, antwortete Sylvie und fügte dann hinzu: »Stimmt, ich vergesse ja immer, dass du so lange auf der anderen Seite des Planeten herumgeschwirrt bist und dich hier nicht mehr auskennst. Recherchiere das mal. Ist nicht weit von dir entfernt, muss toll sein.«

»Ich werde Rachel nicht zum Essen einladen, Sylvie«, stellte Toby klar. »Ich bin zum Arbeiten hier. Außerdem muss ich erst mal den Kopf freikriegen, ich bin nicht auf eine Liaison aus. Rachel ist einfach eine interessante Frau, das ist alles. Die Leute hier sind alle irgendwie interessant.«

»Na schön«, sagte seine Ex-Frau. »Dann sieh zu, dass du mit dem Buch weiterkommst. Wäre ideal für den Weihnachtsverkauf nächstes Jahr. Memoiren von Menschen mit spannenden Berufen stehen hoch im Kurs. Mit einer guten Kampagne wird das laufen wie geschnitten Brot. Und falls du zur Veröffentlichung immer noch hinkst, wirkt das alles noch viel authentischer.«

»Du bist ein skrupelloses *Monster,* Sylvie.«

»Weiß ich doch, Schätzchen, weiß ich.«

»Nimm dir noch Wein. Und schenkst du mir auch nach?«, sagte Edie mit erhobener Stimme zu Rachel, um die Musik im Atelier zu übertönen. Die Künstlerin nahm gerade ein Blatt aus der altehrwürdigen Druckpresse auf der Werkbank in der Mitte des Raums.

Rachel goss Wein in die Gläser und trank einen Schluck. Es war Samstagabend, und Edie hatte sie auf einen Drink zu sich eingeladen. Die Buchhändlerin liebte das Atelier, das mit all seinem Zubehör anfänglich etwas vollkommen Neues für sie gewesen war. Abends beleuchtete Edie den Raum immer mit zahllosen Kerzen und hörte Blues. Es fühlte sich an, als sei man in einer ganz eigenen Welt.

Langsam drehte Edie jetzt die Kurbel an der Presse, bis die Druckplatte auflag, und kurbelte dann in entgegengesetzter Richtung zurück. Vorsichtig hob sie das dünne Filzstück an, mit dem das Papier geschützt wurde. Rachel beugte sich gespannt vor, als Edie das Papier behutsam herausnahm, einen Holzschnitt vom Leuchtturm bei Sonnenuntergang. Das Bild war Rachel bekannt; dennoch staunte sie immer wieder aufs Neue darüber, welche filigranen und ausdrucksstarken Details der Künstlerin mit ihrem Schnitzmesser und lediglich zwei Farbschattierungen gelangen.

Edie legte das Blatt ins Trockenregal und wandte sich ihr zu. »Nun erzähl mal. Wann willst du endlich diesen bedauernswerten Journalisten von seinem Leid erlösen?«

Rachel blickte in ihr Glas und zögerte einen Moment. »Was meinst du damit?«

»Na, Toby meine ich damit«, antwortete Edie, während sie neue Farbe auf den Druckstock auftrug. »Ist doch sonnenklar, dass er auf dich steht. Hat er dich schon mal nach einem Date gefragt?«

»Nein, bislang nicht.«

»Würdest du zusagen, falls er dich fragt?«

Rachel antwortete nicht, sondern trank einen Schluck und zuckte die Achseln.

»Hast du überhaupt schon mal gevögelt, seit du hier bist?«, fragte Edie.

Rachel hätte um ein Haar Wein auf Edies Werkbank gespuckt. »Bitte *was*?«

»Na ja, oder wie man das heutzutage so nennt«, sagte Edie unbekümmert. »Also? Ja oder nein?«

»Edie!«

Die Künstlerin stützte sich mit beiden Händen auf den Tisch und sah Rachel eindringlich an. »Du bist viel zu jung – und zu schön –, um zu vertrocknen. Das ist einfach nicht richtig.«

»Mir geht es gut, so wie ich lebe.«

Edie warf ihr einen strengen Blick zu, bevor sie nach ihrem Glas griff und einen großen Schluck trank. Rachel betrachtete ihre Freundin: schlanke Figur, Bob-Haarschnitt, schwarze Leinenhose, schwarzer Rolli, dekorativer großer Silberschmuck. Ein ausdrucksstarkes Gesicht mit kantigen Wangenknochen und klaren grünen Augen. In ihren Zwanzigern war Edie bestimmt ultrahip und ein totaler Hingucker gewesen. Wie konnte man so eigenständig sein und ein solches Selbstvertrauen bekommen? Rachel war das bislang nicht gelungen, weshalb sie Frauen wie Edie ganz besonders bewunderte.

»Dann lad *du* ihn einfach mal ein«, schlug Edie vor. »Da ist doch nichts dabei. Ich hab gesehen, wie du ihn anschaust, wenn du dich unbeobachtet fühlst, Rachel. Und ich kann's auch verstehen. Der Mann ist charmant, humorvoll und … na ja, *sexy*. Warum nicht was wagen?«

Rachel versuchte eine Antwort zu finden, mit der sie nicht zu viel preisgab. Seit Toby vor zwei Wochen in Newton Dunbar eingetroffen war, hatte er sich täglich im Buchladen aufgehalten. Und jedes Mal, wenn er durch die Tür kam, spürte

Rachel Freude in sich aufflackern. Sie versuchte, sich dieses Gefühl nicht anmerken zu lassen, was von Tag zu Tag schwieriger wurde – nicht zuletzt, weil Rachel den Eindruck hatte, dass die Anziehung auf Gegenseitigkeit beruhte. Es kam immer wieder vor, dass Toby rasch wegschaute, wenn sie ihn unvermittelt ansah, als wollte er nicht dabei ertappt werden, dass er sie beobachtete. Ein paarmal hatte Rachel tatsächlich schon den Eindruck gehabt, als wollte Toby sich mit ihr verabreden. Aber dann hatte er es sich wohl doch anders überlegt, was Rachel ebenso erleichtert wie enttäuscht hatte. *Ist aber besser so,* versuchte sie sich einzureden. Sie hatte sich ein gutes Leben aufgebaut, was schwer genug gewesen war. Weshalb sollte sie das jetzt aufs Spiel setzen?

»Toby ist in Newton Dunbar, um zu arbeiten«, sagte sie schließlich. »Ich will ihn nicht ablenken. Außerdem ist er erst seit Kurzem hier.«

Edie kommentierte diese Ausrede mit einem »Pffft«, während sie sich am Tisch Wein eingoss. Plötzlich hörte Rachel sie kreischen, und im nächsten Moment zersplitterte ein Glas auf dem Keramikboden.

»Alles okay?«, fragte Rachel und trat über Weinlache und Glassplitter hinweg, um einen Lappen zu holen.

»Ja, ja, kein Problem«, antwortete Edie ärgerlich. »Ist mir aus der Hand gerutscht. Mist.«

Nachdem sie sauber gemacht hatten, ging Edie in die Küche und kam mit einem Becher anstelle eines langstieligen Weinglases zurück.

»Werde ungeschickt auf meine alten Tage«, murmelte Edie, während sie sich einschenkte. »Demnächst muss ich wohl aus der Schnabeltasse trinken …«

»Na, sei doch froh, dass du überhaupt noch Wein trinken kannst …«

Beide Frauen lachten, doch dann seufzte Edie und machte sich wieder ans Drucken. »Hast du irgendetwas wegen diesem Mädchen unternommen?«, fragte sie nebenbei. »Wie heißt sie gleich … Gilly? Ich habe gesehen, dass sie heute wieder im Laden war.«

»Ich arbeite daran, mehr aus ihr rauszukriegen.«

»Rachel«, sagte Edie mit leicht vorwurfsvollem Unterton.

»Was denn? Gilly behauptet, sie ist erwachsen und kommt klar. Wenn ich ihr Hilfe aufdränge oder irgendwelche Behörden einschalte, wird sie nur wieder weglaufen, Edie. Und genau das will ich verhindern. Solange sie hierbleibt, ist sie zumindest in Sicherheit.«

»Ist sie nicht!«, widersprach die Künstlerin. »Weißt du, wo sie lebt? Und *wie* sie lebt?«

»Ich gebe mir alle Mühe, das rauszufinden«, antwortete Rachel. »Ich habe ihr gesagt, dass sie immer zu mir kommen kann, wenn sie etwas braucht. Sie weiß ja, wo sie mich die meiste Zeit findet.«

»Hilfe braucht sie auf jeden Fall, das sehe ich genauso. Aber vielleicht muss man sie zu ihrem Glück zwingen. Wenn sie im Freien schläft, wäre doch der erste Schritt, ihr ein Dach über dem Kopf zu verschaffen.«

Rachel starrte in ihr Glas und sagte schließlich: »Das stimmt. Aber wenn man sie zu irgendetwas zwingt, was sie nicht will, wird sie wieder weglaufen. Und dann ist sie, wie gesagt, viel gefährdeter. Solange sie regelmäßig in den Buchladen kommt, kann ich zumindest ein Auge auf sie haben.«

Als Rachel aufblickte, bemerkte sie Edies forschenden Blick.

»Was ist?«

»Du hörst dich an, als hättest du selbst Erfahrung damit«, antwortete die Freundin.

Rachel trank einen Schluck, bevor sie antwortete. »Ein bisschen vielleicht.«

Edie lehnte sich an die Werkbank. »Erzähl mir davon. Bitte. Ich weiß so wenig über dich. Du sprichst nie darüber, wo du aufgewachsen bist und was dich hierhergeführt hat.«

»Da gibt's nicht viel zu erzählen«, erwiderte Rachel mit einem Achselzucken.

Edie zog zweifelnd die Augenbrauen hoch.

»Also, ich will's mal so sagen: Ich erkenne einiges von mir in Gilly wieder. Ich erkenne ein Kind, das viel Zeit im System verbracht hat, wenn ich eins sehe.«

»Du meinst fremd untergebracht, in Pflegefamilien?«

Rachel nickte. »Entweder das oder in Heimen. Deshalb ist sie wahrscheinlich auch obdachlos. Mit achtzehn besteht die staatliche Unterstützung nur noch aus einem Bett in einem Heim. Nicht gerade eine gute Alternative. Im Moment sieht es nicht danach aus, als ob Gilly Drogen nehmen würde, ich glaube, sie trinkt nicht mal Alkohol. Und überhaupt«, fügte Rachel hinzu, »warst du nicht selbst obdachlos in ihrem Alter? Du hattest mir doch mal erzählt, dass du es toll fandest, oder nicht?«

Edie richtete sich auf und stützte die Hände in die Taille. Aus dem Augenwinkel kam es Rachel einen Moment lang vor, als hätten sie leicht gezittert.

»Ich war nicht obdachlos, ich habe mit anderem Künstlervolk in einem besetzten Haus gewohnt«, stellte Edie klar. »Mehr Boheme-Lifestyle als im Heim – aber so viel dann auch wieder nicht.«

»Edie«, sagte Rachel, ruhig und sanft wie üblich, aber mit leicht warnendem Unterton, »lass es gut sein. Ich werde eine Möglichkeit finden, Gilly zu helfen. Aber ich muss es auf meine Art tun.«

Edie seufzte. »Schon gut. Aber du solltest wissen, dass Dora McCreedy Stress macht wegen ihr.«

»McCreedy?«, fragte Rachel stirnrunzelnd. »Wieso, was hat die damit zu tun?«

»Beschwert sich über Hausbesetzer.«

Rachel schnalzte ärgerlich mit der Zunge. »Wenn ihr das solche Sorgen macht, sollte sie sich vielleicht mal weniger Häuser anschaffen, die sie dann leer stehen lässt. Cullen sagt, sie hat sich jetzt auch noch das Featherly-Haus unter den Nagel gerissen. Die führt doch irgendetwas im Schilde, sonst würde sie nicht halb Newton Dunbar aufkaufen. Was steckt da dahinter?«

»Weiß ich leider auch nicht. Aber Gilly sollte McCreedy aus dem Weg gehen und sich von ihren Immobilien fernhalten. Die Frau ist gnadenlos.«

»Okay, ich sage es ihr gleich morgen«, versprach Rachel.

Ein Schweigen entstand, während Edie Farbe auf den Druckstock auftrug.

»Gab es noch mal Probleme mit der Ziege?«, fragte Rachel schließlich.

Edie schnaubte. »Nein, seither nicht. Vielleicht versteht das Vieh mich ja auch. Habe ihm neulich gedroht, es auf den Grill zu schmeißen, wenn es noch mal in meinem Garten herumtrampelt. Und mit Ezra Jones mache ich das dann auch, vorausgesetzt, ich finde einen Grill, der groß genug ist.«

Rachel gluckste vor Lachen.

5

»Also, ich weiß ja nicht, wie es euch geht«, sagte Cullen vom Schachbrett aus, »aber ich könnte ein Bier gebrauchen. Wer kommt sonst noch mit ins Fretted Goose?«

Es war früh an einem Donnerstagabend. Toby hatte gerade seinen Arbeitstag beendet und stand am Tresen.

»Bin dabei«, antwortete Ron und erhob sich. »Muss aber erst noch nach Hause und den Köter füttern.«

»Dann lass uns doch zusammen gehen.« Cullen stand auch auf und wandte sich zu Toby und Rachel. »Wie sieht's mit euch aus, kommt ihr auch?«

»Na klar, gerne«, antwortete Toby und sah Rachel an, in der Hoffnung, dass sie zusagen würde. »Ich wollte das gerade selbst vorschlagen.«

Rachel lächelte. »Okay, bin auch dabei.« Sie sah Cullen an. »Muss ja darauf achten, dass du so vernünftig bist wie vom Arzt verordnet.«

»Tsk«, machte Cullen gutmütig, »die klauen einem nur die Lebensfreude, diese Ärzte. Bin fit wie ein Turnschuh.«

»Ich muss allerdings vorher noch die Kasse machen und Eustace sein Fressen geben«, erklärte Rachel.

»Und ich muss auch noch mal nach Hause«, sagte Toby. »Ich komme so in einer halben Stunde nach.«

»Alles klar, bis dann«, erwiderte Cullen. Er schien es plötzlich sehr eilig zu haben und drängte Ron und Bukowski zum Aufbruch.

Als Toby sich wieder zur Theke wandte, stellte er fest, dass Rachel den beiden mit verkniffenen Augen nachsah.

»Was ist los?«

»Weiß nicht«, antwortete Rachel, »aber ich habe irgendwie das Gefühl, dass er etwas im Schilde führt.«

»Wer, Cullen? Aber was denn?«

»Das werden wir bestimmt bald erfahren«, mutmaßte Rachel.

Toby traf als Erster im Pub ein. Er bestellte sich ein Bier und auch eins für Rachel, als sie kurz darauf hereinkam. Dann warteten sie auf die anderen, aber nach einer Weile kam Toby der Gedanke, dass die beiden alten Herren womöglich gar nicht auftauchen würden.

»Sag mal«, sagte er schließlich, »könnte es sein, dass wir reingelegt worden sind?«

»Habe mich schon gefragt, wann du darauf kommen würdest«, erwiderte Rachel grinsend.

»Du hast ja raffinierte Freunde«, sagte Toby und griff nach seinem Glas.

Rachel lachte. »Das sind jetzt auch deine Freunde. Ich bin nicht alleine verantwortlich!«

»Hm, stimmt wohl«, sagte Toby, erstaunt über diese Erkenntnis. »Das ist anscheinend passiert, ohne dass ich es gemerkt habe.«

»Tja …« Rachel trank einen Schluck Bier und nickte, bevor sie hinzufügte: »Das Gefühl kenne ich. Ursprünglich hatte ich nicht vor, in Newton Dunbar zu bleiben. Hat mich quasi durch Zufall hierher verschlagen. Und jetzt bin ich schon seit fünf Jahren hier und kann mir gar nicht mehr vorstellen, irgendwo anders zu leben.«

»Wie genau hat es dich denn hierher verschlagen?«, hakte Toby nach.

Rachel warf ihm einen Blick zu, und Toby hatte das Gefühl, auf Herz und Nieren geprüft zu werden. Ihre Augen schienen in sein Innerstes zu blicken, und ihm kam der Gedanke, dass Rachel sehr kalt sein könnte, wenn sie wütend war.

»Mein Kombi ist kollabiert«, sagte sie schließlich.

»Ah«, sagte Toby und wartete ab.

Wieder sah Rachel ihn an, als überlegte sie. Dann schien sie eine Entscheidung zu treffen. »Ich habe darin gewohnt. War mein einziges Zuhause, etwas anderes hatte ich nicht.«

Sie hielt inne, als wollte sie seine Reaktion abwarten. Toby war verblüfft über diese Enthüllung, aber er hatte viele Jahre außergewöhnliche und erschütternde Geschichten zu hören bekommen und war es gewohnt, sich seine Gefühle nicht anmerken zu lassen.

»Was für einen Kombi hattest du?«, fragte er, denn Fragenstellen brachte ihn immer weiter.

»Einen alten VW-Bus.«

»Der Klassiker also.«

Rachel lachte. »Kann man so sagen. Klein, beengt und eiskalt im Winter wären andere Beschreibungen.«

»Aber er gehörte dir.«

»Ja«, sagte sie leise. »Mir ganz allein. Und ich war damit mobil und unabhängig.«

Toby hätte gerne gefragt, weshalb das so wichtig gewesen war. Aber seine Intuition sagte ihm, dass es nicht der richtige Moment dafür war.

»Na, jedenfalls«, sprach Rachel weiter, »hatte ich vor, mir in der Gegend hier einen Job als Erntehelferin beim Himbeerpflücken zu suchen. Irgendwo hatte ich eine von Edies Postkarten vom Leuchtturm gesehen, und den wollte ich mir anschauen. Am Fuße des Hügels gab der Bus den Geist auf. Ich ging in den Buchladen und fragte Cullen, ob ich von seinem Telefon aus einen Mechaniker anrufen könne. Während wir auf ihn warteten, tranken wir Tee und redeten. Als der Mann nach Stunden endlich eintraf und mir sagte, was die Reparatur kosten würde, wusste ich, dass ich mit meinem geliebten Auto nirgends mehr hinfahren würde. Als ich gerade überlegte, was ich tun sollte – ich hatte kein Geld, keinen Job und keine Unterkunft mehr –, bot Cullen mir die Stelle im Laden an. So kam es. Tschüs VW-Bus, hallo Leuchtturm.«

Toby lächelte. »Was für eine Fügung.«

Rachel lachte wieder, und Toby merkte, wie sehr ihm ihre Stimme gefiel. »So kann man es natürlich sehen. Und Cullen … Der kam gar nicht erst auf die Idee, einer Person nicht zu vertrauen, die weder über festen Wohnsitz noch über Referenzen und Erfahrung im Buchhandel verfügte. Er bot mir einfach spontan Arbeit und Unterkunft an, von einer Sekunde zur nächsten.«

»Bestimmt hast du ihn beeindruckt«, sagte Toby. »Bei eurem Teegespräch.«

»Mag sein. Aber eigentlich glaube ich, dass er das für jeden Menschen getan hätte. Er ist einfach so. Ich verdanke ihm … na ja, im Grunde alles. Keine Ahnung, was ich ohne ihn getan hätte. Und wo ich heute wäre. Obdachlos wahrscheinlich.«

Toby fragte sich, wo sie vor dem VW-Bus gelebt hatte, ob sie Familie hatte und wenn ja, weshalb sie nicht zu ihr zurückgekehrt war. Aber er sagte nur: »Deshalb hast du so viel Verständnis für Gilly, oder?«

»Ja, wohl schon.« Rachel schien sich einen Moment in Gedanken zu verlieren, dann lächelte sie und sah Toby an. »Aber genug von mir«, sagte sie, »erzähl mir von dir. Wieso bist du Journalist geworden?«

Toby hätte gerne weitergefragt, denn er fand Rachel nach dieser Geschichte nur noch rätselhafter als vorher. »Ich kann mich nicht erinnern, jemals einen anderen Beruf gewollt zu haben«, antwortete er dennoch. »Jedenfalls nicht ernsthaft. Während der Balkankriege in den Neunzigerjahren war ich noch auf der Schule. Die Kriege waren entsetzlich, und irgendetwas ließ mich nicht los. Ich sah Jugendliche in meinem Alter, die sich vor Schießereien in Kellerecken versteckten, andere im Kampfanzug mit Gewehren, während ich in der Schule Mathe paukte. Ich wollte wissen, wie es dazu kam, dass deren Leben so anders war als meines. Und ich war fasziniert von den Journalisten, die ihr Leben riskierten, um die Fragen stellen zu können, die ich mir selbst stellte. Das war noch vor der Zeit des Bürgerjournalismus. Journalist zu sein erschien mir als ehrenhafter Beruf, glaube ich. Dem Rest der Welt Geschichten von Menschen zu erzählen, die es nicht selbst tun können.«

Als er zu Rachel blickte, bemerkte er, dass sie ihn unverwandt betrachtete, und die Intensität ihres Blicks machte ihn ein wenig nervös.

»Und ist er das?«, fragte sie. »Ein ehrenhafter Beruf, meine ich?«

Toby leerte sein Glas. »Ich denke schon, ja. Meistens jedenfalls. Siehst du das anders?«

Rachel wandte den Blick ab. »Ich denke, Journalisten wie du sind wahrscheinlich ehrenhaft, ja. Oder haben zumindest anfänglich noch Ethos. Fehlt dir dein Beruf?«

»Ja«, antwortete Toby. »Ich hatte nie eine andere Arbeit, und es war nie nur ein Job für mich, sondern mein Lebensinhalt. Aber wegen meiner Beinverletzung wird mich als Auslandskorrespondent niemand mehr versichern. Das heißt, mir bleibt nur ein Schreibtischjob oder ein Lokalressort … Ich werde lernen müssen, das zu akzeptieren.«

»Das tut mir leid.«

»Das Risiko gehört dazu. Deshalb liegt Sylvie, meine Ex-Frau, mir wegen der Memoiren so in den Ohren. Sie glaubt, das könnte der Anfang einer großartigen Karriere als Buchautor sein.«

»Glaubst du denn, dass sie damit falsch liegt?«, fragte Rachel.

»Nein, wäre schon möglich«, räumte Toby ein. »Sie kennt sich sehr gut aus in ihrer Branche. Das nervt auch manchmal an ihr, weil sie dann besserwisserisch wird.«

»Wie lange wart ihr verheiratet?«

»Sieben Jahre. Die ich allerdings größtenteils im Ausland verbracht habe. Wäre ich mehr zu Hause gewesen, hätten wir wahrscheinlich nur zwei geschafft.«

Rachel lächelte. »Und ihr seid trotzdem befreundet?«

»Ja. Werden wir wahrscheinlich auch bleiben, auf der Ebene kommen wir gut klar. Und du?«, fragte Toby. Es interessierte ihn brennend, was für Beziehungen sie gehabt hatte, vor allem angesichts ihres VW-Bus-Lebens. »Hat es niemand je geschafft, dich an sich zu binden?«

Rachel schaute in ihr Glas, und er erwartete, dass sie auch von einer Scheidung berichten würde. Es entstand ein Schweigen, das sich anfühlte, als hielte Rachel ein großes Stoppschild hoch. Dann trank sie den letzten Schluck von ihrem Bier und stand auf.

»Nein, das ist nichts für mich«, sagte sie. »Ich kann mich nicht binden. Deshalb der Bus.« Sie griff nach seinem Glas. »Noch eins?«

Später am Abend brachte Toby Rachel zum Leuchtturm zurück. Als sie an den vier Cottages vorbeikamen, erklärte sie, wer von seinen neuen Freunden in welchem Haus wohnte. Dann stiegen sie im Licht des Vollmonds den Hügel hinauf.

»Bist du böse auf Cullen und Ron?«, fragte Toby, als sie an der Tür ihren Schlüssel aus der Tasche fischte.

Rachel warf ihm einen Blick zu, schaute dann beiseite. Das Mondlicht verzauberte ihr Gesicht, und es kam Toby plötzlich vor, als hätte er zwischen Amateurgemälden das Werk eines alten Meisters entdeckt.

»Nein«, sagte sie schließlich. »Aber hör mal, Toby … ich möchte nichts mit dir anfangen.«

»Oh«, sagte er, verblüfft über diese direkte Aussage. »Ähm … okay.«

»Ist nichts Persönliches«, fügte sie hastig hinzu, »sondern etwas Grundsätzliches. Ich will überhaupt keine Liebesbeziehung. Entschuldige. Ich dachte, es ist das Beste, offen zu sein, oder? Und …«

»Du musst dich nicht erklären, Rachel«, sagte Toby lächelnd, obwohl er tausend Fragen im Kopf hatte. Der VW-Bus, ihre Vergangenheit, der Grund für diese extrem direkte Ansage. *Ich will überhaupt keine Liebesbeziehung.*

»Ich mag dich«, sagte sie jetzt. »Und ich möchte gerne mit dir befreundet sein, aber mehr eben auch nicht. Mehr Freunde zu haben, ist immer gut, und …«

Toby lächelte wieder. »Befreundet zu sein ist doch prima.«

Sie wirkte erleichtert. Hatte sie erwartet, dass er eine Szene machen würde?

»Okay. Schön. Danke fürs Bier.«

»Dir auch. Gute Nacht.«

Ist vielleicht auch besser so, sagte sich Toby, als er den Hügel hinunterging. *Ich bin schließlich nicht für immer hier. Und schleppe selbst genug mit mir herum, damit muss ich nicht auch noch andere Menschen belasten. So faszinierend und bezaubernd sie auch sein mögen.*

6

Toby merkte erst, wie lange er schon auf dem Halbgeschoss im Buchladen gesessen hatte, als er Schritte auf der Eisentreppe hörte. Er schaute auf und erblickte nicht nur Rachel, sondern sah durch das schmale Fenster hinten im Turm, dass es draußen schon dämmerig wurde.

»Ich wollte nur mal nach dir gucken, weil wir bald schließen«, sagte Rachel.

»Oh!« Toby blinzelte, als erwachte er aus einem Traum. »Ich habe gar nicht gemerkt, wie die Zeit vergeht.«

Rachel betrat die oberste Stufe, ließ die Hand auf dem Geländer ruhen. »Ich dachte schon, du wärst gegangen, ohne dass ich es gemerkt habe. Es war so still hier oben.«

Toby packte seine Sachen in die Umhängetasche. Sein Bein fühlte sich steif an vom stundenlangen Sitzen, er musste sich wirklich dringend bewegen. »Ich habe so intensiv geschrieben. Und habe, glaube ich, den Anfang für das Buch gefunden.«

»Das freut mich für dich. Glückwunsch.«

»Danke. Zwischendurch dachte ich wirklich mal, es wird nie was.« Als Toby tief einatmete, spürte er erst so richtig, wie erleichtert er war. »Hättest du Lust auf einen Drink zur Feier des Tages?«

»Ähm …« Rachel zögerte. Seit ihrem letzten Besuch im Pub waren ein paar Tage vergangen.

»Cullen und Ron wollte ich auch fragen«, fügte Toby lächelnd hinzu.

Rachel erwiderte das Lächeln. »Ach so, das hat nichts mit … Ja, ich komme gern mit, danke. Ich muss aber noch die Kasse machen und abschließen.«

»Kein Problem. Ich will auch erst noch nach Hause und meine Sachen loswerden.« Toby warf einen Blick auf seine Uhr. Es war schon beinahe halb sechs. Er war wirklich in einer anderen Welt abgetaucht. »Wie wär's mit sieben im Pub?«

»Ja, prima, machen wir.«

Toby erhob sich und ging gerade auf Rachel zu, noch stärker hinkend als sonst, als plötzlich von unten Lärm zu hören war. Es klang nach einer heftigen Debatte. Dann folgte ein unvermitteltes Krachen und das Geräusch von vielen kleinen Dingen, die zu Boden fielen.

»Cullen!«, hörten sie Ron erschrocken ausrufen.

Dann ein Aufschrei und ein dumpfer Knall.

»Cullen!«, schrie Ron erneut, und dann panisch: »Rachel!«

Rachel rannte bereits die Treppe hinunter, dicht gefolgt von Toby. Unten sahen sie Cullen MacDonald auf dem Rücken liegen, die Hände in die Brust gekrallt, die Augen vor Schmerz zusammengekniffen, während er um Atem rang. Bei seinem Sturz hatte er das Schachbrett mit zu Boden gerissen, das jetzt halb auf ihm lag.

Rachel sank neben Cullen auf die Knie und umfasste seine Hände.

»Ruf einen Krankenwagen!«, rief sie Toby zu, der seine

Tasche fallen ließ und zur Verkaufstheke humpelte. Während er den Notruf wählte, fiel sein Blick auf Gilly, die kreidebleich neben dem Ofen stand. Bukowski war zu seinem Herrchen gelaufen und winselte leise, während Ron seinen Freund mit unverhohlenem Grauen anstarrte. Eustace war nirgendwo zu sehen.

Als Toby nach der Adresse gefragt wurde, merkte er, dass er sie gar nicht kannte. »Wir sind im Leuchtturm von Newton Dunbar. Auf dem Hügel …«

Rachel sagte ihm die Postleitzahl, ohne den Blick von Cullen abzuwenden. »Sie sollen am Pförtnerhaus auf der Main Street rechts abbiegen und den Hügel hinauf bis vor die Tür fahren.«

Als Toby die Informationen durchgab, spürte er eine Bewegung hinter sich und sah, wie Gilly zur Tür lief. Nachdem er das Telefonat beendet hatte, nahm er eine Decke von einem der Sessel und breitete sie über Cullen aus. Rachel steckte sie rundum fest, und in der nächsten Minute kam auch schon ein breitschultriger Mann mit Motorradhelm hereingestürzt: ein Ersthelfer, ausgestattet mit allen Geräten zur Wiederbelebung. Nur wenige Minuten später traf bereits der Krankenwagen ein, und Toby und Ron konnten nur noch tatenlos zusehen, wie Cullen auf eine Trage geladen und hinausgebracht wurde. Rachel lief den Sanitätern nach und stieg mit in den Krankenwagen, der sofort losraste, gefolgt von dem Motorradfahrer. Vom einen auf den anderen Moment waren Ron und Toby alleine im Leuchtturm, in dem nur noch Bukowskis klägliches Winseln und das Prasseln des Feuers im Ofen zu hören waren.

Die Männer standen einen Moment wie versteinert da,

bis Toby schließlich sagte: »Vielleicht sollten wir den Laden abschließen?«

Ron sah ihn mit leerem Blick an, und Toby wusste ganz genau, dass jetzt gerade der Schock einsetzte. Mit Schockzuständen kannte er sich aus, davon hatte er mehr als genug miterlebt.

»Ich weiß nicht, wo Rachel den Schlüssel aufbewahrt«, sagte Ron schließlich.

»Ah. Weißt du, ob noch jemand einen Ersatzschlüssel hat?«

»Nur Cullen.«

Sie blickten beide zur Tür.

»Ich bleibe hier«, sagte Ron nach einem weiteren Schweigen. »Bis sie wieder da sind.«

Cullen hatte so gespenstisch fahl ausgesehen, dass Toby befürchtete, Rachel würde alleine zurückkommen. Das behielt er aber für sich und sagte nur zu Ron: »Dann bleibe ich auch hier. Was hältst du davon, wenn ich uns einen Tee mache?«

Ron nickte, und Toby ging zur Theke. Während er das Zubehör zusammensuchte, warf er einen Blick auf den alten Mann. Er stand noch immer stocksteif neben dem umgekippten Tisch, inmitten der verstreuten Figuren zweier gegnerischer Heere.

Als Gilly aus dem Leuchtturm stürzte, sah sie bereits den Scheinwerfer eines Motorrads, das im Regen den Hügel hinaufraste. Sie rannte zum Wäldchen hinüber und hechtete über den Zaun. Als sie auf ihr Zelt zulief, hörte sie schon das Martinshorn näher kommen.

»Hey, du!«, ertönte plötzlich eine schrille erboste Frauenstimme.

Gilly erstarrte. Neben dem Zelt sah sie eine kleine Frau mit scharfen verkniffenen Gesichtszügen, die ein dunkles Kostüm und schwarze Pumps trug. Sie hatte die Hände in die Hüften gestützt und starrte Gilly aufgebracht an. Ein Stück entfernt stand ein Mann mit dem Rücken zu ihnen, vor sich irgendein Gerät auf einem Dreifuß, in den Händen Stift und Klemmbrett.

»Du«, wiederholte die Frau. »Das hier ist Privatbesitz. Wie kannst du es wagen, dich hier breitzumachen?«

»Schon gut«, erwiderte Gilly. »Ich brauchte einen Platz zum Schlafen. Ich verschwinde sofort. Lassen Sie mich das Zelt einpacken, dann …«

»Was, damit du dich einfach anderswo widerrechtlich niederlassen kannst?« Die Frau lachte höhnisch. »Ganz bestimmt nicht.«

Sie griff in ihre Tasche und brachte ein kleines Taschenmesser zum Vorschein. Gilly wusste, was passieren würde, noch bevor die Frau die Klinge aufklappte.

»Nein! Warten Sie –« Doch da bohrte die Frau die Klinge bereits in die dünne Wand des einzigen Ortes, der für Gilly jemals ein Zuhause gewesen war, und zerfetzte den Stoff. Nicht einmal das Prasseln des Regens konnte das reißende Geräusch übertönen.

Gilly ballte vor Wut die Fäuste. »Blödes Miststück!«

»Hau ab«, erwiderte die Frau. »Du kannst von Glück sagen, dass ich nicht schon die Polizei gerufen habe.«

»Ich will meinen Schlafsack.«

»Pech gehabt. Mein Grundstück, mein Eigentum. Wenn

du dich jemals wieder hier blicken lässt, ist der Schlafsack deine geringste Sorge, kapiert?«

Gilly zögerte. Sie wollte sich nicht widersetzen, sondern wusste ganz einfach nicht, wohin sie gehen sollte. Das Zelt war ihr einziger Zufluchtsort gewesen, und jetzt …

Die Frau holte ihr Handy heraus. »Noch fünf Sekunden, dann rufe ich die Polizei. Fünf, vier …«

Gilly drehte sich um und rannte zum Zaun zurück. Der Buchladen schied aus, der Supermarkt machte bald zu, und die öffentliche Toilette an der Main Street würde auch demnächst abgeschlossen werden. Der Pub? Ein Bier würde sie dort noch bezahlen können, aber gerade jetzt brauchte sie jeden Penny. Und an einem Bier konnte sie sich auch nicht ewig festhalten – falls man sie dort überhaupt bedienen würde.

Sie konnte nirgendwohin.

Der nächste Bahnhof befand sich in Great Dunbar. Sah wohl so aus, als würde sie doch wieder in einer Großstadt landen. Vorausgesetzt, sie würde es schaffen, über die Ticketschranke zu springen. Und zum Bahnhof würde sie zu Fuß gehen müssen. Fünfzehn Kilometer, im strömenden Regen.

Als sie aus dem Wald kam, stand der Krankenwagen mit Blaulicht noch vor dem Buchladen. Das Flackern des blauen Lichts auf den weißen Mauern des Leuchtturms sah aus wie eine gespenstische Lightshow. Ezras sandfarbene wuchtige Jacke hing noch immer an dem Haken auf der Veranda.

Gilly rannte den Hügel hinauf, schnappte sich die Jacke und schlüpfte im Laufen hinein, ohne ihren Rucksack abzunehmen. Die Ärmel waren viel zu lang, und sie rang mit ihnen, während sie sich die große Kapuze überzog. Danach sah sie zwar kaum noch etwas, aber die Jacke, die nach ihrem einstigen Besitzer roch, fühlte sich so schützend an wie eine tragbare Bettdecke und hielt überdies noch das Wasser ab.

Während Gilly den Hügel hinunterhastete, wurde der Regen immer stärker und prasselte so heftig auf die Kapuze, dass es sich wie Trommeln anhörte. Gilly steuerte den Pfad an, der am Fuß des Hügels zu dem letzten Cottage an der Ecke der Häuserreihe führte. Als sie dort ankam, spähte sie in den Garten. Ein großer Schuppen stand direkt am Zaun, daneben war ein kleines Tor.

Gilly überlegte fieberhaft. Von hier aus konnte sie einen erleuchteten Raum mit langen schmalen Fenstern erkennen. Niemand hielt sich darin auf, aber man hätte sie von dort aus leicht sehen können. Sie zögerte, aber als der Regen noch gnadenloser wurde, öffnete sie rasch den Riegel des Törchens, betrat den Garten und flehte innerlich, dass der Schuppen weder abgeschlossen noch mit Gerümpel vollgestopft war.

Glücklicherweise war zumindest die Tür nicht verriegelt. Im Inneren wurde zwar Zubehör für Gartenarbeit aufbewahrt, und an einem Ende tropfte es durchs Dach, aber es gab ein trockenes freies Fleckchen auf dem staubigen Holzboden. Gilly setzte sich dorthin, an die Wand gelehnt, zog die Knie an und legte die Stirn darauf. Die voluminöse Jacke zog sie fester um sich. Für eine Nacht ließ sich das aushalten. Sie konnte hier nicht auf Dauer bleiben, aber bei diesem Regen würde bestimmt niemand im Garten arbeiten wollen. Außerdem war es schon fast dunkel.

Nach einer Weile wurde ihr sogar richtig warm unter

der Jacke, und plötzlich fiel ihr die Taschenlampe wieder ein, die sie beim ersten Durchforsten entdeckt hatte. Sie fand die kleine Lampe und testete sie dicht am Boden, damit das Licht von außen nicht bemerkt wurde. Es war ein kraftvoller Strahl kalten weißen Lichts. Gilly schaltete die Lampe wieder aus, umschlang ihre Knie und dachte darüber nach, ob Cullen sich wohl wieder erholen würde.

Im Corner Cottage kehrte Edie Strang mit einem Becher Tee und einem Stück Kaffee-Walnuss-Kuchen in ihr Atelier zurück. Sie schaute hinaus in den Garten, aber es war schon fast dunkel, und Regen rann an den Fenstern hinunter. Das Blaulicht des Krankenwagens am Leuchtturm hatte sie nicht wahrgenommen, er war schon wieder verschwunden.

7

Nachdem Cullen in der Notaufnahme hinter einer Flügeltür verschwunden war, bekam Rachel keinerlei Informationen mehr.

»Tut mir leid, Sie sind kein Familienmitglied«, sagte eine Krankenschwester bedauernd und führte Rachel zu einem Stuhl in einem Gang, der nach Desinfektionsmittel und Unglück roch.

»Aber Cullen MacDonald hat keine Familie mehr«, sagte Rachel drängend. »Nur noch mich.«

Stunden vergingen, in denen sie nicht einmal wusste, ob Cullen noch am Leben war. Aber nach Hause zu gehen kam nicht infrage, denn ihr Zuhause war auch das von Cullen, und ein Leben ohne ihn im Leuchtturm war unvorstellbar.

Als plötzlich eine Krankenschwester vor ihr stand, dauerte es einen Moment, bis Rachel merkte, dass ihr Name ausgesprochen wurde. Er kam ihr in diesem Augenblick so irreal vor wie die Zeit, die sie völlig aus den Augen verloren hatte. Rachel trug keine Uhr und besaß kein Handy. Sie hatte nie eines gebraucht. Wer mit ihr sprechen wollte, konnte sie über das Festnetztelefon im Buchladen erreichen oder kam direkt dorthin. Aber in diesem Moment hätte Rachel gerne gewusst, wie viel Uhr es war und wer sich in der Zwischenzeit um den Laden kümmerte. Hatte sie überhaupt die Tür hinter sich zugemacht, als sie zum Krankenwagen gerannt war?

»Ms Talbot?«, wiederholte die junge Krankenschwester. »Sind Sie Rachel Talbot?«

»Ja.« Als sie aus ihrem benommenen Dämmerzustand aufschreckte, merkte Rachel, dass ihr vom langen Sitzen der Rücken schmerzte.

»Mr MacDonald möchte Sie sprechen.«

»Was?« Rachel sprang so hastig auf, dass ihr schwindlig wurde und sie sich an der Wand abstützen musste. »Ist er … wach? Ansprechbar? Spricht er?« Erst in diesem Moment wurde ihr bewusst, dass sie nicht damit gerechnet hatte, Cullens Stimme jemals wieder zu hören.

»Er ist schwer krank«, antwortete die junge Frau, während sie Rachel zu der Station begleitete. »Sie dürfen ihn nicht anstrengen. Aber er fragt ständig nach Ihnen.«

»Was ist überhaupt passiert?«, fragte Rachel. »Hatte er einen Herzinfarkt?«

»Ja. Sie können mit dem Arzt sprechen, nachdem Sie bei Mr MacDonald waren.« Die Schwester warf Rachel ein flüchtiges Lächeln zu. »Wir wussten nicht, dass Sie die verantwortliche Person für ihn sind.«

Cullen lag in einem Einzelzimmer auf einem hohen Krankenbett. Auf seinem nackten, knochigen Brustkorb waren Sensoren für diverse Geräte befestigt, über Mund und Nase trug er eine durchsichtige Sauerstoffmaske. Er sah grau und eingefallen aus, und Rachel spürte einen Stich in der Brust bei diesem Anblick. Sie trat an das Bett und ergriff Cullens

Hand, erwartete, dass sie kalt sein würde. Sie war warm, aber die Haut fühlte sich so trocken und dünn an wie die Seiten seiner geliebten Bücher.

»Cullen?«, sagte sie leise. »Ich bin's, Rachel.«

Seine Finger umklammerten ihre Hand, und er schlug die Augen auf, blinzelte, um Rachel zu erkennen. Mit der anderen Hand versuchte er, die Maske zu entfernen.

»Du musst nicht sprechen«, sagte Rachel. »Ruh dich einfach nur aus.«

Aber er murmelte etwas und versuchte weiterhin, die Maske abzusetzen. Rachel warf der Krankenschwester einen fragenden Blick zu. Als sie nickte, griff Rachel behutsam nach der Maske und streifte sie über Cullens Kopf. *Er sieht so klein aus,* dachte Rachel erschüttert, *so ganz anders als der Mann, den ich seit fünf Jahren kenne.*

»Rachel«, flüsterte Cullen.

»Ich bin hier«, sagte sie. »Sei ganz ruhig, du bist jetzt im Krankenhaus.«

»Dumm«, murmelte er, »so dumm. Ich hätte ...« Er rang mühsam um Atem.

»Alles ist gut«, sagte Rachel, jetzt etwas energischer. »Mach dir keine Sorgen. Du bist in guten Händen hier und wirst wieder gesund werden, Cullen.«

»Nein«, sagte er ein wenig lauter. »Es ist nicht gut. Ich wollte es dir immer schon geben, Rachel. Du sollst es bekommen. Aber ich wusste nicht ...« Er hustete und röchelte. »Dumm. So dumm.«

»Bitte«, sagte Rachel flehend, weil sie merkte, dass die Krankenschwester unruhig wurde. »Mach dir bitte keine Sorgen, Cullen.«

»Hör zu«, flüsterte er. »In der Decke. Hinter ... der Tapete. Wusste nicht, was ich tun sollte. Egoistisch, aber ... wollte den Laden behalten ...«

»Das ist genug«, sagte die Schwester entschieden, betätigte einen Schalter und trat an die andere Bettseite, um die Maske wieder anzubringen. »Sie müssen jetzt gehen.«

Mit einer letzten Kraftanstrengung packte Cullen die Schwester am Handgelenk und sah Rachel eindringlich an.

»Hinter der Tapete«, sagte er noch einmal, bevor ihm die Stimme versagte. Eines der Geräte an seinem Bett gab einen langen schrillen Piepton von sich.

Die Schwester drückte hastig einen Notknopf und warf Rachel einen Blick zu. »Bitte gehen Sie jetzt. Sofort.«

Cullen wollte ihre Hand nicht loslassen, erst nach einem Moment gelang es Rachel, sich zu lösen. Im Flur waren eilige Schritte zu hören, und sie ging rückwärts aus dem Raum, während mehrere Leute hereingerannt kamen und sich über Cullen beugten.

Sie trat in den kahlen weißen Flur hinaus. Von drinnen waren keine Geräusche zu hören, die auf eine Wiederbelebung hinwiesen. Als die junge Schwester schließlich herauskam, um mit Rachel zu sprechen, wusste sie schon, dass Cullen diese Welt verlassen hatte.

Draußen hatte es aufgehört zu regnen, der Himmel war sternenklar. Rachel entfernte sich vom Eingang des Krankenhauses und atmete in tiefen Zügen die kühle Nachtluft ein. Als ein Mann vorüberkam, fragte sie ihn nach der Uhrzeit. Er sah sie so seltsam an, als wäre sie eine Außerirdische, antwortete aber. Es war kurz vor halb neun, wenn sie sich beeilte, konnte sie noch den nächsten Bus nach Newton Dunbar erreichen. Plötzlich fiel ihr ein, dass sie Eustace nicht gefüttert hatte, und sie fragte sich, ob Cullen das vielleicht gemacht hatte. Bis ihr mit einem schrecklichen Schock klar wurde, dass er tot war.

Wann die Trauer einsetzen würde, konnte Rachel nicht einschätzen, im Moment befand sie sich in einem dumpfen, benebelten Zustand, der den Rest der Welt unwirklich erscheinen ließ. Auf der Heimfahrt im Bus starrte sie aus dem Fenster, nahm aber so wenig wahr, dass sie fast versäumt hätte, in Newton Dunbar auszusteigen. Als sie den Hügel hinaufstieg, sah sie, dass im Leuchtturm Licht brannte. Während sie überlegte, wer wohl dort sein mochte, wurde ihr klar, dass sie jetzt allen von Cullens Tod berichten musste. Sie hatte keine Ahnung, wie ihr das gelingen sollte.

Auf halber Höhe blieb Rachel stehen und erwog einen Moment lang, gar nicht mehr in den Turm zurückzukehren. Sie hatte ihre Brieftasche dabei, auf der Bank lagen noch ein paar hundert Pfund. Der Leuchtturm gehörte ihr nicht, und sie besaß nichts von Wert. Eigentlich konnte sie verschwinden, irgendwo anders einen Neuanfang machen. Nur wegen Cullen war sie hiergeblieben, doch er war nun nicht mehr da, also konnte sie auch wieder aufbrechen. Dann wäre es, als sei sie nie hier gewesen, als sei ihre Zeit im Leuchtturm nur ein Zwischenspiel gewesen, ein flüchtiger Moment in einem unbedeutenden Leben. Sie musste sich dem nicht aussetzen, was sie hinter dieser Tür erwartete. Es gab keinerlei Verpflichtungen, keine Bindungen.

Sie konnte ebenso unerwartet verschwinden, wie sie hier angekommen war.

Als sie in der Kälte der Nachtluft zu frösteln begann, ging Rachel langsam weiter den Hügel hinauf, dem einzigen Zuhause entgegen, das sie jemals gehabt hatte. Auf der überdachten Veranda, die von allen Freunden gemeinsam gebaut worden war, blieb Rachel erneut stehen und ließ die Hand einen Moment lang auf dem glatten Holz eines Pfeilers ruhen. Dann betrat sie den Buchladen.

Zwei Gesichter blickten aus den Sesseln zu ihr auf, und kurz war sie verwirrt. Aber natürlich saß dort gegenüber von Ron nicht Cullen, sondern Toby. Er stand auf, als sie hereinkam, und sie sah ihm an, dass er die Nachricht bereits erahnt hatte, spürte, dass er viel Erfahrung mit dem Tod hatte. Nur wie sie mit Ron umgehen sollte, wusste Rachel nicht. Deshalb ging sie rasch zu ihm, ergriff seine Hände und kniete sich neben den Sessel. »Cullen ist nicht mehr bei uns«, sagte sie. Ihre Stimme klang so weit entfernt und fremd in ihren Ohren, als wäre es nicht ihre eigene und als wäre das alles vielleicht gar nicht real. »Es tut mir so leid, Ron. Sie haben sich sehr bemüht. Er auch. Aber er lebt nicht mehr.«

Ron, ohnehin schon blass, wurde noch bleicher. Er umklammerte ihre Hände, und Rachel versuchte die Erinnerung an Cullens letzte Berührung zu verdrängen. Auf einmal war in der Stille ein klägliches Maunzen zu hören, und Eustace drückte seinen Kopf an ihre Hüfte.

»Er hat Hunger«, murmelte Ron, »aber die Tür zur Wohnung oben ist abgeschlossen.«

»Tut mir leid, mein Guter«, sagte Rachel und entzog Ron eine Hand, um den Kater zu streicheln.

»Ich wäre ja losgegangen, um ihm Futter zu kaufen«, erklärte Toby, »wollte aber Ron nicht alleine lassen.«

Rachel richtete sich auf. »Danke. Es war lieb von dir, dass du geblieben bist. Tut mir leid, dass ich mich um nichts gekümmert habe, aber …«

Toby hob beide Hände. »Bitte, entschuldige dich nicht dafür.«

Sie blickte beiseite, wollte Toby eigentlich verabschieden, aber nicht unhöflich gegenüber jemandem sein, der so mitfühlend gehandelt hatte. Was sie mit Ron machen sollte, wusste Rachel auch nicht. Sie fühlte sich plötzlich unendlich erschöpft, wollte nur noch in einem dunklen Zimmer im Bett liegen und so tun, als gäbe es die Welt nicht. Aber Ron hatte seinen besten Freund verloren und würde in ein leeres Haus zurückkehren.

»Ron«, sagte Toby jetzt behutsam, als hätte er Rachels Gedanken erraten, »wie wär's, wenn du mit zu mir kommst? Wir sollten beide etwas essen. Und wir können auf Cullen trinken, und du kannst mir mehr von ihm erzählen.«

Rachel warf Toby einen dankbaren Blick zu, als er Ron aufhalf. Bukowski schien zu spüren, dass etwas mit seinem Herrchen nicht stimmte, und wich ihm nicht von der Seite.

»Danke«, sagte Rachel leise.

»Das ist doch selbstverständlich«, erwiderte Toby.

Ron schien nicht sprechen zu können. Er drückte Rachel fest, und sie hielten sich lange in den Armen. Dann gingen die beiden hinaus.

Rachel wartete, bis sie am Fuß des Hügels angekommen waren, weil sie nicht wollte, dass Ron hörte, wie sie die Tür abschloss. Als sie den Raum durchquerte, um nach oben zu gehen, vermied sie es, zu Cullens Sessel hinüberzuschauen. Eustace miaute immer vorwurfsvoller, und Rachel sagte sich, dass diese eine Aufgabe noch geschafft werden musste. Sie stieg die Eisentreppe hinauf und schloss die Tür zu der kleinen Wohnung auf. Der Kater flitzte sofort nach oben, während Rachel alle Lichter im Buchladen ausmachte, bis auf ein kleines Nachtlicht, das immer eingeschaltet blieb. Der dunkle Raum unten, der jahrelang Geborgenheit für sie bedeutet hatte, strahlte plötzlich eine Leere aus, die nie wieder gefüllt werden konnte.

In der Küche gab Rachel Eustace sein Futter, das er hungrig verschlang. Sie streichelte den Kater, der jetzt behaglich schnurrte. Dann ging sie in ihr Schlafzimmer, streifte die Schuhe von den Füßen und legte sich aufs Bett, zu kraftlos, um sich auszuziehen. Sie rollte sich zur Wand und weinte, bis sie einschlief.

8

Am nächsten Morgen schloss Rachel wie immer die Tür zum Buchladen auf. Sie wusste gar nicht, was sie sonst hätte tun sollen. Draußen warteten schon Ron und Bukowksi, und hinter ihnen sah Rachel Edie den Hügel heraufkommen. Als der Kaffee aufgesetzt war, traf auch Ezra ein. Eustace streifte um Cullens leeren Sessel herum und miaute so jämmerlich, dass es Rachel fast das Herz zerriss.

»Bitte sag uns, womit wir dir helfen können«, sagte Edie, als Rachel die Becher auf die Theke stellte. »Dafür sind wir hier.«

Rachel war dankbar für die Anwesenheit der Freunde; so war der Raum zumindest belebt, auch wenn sie natürlich die Leere nicht vertreiben konnten, die ohne Cullens fröhliche Stimme entstand.

»Es sind keine Kekse da«, sagte Rachel. »Ich konnte nicht …«

Edie förderte aus ihrer Tasche eine Packung Früchte-Shortbread zutage und legte sie auf den Tresen. »Nicht zu vergleichen mit denen von Cullen. Aber besser als nichts.«

Als Rachel gerade den Kaffee eingoss, öffnete sich die Tür erneut, und Toby kam herein. »Hallo«, sagte er ernst und blieb am Eingang stehen. »Ich hoffe, ich störe nicht.

Ich wollte … Na ja, eigentlich weiß ich es selbst nicht genau.«

Einfach hier sein, dachte Rachel. *Du wolltest einfach hier sein, weil du wie wir alle gar nirgendwo anders hingehen kannst.*

»Komm rein, Junge«, sagte Ron mit rauer Stimme. »Steh nicht an der Tür herum, sondern trink einen Kaffee mit uns.«

Rachel holte einen weiteren Becher unter der Theke hervor und schenkte Toby ein. In diesem Moment kam es ihr beinahe vor, als sei er seit jeher hier gewesen. Ihr gelang sogar ein kleines Lächeln, als er auf sie zukam.

»Danke«, sagte er in die Runde. »Mein herzliches Beileid an euch alle. Ich konnte Cullen nur kurz kennenlernen, aber es war lang genug, um zu wissen, was euch sein Verlust bedeutet. Ich bedaure sehr, dass ich ihn nicht länger erleben konnte.«

Schweigend tranken alle ihren Kaffee, in Gedanken bei Cullen, der jeder Person in der Runde auf unterschiedliche Weise fehlte.

»Das hätte ihm gefallen«, sagte Ron, als er einen dritten Keks nahm. »Dass wir hier alle bei Rachel sind, meine ich. Cullen hätte nicht gewollt, dass sie alleine ist.«

Die anderen murmelten zustimmend. Ein Schweigen entstand, bis die Tür erneut aufging und Gilly hereinkam. Auch sie zögerte zunächst und blieb stehen. Das Mädchen wirkte fast kindlich in der riesigen Jacke von Ezra, die ihm bis über die Knie reichte.

»Ich habe heute Früh im Supermarkt gehört, was mit Cullen passiert ist«, sagte Gilly mit klarer Stimme. »Ich wollte euch mein Beileid aussprechen.«

»Das ist sehr lieb von dir«, sagte Rachel. »Möchtest du auch einen Kaffee?«

Gilly trat zu den anderen. Als sie Ezra sah, schien sie zu überlegen und dann eine Entscheidung zu treffen.

»Danke für die Jacke«, sagte Gilly verlegen. »Möchtest du sie wiederhaben? Es hat aufgehört zu regnen.«

Ezra lächelte das Mädchen an. »Kannst du sie gebrauchen?«

Gilly nickte ernsthaft. »Ja, schon.«

»Dann behalte sie gerne.«

»Könntet ihr eine Zeit lang den Laden im Auge behalten?«, fragte Rachel in die Runde. »Ich muss dringend ein paar Dinge regeln. Den Anwalt anrufen, das Bestattungsinstitut ...«

Edie streichelte Rachels Hand. »Selbstverständlich, Liebes.«

Rachel holte das Telefon unter der Theke hervor und ging nach oben. Als sie Cullens Anwalt, Alan Crosswick, endlich erreichte, war er vollkommen bestürzt über die Nachricht.

»Das tut mir sehr leid«, sagte Crosswick. »Cullen war ein ganz besonderer Mensch. Er wird mir fehlen. Ich kannte ihn zwar erst, seit ich vor ein paar Jahren in die Kanzlei eingestiegen bin, habe mich aber immer gern mit ihm unterhalten. Und das, obwohl er den Themen grundsätzlich ausgewichen ist, von denen ich ihm nahelegte, sie dringend zu bearbeiten. Zum Beispiel ein neues Testament aufzusetzen. Ich fürchte, das vorliegende stammt noch aus der Zeit, bevor er selbst das Anwesen erbte. Das wissen Sie vielleicht nicht, aber Cullen erbte bereits als Kind alles, was vom Anwesen der MacDonalds noch übrig war. Sein Vater starb

1945, da war Cullen zehn Jahre alt. Seine Mutter verwaltete das Erbe, bis er zwanzig wurde. Das Testament besteht ganz einfach nur daraus, dass das Erbe an den nächsten Nachfahren der Familie MacDonald übergeht.« Crosswick hielt einen Moment inne. »Ich habe Cullen immer wieder darauf angesprochen, dass er ein präziseres Testament aufsetzen solle, weil er ja keine Nachkommen hat. Er sagte jedes Mal, er würde sich damit beschäftigen, aber dann ist wieder nichts passiert. In den nächsten Wochen wollte ich erneut einen Versuch starten. Aber dazu wird es nun leider nicht mehr kommen.«

Rachel schloss die Augen und atmete tief ein. »Aber ... was bedeutet das? Cullen hatte keinerlei Verwandte mehr – jedenfalls niemanden, über den er jemals gesprochen hätte. Keine Kinder, keine Geschwister. Was passiert jetzt mit dem Leuchtturm?«

»Ich muss aufgrund des Testaments prüfen, ob es noch rechtliche Erben gibt«, antwortete Crosswick. »Falls nicht ... Nun ja, alles, was nach Abzug der Erbschaftssteuern übrig bleibt, fällt an die Krone.«

»Ah«, sagte Rachel matt.

»Es tut mir sehr leid für Sie, Ms Talbot«, sagte Crosswick. »Ich weiß, dass der Leuchtturm sowohl Ihr Arbeitsplatz als auch Ihr Zuhause ist. Ich werde mich dafür einsetzen, dass Ihnen ein Vorkaufsrecht zusteht, wenn das Gebäude zum Verkauf angeboten wird.«

»Danke«, erwiderte Rachel mechanisch, obwohl die Vorstellung, den Leuchtturm zu kaufen, aus finanzieller Sicht vollkommen absurd war. Sie fühlte sich wie betäubt. Gestern Mittag war Cullen noch wohlauf und munter gewesen, heute war er nicht mehr da. Und es sah ganz danach aus, als würde auch alles, was er hier erschaffen hatte, bald verschwunden sein.

»Hören Sie, Ms Talbot«, sagte der Anwalt jetzt. »Ich würde vorschlagen, dass Sie vorerst bleiben, wo Sie sind. Ich beschäftige Sie in ungefähr derselben Art, wie Cullen es getan hat. Halten Sie alles am Laufen, betreiben Sie den Buchladen wie bisher, damit er zumindest seine Kosten einspielt, während das Gebäude treuhänderisch verwaltet wird. Darüber hinaus würde ich Sie bitten, die Bestattung zu arrangieren und das Pförtnerhaus, in dem Cullen gewohnt hat, auszuräumen. Wir machen einen Schritt nach dem anderen, und dann werden wir sehen, wie sich die Lage entwickelt. Einverstanden?«

Am Rest des Gesprächs beteiligte sich Rachel nur noch in benommenem, halb abwesendem Zustand und hoffte, dass es dem Anwalt nicht auffallen würde. Währenddessen tauchte Eustace neben ihr auf und strich um ihre Beine. Nach einer Weile setzte sich der Kater und schaute mit seinen goldenen Augen zu ihr hoch, als wollte er fragen: *Und was soll jetzt aus uns werden? Wo soll in Zukunft unser Zuhause sein?*

»Was passiert als Nächstes?«, fragte Edie später, nachdem Rachel die Situation mit dem Testament erklärt hatte.

»Der Anwalt wird versuchen, etwaige Erben zu ermitteln.«

»Er wird aber niemanden finden«, bemerkte Ron. »Wir waren die einzige Familie, die Cullen hatte.«

»Wenn niemand gefunden werden kann«, sagte Toby leise, »geht das Erbe an die Krone, die dann alles verkauft.«

»Da wird McCreedy sich die Hände reiben«, murmelte Ron düster.

Rachel sah ihn fragend an. »Dora McCreedy?«

»Ja«, antwortete Ron bitter. »Die will den Turm doch schon seit Jahren kaufen. Hat Cullen jede Menge Angebote gemacht, die er hartnäckig abgelehnt hat. Eine Zeit lang hatte sie aufgegeben, bis sie vor etwa zwei Monaten einen neuen Vorstoß gemacht hat. Weißt du gar nichts davon?«

Rachel schüttelte den Kopf. »Nein, Cullen hat nichts erzählt.«

»Hielt er wahrscheinlich für überflüssig, weil er ja ohnehin nicht verkaufen wollte«, mutmaßte Ron. »Aber wie konnte er zulassen, dass so eine Situation entsteht? Dass jetzt womöglich so ein Immobilienhai sich den Leuchtturm unter den Nagel reißt ...« Er schüttelte unglücklich den Kopf.

Rachel trat zu Ron und ergriff seine Hand, die er mit beiden Händen umfasste. »Sei nicht böse auf Cullen, Ron«, sagte Rachel sanft. »Er hat einfach nicht geglaubt, dass er uns so bald verlassen würde.«

Ron drückte fest ihre Hand. »Aber Cullen wollte, dass du den Leuchtturm bekommst, das weiß ich ganz sicher. Hat er wirklich nie mit dir darüber gesprochen?«

Rachel strich sich mit der anderen Hand über die Augen. »Nein. Er war ...« Sie hielt mitten im Satz inne und runzelte die Stirn.

»Was ist?«, fragte Ezra. »Hat er doch was gesagt?«

Cullens mühsame letzte Worte hatte Rachel fast vergessen.

»Nein«, antwortete sie. »Ich fürchte nicht. Jedenfalls nichts, das irgendeinen Sinn ergeben hätte.«

Dennoch gingen ihr Cullens Worte nicht mehr aus dem Kopf, denn ihr war etwas eingefallen, das sich schon seit Jahren direkt vor ihren Augen befand.

9

Im gesamten Leuchtturm gab es nirgendwo Tapete außer an der Decke in Rachels Schlafzimmer. Als sie eingezogen war, hatte sie sich zunächst darüber gewundert, dann aber vermutet, dass der Putz dort besonders uneben war, wie an vielen anderen Stellen des alten Gebäudes. Danach hatte sie keinen Gedanken mehr daran verschwendet. Bis zu diesem Tag.

An der Decke. Hinter der Tapete.

Als Rachel am frühen Abend ihr Schlafzimmer betrat, blickte sie als Erstes zu der tapezierten Decke hoch, an der auf den ersten Blick nichts Außergewöhnliches zu erkennen war. Allerdings wirkte die Tapete, als sei sie noch nicht sonderlich alt, sie blätterte nirgendwo ab und war auch nicht vergilbt. Rachel erinnerte sich, dass sie bei ihrem Einzug den Eindruck gehabt hatte, dass das Zimmer frisch gestrichen worden war. Hatte Cullen damals auch die Tapete angebracht? Um etwas vor der neuen Bewohnerin zu verstecken?

Draußen ging allmählich die Sonne unter. Um diese Tageszeit war Rachel normalerweise unten im Buchladen. Ein Sonnenstrahl fiel durch eines der schmalen Fenster und tauchte die Decke in diffuses gelbes Licht. Bei genauerem

Hinsehen zeichnete sich unter der Tapete eine gerade Linie ab. Rachel stellte sich auf die Zehenspitzen und tastete die Stelle mit den Fingerspitzen ab. Unter dem Papier spürte sie ein großes Rechteck, das sich nicht bewegte, als sie dagegendrückte. Was es auch sein mochte, es war fest an der Decke angebracht.

Rachel ging nach unten, um sich einen Stuhl zu holen. Eustace miaute, als sie wieder nach oben kam, als ahnte er, was sie vorhatte, und wäre keineswegs damit einverstanden. Rachel konnte das gut nachvollziehen, sie hatte selbst ein mulmiges Gefühl dabei. Sogar als sie den Stuhl an die richtige Position gerückt hatte, zögerte sie noch mit dem nächsten Schritt. Denn wenn die Tapete erst einmal entfernt war, gab es kein Zurück, das war Rachel vollkommen klar.

Das Papier ließ sich nicht so leicht abreißen, wie sie gehofft hatte. Es zerfiel in kleine, dünne Streifen, mit denen Eustace zu spielen begann, als sie zu Boden rieselten. Auch bei einem alten Kater konnte jederzeit das verspielte Kätzchen zum Vorschein kommen.

Das Rechteck, das Rachel gespürt hatte, entpuppte sich als festgeschraubte Sperrholzplatte. Enttäuscht musste Rachel sich eingestehen, dass sie wegen eines simplen Bretts, mit dem vermutlich ein Loch oder ein Riss abgedichtet werden sollte, ihr Zimmer – und die Decke – verwüstet hatte. Aber da sie nun damit angefangen hatte, musste sie auch weitermachen. Holz und Schrauben sahen neu aus, was ihre Theorie bestätigte, dass Cullen das Brett vor fünf Jahren hier angebracht hatte, bevor Rachel einzog.

Sie ging wieder nach unten, holte Werkzeug und stellte erleichtert fest, dass die Schrauben sich leicht drehen ließen.

Als sie, den Schraubendreher zwischen die Zähne geklemmt, das Brett abnahm, starrte sie verblüfft auf das, was zum Vorschein gekommen war.

In der Decke befand sich eine kleine quadratische Luke.

Bislang war Rachel nie auf die Idee gekommen, dass es einen Zugang zu der kleinen Kuppel gab, in der sich der Scheinwerfer befunden hätte, wäre der Turm tatsächlich ein Leuchtturm und nicht die Spinnerei eines reichen Mannes gewesen. Rachel legte das Brett ab und drückte dann gegen die Holzplatte über ihr, die erstaunlich leicht nachgab. Sie glitt lautlos beiseite. Kalte Luft schlug Rachel entgegen, die abgestanden, aber nicht modrig roch.

Als sie sich reckte, entdeckte sie eine eingeklappte Leiter in der Luke, und als Rachel an der untersten Stufe zog, geriet ein Mechanismus in Bewegung. Rasch sprang Rachel vom Stuhl und rückte ihn beiseite, als die Leiter sich ohne weiteres Zutun ausklappte. Zögernd blickte sie in die Dunkelheit über ihr. Kein Lichtstrahl war dort zu sehen, und die kalte Luft breitete sich jetzt in ihrem Schlafzimmer aus.

Rachel holte die LED-Sturmlaterne unter dem Bett hervor, die sie dort aufbewahrte, seit es einmal einen Stromausfall im Turm gegeben hatte. Als das helle weiße Licht aufstrahlte, atmete sie tief ein und kletterte die Leiter hinauf. Die Büchse der Pandora war geöffnet, jetzt musste auch hineingeschaut werden.

Auf der letzten Sprosse der Leiter stellte Rachel die Laterne ab und sah sich in der Kuppel um. Bis auf einen runden Tisch genau in der Mitte war der Raum leer. Rachel horchte, hörte aber keinerlei Geräusche, die auf Tiere hinwiesen. Sie nahm ihren ganzen Mut zusammen und kroch auf allen vieren auf den Holzboden.

Der Dachboden war geräumiger, als sie erwartet hatte. Ein großer Teil wurde von dem runden Tisch eingenommen, an den Seiten blieb gerade genug Platz, um ihn zu umrunden. Er bestand aus glänzendem weißem Marmor, auf dem sich das Licht der Laterne spiegelte wie ein weißer Vollmond. Entlang der Kante gab es eine schmale hölzerne Erhöhung, einer Schiene gleich. Als Rachel sie vorsichtig berührte, stellte sie fest, dass man die Vorrichtung in alle Richtungen bewegen konnte, zu ihrem Erstaunen sogar nach oben und unten. Rachel bückte sich und spähte unter den Tisch. Dort waren Fächer angebracht, in denen Papierrollen, Blätterstapel, ledergebundene Bücher, Tintengläser und Schreibfedern verstaut waren.

Sie blickte nach oben. An der höchsten Stelle der Kuppel befand sich eine kleine Klappe im Dach, verbunden mit zwei Metallstangen mit Griffen am Ende, die offenbar dazu dienten, sie zu öffnen. Rachel zog an den Stangen, um auszuprobieren, ob der Mechanismus noch funktionierte, und die Klappe ging tatsächlich auf. In der Öffnung schien eine Glasscheibe eingebaut zu sein, die aber seltsam schräg stand. Nachdenklich starrte Rachel hinauf, bis sie merkte, dass hinter ihr plötzlich eine eigenartige Helligkeit entstanden war.

Sie drehte sich um. Und da, auf dem Marmortisch, sah sie Newton Dunbar, prachtvoll leuchtend im goldenen Abendlicht. Die Häuser, der Pub mit seinem Biergarten inmitten der Rosensträucher, der Supermarkt, die Arztpraxis. Während Rachel vollkommen verblüfft auf den Tisch starrte, fuhr ein winziges silbernes Auto die Hauptstraße entlang.

Die Äste der Bäume in Dora McCreedys Wäldchen bewegten sich im Wind. Das gesamte Dorf war als vollständiger Mikrokosmos auf der weißen Marmorplatte dargestellt.

Und deshalb, wurde ihr plötzlich klar, gab es in diesem Turm auch keine Scheinwerfer. Er war nie als Leuchtturm geplant worden. Sondern als etwas ganz anderes. Etwas, das Rachel schon einmal in Edinburgh an der Royal Mile gesehen hatte, direkt neben dem Schloss: eine Camera obscura. Umgeben von einer Schar belgischer Jugendlicher, hatte sie damals mit Mühe einen Blick auf das Bild vom Schloss erhaschen können, das mit verblüffender Klarheit an der Wand abgebildet worden war.

Rachel schwirrte der Kopf. Der Turm war fast zweihundert Jahre alt. Galt das auch für diese Camera obscura?

Sie sah sich im Raum um und bemerkte etwas auf dem Boden – ein Stück Papier. Es hatte eine Spur in der Staubschicht am Boden hinterlassen, war aber selbst nicht staubig, als wäre es gerade erst dort gelandet. Vielleicht war es durch einen Luftzug aus einem der Fächer unter dem Tisch gefallen. Rachel hob es auf. Es erwies sich als gefalteter Umschlag aus vergilbtem Papier. Auf der Vorderseite stand in schnörkeliger altertümlicher Schrift:

Für dich, der du mich findest.

10

»Bitte sag mir, dass du mit dem Buch weitergekommen bist.«

Toby rieb sich die Augen und spähte müde auf den Wecker neben der Couch. Nach einer zweiten ruhelosen Nacht hatte er endlich auf dem Sofa ein wenig Schlaf gefunden, war aber soeben von seiner Ex-Frau geweckt worden, obwohl es noch nicht einmal neun Uhr war.

»Dir auch einen schönen guten Morgen«, murmelte er und versuchte, sich von der Wolldecke zu befreien, unter der er geschlafen hatte. »Wieso bist du um diese Zeit überhaupt schon wach? Erzähl mir bloß nicht, dass du mal zu einer vernünftigen Zeit ins Bett gegangen bist …«

»Bring mich nicht in Rage, Toby«, erwiderte Sylvie ungeduldig. Sie schien nebenbei zu rauchen, und Toby erinnerte sich daran, wie er früher manchmal neben seiner Frau am Sonntagmorgen erwacht war – selten genug, meist war er unterwegs gewesen – und Sylvie neben ihm eine Benson & Hedges geraucht hatte, während sie ein neues Manuskript prüfte. Aus unerfindlichen Gründen hatte sie sogar dabei elegant gewirkt – ein weiteres Rätsel seiner Ex, das Toby nie verstanden hatte.

»Machst du Fortschritte? Hast du überhaupt endlich angefangen?«, wollte sie jetzt wissen.

Toby, dem es inzwischen gelungen war, sich von der Decke zu befreien, tappte groggy Richtung Kaffee und Küche. Dabei warf er einen Blick auf den Esstisch, an dem er seit seiner Ankunft in Newton Dunbar noch keine einzige Mahlzeit eingenommen hatte. Auf dem Tisch stand sein Laptop, umgeben von Blättern, Büchern und Henkelbechern mit Tee- und Kaffeeresten.

»Ja«, sagte er schließlich, als er in die Küche trat, wo der Kachelboden sich unangenehm kalt an den Fußsohlen anfühlte. »Ja, ich habe angefangen.«

Sylvie stieß einen theatralischen Seufzer aus, und Toby fragte sich – nicht zum ersten Mal –, weshalb sie nicht Schauspielerin geworden war. Sie hätte sich gut gemacht im Scheinwerferlicht. Stattdessen verbrachte sie ihr Leben damit, anderen zu Ruhm zu verhelfen.

»Dem Herrn sei Dank für kleine Gaben«, sagte Sylvie, die von Tobys Gedankengängen natürlich nichts ahnte. »Wie viel hast du?«

»Drei Kapitel.« Toby füllte den Wasserkessel und schaute in den Garten hinaus. »Und sie können noch von niemandem gelesen werden. Nicht mal von mir selbst. Weshalb willst du das wissen?«

»Schick sie rüber, ja? Und zwar sofort.«

»Hast du nicht gehört, was ich gerade gesagt habe?«

»Ach, nun zier dich nicht«, knurrte Sylvie. »Ich weiß, dass du schneller druckreife Texte schreiben kannst, als ich brauche, um eine Estée-Lauder-Geschenkbox auszupacken. Sei brav und schick die Kapitel rüber. Ein großer Publikumsverlag ist interessiert.«

»Ganz ehrlich, Sylvie, glaub mir: Was ich habe, ist noch

nicht reif für andere Augen. Ein Buch zu schreiben ist ein vollkommen anderer Prozess, als journalistisch zu arbeiten. Hier geht es um *mich*. Ich habe noch nie über mich selbst geschrieben, und ich brauche Zeit dafür. Das wirst doch sogar du verstehen, oder nicht?«

Diesmal klang das Seufzen höchst unzufrieden. »Schon gut, schon gut.«

Beide verfielen in Schweigen. Während Toby in seinem Kaffee rührte, hörte er, wie Sylvie sich die nächste Zigarette ansteckte.

»Wie ist es inzwischen mit den Albträumen?«, fragte Sylvie schließlich. »Oder weiß ich die Antwort schon, weil du um neun Uhr morgens noch schläfst?«

Toby schob die Glastür auf und atmete die frische Morgenluft ein. Der Tag schien wieder sonnig zu werden, wie schon mehrmals in der letzten Woche; das unbeständige schottische Wetter hatte sich offenbar doch noch für einen späten Sommer entschieden.

»Die sind ziemlich übel«, antwortete Toby. »Nach wie vor unverändert, ehrlich gesagt.«

Sylvie schnalzte mit der Zunge. »Du solltest wirklich eine Therapie machen.«

»Ja, weiß ich.«

»Hast du die Frau, die dich interessiert, inzwischen mal auf einen Drink eingeladen?«

Toby trank einen Schluck Tee. »Was ist das denn für ein Übergang, sag mal?«

»Also ja oder nein?«

»Nicht direkt.«

»Was soll das bedeuten?«, fragte Sylvie.

Toby seufzte und fragte sich, ob es sinnvoll war, dieses Thema mit seiner Ex-Frau zu erörtern. »Ich muss mir ein paar neue Freunde zulegen«, antwortete er ausweichend.

»Sicher eine gute Idee. Also?«

»Wirklich, Sylvie, lass das doch jetzt.«

Sie atmete laut aus, und Toby sah die Qualmwolke förmlich vor sich. »Wie du willst, Schätzchen«, sagte Sylvie. »Mir ist vor allem wichtig, dass ich so schnell wie möglich diese Kapitel zu sehen kriege. Du möchtest doch sicher gerne Geld verdienen, oder nicht?«

»Ich mache mir ziemlich Sorgen um Rachel.« Edie trank einen Schluck Bier. »Kommt sie euch nicht auch extrem zerstreut vor?«

Die Stammkundschaft des Buchladens mitsamt Toby hatte sich im Pub getroffen. Das kam jetzt regelmäßig vor, und Toby fragte sich, ob das vorher schon so gewesen war oder ob Cullens Tod dazu geführt hatte. Rachel war allerdings nur sehr selten dabei.

»Sie hat eine Menge Sorgen«, sagte Ron.

»Ich weiß«, erwiderte Edie, »aber … ich habe den Eindruck, dass sie zu wenig schläft.«

»Auch nicht verwunderlich, oder?«, gab Ezra zu bedenken. »Unter diesen Umständen …«

»Mag sein, aber darum geht es mir jetzt nicht«, versetzte Edie in gereiztem Tonfall.

»Also, um was denn nun?«, erwiderte Ezra. »Wir bieten ihr ständig Hilfe an – was sollen wir sonst noch tun? Wir können Rachel nicht zum Reden zwingen und ihr auch keine Schlaftabletten aufdrängen. Obwohl dir ja bestimmt …«

Edie holte tief Luft, aber Toby kam der drohenden Tirade zuvor, indem er rasch einwarf: »Schaut mal da. Das ist doch Gilly …«

Alle blickten Richtung Küche, wo man durch die offene Tür Gilly beim Gläserspülen sehen konnte.

»Die Kleine hat einen Job!«, sagte Ezra. »Hatte mich schon gewundert, sie war länger nicht mehr im Buchladen. Freut mich für sie. Sie ist also doch nicht die kriminelle Existenz, als die du sie abgestempelt hast, Edie.«

»Das habe ich nie behauptet«, fauchte Edie. »Ich habe nur gesagt …«

»Dass man sich vor ihr in Acht nehmen soll«, fiel Ezra ihr ins Wort.

»Na und? Das muss ja nicht falsch sein. Wir wissen doch gar nicht, wer sie …«

Ezra schüttelte den Kopf, leerte sein Bierglas und stand auf. »Ich glaube, ich habe für heute genug getrunken. Wir sehen uns hier morgen wieder, Ron. Auch dabei, Toby?«

»Wahrscheinlich schon, ja.«

Toby sah Ezra nach, als er zur Tür steuerte und dabei einigen anderen Gästen freundlich zunickte.

»Euch beide werde ich wohl nie verstehen«, sagte Ron zu Edie. »Ihr wart doch mal richtig gute Freunde.«

Jetzt trank auch Edie ihr Bier schnell aus und erhob sich. »Nein, waren wir nicht, Ron«, erwiderte sie säuerlich. »Muss noch was arbeiten. Bis dann.«

»Was ist denn zwischen den beiden passiert?«, fragte Toby, nachdem Edie verschwunden war. »Die streiten sich schlimmer als meine Eltern, und *die* haben sich scheiden lassen, als ich acht war.«

»Ich habe keinen blassen Schimmer«, antwortete Ron. »Ich kann mir das auch nicht erklären. Man sollte meinen, sie sind alt genug, um ihr Zeug geregelt zu bekommen, aber …« Er zuckte die Achseln. »Noch eines?«

Toby trank aus und griff nach ihren Gläsern. »Klar. Die nächste Runde geht auf mich.«

Als er zum Tresen ging, sah er, wie Dora McCreedy sich darüberbeugte und auf den Wirt einredete. Toby erwog kurz, wieder umzukehren, aber sie bemerkte ihn gar nicht. Als er näher kam, hörte er die Worte »widerrechtlich« und »schlicht und einfach Landfriedensbruch« und fragte sich beunruhigt, ob McCreedy über Gilly sprach.

Als Toby zum Tresen trat, schaute die Immobilienentwicklerin hoch und setzte ein strahlendes Lächeln auf. »Mr Hollingwood! Wie schön, Sie zu sehen.«

Toby erwiderte das Lächeln höflich und sagte zu Stan, dem Wirt: »Noch zwei Bier, bitte.«

»Macht Ihr Buch Fortschritte?«, erkundigte sich McCreedy.

»Ja, danke.«

»Sie haben hier ja eine starke Geschichte an der Hand, nicht?« McCreedy beugte sich verschwörerisch vor und raunte: »Ein schreckliches Verbrechen direkt vor Ihrer Nase.«

»Bitte was?« Toby rückte ein Stück von ihr ab.

In diesem Moment erschien Gilly, rot im Gesicht vom Wasserdampf, mit einem Tablett voller Gläser aus der Küche.

»Gilly!«, sagte Toby und wollte gerade hinzufügen: »Schön, dich zu sehen«, als McCreedy erbost ausrief: »Du da!«

Gilly wurde schlagartig kreidebleich. Sie stellte das Tablett rasch ab und verschwand wieder in der Küche.

»Stan«, sagte McCreedy jetzt empört zu dem Wirt. »Was denkst du dir dabei, die hier arbeiten zu lassen?«

»Sie ist eine Aushilfe«, erklärte Stan. »Hat vor ein paar Tagen hier nach Arbeit gefragt. Springt für Carrie ein, die braucht dringend mal eine Auszeit.«

McCreedy schnaubte. »Ich hab die dabei erwischt, wie sie heimlich ihr Zelt auf meinem Grundstück aufgestellt hat! Das ist illegal! Du musst sie rausschmeißen!«

Stan zapfte stirnrunzelnd Tobys Biere und stellte sie auf den Tresen. »Sie war bislang sehr zuverlässig, Dora.«

»Das ist eine Diebin, Stan!«, entgegnete McCreedy. »Sieh bloß zu, dass du die schnell los wirst. Sobald du ihr den Rücken zukehrst, hat sie die Finger in deiner Kasse!«

»Wie kommen Sie denn darauf?«, warf Toby ein. »Illegal zu zelten ist ja wohl kaum dasselbe wie Geld aus einer Kasse zu stehlen.«

McCreedy lächelte bemüht geduldig. »Wie soll sie denn sonst zu Geld kommen, wenn sie sich nicht mal eine Unterkunft leisten kann?«

Toby zog die Augenbrauen hoch. »Nun, sie *arbeitet*, wie Sie gerade gesehen haben.«

McCreedy schnaubte verächtlich.

»Was ist aus ihrem Zelt geworden?«, fragte Toby.

»Wie bitte?«

»Ach, egal.« Toby wollte sich nicht mehr mit dieser Frau unterhalten. Er nahm die Biergläser und kehrte an den Tisch zurück, hörte aber beim Weggehen, wie McCreedy sich weiter beim Wirt beschwerte.

»Ich habe eine Frage an dich, Ron«, begann Toby, als er sich gesetzt hatte und sie sich beide ihrem Bier widmeten. »Zu Rachel.«

Ron trank einen großen Schluck, bevor er sagte: »Ah. Worum geht's?«

»Sie ist ziemlich zurückhaltend, oder? Man kann sie schlecht einschätzen. Und ich weiß nicht, ob ich aus der Übung bin oder ob Rachel einfach sehr rätselhaft ist.«

Der alte Mann betrachtete ihn sinnend.

»Ich meine«, fuhr Toby fort, »sie hat gesagt, dass sie grundsätzlich kein Interesse an Verabredungen oder Beziehungen hat. Das ist doch ... ich weiß auch nicht, seltsam, oder nicht? Weißt du irgendetwas über ihre früheren Beziehungen?«

»Nein, gar nichts«, antwortete Ron. »Ich habe sie jedenfalls noch nie mit jemandem zusammen gesehen. Sie lebt sehr zurückgezogen, lässt sich selten im Dorf blicken. Und fährt auch nie weg. Aber ...« Er hielt inne und seufzte.

»Was ist?«

»Also, wenn ich ehrlich bin, ist mir nicht wohl dabei, so über sie zu reden«, antwortete Ron. »Ich glaube, das würde ihr gar nicht gefallen. Und für dich käme sicher auch nichts Gutes dabei heraus, wenn sie davon erfährt.«

»Tut mir leid«, sagte Toby betroffen. »Du hast natürlich völlig recht. Ich hätte nie ...«

»Hey, alles gut, Junge.« Ron klopfte Toby beruhigend auf die Schulter. »Ich weiß, dass du schwer in Ordnung bist. Also, Rachel ... ich sag's mal so: Ich glaube, dass sie eine schwierige Vergangenheit hat. Ist aber nur so ein Gefühl von mir, sie hat nie darüber geredet. Ich habe mir einfach mein Teil gedacht, wegen der einen oder anderen Andeutung. Als sie in Newton Dunbar ankam, war sie für uns alle ein bisschen rätselhaft. Aber wir mögen sie sehr, und ich würde sie auf gar keinen Fall irgendwie verletzen wollen.«

»Wirklich, Ron, du brauchst gar nichts weiter zu erklären«, erwiderte Toby. »Ich hätte nie fragen sollen. Schon allein, weil ich Teile meiner Vergangenheit am liebsten selbst vergessen möchte.«

»Ach ja?« Ron sah ihn forschend an.

Toby schüttelte den Kopf. »Egal.« Er schaute zur Küchentür hinüber und überlegte. Dann holte er Stift und Notizblock aus seiner Umhängetasche.

»Was machst du?«, fragte Ron, während Toby zu schreiben begann.

»Ich will Gilly eine Nachricht zukommen lassen. In meinem Cottage gibt es ein ungenutztes Zimmer. Da könnte sie unterkommen, wenn sie gerade nichts anderes hat.«

Er wartete ab, bis Dora McCreedy verschwunden war. Dann ging er zum Tresen und sprach mit dem Wirt, der den zusammengefalteten Zettel zweifelnd beäugte, aber dennoch nickte.

Gilly arbeitete trotz allem bis zum Ende ihrer Schicht. Sie ahnte zwar, dass sie danach keinen Job mehr haben würde, wollte Stan aber keinen Anlass geben, ihren Lohn zu kürzen. Schon als Gilly diese McCreedy am Tresen gesehen hatte, war ihr klar gewesen, dass diese Sache kein gutes Ende nehmen würde.

Am Samstag hatte Gilly im Pub nach einem Job gefragt und tatsächlich schon am Sonntag anfangen können, weil die Küchenhilfe eine Woche frei hatte. Gilly hatte sich von Anfang an mächtig ins Zeug gelegt und kam gut zurecht mit den anderen Küchenkräften. Sie stellte keine Fragen, befolgte alle Anweisungen, war nicht im Weg, arbeitete schnell und hatte bislang kein Geschirr kaputt gemacht. Weil alles prima lief, war Stan äußerst zufrieden und zahlte ihr täglich bereitwillig ihren Lohn aus. Gilly war nicht auf den Kopf gefallen und wusste, dass sie weniger als die anderen bekam, aber in ihrer Lage konnte sie keine Ansprüche stellen. Solange sie in dem Schuppen schlafen konnte, brauchte sie nur Geld für Essen, und sie war daran gewöhnt, mit wenig auszukommen. Außerdem fielen in der Küche manchmal Reste für sie ab. Sie fragte aber nie danach, um nicht den Eindruck zu erwecken, als hätte sie das nötig.

»Du kannst jetzt Schluss machen, Gilly«, sagte Jo, eine mollige freundliche Frau. Gilly hatte versucht, ihr so weit wie möglich aus dem Weg zu gehen, denn Jo hatte selbst Kinder in Gillys Alter und hatte sie sehr eingehend beäugt, als sie ein falsches Alter angegeben hatte.

»Stan möchte mit dir reden«, fügte Jo hinzu. »Er wartet am Tresen auf dich.«

Gilly nahm das letzte Tablett mit sauberen Gläsern und ging damit durch die Doppeltür in den schummrigen Schankraum, in dem es nach Bier und Knabberzeug roch. Die Gäste waren mittlerweile alle gegangen, und Stan war mit der Kasse beschäftigt. Gilly stellte das Tablett ab, räumte die Gläser ein und beobachtete aus dem Augenwinkel, wie Stan ihren Lohn abzählte. Die Trinkgelder waren schon in sechs kleine Münzhäufchen aufgeteilt worden, die in die Kästchen der Festangestellten wandern würden. Gilly hatte kein Kästchen bekommen, sie war von Anfang an nur als Aushilfe angestellt worden.

Stan wandte sich zu ihr. Er sah müde und erschöpft aus. »Tut mir leid«, sagte er. »Du kannst nicht weiter hier arbeiten. McCreedy gehört das Gebäude, und wir kämpfen ohnehin schon ums Überleben.«

Gilly sagte nicht, dass sie genau wusste, wie sich das anfühlte. Sie nahm nur die Scheine, die Stan ihr hinhielt – sie sah, dass er auf fünfunddreißig Pfund aufgerundet hatte, zwei Pfund mehr dafür, dass er sie rausschmiss – und steckte wortlos ihren Anteil vom Trinkgeld in die Tasche.

»Warte noch«, sagte Stan, als sie sich zum Gehen wandte. »Dieser Journalist hat was für dich abgegeben.«

Gilly drehte sich um. Stan hielt ihr einen zusammengefalteten Zettel hin. Sie nahm ihn und las die Nachricht, während sie in die Küche zurückging, um Ezras Jacke zu holen. Toby hatte seine Adresse in Newton Dunbar aufgeschrieben und die Worte: *Falls du eine Unterkunft brauchst: Ich habe ein freies Zimmer. Keinerlei Verpflichtungen.*

Gilly grinste in sich hinein. *Keinerlei Verpflichtungen.* Nett von ihm, dass er das so deutlich ausgedrückt hatte. Dabei war doch wohl jedem klar, dass Toby sich in Rachel verguckt hatte. Irgendwie rührend. Gilly zerknüllte den Zettel und warf ihn in die Mülltonne. Sie brauchte Tobys Hilfe nicht. Jedenfalls nicht, solange er Fragen stellen würde, die sie nicht beantworten wollte, was er garantiert tun würde.

Jo hatte eigentlich schon Feierabend, war aber immer noch in der Küche. Gilly fragte sich, ob Stan befürchtete, dass sie etwas mitgehen ließ. Sie nahm Ezras Jacke von dem Haken am Hinterausgang und schlüpfte hinein.

»Hey«, sagte Jo leise.

Gilly schaute sich um. Jo nahm eine Menübox von der schimmernden Chromtheke und hielt sie Gilly hin.

»Pass gut auf dich auf, Mädchen«, sagte Jo. »Und vielleicht gehst du doch lieber wieder nach Hause zurück? Überleg's dir mal.«

Gilly nahm die Menübox in Empfang und nickte. Klar würde sie sich das überlegen. Und sich ganz klar dagegen entscheiden. »Danke.«

Als sie den Behälter draußen aufmachte, fand sie eine große Portion Fish and Chips darin vor, noch ziemlich warm. Jo musste sie am Ende ihrer Schicht frisch zubereitet haben. Gilly fragte sich, ob Stan ihr das aufgetragen hatte. Wohl eher nicht, vermutete sie, das Gericht kostete so viel wie ein Drittel von Gillys Tageslohn.

Sie aß im Gehen und versuchte sich zu beherrschen, um länger etwas davon zu haben. Aber dann stopfte sie sich doch alles ziemlich gierig in den Mund. Die letzte warme Speise war die reduzierte Fleischpastete von der Imbisstheke letzte Woche im Supermarkt gewesen. Gilly konnte sich nicht einmal mehr daran erinnern, wann sie zuletzt eine vollständige Mahlzeit zu sich genommen hatte.

Sie war niedergeschlagen, weil sie den Job verloren hatte, aber er hätte ja sowieso mit der Rückkehr der regulären Küchenhilfe geendet. Mit den Trinkgeldern hatte Gilly alles in allem 150 Pfund eingenommen. Damit konnte sie sich eine kurze Auszeit gönnen, um zu überlegen, wie es weitergehen sollte.

Gilly wusste, dass sie nicht für immer in Newton Dunbar bleiben konnte, aber sie mochte den Ort und wollte ihm noch nicht den Rücken kehren. Das Problem war jetzt nur, wie sie die Tage verbringen sollte. Einer der Vorteile der Arbeit im Pub war gewesen, dass sie erst gegen Mitternacht wieder zum Schuppen zurückgekommen war. Um diese Uhrzeit bestand keine Gefahr mehr, dass die Frau, die in dem Cottage wohnte – diese Edie –, noch im Garten arbeiten würde. Und selbst wenn Edie sich tagsüber Gartenwerkzeug aus dem Schuppen geholt hätte, wäre ihr wohl nichts aufgefallen. Gilly hatte immer alle Spuren ihrer Anwesenheit beseitigt. Aber jetzt … In einem kleinen Ort wie Newton Dunbar fiel es auf, wenn man irgendwo herumlungerte und sichtlich nichts zu tun hatte. Und wenn Gilly wieder jeden Tag in den Buchladen ginge, würde Rachel wieder lästige Fragen stellen.

Gilly futterte die letzten Pommes und stopfte die Packung in den überquellenden Abfalleimer am Fuß des Hügels. Sie hätte gut und gerne noch eine weitere Portion essen können, vielleicht sogar zwei. Gilly leckte sich das Fett von den Fingern, steckte die Hände in die Taschen und machte sich auf den Weg zum Corner Cottage.

Seit einer Woche kampierte Gilly in dem Gartenschuppen und machte sich einige Dinge zunutze, die sie dort entdeckt hatte, wie zum Beispiel ein paar Strohmatten und zwei alte Kniepolster aus Schaumgummi. In Ezras schützende Jacke gehüllt, rollte Gilly sich immer auf der Matte ein wie ein Siebenschläfer, ein Kniepolster unter ihrer knochigen Hüfte, das andere als Kissen unter dem Kopf. Das Hotel Ritz war das nicht, aber immer noch besser als dieses dünne Zelt, auch wenn es bei starkem Regen an einem Ende des Schuppens durchs Dach tropfte. Den Schlafsack vermisste

Gilly allerdings sehr. Eines Nachts hatte sie mithilfe von Ezras Taschenlampe im Wald danach gesucht. Aber ihre Sachen waren ebenso unauffindbar gewesen wie das Zelt. Nur ein paar gebrochene Äste und plattgedrückte Gräser hatten noch auf den Standplatz hingewiesen.

Als Gilly jetzt zum hinteren Gartentor kam, zögerte sie. Der Anbau am Haus war so hell erleuchtet, dass sogar die Terrasse davor im Licht lag. Gilly konnte das sonderbare Gerät in der Mitte des Raums, die Arbeitsflächen und die große weiße Keramikspüle erkennen. Bislang hatte sie sich keine Gedanken darüber gemacht, wozu dieser Raum eigentlich diente. Ihr war immer nur wichtig gewesen, nicht entdeckt zu werden.

Edie war nirgendwo zu sehen, aber wie lange noch? Sie arbeitete offensichtlich noch. Musik drang nach draußen. Auf den Arbeitsflächen flackerten etliche dicke Kerzen, neben der Spüle standen eine zur Hälfte geleerte Flasche Rotwein und ein halb volles Glas. Auf einem langen Tisch in der Mitte lagen einige große Holzstücke. Eines davon sah aus wie eine dicke Scheibe aus einem Baumstamm.

Gilly überlegte, ob sie schnell genug in den Schuppen rennen konnte, um nicht entdeckt zu werden. Kurz entschlossen setzte sie ihren Rucksack ab, zog die Jacke aus und drehte das Innere nach außen, damit der helle Farbton nicht zu sehen war. Dann öffnete sie die Pforte, schlüpfte hindurch und flitzte Richtung Schuppen. Sie war schon fast an der Tür, als Edie zurückkam. Gilly erstarrte und duckte sich rasch hinter den nächsten Busch. Würde Edie sie überhaupt von innen sehen können? Wahrscheinlich nicht, der Garten lag im Dunkeln. Aber Gilly wollte kein Risiko eingehen. Die Bewegung der Schuppentür würde vielleicht auffallen. Und zur Gartentür zurückzulaufen wagte Gilly auch nicht. Sie musste wohl oder übel hier ausharren, bis die Künstlerin ihr Tagwerk abschloss.

Gilly suchte sich eine möglichst bequeme Position und beobachtete, wie Edie sich Wein nachgoss. Sie musste wohl schon einiges getrunken haben, denn ihre Bewegungen waren unstet, sie hätte um ein Haar eine Kerze umgeworfen. Jetzt ging sie zu dem langen Tisch, stellte das Weinglas neben die Baumscheibe, zog einen Hocker unter dem Tisch hervor und setzte sich. Edie sang lauthals zu dem Song, der gerade lief, während sie eine lederne Werkzeugtasche aufrollte und einen Gegenstand herauszog. Es war ein Holzgriff mit Metallspitze, mit dem sie nun Teile aus der Baumscheibe herauszuschneiden begann.

Mindestens eine Stunde verging, bevor Edie das Werkzeug einpackte, die Musik ausschaltete und die Kerzen auspustete. Dann bewegte sie langsam die Finger, als seien sie durch die Arbeit mit den zierlichen Werkzeugen steif geworden. Gilly fühlte sich irgendwie betrogen. Nun hatte sie dieser Frau so lange zugesehen und wusste immer noch nicht, was genau sie da eigentlich schnitzte.

11

Niemand soll Kenntnis davon haben. Ich war hier und doch nicht hier, niemand darf es wissen.

Der Turm muss bestehen, für beide.

Aber niemand darf davon wissen.

Es ist nicht hier.

Es ist nicht hier.

Es war nie hier.

Niemals.

Bitte. Bitte halte es geheim.

E. A. M.

Rachel las diesen Text immer wieder aufs Neue, seit sie ihn entdeckt hatte. Sie gab die Hoffnung nicht auf, dass er sein Geheimnis irgendwann offenbaren würde, wenn sie ihn nur ausführlich genug studierte, so kurz er auch war. Mehrmals war sie schon geneigt gewesen, ihn als Scherz abzutun, als irgendeinen albernen Streich. Aber das vergilbte Papier war eindeutig sehr alt, die schnörkelige Handschrift ebenso. Rachel fürchtete jedes Mal, dass das Papier ihr zwischen den Fingern zerbröseln könnte, wenn sie es aus dem ebenso betagten Umschlag nahm. Allerdings gab es auch Fälschungen, die sogar Experten täuschen konnten. Die Nachricht mochte also vielleicht auch vor einem Monat oder einem Jahr entstanden sein.

Falls es eine Art Scherz sein sollte, kam dafür nur eine Person infrage, und die war nun tot. Außerdem war das gar nicht Cullens Art, wozu hätte er so etwas überhaupt tun sollen? Rachel sah ihn immer wieder vor sich, wie er sich auf seinem Sterbebett mit letzter Kraft bemüht hatte, sie auf das Geheimnis hinter der Tapete hinzuweisen. Das wäre ihm doch nicht so wichtig gewesen, wenn es sich nur um irgendeinen kindischen Scherz handelte. Und seit Rachel Cullen kannte, hatte er nie etwas dergleichen gemacht. Es sah ihm also absolut nicht ähnlich.

Die einzige andere Erklärung war, dass diese Nachricht vor sehr langer Zeit geschrieben worden und echt war.

Nach der Entdeckung des verborgenen Dachbodens hatte sich Rachel lange in der Kuppel aufgehalten und versucht zu verstehen, was sie hier gefunden hatte. Warum hatte Cullen nie jemandem davon erzählt? Er hatte ihr damals gesagt, dass er seit den Sechzigerjahren im Turm wohnte. Und vermutlich hatte er auch all diese Jahre von der Camera obscura gewusst. Gab es wirklich keine weiteren Informationen außer diesem mysteriösen Brief von E. A. M.? Rachel musste immer wieder daran denken, was Cullen kurz vor seinem Tod gemurmelt hatte. *Egoistisch. Wollte den Buchladen behalten.* Er hing so sehr an seinen Büchern, ihr lieber Cullen. Rachel konnte sich auch ohne weitere Recherche gut vorstellen, dass die Camera obscura eine historische Rarität war. Vielleicht hatte Cullen befürchtet, dass man den Leuchtturm zur Sehenswürdigkeit erklären und er seinen Buchladen verlieren würde.

Vielleicht hatte er deshalb auch kein Testament gemacht, sagte sich Rachel. Weil er dann eigentlich die Wahrheit über den geheim gehaltenen Dachboden hätte enthüllen müssen.

Direkt nach der Entdeckung der Camera obscura hatte sie den Impuls gehabt, Alan Crosswick Bericht zu erstatten, der fürs Erste Treuhänder des Leuchtturms war. Er trug die Verantwortung für alle weiteren Schritte und musste deshalb umfassend informiert sein. Dennoch unternahm Rachel nichts – zum einen wegen der Aufforderung in dem Brief, zum anderen wegen Cullen selbst. Er hatte den Brief an Ort und Stelle belassen und den Raum geheim gehalten, wie es in dem Text verlangt wurde. Rachel wollte zumindest ein wenig mehr über das Mysterium erfahren, bevor sie es publik machte.

Sie merkte auch, dass sie sich immer wieder über Cullen ärgerte. Es gab so viele Fragen, und die einzige Person, die sie hätte beantworten können, war nicht mehr am Leben.

Deshalb blieb ihr nur die Möglichkeit, in der Kuppel selbst nach Antworten zu suchen. Im Licht der Sturmlaterne nahm sich Rachel abends nach und nach die Papiere vor, die in den Fächern des Tischs lagen, in der Hoffnung, einen Namen zu den Initialen aus dem Brief zu finden. James Connor MacDonald, der Erbauer des Turms, kam nicht infrage. Mit seinen Initialen, J. C. M., war Rachel sehr vertraut, denn er hatte – wie viele wohlhabende Bürger in jener Zeit – ungebundene Bücher vom Drucker erstanden und sie in seinem eigenen Stil binden lassen. Und die hatten allesamt einen taubengrauen Ledereinband mit den vergoldeten Initialen J. C. M. bekommen. Als Rachel in den Leuchtturm einzog, hatten schon nicht mehr viele existiert, aber einige befanden sich noch in Cullens Hinterlassenschaft.

James MacDonald musste im Bilde gewesen sein über den wahren Zweck des Turms, schließlich hatte er ihn selbst entworfen. Die Originalbaupläne hatte Rachel unter dem Tisch auf dem Dachboden entdeckt. Als sie zum ersten Mal eine der alten Papierrollen betrachtet hatte, war sie zittrig vor Aufregung gewesen. Die schwarze Tinte war kaum verblasst, das Papier nicht fleckig, obwohl am unteren Ende eine Jahreszahl sein Alter verriet.

1812.

Rachel lief schon bei dieser Zahl ein ehrfürchtiger Schauer über den Rücken. Doch als sie dann die Initialen daneben sah, bekam sie Gänsehaut.

E.A.M.

Sie befanden sich auf jeder einzelnen Zeichnung für den Leuchtturm, von denen es zahlreiche gab, von ersten Entwürfen bis zu den endgültigen Plänen, die für den Bau benutzt worden waren. Der letzte Bauplan war wesentlich knittriger als die anderen. Rachel konnte sogar Fingerabdrücke darauf erkennen und stellte sich vor, wie Bauleiter und Architekt ihn gemeinsam betrachtet und dabei auf einzelne Elemente gedeutet hatten. Gewiss gab es nicht viele historische Dokumente, die so gut erhalten waren und eine so eindeutige Geschichte erzählten.

Rachel fand auch Notizbücher, beschrieben mit derselben schnörkeligen Handschrift, und ihr wurde klar, dass sie hier – ganz abgesehen von der Camera obscura, für die ebenfalls eine Vielfalt an Entwürfen und Plänen existierte – auf einen Schatz an historisch wertvollen Dokumenten gestoßen war, die Archivare und Historiker für viele Jahre beschäftigen würden.

Cullen MacDonald war als Antiquar ein Kenner alter Schriften gewesen, er hatte auf jeden Fall gewusst, was für Schätze dieser Dachboden barg.

»Jahrelang hast du dich so sehr durchgekämpft«, sagte Rachel in den leeren Kuppelraum hinein. »Warum nur hast du nie mit jemandem darüber gesprochen, Cullen?«

Die Antwort hatte gewiss mit dem Dachboden selbst und dem Brief zu tun, in dem so dringlich um Geheimhaltung gebeten wurde. Aber warum? Und wer hatte diese Nachricht geschrieben? E.A.M. schien den Leuchtturm entworfen und erbaut zu haben – was an sich schon eine Überraschung war, da Cullen immer behauptet hatte, James MacDonald sei der Architekt gewesen. Cullen hatte das Thema aber immer schnell abgetan, und Rachel überlegte, ob er damit von der Wahrheit hatte ablenken wollen.

Und Rachel fragte sich auch, ob es ihr wohl gelingen würde, das Geheimnis in der ihr verbleibenden Zeit zu lüften. Sicher wäre es hilfreich, wenn Alan Crosswick die wahre und vollständige Geschichte des Leuchtturms erfahren würde. Jeder Erbe würde schließlich wissen wollen, was für ein Gebäude er übernahm, oder nicht? Und wenn keine Erben gefunden wurden und man den Turm verkaufen würde, könnte die Historie des mysteriösen Leuchtturms noch viel wichtiger werden.

12

Es war spät am Abend, die Sonne schon vor Stunden untergegangen. Edie saß an ihrem Werktisch, über den Druckstock gebeugt, an dem sie schon seit Tagen arbeitete. Im Licht des hellen Strahlers über ihr konnte sie die feinen Linien und Formen, die sie mit Schneckengeschwindigkeit in das Buchsbaumholz schnitzte, präzise erkennen. Muddy Waters mit seiner kraftvollen Stimme sorgte für eine inspirierende Atmosphäre, genauso wie die Kerzen auf den Arbeitsflächen. Kerzenlicht allein reichte für Edie zum Arbeiten nicht mehr aus, seit ihre Augen schlechter geworden waren, aber das weiche warme Licht erzeugte ein Gefühl von Geborgenheit und half Edie dabei, sich auf die Bilder in ihrem Kopf zu konzentrieren, die sie auf dem Holz darstellen wollte.

Seit einigen Tagen hielt sie sich später als sonst in ihrem Atelier auf. In Newton Dunbar hatte Edie ihren Lebensrhythmus umgestellt. Früher, während ihrer Ehe, als Edie noch eine Vollzeitstelle bei der Stadtverwaltung gehabt hatte, war ihr allerdings nichts anderes übrig geblieben, als sich ihrer Kunst erst dann zu widmen, wenn alle anderen schon im Bett lagen. Damals hatte es nur ein Hobby sein können, obwohl Edie in den Sechzigerjahren – als Frauen mehr Freiheit zugestanden wurde, sogar einem Mädchen wie ihr – eine Kunstakademie besucht hatte. Doch dann war Dez auf der Bildfläche erschienen. Dez mit seiner verbohrten Meinung, dass alles, was nicht täglich acht Stunden harte körperliche Arbeit war, Privileg einer schmarotzerischen Oberschicht darstellte. Dez, der ihre Studienfreunde verabscheut hatte. Dez mit seinem muskulösen Körper wie eine Statue von Michelangelo – und wie konnte sie so einem Kunstwerk der Natur nicht huldigen? Dez, für den Edie ihre Träume von einem Leben als Künstlerin aufgegeben hatte. Im Rückblick verstand sie nicht mehr, wie sie das alles so lange ausgehalten hatte. Aber wenn man sich einmal an ein regelmäßiges Einkommen gewöhnt hatte, war es Furcht einflößend, darauf zu verzichten, und das galt wohl auch für die Ehe. Abhängigkeit jedweder Art war etwas Schreckliches, fand Edie heutzutage. Ganz besonders diese Formen von Abhängigkeit, bei denen man sich noch einreden konnte, man sei gar nicht in ihnen verfangen.

Deshalb hatte sie damals nur kleine Zeitnischen, die Dez nicht mit seinen Ansprüchen in Beschlag nahm, für ihre künstlerischen Interessen gefunden, und zwar meist erst spätabends. Nachdem Edie ihren Mann schließlich verlassen und sich in Newton Dunbar niedergelassen hatte, konnte sie sich der Kunst endlich so uneingeschränkt hingeben, wie sie es sich immer gewünscht hatte. Sie wachte früh auf und war meist schon um acht Uhr im Atelier. Dann arbeitete sie bis fünf oder sechs Uhr nachmittags, als hätte sie einen Bürojob. Und manchmal, wenn ein Projekt sie besonders in seinen Bann zog, kehrte sie nach dem Abendessen wieder ins Atelier zurück. Normalerweise aber gönnte sie sich abends etwas Unterhaltsames oder widmete sich entspannt dem Zeichnen.

Edie liebte ihr Leben, wie es jetzt war. Sie fand es wunderbar, so viel Zeit mit etwas verbringen zu können, für das sie eine Begabung hatte, und das sie jetzt in einer Lebensphase, in der andere Frauen längst im Ruhestand waren, weiterentwickeln und verbessern konnte.

Doch seit Cullens Tod schlief Edie schlecht und hatte begonnen, wieder später am Abend im Atelier zu arbeiten. Sie trauerte um ihren Freund und vermisste ihn, machte sich aber auch Sorgen, welche Auswirkungen die Veränderungen im Leuchtturm für sie selbst bedeuten würden. Mit Rachel hatte sie noch nicht darüber gesprochen, denn die Arme hatte schließlich noch viel größere Sorgen. Aber auch für Edie würde ein Besitzerwechsel nicht ohne Folgen bleiben.

Cullen hatte seinerzeit den Zugang zum Hügel öffentlich freigegeben, um das Antiquariat zu betreiben. Sollte Dora McCreedy das Gelände erwerben, würde sie garantiert sofort alles absperren und als Bauland nutzen. Und der Hügel befand sich direkt hinter Edies Grundstück. Würde er der Immobilienentwicklerin in die Hände fallen, wäre es in kürzester Zeit vorbei mit der ruhigen Idylle.

Wieso um alles in der Welt hatte Cullen kein Testament gemacht? Das grenzte doch an geistige Umnachtung, fand Edie. Mit einem viel genutzten Hohleisen, das kaum einen halben Millimeter breit war, schnitzte sie ein weiteres winziges Blatt an einem der kleinen Bäume. Unversehens fragte sie sich, was Dez wohl denken würde, wenn er sie jetzt sehen könnte. Nichts wahrscheinlich. Er hatte sie als Individuum überhaupt nie wahrgenommen.

Edie legte das Eisen beiseite und wollte ein anderes nehmen, doch ihre Finger waren wieder steif geworden. Die Künstlerin fluchte und starrte einen Moment auf ihre Hand, als gehörte sie nicht zu ihr. Als die Starre nachließ, griff Edie nach ihrem Weinglas, was mittlerweile allerdings leer war.

Ihr Rücken schmerzte vom langem Sitzen in der gebeugten Haltung, als Edie aufstand, und sie versuchte sich einzureden, dass deshalb wohl auch ihre Hände streikten – sie hatte wieder einmal viel zu lange ohne Pause gearbeitet. Da war es schließlich kein Wunder, dass ihre Finger steif wurden und den Dienst verweigerten.

Sie ging zu der Werkbank an den Fenstern, wo sie die Weinflasche abgestellt hatte. Ihr Blick fiel auf das Spiegelbild in der Scheibe – ihr Gesicht erhellt vom gelben Kerzenschein, die Silhouette scharf umrissen vom weißen Licht der Strahler hinter ihr. Der Garten draußen war eine dunkle Fläche, sie sah nur sich selbst, geistergleich beinahe. Wie gebannt von diesem Anblick griff sie nach der Weinflasche und stieß dabei drei Kerzen um.

»Oh Gott.« Edie versuchte, sie zu fassen zu bekommen, doch zwei der Kerzen waren schon auf den Stapel handgeschöpften Awagami-Papiers zugerollt, der erst heute Morgen angekommen war und den Edie noch nicht weggeräumt hatte. Das feine Papier ging sofort in Flammen auf, und das Feuer breitete sich schnell weiter aus.

»Scheiße, Scheiße!« Edie rannte zur Spüle, aber ihre Finger waren so steif, dass sie eine Weile brauchte, um den Wasserhahn aufzudrehen. Als es ihr endlich gelang, wollte sie schnell ein Bierglas füllen, das dort herumstand, doch es glitt ihr in der Hast aus der Hand und zersplitterte im Becken.

Helle Panik setzte ein, sie hörte hinter sich das Knistern der Flammen, und wenn das Feuer den Schrank mit den Farben und Lösungsmitteln erfassen würde, dann …

Im selben Moment wurde die Tür zum Garten aufgerissen, eine Gestalt kam hereingestürzt und schrie: »Weg da!«

Edie brauchte einen Moment, bis sie erkannte, dass es dieses obdachlose Mädchen war. Gilly riss ein Handtuch vom Trockenständer, tränkte es in Wasser und schlug damit wieder und wieder auf die Flammen ein. Die langen Ärmel von Ezras Jacke hatte das Mädchen über die Hände gezogen, um sie zu schützen. Edie stand noch immer an der Spüle, durch den Schock wie erstarrt.

Als das Feuer gelöscht war, setzte eine gespenstische Stille ein. Der ganze Vorfall konnte nicht länger als drei Minuten gedauert haben. Edie sah fassungslos zu, wie Gilly, umgeben von Qualm, begann, die restlichen Kerzen auszupusten.

»Brennende Kerzen und Papier«, murmelte das Mädchen, als könnte sie so viel Dummheit einfach nicht glauben. »Und dann nicht mal in richtigen Ständern!«

Diese Worte reichten aus, um Edie von ihrer Schockstarre zu befreien. Am ganzen Körper zitternd half sie Gilly beim Ausblasen der Kerzen. Heute war an Arbeit ohnehin nicht mehr zu denken.

Schließlich war die einzige Lichtquelle im Raum der Strahler über Edies Werktisch. Gilly starrte auf die Baumscheibe, an der Edie zuvor gearbeitet hatte, und fragte: »Was machst du da eigentlich?«, als sei das in diesem Augenblick das naheliegendste Thema.

Edie blieb einen Moment stumm und rieb sich mit der

beweglicheren Hand den Unterarm, als könnte sie den nagenden Schmerz wegmassieren, der abends immer schlimmer wurde.

»Das wird ein Holzschnitt«, sagte sie schließlich.

»Wozu macht man so was?«

Edie warf Gilly einen prüfenden Blick zu, um zu sehen, ob die Frage aggressiv oder ironisch gemeint war. Aber Gilly sah ernsthaft aus. Sie hatte die Hände in die Taschen der riesigen Jacke gesteckt, schien fast darin zu verschwinden.

»Wenn ich das Bild in die Holzplatte geschnitzt habe«, antwortete Edie schließlich, »verteile ich Tinte darauf und schiebe das Ganze in die Druckpresse. Dann ist das geschnitzte Bild auf dem Papier abgebildet. Schau, so.«

Edie deutete auf eine Wand, an der einer ihrer größeren Drucke vom Leuchtturm in einem Glasrahmen hing. Gilly trat zu dem Bild und betrachtete es eingehend, schien jedes winzige Detail zu studieren.

»Das hast du gemacht?«

»Ja.«

»Und das hast du in Holz geschnitzt?«

»Das hier nicht, nein. Das ist ein Linolschnitt. Aber der Vorgang ist ganz ähnlich …« Edie spürte, wie der Schock allmählich nachließ, und fügte hinzu: »Danke, dass du das Feuer gelöscht hast.«

Gilly zuckte die Achseln, ohne den Blick von dem Bild zu wenden.

Dann fiel Edie plötzlich etwas auf: »Wie … ich meine … wie hast du den Brand überhaupt bemerkt? Wo warst du?«

Das Mädchen stand einen Moment ganz still, drehte sich dann langsam um. »Bin gerade am Gartentor vorbeigekommen. Da habe ich die Flammen gesehen …« Sie wedelte mit der Hand, als wollte sie das Feuer darstellen.

Edie nickte. »Es ist aber schon sehr spät. Wo wolltest du denn hin?«

Gilly sah jetzt argwöhnisch aus. »Warum?«

»Rachel … also die Frau aus dem Buchladen, du kennst sie ja, nicht wahr? Also, Rachel glaubt, dass du keine Unterkunft hast.«

Gilly schnaubte verächtlich und trat wieder zu dem Tisch, betrachtete den begonnenen Holzschnitt und die Werkzeuge daneben.

»Entschuldige«, sagte Edie hastig. »Das geht mich natürlich nichts an.«

Nach kurzem Schweigen schaute das Mädchen auf. »Wie dankbar bist du?«

Edie blinzelte verblüfft. »Was meinst du damit?«

»Wie dankbar bist du für meine Hilfe?«

Nach kurzem Zögern sagte Edie: »Ich habe gerade nicht viel Bargeld im Haus, aber ich gebe dir gern …«

Gilly gab wieder dieses abfällige Schnauben von sich. »Ich will kein Geld. Wieso denken immer alle, dass ich nur auf Geld aus bin? Ich brauch deine Kohle nicht.«

Edie warf einen raschen Blick auf das ungewaschene und verwahrlost wirkende Mädchen, das ganz offensichtlich log. »Was willst du dann?«

Das Mädchen schaute zu dem großen Linolschnitt hinüber, und einen Moment lang hatte Edie den absurden Gedanken, dass Gilly das Bild von ihr haben wollte.

»Ich möchte, dass du mir beibringst, wie man so was macht.« Gilly zeigte mit dem Finger auf die Baumscheibe.

Edie brauchte einen Moment, um zu begreifen, was sie da gerade gehört hatte. Und es gelang ihr nicht, ihre Verblüffung zu verbergen, als sie fragte: »Du … willst lernen, wie man einen Holzschnitt anfertigt?«

Gilly starrte sie trotzig an. »Was ist daran so komisch?«

»Gar nichts«, log die Künstlerin.

»Eben. Also. Machst du's? Ich kann jeden Tag herkommen, und du bringst es mir bei. Als Dank dafür, dass ich …«, sie schaute sich im Atelier um, »das hier alles gerettet habe.«

Edie wollte keinerlei Kontakt zu diesem verwahrlosten Mädchen und es erst recht nicht in ihr Haus einladen. Aber sie war Gilly tatsächlich etwas schuldig, damit hatte das Mädchen schon recht. Edie sagte sich, dass sie die Zwischentür zum Haus abschließen könnte, sodass Gilly sich nur im Atelier aufhalten konnte. Außerdem würde sie sich nach einer Woche garantiert langweilen und wieder verschwinden. Und Edie könnte dann Ezra gegenüber damit auftrumpfen, dass sie dem Mädchen eine Chance gegeben hatte.

»Also gut«, sagte Edie. »Komm morgen um drei.«

Eine Sekunde hatte es den Anschein, als wollte Gilly wahrhaftig lächeln. Doch dann nickte sie nur und wandte sich zum Gehen. An der Tür blieb sie noch einmal stehen und sagte mit Blick auf die Kerzen: »Und kauf dir richtige Halter. Nächstes Mal bin ich vielleicht nicht in der Nähe.«

Die Künstlerin sah dem Mädchen stumm nach, bis es draußen in der Dunkelheit verschwand. Dann trat Edie an die Fenster und zog die Jalousien herunter. Zum ersten Mal kam ihr der beunruhigende Gedanke, dass im Dunkeln jeder sehen konnte, was sie hier machte.

Obwohl sie heute Abend dafür wohl sehr dankbar sein musste.

An drei oder vier Tagen pro Woche ging Ezra joggen. Als er noch auf den Bohrinseln gearbeitet hatte, tagsüber und manchmal auch nachts, war es durch die schwere körperliche Arbeit leicht gewesen, körperlich fit zu bleiben. Aber im Ruhestand war ihm schnell klar geworden, dass er etwas für seine Kondition tun musste, wenn er sie nicht verlieren wollte. Ezra hatte nicht die Absicht, vorzeitig zu altern oder krank zu werden, solange er es verhindern konnte. Joggen und Hantelübungen zu Hause waren einfache und günstige Methoden, um sein Herz auf Zack zu halten und den Muskelabbau zu verhindern.

Seine übliche Laufstrecke bestand aus einer Runde um das Dorf. Er lief am Flussufer entlang, über die Brücke zurück und umrundete den Hügel, bis er wieder bei seinem Haus ankam. Vor einiger Zeit hatte auch das Wäldchen noch zu seiner Tour gehört, aber damit war Schluss, seit Dora McCreedy dort den Zaun hatte errichten lassen. Weil Ezra aber die Steigung des Hügels für sein Fitnessprogramm nutzen wollte, joggte er seither außen am Zaun entlang. In all den Jahren war er hier noch nie einem einzigen Menschen begegnet.

An diesem Abend allerdings sah er in der Dämmerung am Wäldchen auf der Leuchtturmseite zwei Personen stehen. Eine war Dora McCreedy, die andere ein Mann, den Ezra nicht kannte. Das Gerät mit dem Dreifuß, mit dem sich der Mann beschäftigte, war Ezra hingegen vertraut. Es handelte sich um einen Linienlaser zum Ausmessen von Grundstücken. Und er war nicht auf McCreedys Grundstück gerichtet, sondern zum Hügel und zum Leuchtturm hin.

Als Ezra die beiden erreicht hatte, blieb er stehen. »Hallo.«

McCreedy warf ihm ein Lächeln zu. »Abendliche Joggingrunde?«

Ezra blickte an sich herunter und spreizte die Finger, als wollte er sagen: *Sieht man das nicht?*

»Ganz genau. Was machen Sie hier?«

»Das geht Sie wohl kaum etwas an, oder?«

»Sie befinden sich auf dem Grundstück meines Freundes«, erwiderte Ezra. »Und da mein Freund, wie Sie wissen, nicht mehr unter uns weilt, geht mich das sehr wohl etwas an.«

McCreedys Lächeln gefror. »Dieses Grundstück wird gegenwärtig vom Treuhänder verwaltet, Mr Jones. Und gehört somit zurzeit niemandem.«

Ezra stützte erbost die Hände in die Hüften. »Also auch nicht Ihnen, McCreedy. Das sollten Sie sich klarmachen.«

Sie musterte ihn von Kopf bis Fuß. »Und *Sie* sollten sich klarmachen, dass Sie irgendwelche armen Frauen zu Tode erschrecken könnten, wenn so ein Riesenkerl wie Sie im Halbdunkeln angerannt kommt.«

Ezra war so wütend über diese Bemerkung, dass er lieber schwieg, um nicht endgültig die Beherrschung zu verlieren.

»Bauen Sie ab«, sagte McCreedy zu dem Vermesser. »Das reicht für heute, es ist jetzt ohnehin zu dunkel.«

Ezra wandte sich ab und stapfte weiter, immer noch wutentbrannt. Als er zu den Cottages kam, sah er zu seinem Erstaunen in Edies Atelier noch Licht. Die Jalousien waren heruntergezogen. Weil er mit irgendjemandem über das Erlebnis mit McCreedy reden musste, öffnete Ezra die Gartenpforte und ging zum Atelier hinüber. Er klopfte an die Tür, öffnete sie aber fast gleichzeitig.

»Edie, hör mal, ich habe gerade …«

Edie schrie auf und fuhr herum. Sie stand an der Spüle, die Hände voller Glasscherben. Ezra nahm einen beißenden Geruch wahr und sah Aschehäufchen von verbranntem Papier, umgefallene Kerzen und eine Wasserpfütze am Boden.

»Was fällt dir ein, hier so reinzuplatzen?«, knurrte Edie aufgebracht.

Ezra trat zu ihr. »Alles in Ordnung?«

»Es wäre alles in Ordnung«, fauchte Edie, »wenn ich wegen dir nicht fast einen Herzinfarkt bekommen hätte.« Sie ließ die Glassplitter auf eine ausgebreitete Zeitung fallen und faltete sie zusammen.

»Edie«, sagte Ezra beruhigend und berührte sachte ihren Arm.

»Nicht«, murmelte Edie. »Einfach … nicht.«

Sie sah ihn nicht an. Er bemerkte die Anspannung in ihren Schultern und das Zittern ihrer Hände. Ezra sah sich erneut im Atelier um und fragte sich, was hier wohl passiert war.

»Gut«, sagte er ruhig. »Du weißt, wo du mich findest.«

Er ging zur Tür und warf noch einen letzten Blick auf Edie. Sie hatte sich nicht gerührt, stand starr und reglos da, und Ezra fragte sich nicht zum ersten Mal, wodurch er immer wieder aufs Neue Edie Strangs vehemente Ablehnung auslöste.

13

Rachel verbrachte inzwischen jede freie Minute auf dem Dachboden und versuchte, dessen Geheimnisse zu ergründen. Im Antiquariat hatte sie sämtliche vorhandenen Werke studiert, in denen sie etwas über Camera obscuras finden konnte. Als diese Informationsquelle erschöpft war, erweckte sie ihren altertümlichen Laptop zum Leben und durchforstete das Internet. Dabei erfuhr sie, dass sich das älteste dauerhaft funktionierende Exemplar in einer Windmühle in Dumfries befand. Seit 1836 war diese Camera obscura in Betrieb.

Rachel dachte an das Datum auf den alten Skizzen und Plänen. 1812. Die Camera obscura im Turm von James MacDonald war also beinahe ein Vierteljahrhundert älter als das Exemplar in Dumfries.

Um die Linse und den Spiegelmechanismus zu schonen, kam die Camera obscura in Dumfries nur bei gutem Wetter zum Einsatz, hatte Rachel gelesen. Anfänglich wagte sie es kaum, die Klappe im Turm zu öffnen, weil sie fürchtete, etwas zu beschädigen. Außerdem wollte sie verhindern, dass jemand von unten die Veränderung im Turm bemerkte. Nach und nach jedoch verfiel Rachel der Faszination der raffiniert ausgetüftelten Gerätschaft, die ihr einen ganz neuen

Blick auf den Ort ermöglichte, in dem sie vor fünf Jahren gelandet war.

Newton Dunbar von oben zu betrachten, war ein einzigartiges Erlebnis. Manchmal fühlte es sich geradezu intim, manchmal auch distanziert an. An der Entfernung ließ sich nichts verändern, das Bild ließ sich also nicht vergrößern oder verkleinern, aber der Spiegel war drehbar, wodurch Rachel in jede Richtung blicken konnte. Die Schärfe ließ sich wiederum durch Heben und Senken des Tischs einstellen. Rachel konnte eine Person beobachten, die auf der Main Street zum Supermarkt oder zum Pub ging, sie aber nicht genau erkennen. Und durch die Bilder, die Rachel von ihrem einzigartigen Aussichtspunkt zwischen Himmel und Erde betrachtete, trieben immer wieder die Schatten von Wolken.

Ich war hier und doch nicht hier, hatte jemand in dem mysteriösen Brief geschrieben. Inzwischen verstand Rachel, was wohl damit gemeint war: das Erlebnis, die Welt aus dieser eigenartigen Perspektive betrachten zu können.

Rachel versuchte sich vorzustellen, was sie wohl im Jahre 1815, als der Turm erbaut worden war, gesehen hätte. Newton Dunbar hatte damals schon existiert; Cullen hatte ihr einmal ein Faksimile der ersten Landkarte Schottlands aus dem siebzehnten Jahrhundert gezeigt, auf dem das Dorf als winzige Ansiedlung bereits zu erkennen war. Vermutlich hätte Rachel Pferdekarren auf unbefestigten Wegen zwischen vereinzelten Häusern gesehen, vielleicht hatte es auch schon die Bäckerei, den Pub und einen Gemischtwarenladen gegeben. Im Pförtnerhaus lebte sicher ein Pförtner, der das Tor zum Hügelpfad bewachte. Und die Cottages von

Ezra und Edie waren vermutlich von Angestellten des seinerzeit prachtvollen MacDonald'schen Anwesens bewohnt gewesen.

Rachel versuchte die Ruinen des einstigen Herrenhauses zu entdecken. Sie hatte schon zu Fuß das Waldstück durchstreift und hier und da Mauerreste gesehen, die allerdings vollkommen überwuchert waren. Vom Leuchtturm aus traten die Umrisse des einstigen Anwesens deutlicher zutage. Dass es 1816 einem verheerenden Brand zum Opfer gefallen war, wusste sie von Cullen, aber mehr hatte er darüber nie erzählen wollen. Was auch verständlich war, es handelte sich schließlich um den Niedergang seiner Ahnen.

Jedenfalls barg dieser kleine Kuppelraum in der Turmspitze ein ungelöstes Rätsel, und Rachel war fest entschlossen, es zu lösen. Jedes Dokument, das sie aus den Fächern unter dem Tisch zog, erwies sich als weiteres Puzzlestück. Die kleine, zierliche Handschrift war nur mühsam zu entziffern, manchmal kämpfte Rachel eine ganze Stunde lang mit einem einzigen Satz. Wenn sie Fortschritte machen wollte, musste sie methodisch vorgehen. Schließlich entschied sie sich dafür, die ganzen Papiere als Erstes nach Datum zu ordnen.

Wenn sie einen zeitlichen Ablauf in der Masse der Notizbücher, Skizzen und Pläne erkennen könnte, würde sie vielleicht auch der Identität von E. A. M. ein wenig näher kommen. Wie viel Zeit ihr dafür blieb, konnte Rachel nicht einschätzen. Früher oder später würde sie Alan Crosswick von ihrem Fund berichten müssen, doch vorerst war sie noch nicht bereit dazu.

Sie versuchte so oft wie möglich bei Sonnenuntergang

im Turm zu sein, um die Welt von oben zu betrachten. Die Vorfreude darauf war ein Ansporn in diesen Tagen, während sie nach und nach Cullens Freunde und Bekannte über seinen Tod informieren musste. Er hatte einen größeren Freundeskreis gehabt, als Rachel geglaubt hatte – wobei es im Grunde nicht verwunderlich war, denn Cullen war ein sehr freundlicher und umgänglicher Mensch gewesen. Aus vielen zufälligen Begegnungen hatten sich dauerhafte Freundschaften entwickelt.

Der Raum mit der Camera obscura und den ungeklärten Rätseln gab ihr die Chance, den anstrengenden Tagen zu entfliehen, ohne den Turm oder das Dorf verlassen zu müssen. Nur bei Nacht würde sie Newton Dunbar nie von oben betrachten können, denn ohne Sonnenlicht konnte die Camera obscura ihre Magie nicht mehr wirken.

Am Abend vor Cullens Bestattung schloss Rachel wie üblich den Buchladen ab und machte die Kasse. Nachdem sie Eustace sein Futter gegeben hatte, stieg sie die Leiter zum Dachboden hinauf. Aus irgendeinem Grund fühlte sie sich ihrem Freund dort oben sehr nahe – vielleicht weil nur sie beide von diesem Raum wussten und ihr Geheimnis auch über Cullens Tod hinaus teilten. Rachel konnte sich gut vorstellen, wie ihr alter Freund sich dort oben aufgehalten hatte, um das Dorf zu betrachten, in dem er sein ganzes Leben verbracht hatte. Es schien Rachel beinahe, als sei noch etwas von Cullen in dem Kuppelraum geblieben, vielleicht etwas von seiner ganz eigenen Form von Energie.

Der Himmel war noch hell genug, um die Camera obscura zu benutzen. Rachel öffnete die kleine Klappe, richtete die Linse auf die untergehende Sonne aus und senkte sie dann so weit ab, dass Dorf und Hügel auf dem weißen Marmortisch abgebildet wurden.

Hinter dem Turm entdeckte sie eine kleine Gruppe Menschen. Rachel versuchte sich zu erklären, warum diese Leute so spät noch hier unterwegs waren. Zuerst nahm sie an, es seien vielleicht Wanderer, die auf McCreedys Zaun gestoßen waren und nach einem anderen Weg suchten. Doch dann blieb die Gruppe stehen, und eine Person deutete zuerst auf das Waldstück, dann auf den Leuchtturm. Eine historische Führung vielleicht? Manchmal gehörte der James-MacDonald-Turm zu den Ausflugszielen von Busreisen. Aber dafür war es eigentlich zu spät.

Die sprechende Person wies jetzt auf eine andere, die bislang abseits gestanden hatte. Die näherte sich, einen Gegenstand in der Hand, den sie dann offenbar aufrollte. Es schien sich um eine Art Papierrolle zu handeln. Kurz entschlossen machte Rachel die Dachklappe zu und ging nach unten. Was auch immer da vor sich ging – es geschah auf einem Privatgrundstück, für das sie verantwortlich war.

Als sie nach draußen trat, war die Sonne untergegangen und die Dämmerung setzte ein. Während Rachel sich der Gruppe näherte, hörte sie aus dem Murmeln der Unterhaltung bereits eine laute entschiedene Stimme heraus, die zweifellos zu Dora McCreedy gehörte.

»Entschuldigung«, sagte Rachel, als sie zu den Leuten trat, die auf den ersten Blick nach Bankern aussahen, »darf ich fragen, was Sie hier machen?«

McCreedy beachtete sie überhaupt nicht, sondern rollte das Papier zusammen und sagte zu der Gruppe: »Das ist der gegenwärtige Stand der Dinge. Wie Sie gesehen haben, wurden die ersten Schritte bereits eingeleitet. Ich würde vorschlagen, wir setzen unsere Unterhaltung im Sitzungsraum des Pubs fort, wo Sie eine kleine Stärkung erwartet.«

Als alle sich zum Gehen wandten, rief Rachel: »Ms McCreedy! Sie befinden sich auf Privatgelände. Ich möchte bitte erfahren, was hier vor sich geht.«

Einige aus der Gruppe blieben stehen und drehten sich um, aber McCreedy bedeutete einer jungen Frau, augenscheinlich ihrer Assistentin, mit den anderen vorauszugehen. Als die Gruppe außer Hörweite war, drehte McCreedy sich zu Rachel um.

»Was ist hier los?«, fragte sie nachdrücklich.

»Das geht Sie nichts an.«

»Falls es den Leuchtturm betrifft … der ist Eigentum von Cullen MacDonald, und …«

»MacDonald ist tot und wird morgen begraben«, erwiderte McCreedy. »Weder das Grundstück noch das Gebäude gehören Ihnen. An Ihrer Stelle würde ich mir zeitnah eine neue Bleibe suchen.« Sie schaute an Rachel vorbei zum Turm. »Sie hatten es ein paar Jahre lang hier nett und bequem. Aber damit ist bald Schluss.«

14

Die Trauerfeier für Cullen fand im Krematorium von Moray statt. Toby kannte ein paar Gesichter aus dem Fretted Goose, aber es waren auch viele Menschen gekommen, die er noch nie gesehen hatte. Cullens Freundeskreis scharte sich um Rachel, die alles organisiert hatte. Weil das bestimmt Cullens Wunsch gewesen wäre, hatte sie anstelle von Blumen um Spenden für eine Organisation gebeten, die im gesamten Land Kindern aus sozial benachteiligten Familien Bücher zukommen ließ.

Toby hatte während des Begräbnisses neben Ron gesessen und gesehen, wie sehr die Hände des alten Mannes zitterten. Seit Cullen nicht mehr da war, hatte Toby seine Stelle als Rons Schachpartner übernommen und sich inzwischen merklich verbessert. Während sie spielten, redeten die beiden auch viel über Rons Vergangenheit. Über seine eigene Lebensgeschichte zu sprechen, empfand Toby als schwierig, was auch Ron schon aufgefallen war.

»Für jemanden, der seine Autobiografie schreibt, redest du aber echt wenig über dich selbst«, hatte der alte Mann vor Kurzem bemerkt, bevor er den König seines neuen Schachpartners in Bedrängnis brachte.

Das war richtig beobachtet, musste Toby sich eingestehen.

Dabei war es dringend notwendig, dass er mehr Übung darin bekam, von sich zu erzählen. Denn wenn Sylvie sein Buch tatsächlich verkaufen konnte, würde die Presse ihm garantiert Fragen zu Themen stellen, die er entweder nicht bedacht oder absichtlich ausgelassen hatte.

»Ach, ich hebe mir das alles für das Buch auf«, hatte Toby dennoch ausweichend geantwortet. »Wäre doch dumm, potenzielle Kunden zu verlieren, indem ich die interessanten Geschichten vorher schon herausposaune, oder?«

»Ich lese sowieso nicht«, antwortete Ron. »Hab seit meiner Schulzeit kein Buch mehr in der Hand gehabt.«

Toby lachte. »Bitte was? Du sitzt doch die ganze Zeit in einem Buchladen herum!«

Ron deutete auf das Schachbrett. »Wer *liest* denn schon in einem Buchladen? Die Leute stöbern, suchen sich was aus und gehen damit nach Hause.«

»Aber warum liest du denn nicht?«, fragte Toby.

Ron zuckte die Achseln. »Hab einfach nie Zugang dazu gefunden. Ich fand es schwierig, überhaupt lesen zu lernen, und das hat mich wahrscheinlich für den Rest meines Lebens abgeschreckt. War immer eine anstrengende Pflicht für mich, nie Vergnügen, und als ich nicht mehr dazu gezwungen war, hab ich sofort damit aufgehört. Ich lese nur, was ich fürs Leben brauche, und damit hat sich's.«

Toby fragte sich, wie viele Kinder wohl durch die Schwächen des Bildungssystems nie zum Lesen gefunden hatten. Er hoffte, dass die Situation im Vergleich zu früher besser geworden war, machte sich aber letztlich keine Illusionen.

Nach dieser Unterhaltung hatte Toby mit Rachel über

Rons Leseverhalten gesprochen, und Rachel hatte resigniert gelächelt.

»Das war ein Dauerthema zwischen Cullen und Ron«, sagte sie. »Cullen gab nie auf, Ron gab nie nach. Welche Lektüre Cullen Ron auch empfahl – er lehnte alles hartnäckig ab. Irgendwann hatte ich den Eindruck, dass es nur noch ums Prinzip ging.«

»Aber was verband die beiden denn dann überhaupt?«, erkundigte sich Toby. »Cullens Welt bestand doch aus Büchern. Welche gemeinsamen Themen hatten die beiden als Freunde?«

»Schach, den Zustand der Welt, Whisky«, antwortete Rachel. »Und indirekt schon auch Bücher, doch. Ron hat sie zwar nicht gelesen, aber das hielt Cullen nicht davon ab, ihm die Handlung zu erzählen.« Rachel warf einen Blick auf die beiden leeren Sessel. »Ich glaube, Ron hörte Cullen gerne zu. Und umgekehrt war es genauso. Als sie noch jünger waren, sind sie viel gemeinsam gewandert. Ein paarmal waren sie sogar zusammen in Übersee, glaube ich. Sie kannten sich schon sehr lange.«

Ein Schweigen trat ein, während Toby überlegte, ob er laut aussprechen sollte, was er sich gerade fragte. Rachel schob ihm seine Bücher über die Theke und sah ihn mit einem kleinen Lächeln an.

»Ich weiß es nicht«, hatte sie gesagt, als hätte sie die unausgesprochene Frage erraten. »Welche Art von Beziehung die beiden auch hatten – sie waren jedenfalls glücklich zusammen, glaube ich.«

Nach der Trauerfeier traf sich die Gemeinde bei einem von Rachel organisierten Büfett im Leuchtturm, um in Gesprächen des Mannes zu gedenken, der gerade zur letzten Ruhe gebettet worden war. Dora McCreedy tauchte auch dort auf, im Schlepptau einen geschäftsmäßig gekleideten jungen Mannes, der sich eindeutig nur für das Gebäude interessierte.

»Verfluchte Aasgeier«, murmelte Ron laut genug, dass es den beiden zu Ohren kommen musste.

McCreedy wirkte ungerührt, aber nachdem die zwei sich ausgiebig umgesehen hatten, verschwanden sie rasch wieder, in ein raunendes Gespräch vertieft.

Ein Mann, der Toby schon bei der Trauerfeier aufgefallen war, fand sich auch im Leuchtturm wieder ein und wurde von Rachel als Alan Crosswick, Cullens Anwalt, vorgestellt. Nachdem er sein Beileid ausgesprochen hatte, bat er Rachel um eine kurze Unterredung unter vier Augen. Toby entging nicht, wie angespannt und ängstlich Rachel wirkte, als sie sich mit Crosswick auf das Halbgeschoss zurückzog.

»Los, Leute, lasst uns die hier öffnen«, verkündete Ron und schwenkte eine Flasche Macallan, während sich alle bemühten, dem Murmeln von oben nicht zu lauschen. »Wir sollten jetzt mit Würde auf Cullen trinken.«

Toby ließ sich einen Schluck eingießen und hörte gespannt zu, als die Freunde begannen, Geschichten über Cullen zum Besten zu geben.

»Wäre der Leuchtturm nicht gewesen, wäre ich wahrscheinlich gar nicht erst nach Newton Dunbar gekommen«, sagte Ezra mit einem kurzen Blick auf Edie. »Und ganz sicher wäre ich nicht geblieben, wenn Cullen nicht hier gewesen wäre. Bei ihm fühlte man sich immer willkommen, auch wenn alle anderen keinen Wert auf einen legten.«

Rachel und der Anwalt unterhielten sich lange. Als die beiden endlich herunterkamen, war nur noch der enge Freundeskreis übrig geblieben. Rachel geleitete Crosswick noch zur Tür, dann trat sie zu den anderen. Toby hatte den Eindruck, dass sie noch blasser war als vorher.

»Worum ging es denn da?«, erkundigte sich Ron.

»Es kann sein, dass es in den USA noch entfernte Verwandte von Ron gibt«, antwortete Rachel. »Cullens Großvater hat, wie sich jetzt herausgestellt hat, das Anwesen 1879 als junger Mann geerbt, war aber zu dem Zeitpunkt bereits nach Amerika ausgewandert. Ein paar Jahre später kam er zurück und lernte Cullens Großmutter kennen, verschwieg aber, dass er in den USA bereits Frau und Kind hatte. Das könnte Cullens letzte Verwandtschaft sein, aber man weiß noch nichts Genaueres. Es kann Wochen dauern, bis wir mehr erfahren.«

Ein Schweigen trat ein, während die Anwesenden diese Information verarbeiteten und Rachel nervös die Hände rang.

»Ich muss jetzt anfangen, Cullens Sachen im Pförtnerhaus zu sichten«, fügte sie hinzu. »Der Anwalt möchte etwaigen Erben eine präzise Einschätzung vorhandener Werte geben können.«

»Er kann doch auch erst mal einen Immobilienmakler schicken, um das Haus zu begutachten«, wandte Ron ein. »Das heißt nicht, dass wir gleich Cullens Sachen ausräumen müssen, oder?«

Alle blieben stumm, weil niemand seine Gedanken äußern wollte.

»Ron«, sagte Rachel schließlich behutsam, »könntest du

mir vielleicht dabei helfen? Es gibt doch sicher Dinge von Cullen, die du gerne behalten möchtest ...«

Ron starrte in sein Whiskyglas, nickte aber nach einer Weile wortlos.

»Ich brauche jemanden, der währenddessen den Buchladen betreut«, fuhr Rachel fort. »Und ...«

»Das können wir übernehmen«, warf Ezra eifrig ein. »Im Schichtdienst, oder?« Er sah Edie auffordernd an.

Die Künstlerin leerte ihr Glas und stellte es auf das niedrige Tischchen, auf dem heute kein Schachbrett stand. Ron schenkte ihr augenblicklich nach. »Ja, natürlich«, antwortete Edie. »Aber ...« Sie verstummte, als wagte sie den Rest des Satzes nicht auszusprechen.

»Komm schon, Edie«, sagte Ezra. »Du wirst doch trotz deinem ach so hektischen Alltag einer Freundin in Not aushelfen können.«

»Ezra, bitte«, sagte Rachel. »Ich habe nicht an euch gedacht, ihr habt alle euer eigenes Leben. Crosswick ist bereit, dafür zu bezahlen, und ich wollte euch eher fragen, ob ihr nicht jemanden aus dem Dorf kennt, der Interesse hat. Vielleicht eines von Jos Kindern? Die älteste Tochter?«

»Darum geht es ja gerade«, sagte Edie und warf Ezra einen giftigen Blick zu. »Ich wollte nicht ablehnen – selbstverständlich würde ich dir helfen. Ich hatte nur eine Idee, die ich einbringen wollte. Wie wäre es mit Gilly?«

Alle starrten sie verblüfft an.

»Gilly?«, sagte Toby. »Super Idee!«

»Finde ich auch«, pflichtete Rachel ihm bei. »Ich habe sie allerdings seit Tagen nicht mehr gesehen, vielleicht ist sie gar nicht mehr hier?«

»Doch, ist sie«, sagte Edie.

»Woher weißt du das?«, wollte Ezra wissen.

»Ich habe sie gesehen.«

»Und wo?«

»In meinem Atelier, und zwar seit einer Woche täglich. Sie will lernen, wie man Holzschnitte macht, und ist jetzt jeden Nachmittag für eine Stunde bei mir. Na ja«, Edie verschränkte die Arme vor der Brust, »eigentlich war eine Stunde vereinbart, aber sie kommt von Tag zu Tag früher. Es wäre toll, wenn du ihr den Job geben würdest, Rachel. Sie behauptet, kein Geld zu brauchen, aber ich weiß, dass sie lügt.«

Erneut entstand ein überraschtes Schweigen.

»Also, warte mal«, sagte Ezra dann ungläubig, »du hast doch alle vor Gilly gewarnt.«

»Ich behaupte ja nicht, dass es dazu keinen Anlass gäbe.«

»Du hast gesagt ...«

»Ach, halt den Mund, Ezra, da kommt eh nur heiße Luft raus«, knurrte Edie.

»Edie«, schaltete Rachel sich vorsichtig ein, »Ezra hat schon recht, du warst von Anfang an misstrauisch gegenüber Gilly. Wie kommt es, dass ihr plötzlich befreundet seid?«

»Wir sind nicht *befreundet*. Sie ist eine Schülerin. Sie will etwas von mir lernen, das ist alles.« Edie war anzumerken, dass mit mehr Informationen nicht zu rechnen war.

»Wie geht es ihr überhaupt?«, erkundigte sich Toby. »Ich hatte sie zuletzt im Pub gesehen, da hatte ich mir Sorgen um sie gemacht. Aber sie wollte meine Hilfe nicht annehmen.«

»Sie ist großmäulig, pampig und gierig auf Kuchen«, antwortete Edie. »Und könnte mal ein ausgiebiges Bad gebrauchen.«

»Und wie macht sie sich als Schülerin?«

Edie trank einen Schluck Whisky. »Nicht schlecht. Lernt jedenfalls schnell. Ich bin sicher, dass sie hier gut zurechtkäme. Wenn du willst, Rachel, kann ich sie morgen fragen.«

»Ja, gerne, tu das«, sagte Rachel. »Sag ihr, sie kann einfach vorbeikommen, damit wir uns unterhalten können. Danke, Edie. Wirklich eine gute Idee.«

Als alle in Schweigen verfielen, schaute Edie von ihrem Glas auf und sah, dass Ezra sie anstarrte. »Was ist?«

»Nichts«, sagte er kopfschüttelnd. »Bin nur so überrascht, dass unter dieser steinernen Fassade offenbar ein lebendiges Herz schlägt.«

»Weißt du was, Ezra?«, erwiderte Edie bissig. »Du kannst mich mal.«

Als sich die Freunde gegen Abend verabschiedeten, bat Rachel Toby zu seiner Überraschung, noch zu bleiben.

»Wenn du ein paar Minuten hast …«, raunte sie. »Ich würde gern etwas mit dir besprechen.«

15

Nach der Begegnung mit Dora McCreedy mitsamt ihrer undurchsichtigen Truppe und der Nachricht von Cullens etwaiger Verwandtschaft hatte Rachel sich verpflichtet gefühlt, Alan Crosswick von der Camera obscura zu berichten. So unerfreulich das Zusammentreffen mit McCreedy auch gewesen war – im Prinzip hatte die Frau recht. Der Leuchtturm gehörte Rachel nicht und würde ihr auch nie gehören. Sie durfte seine Geheimnisse nicht länger verbergen, zumal es ihr bislang nicht gelungen war, der Lösung auch nur einen Schritt näher zu kommen.

»Es tut mir leid«, hatte Crosswick gesagt, nachdem er von der Verbindung in die USA berichtet hatte. »Ich weiß, dass ich Sie mit unangenehmen Tatsachen konfrontiere, und Mr MacDonalds Bestattung ist sicher kein idealer Zeitpunkt dafür. Aber ich hielt es für das Beste, Sie so schnell wie möglich zu informieren. Wir können ja momentan noch nicht absehen, wie sich alles entwickelt. Ich halte Sie selbstverständlich auf dem Laufenden.«

»Danke, Mr Crosswick.«

»Nennen Sie mich Alan.«

»Okay. Also, Alan.« Rachel holte tief Luft und überlegte, wo sie anfangen sollte. »Ich muss Ihnen etwas berichten oder vielmehr … eigentlich zeigen. Etwas Wichtiges, das ich entdeckt habe.«

»Oh«, sagte der Anwalt erfreut. »Eine immens wertvolle signierte Erstausgabe vielleicht? Cullen MacDonald hatte doch ein Händchen für so etwas, oder nicht?«

Rachel lächelte. »Es mag schon etwas sehr Wertvolles sein, aber ein Buch ist es nicht. Sondern … etwas ganz anderes.«

Sie schaute über das Geländer hinunter auf die Trauergemeinde. Alle schienen beschäftigt. Sie wurde nicht gebraucht, die Gäste konnten sich selbst am Büfett bedienen. Rachel zog ihre Schlüssel aus der Tasche und sagte: »Es ist oben in der Turmkuppel. Kommen Sie mit.«

Als der Anwalt die Camera obscura sah, sagte er zunächst gar nichts, und Rachel wusste seine Reaktion nicht zu deuten.

»Ich weiß, ich hätte Ihnen sofort davon erzählen sollen«, sagte sie entschuldigend. »Tut mir auch leid, dass ich das nicht getan habe, aber … es war für mich selbst so eine Überraschung. Und dann diese Nachricht …« Sie deutete auf das zarte Papier, das Crosswick in Händen hielt. *Niemand darf davon wissen.*

»Das ist fantastisch«, sagte der Anwalt ehrfürchtig. »Absolut fantastisch. Und Cullen wusste davon?«

»Ja. Wahrscheinlich, seit er hier eingezogen war, vielleicht auch schon früher. Und er hat Ihnen gegenüber nichts davon erwähnt?«

Crosswick schüttelte den Kopf. »Mit keinem Wort.«

»Dann haben Sie auch keine Idee, wer E. A. M. sein könnte?«, fragte Rachel.

»Leider nein«, seufzte Crosswick. »Tja, diese Entdeckung könnte wirklich für Aufregung sorgen.« Er schaute zu Boden auf die Stapel von Notizbüchern und Papieren, mit denen Rachel begonnen hatte. »Haben Sie das hier schon durchgesehen?«

»Ja«, gab Rachel zu. »Ich habe versucht, alles nach Datum zu ordnen. Aber man braucht viel Zeit dafür, die Schrift ist schwer zu entziffern.«

Der Anwalt blieb einen Moment still, nachdenklich die Stirn runzelnd. Rachel wartete geduldig ab. Sie war froh, dass er nicht verärgert war, weil sie ihn erst jetzt in diese Entdeckung einweihte. Aber irgendetwas schien ihm Sorgen zu bereiten.

»Haben Sie mit irgendjemandem außer mir über das alles gesprochen, Rachel?«, fragte er schließlich.

»Nein.«

»Okay«, sagte er. »Ich halte es für eine gute Idee, wenn Sie fortsetzen, womit Sie hier begonnen haben. Versuchen Sie herauszufinden, was dahintersteckt – warum die Camera obscura so viele Jahre geheim gehalten wurde. Meinen Sie, das ist machbar, wenn Sie zusätzlich das Pförtnerhaus ausräumen müssen?«

»Ich …« Rachel war überrascht. »Ich will es natürlich gerne versuchen, aber …«

»… es ist sehr viel Arbeit«, vollendete er den Satz für sie. »Das kann ich mir lebhaft vorstellen. Und wer weiß, wie viel Zeit uns überhaupt noch bleibt. Vielleicht wäre es sinnvoll, noch jemanden mit ins Boot zu nehmen, um diese Mengen an Material zu sichten. Fällt Ihnen da auf Anhieb jemand ein?«

»Für die Recherche, meinen Sie?« Rachel kam aus dem Staunen gar nicht mehr heraus.

»Ja. Eine Person, die vor einer solchen Herausforderung nicht zurückschreckt, sondern sie vielleicht sogar interessant findet. Gibt es jemanden, den Sie für geeignet halten? Vielleicht jemanden aus der Stammkundschaft des Buchladens?«

Selbst wenn Ron die Geduld für die mühselige Sichtung der Papiere aufbringen würde, konnte er die steile Leiter nicht mehr bewältigen. Edie würde das schaffen, war aber mit ihrer künstlerischen Arbeit voll ausgelastet. Ezra würde sich nur mit Mühe durch die Luke zwängen und auf dem engen Raum kaum bewegen können. Aber …

»Na ja, Toby Hollingwood vielleicht«, schlug Rachel vor. »Sie haben ihn vorhin kennengelernt.«

»Der Journalist?«

»Ja. Er schreibt zwar zurzeit an seinen Memoiren, kommt aber nicht gut voran, glaube ich. Ich könnte mir vorstellen, dass er diese verborgene Geschichte besser entschlüsseln kann als jeder andere.«

Crosswick nickte zustimmend. »Ja, da könnten Sie recht haben. Vertrauen Sie ihm? Ich möchte, dass so wenig Menschen wie möglich davon erfahren. Kann er ein Geheimnis für sich behalten?«

»Ja, das denke ich schon«, antwortete Rachel. »Ich vertraue ihm jedenfalls.«

»Gut, dann sprechen Sie doch mit ihm. Und halten Sie mich auf dem Laufenden über alles, was Sie finden. Ich möchte den etwaigen Erben ein möglichst vollständiges Bild liefern können.«

»Und wenn es dann doch keine Erben gibt?«, fragte Rachel.

»Damit beschäftigen wir uns, falls es dazu kommen sollte«, antwortete Crosswick.

16

Toby hatte nicht die geringste Ahnung, was ihn erwartete, als Rachel ihn bat, noch zu bleiben. Und er war äußerst erstaunt, als sie die Tür vom Buchladen abschloss und dann in ernsthaftem Tonfall zu ihm sagte: »Ich bräuchte deine Hilfe.«

»Selbstverständlich«, sagte Toby überrascht. »Was immer du möchtest. Worum geht es?«

Sie wandte den Blick ab, wirkte etwas verlegen. »Das klingt jetzt etwas albern, aber … bevor ich dir das sage, muss ich dich um deine Verschwiegenheit bitten.«

Nun war Toby völlig verblüfft. Rachel wollte ihm ein Geheimnis verraten?

»Die kann ich dir garantieren, Rachel«, sagte er. »Was es auch sein mag – du kannst mir vertrauen.«

Sie lächelte ihn an. »Das habe ich zu Alan Crosswick auch gesagt.«

»Cullens Anwalt?« Toby tappte komplett im Dunkeln. »Wobei brauchst du meine Hilfe?«

Rachel ging Richtung Treppe und sagte dabei: »Es ist einfacher, wenn ich es dir zeige.« Sie blieb abrupt stehen und warf einen Blick auf sein Bein. »Man muss allerdings eine Leiter hinaufklettern …«

»Kein Problem«, erwiderte Toby, was nicht der Wahrheit entsprach. Sein Bein schmerzte bereits scheußlich, als sie das Halbgeschoss erreichten. Er hatte heute viel zu viel gestanden und würde dafür morgen die Rechnung bekommen – oder eigentlich jetzt schon. Aber seine Neugier, als Rachel ihre privaten Räume ansteuerte, lenkte ihn von dem Schmerz ab.

Sie schloss die Tür auf und schaltete das Licht ein. »Alles okay?«, fragte sie und warf ihm einen forschenden Blick zu.

»Ja, klar, nur zu.«

Als sie die nächste Etage erreichten, konnte Toby nur einen kurzen Blick in eine winzige Küche werfen, bevor er sich schon auf der nächsten Treppe befand. Die war noch steiler als die letzte, und als er auf halber Höhe angekommen war, musste er kurz pausieren. Von oben blickte Rachel besorgt zu ihm herunter.

»Ich habe es bis hierher geschafft«, sagte er. »Da werde ich jetzt ganz bestimmt nicht umkehren.«

Als Toby schließlich den Treppenabsatz erreichte, sah er, dass sie in Rachels Schlafzimmer standen. Eustace hatte sich auf dem Bett eingerollt. Das Zimmer wirkte sehr ordentlich, weshalb der chaotische Zustand der Decke umso erstaunlicher war. Die Tapete war abgerissen worden, und offenbar konnte man durch eine schmale Luke noch weiter nach oben klettern.

»Oh«, sagte Toby verblüfft. »Gibt es hier einen Dachboden?«

Rachel nickte. »Aber niemand bis auf Cullen wusste davon.«

»Was meinst du damit?«

»Bis vor Kurzem war das noch ein Geheimnis«, antwortete Rachel. »Ich glaube, Cullen hat die Luke erst vor fünf Jahren übertapeziert, bevor ich hier einzog. Und es scheint, als ob der Raum dort oben seit der Erbauung des Turms geheim gehalten worden ist. Der Leuchtturm war über ein Jahrhundert unbenutzt, bevor Cullen beschlossen hat, darin zu leben. Der Hügel, das Pförtnerhaus, die Cottages und der Leuchtturm waren die einzigen Anteile des ursprünglichen Anwesens, die noch im Besitz der Familie MacDonald waren. In seiner Kindheit wohnte Cullen mit seiner Mutter im Pförtnerhaus, und als er alt genug war, wollte er im Leuchtturm leben, der all die Jahre leer gestanden hatte. Damals, in den Sechzigerjahren, hat er bestimmt auch entdeckt, was sich dort oben befindet, und es seither geheim gehalten.«

»Wow«, sagte Toby beeindruckt. »Aber was *ist* denn nun da oben?«

Statt einer Antwort stieg Rachel auf eine kleine Trittleiter und drückte die Luke nach oben, worauf eine ausklappbare Treppe zum Vorschein kam. Rachel sah Toby fragend an. »Meinst du, das geht für dich?«

»Versuch mal, mich aufzuhalten.«

Rachel stieg mit der Sturmlaterne als Erste hinauf, Toby folgte ihr. Die Stufen zu erklimmen war wirklich mühsam, weil er das kaputte Bein belasten musste. Als er oben ankam, reichte Rachel ihm die Hand, um ihm hinaufzuhelfen. Nachdem er sich aufgerichtet hatte, sah er sich verwundert um.

Rachel deutete zur Spitze der Kuppel, wo Toby eine kleine Klappe sah, die mit einer daran befestigten Eisenstange geöffnet werden konnte. »Das hier ist eine Camera obscura.

Da oben sind eine Linse und ein Spiegel angebracht. Wenn die Klappe geöffnet ist, wird das Bild von außen auf diese Fläche gespiegelt.« Sie deutete auf einen großen weißen Tisch.

Toby versuchte sich das vorzustellen, während Rachel weitersprach.

»Die Camera obscura muss zur gleichen Zeit gebaut worden sein wie der Turm, also zwischen 1812 und 1815.«

»Und wirklich niemand wusste davon?«, fragte Toby erstaunt.

»Ich glaube nicht. Ich habe schon viel recherchiert und nirgendwo einen Hinweis darauf gefunden.«

»Aber warum?«

Rachel nickte. »Genau das ist die Frage.« Sie deutete auf die Papierstapel vor sich. »Ich habe jede Menge Notizen und Skizzen hier oben gefunden und versuche gerade, alles nach Datum zu ordnen, um eine Antwort zu finden. Allerdings komme ich nur extrem langsam voran.«

Sie griff nach einem Umschlag und zeigte ihn Toby. *Für dich, der du mich findest.* Rachel zog vorsichtig ein dünnes Blatt Papier aus dem Umschlag, faltete es auf und reichte es Toby. Der kurze Text beantwortete keine seiner Fragen und endete mit der Bitte um Geheimhaltung. Unterzeichnet war er nur mit Initialen, E. A. M.

»Ich konnte noch nicht entschlüsseln, wer das ist«, sagte Rachel. »Aber es scheint die Person zu sein, die den Leuchtturm entworfen und erbaut hat.«

»Dann war das gar nicht James MacDonald?«, fragte Toby verblüfft. »Nach ihm ist der Turm doch benannt.«

»Ja, aber er scheint nicht, wie man immer angenommen

hat, der Architekt zu sein. Ich erzähle dir das alles, weil ich vorhin Alan Crosswick in das Geheimnis eingeweiht habe. Und er schlug vor, dass ich mir Hilfe suchen sollte, um das alles zu enträtseln. Also herauszufinden, wer E. A. M. war und warum die Camera obscura so viele Jahre geheim gehalten wurde. Es ist extrem viel Material, und Alan und ich dachten, dass du mit deinen Rechercheerfahrungen uns helfen könntest, schneller ans Ziel zu kommen. Seitdem nach Erben in den USA gesucht wird, herrscht ein bisschen Zeitdruck …«

»Verstehe.«

»Und? Wirst du mir helfen?«

»Natürlich. Es ist nur …«

»Ziemlich überwältigend. Ich weiß.«

Toby blickte zu der Dachöffnung hinauf und dann auf den weißen Tisch. »Kannst du mir das Ganze mal vorführen?«

»Es ist schon zu dunkel, da würde man höchstens ein paar Straßenlaternen sehen. Aber ich zeige es dir gerne morgen.«

»Okay.« Toby sah sich noch einmal um, dann sagte er: »Danke, dass du mir davon erzählt hast, ich fühle mich regelrecht geehrt. Aber ich bin ziemlich erledigt, muss ich sagen, und wenn das mir schon so geht, musst du doch kaum noch stehen können, nach allem, was du heute geleistet hast. Ich wäre dafür, für heute Schluss zu machen.«

»Ja, sicher vernünftig.« Rachel sah sich mit einem wehmütigen Lächeln noch einmal in dem kleinen Raum um. »Ehrlich gesagt, habe ich seit Tagen nicht mehr ruhig geschlafen. Seit ich weiß, dass das hier oben ist … kommt es mir so vor, als würde ich den Ort gar nicht richtig kennen, an dem ich jahrelang gelebt habe.«

Toby nickte verständnisvoll. »Kann ich mir vorstellen. Ich würde bestimmt auch kaum noch an etwas anderes denken können. Und dabei hast du ja auch sonst noch so viel um die Ohren zurzeit.«

Sie traten den Abstieg an, und als sie wieder in Rachels kleinem Schlafzimmer standen, sagte Toby: »Hör mal. Glaub bitte nicht, dass ich dabei irgendwelche Hintergedanken habe, aber du brauchst doch dringend Schlaf. Wie wär's, wenn du mit zu mir kommst? Ich habe zwei Schlafzimmer.«

Rachel sah ihn zweifelnd an. »Also, ich glaube nicht ...«

»Es ist dunkel draußen, niemand wird uns bemerken«, fiel Toby ihr ins Wort. »Und es würde dir bestimmt guttun, mal ein bisschen Abstand vom Leuchtturm zu gewinnen. Außerdem ist morgen Sonntag, du musst nicht im Laden sein. Was meinst du?«

17

Eustace beäugte Rachel argwöhnisch, als erahnte er weitere beunruhigende Veränderungen. Sie hatte prompt ein schlechtes Gewissen, weil sie zum ersten Mal seit fünf Jahren morgens nicht für ihn da sein würde.

»Ich stelle dir dein Frühstück für morgen schon in die Küche«, sagte Rachel zu dem alten Kater und streichelte ihm den Kopf. »Außerdem bin ich gar nicht weit weg und komme ganz bald wieder, das verspreche ich dir.« Sie versuchte nicht daran zu denken, dass ihre Wege sich vielleicht bald trennen würden.

Es war ein seltsames Gefühl, den Leuchtturm nachts zu verlassen. Häuser, die nicht in den orangefarbenen Lichtkegeln der Straßenlaternen standen, waren nur als dunkle Umrisse zu erkennen. Nur hie und da erkannte Rachel noch ein bläulich flackerndes Licht von Fernsehern hinter den Vorhängen.

In Tobys Cottage angekommen, sah Rachel sich erst mal um, während er ihr die Jacke abnahm. Die Einrichtung war vollständig in Weißschattierungen gehalten.

»Sehr hübsch hier«, sagte Rachel.

Tobys Lächeln geriet etwas matt. »Ja, stimmt schon. Wobei ich gestehen muss, dass ich ziemlich nervös werde, wenn ich Tee, Kaffee oder Rotwein trinke. Apropos: Möchtest du vielleicht ein Glas Wein?«

Mit den Drinks gingen sie ins Wohnzimmer, das auch komplett weiß eingerichtet war. Rachel konnte Tobys Befürchtungen allmählich gut nachvollziehen.

»Die Besitzer vermieten bestimmt nicht an Familien«, mutmaßte sie. »Stell dir mal vor, wie kleine klebrige Kinderhände das hier in Kürze zurichten würden.«

Toby lachte, während sie sich niederließen.

»Ich bewundere Menschen, die ein Haus so gestalten können«, fügte Rachel hinzu. »Für Einrichtung habe ich keinerlei Gespür. Ich habe immer … mit dem gelebt, was ich hatte.«

»Und mit Büchern.«

»Das stimmt, ja.« Sogar ihr kleiner VW-Bus war mit Büchern von Flohmärkten und Trödlern vollgestopft gewesen. Es hatte eine Zeit in Rachels Leben gegeben, in der sie keine Bücher hatte besitzen dürfen. Sobald es ihr möglich gewesen war, hatte sie deshalb alles gelesen, was ihr in die Finger kam, und sich so Fluchtwege aus ihrem Leben geschaffen.

Ein kurzes Schweigen entstand, und Rachel beobachtete Tobys Miene, während sie einen Schluck Wein trank. Toby wirkte gedankenverloren. Dann sah er sie mit schiefem Lächeln an. »Entschuldige. Bin abgedriftet.«

»Hast du an die Camera obscura gedacht?«

»Ja. Ich meine …« Er beugte sich vor. »Dass sie so lange dort oben im Turm war, ohne dass jemand davon wusste …«

»Ja, das ist unglaublich, oder?«

»Ich frage mich einfach …« Toby schüttelte den Kopf. »Nein. Lassen wir es für heute Abend gut sein. Du brauchst eine Pause und sollst dich von alldem ein bisschen erholen können. Deshalb bist du ja hier.« Er seufzte und fügte in ernsthaftem Tonfall hinzu: »Hör mal, Rachel, ich muss dir etwas sagen. Etwas, das ich wahrscheinlich hätte erwähnen sollen, bevor ich dich dazu eingeladen habe, hier zu übernachten …«

Rachel richtete sich auf. »Okay …«

Toby drehte unbehaglich sein Glas in den Händen, ohne sie anzusehen. »Ich leide an Nachtangst.«

Rachel blinzelte. Sie hatte andere mögliche Erklärungen erwartet. »Nachtangst?«

»Ja, es ist eine Art Schlafstörung, manchmal wache ich nachts schreiend auf und … Als ich damals nach meiner Verletzung aus dem Krankenhaus kam, schlief ich zunächst bei Sylvie, und sie ist dann immer wach geworden. Ich … ich hätte dir das vorher sagen müssen, entschuldige bitte. Aber ich habe nicht daran gedacht, weil es für mich inzwischen fast normal ist.«

»Hast du das jede Nacht?«, fragte Rachel.

»Ja. Ja, ich denke schon.«

Rachel stellte ihr Weinglas auf den Couchtisch. »Hast du dich mal beraten lassen?«

Toby sah sie an. »Therapie, meinst du? Ja, hatte ich eine Zeit lang. Aber es schien nichts zu nützen, und dann bin ich nach Newton Dunbar gekommen.« Er zuckte die Achseln. »Ich will nicht auf mein Leben verzichten. Will mich … nicht davon unterkriegen lassen. Was in den Träumen auftaucht, ist nicht der Tag, an dem ich verwundet wurde, sondern Erinnerungen und Bilder aus vielen Jahren. Ich kann das nicht alles durcharbeiten. Deshalb versuche ich, damit zu leben.«

Rachel dachte sich, dass das wohl eher nicht der richtige Weg war, um eine posttraumatische Belastungsstörung zu bewältigen, aber sie war keine Psychiaterin und wollte Toby nicht mit Ratschlägen belästigen.

»Wenn ich davon aufwache, schlafe ich einfach weiter«, sagte sie deshalb nur. »Das ist kein Problem für mich.«

Er sah sie zweifelnd an.

»Wirklich«, bekräftigte sie und griff wieder nach ihrem Glas, hauptsächlich, um ihre Hände zu beschäftigen. »Eine Zeit lang hatte ich auch oft Albträume. Aber in den letzten Jahren zum Glück nicht mehr.«

Toby blieb stumm, aber als sie aufschaute, sah er sie an und lächelte.

»Danke«, sagte er.

»Wofür denn?«

»Dass du mir das anvertraut hast. Journalisten sprechen nicht über psychische Schwierigkeiten. Ich fühle mich dabei auch sofort ... irgendwie schwach. Noch schwächer als ohnehin schon.« Er klopfte auf das verletzte Bein.

»Aber das hat doch rein gar nichts mit Schwäche zu tun«, widersprach Rachel. »Dein Gehirn versucht Traumata zu verarbeiten.«

»Tja, und an Tagen, an denen etwas Außergewöhnliches geschehen ist, tut es das meist noch mehr als sonst. Eine Bestattung plus die Camera obscura ... Ich entschuldige mich lieber schon mal vorab.«

»Das ist wirklich nicht nötig.«

Toby lächelte, schaute dabei aber auf sein Glas. »Danke«, wiederholte er.

Rachel wachte mitten in der Nacht ruckartig auf, weil aus dem Schlafzimmer gegenüber ein rauer Schrei und rumorende Geräusche zu hören waren. Ein paar Sekunden lang hielt sie so panisch ihre Bettdecke fest wie in den ersten Jahren im VW-Bus, als sie ständig mit einem Angriff rechnete – der sich dann aber zum Glück nie ereignete. Dann hörte sie einen zweiten halb erstickten Aufschrei. Rachel stand auf, zog ihre blaue Strickjacke über das T-Shirt, in dem sie sich schlafen gelegt hatte, und tappte barfuß über den dicken Teppichboden im Flur in Tobys Zimmer.

Sie sah sofort, dass er nicht wach geworden war, sondern versuchte, dem zu entkommen, was sich gerade in seinem Traum abspielte. Er warf sich hin und her, und seine Beine zappelten, als wollte er weglaufen.

Rachel setzte sich auf den Bettrand. »Toby«, sagte sie beruhigend. »Toby …«

Er hörte sie nicht, war weiterhin in seinem Albtraum gefangen. Rachel legte eine Hand auf Tobys Schulter, versuchte ihn festzuhalten. Schweiß stand ihm auf der Stirn, sein Gesicht wirkte verzerrt.

»Toby«, sagte Rachel, jetzt lauter. Er schrie auf, als er schlagartig wach wurde, und versuchte von ihr wegzurutschen.

»Alles ist gut«, sagte sie, strich über seinen Arm und umfasste sein Handgelenk, um ihn in der Welt zu verankern. »Es geht dir gut.«

Schwer atmend starrte er sie an wie einen Geist, schien

nicht sie zu sehen, sondern die Bilder aus seinem grauenvollen Traum. Dann merkte Rachel, wie er sie langsam erkannte, und seine Miene veränderte sich.

»Oh Gott«, sagte er und strich sich mit zitternder Hand übers Gesicht. »Tut mir leid.«

»Das macht nichts, Toby.«

Er griff nach ihrer Hand und umklammerte sie, noch immer am ganzen Körper zitternd. So saßen sie eine ganze Weile schweigend da, bis Tobys Atem sich beruhigte.

»Möchtest du darüber sprechen?«, fragte Rachel leise.

Er schüttelte entschieden den Kopf. »Nein.«

»Soll ich noch bleiben?« Er warf ihr einen raschen Blick zu und drückte ihre Hand. »Nein. Aber danke. Wie viel Uhr ist es?«

Sie schauten beide auf den Wecker neben seinem Bett. Es war kurz vor vier.

»Tut mir leid«, sagte Toby noch einmal und griff nach der Decke, die halb vom Bett gerutscht war. »Geh wieder schlafen. Es ist jetzt alles okay.«

18

Gilly war nicht zu Cullens Bestattung gegangen, und zwar nur deshalb, weil sie nichts Passendes zum Anziehen besaß. Im Nachhinein fühlte sie sich deshalb schlecht und fürchtete, dass Cullens Freunde aus dem Buchladen ihr Verhalten als respektlos empfanden. Bei ihrem Kunstunterricht am Tag nach der Trauerfeier, als Edie sich nach längerem Schweigen räusperte, war Gilly deshalb auf allerlei gefasst.

»Hör mal«, sagte die Künstlerin und zögerte einen Moment, bevor sie fortfuhr, »du könntest einen Job im Buchladen bekommen, wenn du willst. Ist nicht sicher, für wie lange, aber wenn du Arbeit haben möchtest, könntest du nachher mal hingehen und mit Rachel reden. Ich habe ihr gesagt, dass du vielleicht vorbeikommst.«

Es dauerte einen Moment, bis Gilly die Information verarbeitet hatte, weil sie mit etwas ganz anderem gerechnet hatte. »Du hast Rachel schon gesagt, dass ich vorbeikommen würde?«

Edie trat zur Spüle, um die Tinte von dem Druckstock abzuwaschen, an dem sie gearbeitet hatte. »Bei der Trauerfeier hat sie uns erklärt, dass sie jemanden für den Laden braucht. Sie muss anfangen, das Pförtnerhaus auszuräumen.«

Gilly legte ihren Bleistift weg und lehnte sich zurück. »Und da hast du *mich* vorgeschlagen?«

Edie schnaufte genervt. »Willst du jetzt alles, was ich sage, nachplappern wie ein Kind?«

»Ich wundere mich nur«, erwiderte Gilly. »Mir war klar, dass du eigentlich keine Lust hast, mich zu unterrichten. Aber jetzt besorgst du mir auch noch einen Job?«

»Ich dachte einfach, du könntest etwas Sinnvolles tun«, sagte Edie, während sie in der Spüle herumfuhrwerkte. »Und wir wissen beide, dass du Geld brauchst, also versuch gar nicht erst, mir etwas vorzumachen.«

Gilly blickte auf ihre Zeichnung. »Ist das deine Methode, mich loszuwerden?«

Edie drehte sich um und antwortete in ungeduldigem Tonfall: »Nein, natürlich nicht!«

»Ist auch besser so. Wir haben nämlich eine Abmachung, vergiss das nicht. Und du wirst dich daran halten müssen, auch wenn du mich jetzt durch die Gegend scheuchst.«

Edie seufzte und trocknete sich die Hände ab. »Ich habe mich bislang an alles gehalten, Gilly.«

»Aber vielleicht verarschst du mich auch. Ich bin schon seit Tagen hier, und bisher hast du mir nicht gezeigt, was ich eigentlich lernen will.«

»Und du weißt auch ganz genau, warum«, gab Edie gereizt zurück. »Die Basis eines guten Holzschnitts ist eine gute Zeichnung. Das habe ich dir schon in der ersten Stunde erklärt. Und solange du das nicht hinkriegst, vergeudest du nur meine Zeit und mein Material und bist am Ende noch entmutigt.«

»Ja, ja«, grummelte Gilly und griff wieder nach dem

Bleistift. Das leuchtete ihr nach wie vor nicht ein. In der allerersten Stunde hatte die Künstlerin ihr sogar einfach Skizzenblock und Bleistift in die Hand gedrückt und sie nach einer längeren Rede wieder zur Tür hinausgeschoben.

»Zuerst musst du die Entscheidung treffen, was du überhaupt darstellen möchtest«, hatte Edie erklärt. »Dann fertigst du eine Zeichnung davon an. Wer Kunst machen will, darf die Welt nicht einfach nur *sehen*, sondern muss sie *bewusst wahrnehmen*. Und dann muss man sich überlegen, wie man diese Wahrnehmung anderen Menschen vermittelt. Geh jetzt raus und betrachte Dinge ganz genau. Finde etwas, das du zeichnen möchtest. Dann sehen wir weiter.«

Gilly streifte daraufhin stundenlang durch Newton Dunbar und zeichnete dieses und jenes: eine Topfpflanze, ein Blatt, eine Katze auf einem Fenstersims, die alte Uhr mit dem gelben Steinsockel am Ende der Hauptstraße. Am frühen Abend, als sie ein paar Seiten gefüllt hatte, kehrte sie gelangweilt und frustriert ins Atelier zurück und zeigte Edie ihre Ausbeute.

Die Künstlerin sah sich die Zeichnungen an und gab Gilly den Block zurück, mit den Worten: »Du hast Motive gezeichnet, von denen du glaubst, dass sie *andere* Leute interessieren. Ich will sehen, was *dich* interessiert. Versuch's morgen noch mal.«

Am liebsten hätte Gilly gesagt, Edie solle sich den Block sonst wohin schieben. *Blöde Kuh, die will mich nur loswerden,* dachte sie. Doch als die Künstlerin sie anstarrte, die Arme vor der Brust verschränkt, eine Augenbraue hochgezogen, war Gilly klar, dass Widerworte sinnlos waren. Zähneknirschend stapfte sie mit ihrem Block zur Tür, und als sie schon fast draußen war, fügte Edie hinzu: »Alles in allem sind die Zeichnungen gar nicht schlecht.«

Am nächsten Tag streifte Gilly wieder durchs Dorf und sah sich um. Mittags begann sie zu zeichnen, damit sie etwas vorzuweisen hatte. Sie entschied sich für den Eingang des Supermarkts, ein Auto, die Bushaltestelle und war sogar ziemlich zufrieden mit ihrem Ergebnis. Zumindest sah alles so aus, wie sie es sich vorgestellt hatte.

Am Abend betrachtete Edie die Zeichnungen eingehend und gab ihr den Block erneut zurück. »Das ist immer noch zu oberflächlich. Du musst lernen, genau hinzuschauen. Wirklich *wahrzunehmen.*«

Gilly musste sich beherrschen, um den Block nicht quer durchs Atelier zu feuern.

»Was soll denn der Mist!«, schrie sie. »Ich mach genau, was du mir gesagt hast! Du redest doch Blödsinn!«

Edie zuckte gänzlich unbeeindruckt die Achseln. »Von mir aus, *du* wolltest hier etwas von mir lernen. Wir können jederzeit damit aufhören. Mir ist das einerlei.«

Gilly starrte die Künstlerin wütend an und überlegte ernsthaft, das Ganze abzubrechen. Doch dann fiel ihr Blick wieder auf das große Bild vom Leuchtturm, das sie noch immer genauso faszinierte wie am Anfang. Wie konnte man so etwas erschaffen? Gilly spürte, dass ihr Wunsch, das zu lernen, unverändert stark war. Und um es zu erreichen, würde sie eben lernen müssen, Edies Marotten auszuhalten.

Deshalb stapfte sie zwar aufgebracht zur Tür, aber nicht, ohne vorher noch den Block einzustecken.

»Es ist grundlegend wichtig, deinen eigenen Blick auf die Welt zu finden«, erklärte Edie vorher noch. »Jeder Mensch sieht sie anders. Wäre das nicht so, gäbe es wahrscheinlich keine Kriege, aber es gäbe auch keine Kunst. Wenn du gute Kunst erschaffen willst, musst du dir vorher klarmachen, was du der Welt zeigen möchtest. Und wenn du hier meine Zeit in Anspruch nimmst, dann wirst du das entweder entsprechend lernen oder ich kann dich nicht weiter unterrichten.«

Beim Rausgehen knallte Gilly die Ateliertür hinter sich zu und murmelte eine Reihe Schimpfwörter vor sich hin, die vermutlich sogar Edie zum Erröten gebracht hätten.

Am nächsten Morgen erwachte Gilly vom Trommeln der Regentropfen auf dem Dach und hatte wenig Lust, weitere blöde Zeichnungen anzufertigen. Wozu auch? Die alte Kuh würde ihr doch ohnehin nur wieder sagen, sie solle alles noch mal machen, damit sie irgendwann endgültig frustriert alles hinschmiss. Sie konnte genauso gut den Tag im Schuppen verschlafen, bei diesem Wetter würde Edie ja wohl kaum im Garten arbeiten. Gilly hatte ein paar Essensvorräte und eine Flasche Wasser, die sie heimlich an der Spüle im Atelier aufgefüllt hatte. Und Edie würde wahrscheinlich nicht mal bemerken, wenn ihre Schülerin nicht auftauchen würde.

Gilly verspürte jedoch ein dringendes Bedürfnis, und so blieb ihr nichts anderes übrig, als die öffentliche Toilette an der Main Street aufzusuchen. Als sie die Straße überquerte, schaute sie zufällig nach oben. Die Kabel zwischen den Telefonmasten bildeten ein eigenartiges Muster vor dem Hintergrund des wolkigen grauen Himmels. Gilly flüchtete vor dem Regen unter die Markise der Bäckerei und betrachtete das Kabelgewirr noch eine Zeit lang eingehend. Dann zog sie den Skizzenblock aus der Tasche der großen Jacke und begann zu zeichnen. Auf dem Rückweg skizzierte sie noch den Türgriff an der Toilette und die von Regentropfen verwischten Buchstaben »FREI«. Als Letztes fiel ihr der Kontrast zwischen einigen am Straßenrand liegenden gezackten Ulmenblättern und den geraden kantigen Linien des Bordsteins auf.

»Aha«, kommentierte Edie am Nachmittag, als sie die neuen Seiten im Skizzenblock begutachtete. »Jetzt sind wir also einen Schritt weiter.«

Sie verschwand durch die Tür zum Haus und kehrte nach einer Weile mit einem Tablett zurück, auf dem zwei Becher Tee und zwei Teller mit dicken Stücken Biskuitkuchen standen, gefüllt mit Sahne und Erdbeermarmelade. Die Künstlerin wies mit dem Kopf auf die Hocker am Arbeitstisch. »Na, dann nimm mal Platz.«

Als das Mädchen sich niedergelassen hatte, servierte Edie ihnen beiden Tee und Kuchen, setzte sich an die andere Tischseite und tippte auf den Skizzenblock. »Als Nächstes möchte ich, dass du dir die Zeichnung aussuchst, die du am liebsten magst. Damit arbeiten wir dann weiter.«

»Heißt das, ich darf jetzt endlich mit den Schnitzwerkzeugen anfangen?«, fragte Gilly schmatzend.

»Denk nicht mal dran«, erwiderte die Künstlerin. »Und sprich nicht mit vollem Mund, das gehört sich nicht.«

Gilly ließ die Gabel sinken und starrte Edie trotzig an.

»Und hör auf zu schmollen. Ganz ehrlich, wie alt bist du eigentlich? Fünf?«

Im ersten Moment wollte Gilly etwas Patziges erwidern, überlegte es sich dann aber anders. »Was soll ich dann machen?«

»Wenn du irgendwann mit dem Linolschnitt beginnst, wird dein Bild nur zwei Farben haben, schwarz und weiß«, antwortete Edie. »Wenn du dich für eine deiner Zeichnungen entschieden hast, denk darüber nach, welche Flächen weiß und welche schwarz sein sollen.«

Nachdem Gilly das Stück Kuchen in Rekordzeit verschlungen hatte, sagte sie: »Aber wieso nur schwarz und weiß? Das da ist doch farbig.« Sie deutete auf das Bild vom Leuchtturm an der Wand.

»Das ist ein Reduktionsdruck, ein viel aufwendigeres Verfahren«, erklärte Edie. »Du musst erst einmal die Grundlagen lernen. Das heißt, eine Farbe wird das Papier selbst sein, also Weiß, die andere die Farbe der Tinte. Man muss nicht unbedingt Schwarz nehmen, aber ich finde das für den Anfang gut.« Sie tippte wieder auf den Block. »Schwarz und Weiß also. Leg los, Mädchen. Ich habe nicht den ganzen Nachmittag Zeit.«

»Na klar, dein Terminkalender ist ja auch so voll«, murmelte Gilly mürrisch.

Edie warf ihr einen warnenden Blick zu, den Gilly aber wohlweislich ignorierte. Sie nahm sich den Skizzenblock und betrachtete ihre neuen Zeichnungen. Die Skizze von den kreuz und quer verlaufenden Telefonkabeln fand sie am interessantesten, stellte dann aber ernüchtert fest, dass die Struktur zu kompliziert war, um sie mit Schnitzwerkzeug darzustellen. Aber das Bild gefiel ihr gut, weil es etwas Alltägliches darstellte, auf das man normalerweise nicht achtete. Schließlich kam sie auf die Idee, sich auf einen der Telefonmasten zu konzentrieren. Die abgehenden Kabel ergaben eine Struktur, die an Fahrradspeichen erinnerte. Gilly begann eine neue Zeichnung von diesem Detail anzufertigen. Dabei rief sie sich Edies Anweisung in Erinnerung.

»Was du aus dem Linoleum herausschneidest«, hatte die Künstlerin gesagt, »wird später weiß sein, alles andere schwarz. Das solltest du dir bei deiner Zeichnung bereits vorstellen.«

Jetzt, einige Tage später, war Gilly sogar einigermaßen stolz auf die Entwicklung ihrer Zeichnung. Edie hatte ihr ab und an über die Schulter geschaut und Tipps für die Schattierung gegeben. Gilly freute sich inzwischen immer auf ihre nächste Unterrichtsstunde und hatte geglaubt, dass die Künstlerin sie nun endlich nicht mehr loswerden wollte. Schließlich gab es sichtbare Fortschritte und damit bestimmt keinerlei Zweifel mehr an Gillys Lernwillen. Aber jetzt fragte sie sich erneut, ob sie gerade davongejagt wurde, weil sie der Künstlerin lästig war. Sie war schließlich keine Freundin, sondern von Gilly zum Unterrichten genötigt worden.

»Aber ich finde, ich bin besser geworden«, sagte Gilly, bemüht, sich ihre Verletztheit nicht anmerken zu lassen.

»Ja, bist du auch«, bestätigte Edie.

»Dann unterrichtest du mich weiter?«, fragte Gilly verblüfft.

Ein Schweigen entstand. Als Gilly aufschaute, sah sie, dass Edies Blick auf ihr ruhte.

»Ich wäre echt sauer auf dich, wenn du nicht weitermachst«, sagte die Künstlerin. »Dann wäre nämlich dieses ganze Papier verschwendet.«

Gilly war beinahe wütend auf sich selbst, weil die Worte der Künstlerin sie so erleichtert hatten.

»Also gut«, sagte sie. »Dann gehe ich auch in den Buchladen. Ich verspreche es.«

19

»Und diese ganzen Unterlagen hast du schon zeitlich geordnet?«, fragte Toby am Sonntagnachmittag, als er mit Rachel in der Turmkuppel saß und auf die Papierberge am Boden blickte.

Sie hatten gemeinsam bei ihm gefrühstückt. Toby war der nächtliche Vorfall noch immer sehr peinlich, aber Rachel hatte ihn mit keinem Wort erwähnt, so als wäre es vollkommen normal, nachts von einem schreienden Mann geweckt zu werden, der einem sein Gästezimmer angeboten hatte. Toby erinnerte sich auch noch sehr genau daran, wie sich ihre warmen Finger an seinem Handgelenk angefühlt hatten. Und sie hatte ihre Hand nicht weggezogen, als er sie fest umklammerte, noch von seinen Träumen erschüttert.

»So gut es ging, ja«, antwortete Rachel. »Ich hatte mich der Hoffnung hingegeben, dabei auch die Identität von E. A. M. zu lüften. Aber da war mir bislang kein Glück beschieden.«

Sie hatte die Klappe im Dach geöffnet, um Toby die Camera obscura vorzuführen. Das Abbild von Newton Dunbar war klar und deutlich auf der weißen Marmorplatte zu erkennen. Toby hatte fasziniert beobachtet, wie eine winzige Gestalt die Hauptstraße entlangschlenderte, bevor er sich von dem Anblick losgerissen und auf einem freien Fleckchen am Fußboden niedergelassen hatte, den Protest seines Beines ignorierend. »Bring mich doch mal auf deinen bisherigen Wissensstand«, schlug er vor.

»Das älteste Datum, was ich bisher gefunden habe, steht in diesem Notizbuch hier«, sagte Rachel und deutete auf ein Büchlein mit blauem Einband. »1807.«

»Das ist zweihundertsechzehn Jahre alt?«, sagte Toby staunend. »Wahnsinn.«

»Ja, faszinierend, oder? Die Handschrift ist schwer zu entziffern, aber es scheint eine Art Tagebuch gewesen zu sein. Es gibt jede Menge Skizzen von Leuchttürmen darin, die aber – du wirst es sehen – nicht sonderlich realistisch sind. Macht eher den Eindruck, als hätte die Person zum Vergnügen versucht, ihre Vorstellung von einem Leuchtturm zu zeichnen.«

»Also so etwas wie Kritzeleien zum Zeitvertreib, meinst du?«

»Ja, genau. Dazwischen gibt es dann Notizen über Ausflüge und dergleichen. Die sachlichsten Aufzeichnungen, die ich entziffern konnte, handeln vom Leuchtturm Bell Rock, mit dessen Bau 1807 begonnen wurde. Neben einer Skizze von einem Turm mitten im Meer steht: ›Was für ein Wunderwerk, wie genial! Mr Stevenson ist ein großartiger Meister der Baukunst!‹ Aber das ist auch alles. Die nächsten Aufzeichnungen stammen von 1812.«

»Fünf Jahre«, sagte Toby sinnend. »Warum ist da diese zeitliche Lücke? Hast du eine Idee?«

»Ich bin mir nicht sicher«, antwortete Rachel. »Aber es ist jedenfalls deutlich erkennbar, dass in der Zwischenzeit etwas passiert sein muss.« Rachel deutete auf einen kleinen Stapel, bestehend aus zwei Notizbüchern und einer Schriftrolle. »Hier drin sind klare Fortschritte zu sehen, fast als ob etwas, das ursprünglich nur eine vage Idee war, im Laufe des Jahres 1812 konkrete Gestalt angenommen hätte. Anfänglich ähneln die Skizzen von Leuchttürmen noch denen im ersten Notizbuch. Aber dann werden die Bilder immer klarer und detaillierter, und zum Ende hin gibt es auch Anmerkungen dazu.«

»Kann ich mir das mal anschauen?«

»Natürlich.« Rachel bückte sich und griff nach einem der Notizbücher. »Bitte sei vorsichtig, das Papier ist stellenweise schon brüchig.«

Während sie weitersprach, blätterte Toby behutsam die Seiten um.

»In dem zweiten Notizbuch aus diesem Jahr – was du gerade in den Händen hältst – finden sich sehr konkrete Angaben über Bautechniken, Gewichtsverhältnisse, Maschinen, geeignete Materialien und dergleichen.«

Ein vergilbtes Blatt Papier fiel aus dem Notizbuch, als Toby eine weitere Seite umschlug. Rachel hob es auf und reichte es Toby, der es entfaltete.

»Ob du's glaubst oder nicht«, sagte Rachel. »Das ist wahrhaftig ein Brief von Robert Stevenson, dem Erbauer des Leuchtturms Bell Rock. Offenbar hat die Person, der das Notizbuch gehörte, ihm geschrieben und um Rat gebeten.«

Toby überflog den Brief und versuchte irgendwo einen Namen zu finden.

»Es gibt keinen Adressaten«, sagte Rachel. »Du siehst es ja, nur die Anrede ›Werter Herr‹. Die folgenden Notizbücher stammen aus dem Jahr 1813, und da scheint sich der Plan, einen Leuchtturm zu bauen, bereits konkretisiert zu haben. Es gab erste Entwürfe und dann schließlich diesen Bauplan, der schon sehr nach dem realen Turm aussieht.« Rachel griff nach einer großen Papierrolle. »Ich vermute, dass hiermit gearbeitet wurde«, sagte sie, während sie das Papier vorsichtig aufrollte. »Wir wissen, dass der Leuchtturm offiziell 1815 als Bibliothek der Familie MacDonald eröffnet wurde. Man muss also mindestens zwei Jahre vorher, 1813, mit dem Bau begonnen haben. Und schau, wie zerknittert und mitgenommen das Papier aussieht. Detailliertere Baupläne habe ich nicht gefunden. Deshalb glaube ich, dass dieser hier das Original ist.«

Tony studierte den Plan. »Aber da ist die Camera obscura nicht eingezeichnet.«

»Stimmt«, räumte Rachel ein, »aber ich glaube, sie war trotzdem schon geplant. Schau mal.« Sie deutete auf die Stelle, an der die Turmspitze eingezeichnet war. »Hier kannst du die Dachöffnung erkennen. Es wurde nur nicht genauer ausgeführt, was sich innerhalb dieser Kuppel befinden sollte.«

»Dann denkst du, dass der Architekt schon damals den wahren Zweck dieses Raums geheim halten wollte?«, fragte Toby.

»Ja, das glaube ich tatsächlich.« Rachel griff nach einem kleineren und schmaleren Büchlein. »Sämtliche Details der Camera obscura sind in diesem Heft hier vermerkt, separat von den Bauplänen für den Turm. Vermutlich hatten nicht einmal die Bauarbeiter Kenntnis von der Camera obscura.«

Toby sah sich noch einmal in dem Raum um. »Aber das

kann nicht das Werk eines einzigen Menschen gewesen sein«, wandte er ein. »Der Tisch zum Beispiel. Der ist doch viel zu groß für die Luke, er muss hier heraufgeschafft worden sein, bevor der Boden vollendet wurde.«

»Ja, stimmt«, sagte Rachel. »Das konnte ich mir bislang auch nicht erklären.«

Toby betrachtete erneut den Plan und bemerkte in der Ecke die mittlerweile schon vertrauten Initialen. »Und du konntest nirgendwo auch nur den kleinsten Hinweis darauf entdecken, wer E.A.M. war?«

»Nein.« Rachel ließ das Papier los, das sich von selbst wieder aufrollte. »Aber irgendwo muss doch etwas dazu zu finden sein, oder?«

Toby nickte. »Ich denke, wir sollten zunächst mal sämtliche Dokumente digitalisieren. Wenn alles eingescannt ist, müssen wir die Originale nicht ständig strapazieren und uns auch nicht mehr hier oben aufhalten.«

»Ja, super Idee.«

»Außerdem hilft das beim Entziffern«, ergänzte Toby, der bereits etwas in sein Handy eingab. »Ich kann mir eine Scanner-App runterladen, dann haben wir bald über unsere Computer Zugang zu dem gesamten Material.«

20

»Hast du denn kein Auto?«, fragte Gilly, als sie mit Rachel an der Haltestelle auf den nächsten Bus nach Great Dunbar wartete.

Rachel musste bei der Bank Geld aufs Konto des Buchladens einzahlen, Gilly wollte sich neue Kleidung zulegen. Sie hatte den Job angenommen und deshalb beschlossen, etwas gepflegter aufzutreten.

»Ich seh ja aus wie eine Landstreicherin«, hatte sie gesagt. Edie, die mit Gilly in den Buchladen gekommen war, hatte nicht widersprochen.

»Fahrt nur, ihr beide«, hatte sie stattdessen gesagt. »Ich übernehme in der Zeit den Laden. Du brauchst wirklich neue Sachen, Mädchen, dein Zeug sieht ja aus wie die Lappen, die ich im Atelier benutze.«

»Ich hatte früher mal einen Campingbus«, sagte Rachel jetzt. »Bis ich mich hier niedergelassen habe.«

»Für Urlaub?«, fragte Gilly etwas desinteressiert.

»Nein, ich habe darin gelebt.«

Das schien Gilly schon spannender zu finden. »So was hätte ich auch gern. Am liebsten so einen alten VW-Bus, weißt du?«

Rachel lächelte. »Genauso einen hatte ich. Ich habe ihn

geliebt, aber im Winter war es furchtbar kalt. Ich brauchte jede Menge Decken, um mich einigermaßen warm zu halten.«

Gilly zuckte die Achseln. »Klingt nicht so schlimm, finde ich.«

»Ja, besser, als obdachlos zu sein. Es war auf jeden Fall trocken da drin.«

Gilly knabberte an ihren ohnehin bereits abgekauten Fingernägeln und wich Rachels Blick aus.

»Wo schläfst du eigentlich zurzeit?«, fragte Rachel.

Gillys Miene verdüsterte sich sofort. »Nimm's mir nicht übel«, sagte sie schroff, »aber ich finde, das geht dich nichts an.«

»Ich will dir wirklich nur helfen. Und ich habe keine Ahnung, wo du gerade ...«

»Schau«, unterbrach sie Gilly. »Was du für mich getan hast, ist echt super. Der Job, dass ich deine Dusche benutzen durfte und alles ... Ich bin aufrichtig dankbar dafür. Aber nur weil ich ab jetzt für dich arbeite, heißt das nicht, dass ich dir Informationen über mein Leben schuldig bin, okay? Wenn du das für notwendig hältst, arbeite ich doch lieber nicht für dich.«

Rachel blieb stumm. In diesem Moment hielt der Bus vor ihnen, aus dessen Auspuff grauer Qualm quoll. Die beiden stiegen ein und setzten sich. »Du hast recht«, sagte Rachel schließlich. »Tut mir leid.«

»Ich will nur ...« Gilly seufzte. »Du weißt nichts über mich, und ich will dir nichts erzählen. Also glaub einfach nicht, dass du weißt, was ich brauche.«

»Geht klar«, erwiderte Rachel. »Verstehe ich.«

Gilly gab ein Schnauben von sich, verschränkte die Arme vor der Brust und starrte aus dem Fenster.

»Ich war ein Pflegekind«, sagte Rachel. »Das weiß so gut wie niemand, weil ich das auch nicht möchte. Weil ich nicht darüber reden will.«

»Ach ja?«, sagte Gilly abweisend. »Und was hat das mit mir zu tun?«

»Nichts. Aber ich habe etwas ziemlich Dummes gemacht, um einer üblen Lage zu entkommen, und bin daraufhin in einer noch furchtbareren gelandet.«

»Im VW-Bus leben?« Gilly starrte weiterhin aus dem Fenster. »Gibt Schlimmeres, finde ich.«

»Das meine ich auch nicht«, sagte Rachel leise. »Der VW-Bus war mein Lichtblick. Und den hatte ich nur, weil jemand erkannt hat, wie dringend ich Hilfe brauchte.«

Jetzt schaute das Mädchen zu ihr auf, und Rachel merkte, wie selten sie erlebt hatte, dass Gilly jemanden direkt ansah.

»Mehr erfährst du nicht darüber«, sagte Rachel, bevor Gilly eine Frage stellen konnte. »Weil ich nicht darüber reden will und weil es dich nichts angeht.«

»Klingt fair«, erwiderte Gilly mit einem Achselzucken. »Hab's kapiert.«

»Aber bitte versprich mir«, fügte Rachel hinzu, »dass du dich an mich wendest, wenn du wirklich Hilfe brauchst. Ich mag nicht genau in derselben Lage gewesen sein wie du jetzt, aber in einer ähnlichen, und ich bin da rausgekommen. Du musst mir nicht alles erzählen, wirklich nicht. Ich helfe dir auch so. Einverstanden?«

»Ja, okay«, sagte Gilly nach kurzem Zögern. »Aber wie

willst du überhaupt meine große Retterin sein, wenn du selbst bald keine Unterkunft mehr hast?«

Rachel holte tief Luft, weil sie daran gar nicht erst denken wollte. Und Gilly wirkte etwas reumütig, weil sie sich so unverblümt ausgedrückt hatte. Beide versanken eine Weile in Schweigen und schauten hinaus auf die Landschaft in der strahlenden Sommersonne.

»Wo ist der VW-Bus jetzt?«, fragte Gilly nach einer Weile.

»Tja, der liegt wohl seit fünf Jahren in einem Haufen Metallschrott.«

Gilly blieb stumm, und Rachel vermutete, dass das Mädchen an seine eigenen Erfahrungen mit Obdachlosigkeit dachte.

Es gab drei Secondhandläden in Great Dunbar. Gilly durchforstete alle, lehnte aber Rachels Angebot, Geld beizusteuern, kategorisch ab.

»Ich hab selbst Geld«, sagte Gilly. »Du bezahlst mich doch schon, hast du das vergessen?«

»Nein, aber ich erwarte nicht von dir, dass du deine Arbeitskleidung selbst kaufst«, erwiderte Rachel. Sie erinnerte sich nur allzu genau daran, wie sehr sie jeden Penny hatte umdrehen müssen, als sie in ihrem Bus gelebt hatte.

Gilly warf ihr einen verdrossenen Blick zu. »Du glaubst, ich will mir *Arbeitskleidung* anschaffen? Ich kaufe mir einfach nur ein paar Klamotten, das ist alles.«

Als Rachel von der Bank zurückkam, hatte Gilly zwei Jeans, ein paar T-Shirts und einige Hemden erstanden, die zum Teil aus der Männerabteilung zu stammen schienen. Eine Decke war bei dem Mix auch dabei. Rachel äußerte sich nicht dazu.

»Am anderen Ende der Stadt gibt es einen großen Sainsbury's, oder?«, erkundigte sich Gilly.

»Ja. Was brauchst du denn von da?«

Gilly gab keine Antwort. Es handelte sich um Unterwäsche, wie sich herausstellte. Rachel wies auch noch auf Schuhe hin, aber Gilly hatte nach einem Blick auf ihre abgetragenen Sneakers beschlossen, dass die noch eine Weile halten würden.

»Ich kann dir welche kaufen«, schlug Rachel hartnäckig vor und bekam dafür den üblichen finsteren Blick zur Antwort. Woraufhin sie darüber nachdachte, weshalb es Gilly wohl so immens wichtig war, niemandem etwas schuldig zu sein.

Als sie später den Buchladen betraten, blickte Edie von ihrer Lektüre auf, dem Roman *Der Mann, dessen Zähne alle exakt gleich waren*. Zuerst lächelte sie beinahe, blickte aber dann gleich wieder gewohnt mürrisch.

»Okay«, sagte sie und streckte die Hand nach Gillys Einkaufstüte aus. »Gib mir die Sachen, ich wasche sie für dich.«

»Die sind völlig okay so«, erwiderte Gilly, die Tüte mit ihren Neuerwerbungen umklammernd.

»Hör mal zu«, sagte Edie. »Ich bin gerade nett zu dir und biete dir etwas an. Das kommt nicht allzu häufig vor. An deiner Stelle würde ich das Angebot annehmen. Glaubst du, ich will dir deine edlen Designerklamotten klauen, oder was?«

Gilly zögerte noch einen Moment und rückte die Tüte dann widerstrebend heraus. Edie spähte hinein. »Tja, Geschmack ist wohl nicht so einfach. Du kannst dir die Sachen später abholen, ich stecke sie gleich in den Trockner. Und vergiss nicht, dass du heute noch Unterricht hast. Den kannst du nicht vernachlässigen, nur weil du jetzt einen Job hast, dass das klar ist. Deine Unterrichtsstunden finden jetzt nach Ladenschluss statt. Und lass mich bloß nicht warten.«

Edie brach auf, und Gilly starrte ihr erbost nach.

»Ich kann mich nicht entscheiden, ob ich sie hasse«, sagte Gilly, nachdem die Künstlerin verschwunden war, »oder ob ich von ihr lernen möchte, wie man so ein unerträgliches Biest wird.«

21

Toby brachte Stunden damit zu, die alten Papiere zu scannen und als hochauflösende Bilder abzuspeichern, damit Rachel und er die Schriften besser entziffern konnten. Selbst wenn er sich gerade nicht damit befasste und sich nicht im Kuppelraum des Leuchtturms aufhielt, war er in Gedanken die meiste Zeit mit dem Mysterium der Camera obscura beschäftigt. Er hatte keine Zeile mehr an seinen Memoiren geschrieben seit dem Abend, an dem Rachel bei ihm übernachtet hatte. Wie denn auch, wenn es so viel spannendere Themen gab, mit denen er sich beschäftigen konnte.

Zu denen gehörte nicht zuletzt Rachel selbst. Sie war für Toby ebenso ein Rätsel wie die Geschichte der Camera obscura. Nach einer Weile kam er auf den Gedanken, dass Rachels vermeintliche ruhige Gelassenheit, die ihn anfangs so beeindruckt hatte, vermutlich eine Methode war, um von sich abzulenken. Einiges an dieser Frau fand er so ungreifbar, als ob er sie überhaupt nicht richtig sehen konnte. Gleichzeitig tat ihm Rachels Gesellschaft gut, es war, als ob sich etwas in ihm lösen würde, als wäre ein verrosteter und verklemmter Mechanismus plötzlich wieder beweglich. Die Nachtangst hörte nicht komplett auf, ließ aber zum ersten Mal seit seiner Verwundung merklich nach.

Sylvie dagegen war natürlich alles andere als glücklich.

»Du hattest recht«, bemerkte Tobys Ex-Frau, als sie wiederum bei ihrem Anruf erfahren musste, dass Toby kein weiteres Kapitel fertiggestellt hatte. »Diese Frau ist nicht von dieser Welt. Sie ist nämlich eine Hexe! Eine Hexe, die dich mit irgendeinem Bann belegt hat, und nun verlierst du deinen Verstand!«

»Dem ist nicht so«, erwiderte Toby, der nur mit halbem Ohr zuhörte, weil er nebenbei versuchte, eine besonders unleserliche Textzeile zu entziffern. »Ganz im Gegenteil – mir geht es so gut wie schon ewig nicht mehr.«

»Genau zu solchen Aussagen wird man von Hexen veranlasst«, versetzte Sylvie bissig. »Toby, das ist doch lächerlich, du kannst doch nicht den ganzen Tag herumlungern und von dieser Frau träumen. Die hat dir klar und deutlich signalisiert, dass sie kein Interesse an dir hat! Du bist doch jetzt hoffentlich nicht zu einem gruseligen Stalker geworden, oder?«

»Selbstverständlich nicht!«

»Aber was *machst* du denn dann den ganzen lieben langen Tag?«, verlangte Sylvie zu wissen. »Du musst an deinem Buch arbeiten! Ich habe hier Verlage an der Hand, die mich bedrängen und dir viel Geld bezahlen wollen! Ist dir überhaupt klar, was für ein seltenes Privileg das ist?«

Toby war das durchaus klar, aber es interessierte ihn nicht im Geringsten. »Schau, Sylvie«, sagte er. »Ich arbeite schon. Aber nicht an dem Buch, okay?«

Kaum hatte er das gesagt, bereute er diese Aussage, aber es war bereits zu spät. Er sah förmlich vor sich, wie Sylvie unter ihren perfekt frisierten Haaren die Ohren spitzte.

»Ach ja?«, sagte sie. »Erzähl.«

»Geht nicht.« Toby hätte sich ohrfeigen können. »Noch nicht jedenfalls. Aber ich bin an etwas dran, so viel sei gesagt.« Er blinzelte angestrengt und versuchte zu erkennen, ob das Wort vor seinen Augen »sie« oder »sind« heißen sollte, und vergrößerte die Schrift noch stärker. »Und jetzt«, sagte er, »bin ich auch furchtbar beschäftigt. Ich muss aufhören, Sylvie.«

Sie beklagte sich immer noch, als er das Gespräch beendete. Toby saß mit seinem Laptop auf den Knien in Cullens Sessel. Eustace hatte sich auf Rons Sessel gegenüber eingerollt. Der Kater hatte inzwischen – zunächst etwas widerwillig – Tobys häufige Anwesenheit im Leuchtturm akzeptiert. Rachel hielt sich jetzt meistens unten im Pförtnerhaus auf und hatte Tobys Angebot, ihr beim Ausräumen zu helfen, abgelehnt.

»Wäre mir lieber, wenn du an den Papieren weiterarbeitest«, hatte sie gesagt, und dieser Aufforderung kam Toby liebend gerne nach.

Er war so in die Texte vertieft, dass er erschrocken zusammenzuckte, als sich knarrend die Ladentür öffnete. Rachel kam herein, die Wangen gerötet vom Wind, der um den Leuchtturm heulte. Toby warf einen Blick auf die Uhr an der Wand und stellte fest, dass es schon nach acht war.

Rachel lächelte, als sie ihn sah. »Immer noch an der Arbeit? Tut mir leid, ich hätte dir den Schlüssel geben sollen. Dann hättest du schon nach Hause gehen und ihn beim Pförtnerhaus vorbeibringen können.«

»Alles gut. Ich war so versunken, dass ich gar nicht gemerkt habe, wie spät es schon ist.«

»Oh, heißt das, es gibt etwas Neues?«

»Ja, ich glaube schon«, antwortete Toby. »Komm mal her, ich zeig dir was.«

Er stand auf und überließ Rachel Cullens Sessel, reichte ihr dann den Laptop. Toby beugte sich zu ihr hinunter, während sie auf den Bildschirm blickte. Darauf waren nur wenige Worte zu sehen, extrem vergrößert. »Sagt dir das etwas?«, fragte Toby.

Rachel blinzelte angestrengt.

»Stammt von 1814«, fügte Toby hinzu. »Die Bauarbeiten am Leuchtturm müssen damals in vollem Gange gewesen sein.«

»Ist das ein M?«, fragte Rachel zweifelnd. »Und ein C vielleicht? Das am Ende ist eindeutig ein Ypsilon. Und das hier …«, sie deutete auf die Mitte eines Wortes, »könnten zwei E sein, oder?«

»Sehe ich genauso«, sagte Toby. Er griff nach seinem Notizblock, schrieb in Großbuchstaben etwas darauf und zeigte es Rachel. »Was meinst du? Bilde ich mir das ein?«

Auf dem Block stand *McCreedy.*

Rachel schaute noch einmal auf den Bildschirm, und nun sah sie es auch. »Unglaublich!«, sagte sie. »Du hast völlig recht, es kann nur ›McCreedy‹ heißen. Und der Vorname … Edward?«

»Würde ich sagen, ja.«

Verblüfft schaute Rachel zu ihm hoch. «Edward McCreedy? E. M.?«

Toby nickte.

Wieder starrte Rachel auf den Monitor. »Das kann kein Zufall sein, oder?«

»Ich habe noch nirgendwo eine Unterschrift von ihm gefunden. Deshalb können wir nicht sicher sein. Aber er kommt damit wohl als Kandidat infrage, oder?«

»Edward McCreedy. Meinst du, er gehörte zur Verwandtschaft von Dora McCreedy?«

»Halte ich für sehr wahrscheinlich, ihre Familie stammt ja aus der Gegend hier.«

»Aber was hat ein McCreedy mit dem Leuchtturm zu tun?« Rachel verkleinerte das Bild, um sich die gesamte Seite anzusehen. »Was ist das hier, ein Kassenbuch?«

»Ja. Darin sind offenbar die Arbeiter aufgelistet, die beim Bau des Turms angestellt waren.«

»Dieser McCreedy hat also hier gearbeitet? Hast du herausgefunden, als was?«

Toby deutete auf eine Stelle weiter unten, wo der Name erneut aufgeführt war. Rachel beugte sich vor.

»Als Tagelöhner? Nicht als Architekt?«

»Zumindest nicht laut dieser Liste. Aber ich habe noch etwas entdeckt: In dem Buch ist verzeichnet, dass er wegen Diebstahls entlassen wurde.«

Rachel lehnte sich enttäuscht zurück. »Aber … wenn er nicht der Architekt war, ist es ja doch reiner Zufall, dass die Initialen übereinstimmen.«

»Vielleicht«, erwiderte Toby. »Es sei denn, James MacDonald hat hier gelogen.«

»Aber warum hätte er das tun sollen?«

»Keine Ahnung. Um das zu erfahren, muss ich noch ausführlicher recherchieren.«

Lächelnd stand Rachel auf und reichte Toby den Laptop. »Freut mich, dass der Journalist in dir noch so lebendig ist.«

Toby antwortete nicht, er hatte sich schon in die nächste Recherche gestürzt. Und Rachel wünschte sich einen Moment lang, ihn gekannt zu haben, als er noch auf der ganzen Welt Geschichten nachjagte, nicht nur auf einem Computer.

In den nächsten Tagen durchforstete Toby Zeitungsarchive, lud sich Artikel herunter und studierte das Material. Dabei konnte er viele Personen ausschließen, die zwar den Namen McCreedy trugen, aber nichts mit Newton Dunbar oder dem Leuchtturm zu tun hatten. Bei diesem Prozess fiel ihm auch auf, wie häufig er auf Dora McCreedy stieß. In dem Archiv, das er nutzte, waren nicht nur einzelne Artikel, sondern komplette Zeitungsausgaben gespeichert, also auch die Rubrik, in der über Grundstücksverkäufe, Bauplanungen und dergleichen berichtet wurde. Dass McCreedy dort häufig auftauchte, war nicht weiter verwunderlich, schließlich war sie in dieser Region Schottlands eine der größten Projektentwicklerinnen für Immobilien.

Doch irgendetwas an diesen Meldungen weckte Tobys Journalisteninstinkt. Er spürte, dass irgendwo in einem der dunklen Bereiche seines Gehirns eine Frage entstand und Verbindungen geknüpft wurden, und begann, Lesezeichen bei McCreedys Namen zu setzen, vorerst ohne konkretes Ziel.

Was Edward McCreedy betraf, machten die wenigen Informationen, auf die Toby stieß, die Geschichte nur noch undurchsichtiger.

»Das hier ist interessant«, sagte Toby eines Abends im Buchladen, nachdem sie gemeinsam eine Take-away-Mahlzeit verspeist hatten und sich wieder der Recherche widmeten. »Offenbar hat James MacDonald einen Prozess gegen Edward McCreedy angestrengt, wegen des Diebstahls, der in diesem Hauptbuch als Grund für die Entlassung aufgeführt ist. Hier ist ein Artikel über die Gerichtsverhandlung. McCreedy wurde wegen des Diebstahls von Ziegeln verurteilt und für fünf Jahre nach Australien verbannt.«

»Was, wegen ein paar *Ziegelsteinen*?«

»Ja, das dachte ich auch, wirklich ein übertrieben hartes Urteil«, pflichtete Toby ihr bei. »Wir wissen allerdings nicht, wie viele Ziegel es waren. Könnte ja auch eine größere Menge gewesen sein.« Er starrte stirnrunzelnd auf den Bildschirm. »Aber ich habe irgendwie das Gefühl, dass wir etwas übersehen.«

»Was meinst du damit?«

»In den Gerichten wurden täglich Hunderte von Fällen bearbeitet, der Richter könnte gut noch dreißig andere Verhandlungen am selben Tag gehabt haben. Warum hat die Zeitung ausgerechnet über diesen Fall berichtet?«

»Vielleicht weil der Bestohlene sehr prominent war?«

»Mag sein. Aber vielleicht gibt es noch einen anderen Grund. Vor allem wenn wir davon ausgehen, dass Edward McCreedy E. A. M. ist.«

Rachel stand aus Rons Sessel auf und schaute Toby über die Schulter. »Kannst du mir die Seite aus dem Rechnungsbuch noch mal zeigen?«

Toby öffnete die Datei, und beide betrachteten die Liste. »Der Name von McCreedy kommt erst weit unten«, bemerkte Rachel. »Als wäre er erst spät bei den Bauarbeiten eingestiegen.«

»Stimmt«, sagte Toby. »Was nicht zu unserer Theorie passt, dass er E. A. M. sein könnte.«

Rachel richtete sich auf. »Warte kurz, bin gleich wieder da.«

Sie verschwand nach oben und tauchte erst nach etwa zehn Minuten wieder auf, unter dem Arm das echte Rechnungsbuch. Toby wurde klar, dass sie oben im Kuppelraum gewesen war.

»Ist eine gewagte Idee«, sagte Rachel, während sie das Buch auf den Schachtisch legte und aufklappte. »Aber ich frage mich …« Sie begann die ersten Seiten des Buchs durchzublättern.

»Wonach suchst du?«

»Nach einem Beweis, dass Edward McCreedy früher schon beim Bau des Leuchtturms angestellt war. Ich dachte, dass er vielleicht …« Sie hielt inne, beugte sich vor und tippte auf den Anfang einer Liste. »Da, schau mal.«

Als Toby sich vorbeugte, sah er, dass eine Zeile massiv durchgestrichen worden war. Was dort gestanden hatte, war nicht mehr zu erkennen – bis auf den ersten Buchstaben, ein E.

Rachel schaute wieder auf den Bildschirm. »Das hier ist mit derselben Tinte ausgestrichen worden, mit der später McCreedys Name wieder eingetragen wurde.«

»Wenn du recht hast und hier McCreedys Name stand …«, dachte Toby laut, »dann wäre er einer der ersten am Bau beteiligten Arbeiter gewesen, nicht einer der letzten.«

Sie versanken ein paar Minuten in Schweigen, während sie über ihre neue Entdeckung nachdachten.

»Vielleicht wusste er zu viel«, spekulierte Toby. »Wenn

er wirklich E. A. M. war, wusste er von der Camera obscura. Und wenn James MacDonald sie geheim halten wollte, hatte er vermutlich genug Macht, um einen Mann wegen Diebstahls anzuklagen und eine hohe Strafe zu verlangen.«

Weil Rachel unglücklich aussah, fragte Toby: »Was ist?«

»Ich weiß nicht, warum, aber ich habe James MacDonald immer für einen anständigen Menschen gehalten«, antwortete Rachel. »Dass er das nicht war, finde ich irgendwie ... unangenehm.«

»Na, wir wissen aber gar nicht, was passiert ist. Dieser McCreedy könnte auch ein Vermögen an Ziegeln gestohlen haben.«

»Stimmt schon, aber ...« Rachel blickte wieder auf das Hauptbuch. »Wir sind auf niemanden gestoßen, der sonst infrage käme, oder? Dann muss er E. A. M. sein. Und wenn die Camera obscura unbedingt geheim bleiben sollte, ist es wohl kein Zufall, dass McCreedy nach Australien geschickt und damit sozusagen aus dem Weg geräumt wurde.«

»Ich verstehe aber diese Geheimnistuerei noch nicht.« Toby lehnte sich zurück, blickte zur Decke und stellte sich den Kuppelraum vor. »Warum durfte niemand wissen, dass dieses Ding dort oben war? Es ist doch eine Art mechanisches Wunder, damit hätte man sich 1815 sicher gerne gebrüstet.«

»Vielleicht sollten die Menschen im Dorf nicht wissen, dass James MacDonald sie von oben beobachten konnte?«, mutmaßte Rachel. »Wenn er jemanden mit einer falschen Anklage außer Landes schaffen ließ und dann dessen Lebenswerk als sein eigenes ausgab ... wer weiß, wozu er dann noch imstande war.«

Toby klappte den Laptop zu. »Du denkst also, dass wir die Antworten gefunden haben, nach denen du gesucht hast? Sind das genügend Informationen für diesen – wie heißt er gleich – Crosswick?«

Rachel trommelte gedankenverloren mit den Fingern auf dem Schachtisch. Schließlich sagte sie: »Ich weiß nicht. Irgendwie habe ich das Gefühl, dass da noch etwas anderes sein muss. Dass wir noch nicht das ganze Bild sehen.«

»Und was soll das sein?«

»Keine Ahnung«, seufzte Rachel. »Aber wir haben so hart gearbeitet, und mehr haben wir nun mal nicht herausfinden können. Ich rufe Alan Crosswick morgen Früh an und erstatte ihm Bericht. Mal schauen, was er sagt. Ich habe ohnehin eine ganze Weile nichts von ihm gehört und wüsste gern, wie weit er mit der Erbensuche gekommen ist.«

22

Die Hände schmerzten Edie heute ganz besonders unangenehm, vielleicht weil es wieder einmal regnete. Bei nassem Wetter beklagten sich die Gelenke noch mehr als sonst; so schlimm wie jetzt war es allerdings noch nie gewesen. Sie sagte sich, dass es wohl mit der anstrengenden Arbeit zu tun hatte. Das Buchsbaumholz, das sie ausgewählt hatte, war enorm hart, und das Bild, das sie schnitzen wollte, enthielt viele filigrane Details. Es sollte eine Luftansicht werden, mit dem Leuchtturm auf dem Hügel in der Mitte, dem Wald und dem gesamten Dorf, inklusive Edies Haus. Die Struktur der Baumscheibe, an der der Holzhändler auf Edies Wunsch hin die Rinde nicht entfernt hatte, bezog sie in das Bild mit ein. Wenn der Holzschnitt fertig war, würde die Baumscheibe selbst ein Kunstwerk sein, nicht nur die Drucke.

Edie schwebte vor, wieder eine Serie von den vier Jahreszeiten zu machen, da die letzte sich so gut verkauft hatte. Aber im Moment fiel ihr das Arbeiten schwer, und sie kam nur langsam voran. Die Blätter an den Bäumen im Wäldchen waren eine Herausforderung, und wenn Edie das millimeterdünne Hohleisen zu lange festgehalten hatte, ließen sich ihre überanstrengten Finger kaum noch bewegen.

Sie legte das Werkzeug beiseite, griff nach ihrem Weinglas und trank einen großen Schluck. Es war schon nach acht Uhr abends, und wenn Gilly nicht noch am Werktisch damit beschäftigt gewesen wäre, ihre allererste Zeichnung auf eine Linolplatte zu übertragen, hätte Edie jetzt Feierabend gemacht.

»Alles okay mit dir?«, fragte Gilly, während sie die Linien ihrer Zeichnung nachzog, die sich durch das darunterliegende Kohlepapier auf die Platte übertrugen.

Edie genehmigte sich noch einen Schluck und stellte das Glas ab. »Klar. Wieso?«

»Weil du mit dem Druckstock nicht so richtig weiterkommst«, antwortete Gilly, ohne aufzuschauen.

»Du warst zu spät dran heute«, sagte Edie gereizt. Sie wusste nicht genau, ob sie sich mehr über sich selbst oder über ihre Schülerin ärgerte.

Jetzt blickte Gilly hoch. »Rachel brauchte mich noch ein bisschen länger. Während sie Cullens Sachen gesichtet hat, kam Ron ins Pförtnerhaus. Es ging ihm nicht gut, sie wollte ihn nicht allein lassen.«

»Dann hättest du mich anrufen können.«

»Ich wollte das Telefon im Buchladen nicht ohne Erlaubnis benutzen. Und außerdem weiß ich deine Nummer nicht.«

Während sich Edie noch fragte, ob das Wort »Entschuldigung« im Wortschatz dieses Mädchens überhaupt existierte, gestand sie sich gleichzeitig ein, dass ihr die Verspätung eigentlich gar nichts ausmachte. Seit Gilly im Buchladen arbeitete, hatte sich die Künstlerin auf die veränderten Zeiten eingestellt. Und von Anrufen war vorher noch nie die Rede gewesen.

»Frag in Zukunft Rachel, ob du mich anrufen kannst. Sie hat meine Nummer«, erwiderte Edie schroff.

Gilly, die sich wieder ihrer Zeichnung gewidmet hatte, hielt inne und schien einen Moment zu überlegen. Dann legte sie den Stift ab und stand auf.

»Ich muss jetzt los«, sagte sie.

»Aber du bist noch nicht fertig mit dem Übertragen.«

Gilly sammelte wortlos ihre Sachen ein und ging damit zu dem Papierschrank, in dem Edie ihr ein Fach zur Verfügung gestellt hatte. Die Künstlerin hatte sie bisher nicht ein einziges Mal nach dem Unterricht zum Aufräumen auffordern müssen. Erst nachdem Gilly ihre Utensilien sorgfältig in die Schublade gelegt und sie zugeschoben hatte, sprach sie wieder.

»Ich glaube, du bist müde«, sagte sie. »Und ich habe auch das Gefühl, dass du mich heute nicht hier haben willst. Deshalb gehe ich jetzt.«

Sie zog Ezras Jacke an und ging zur Tür. Draußen war es mittlerweile dunkel geworden. Edie rührte sich nicht vom Fleck, sagte nur: »Kommst du dann morgen? Du musst das noch fertigstellen.«

Gilly drehte sich um. »Wenn du dich dann nicht benimmst wie eine unausstehliche alte Hexe.«

»Und ob du dich dann vielleicht nicht wie eine freche undankbare Göre aufführen könntest?«

Gilly sah aus, als müsste sie sich ein Grinsen verkneifen. »Das werden wir morgen sehen.«

»Und komm nicht zu spät!«, rief Edie ihr nach, um auf jeden Fall das letzte Wort zu haben. Was ihr auch gelang, denn Gilly verschwand ohne Widerrede in der Dunkelheit.

Edie blieb noch einen Moment sitzen und überlegte, ob sie weiterarbeiten sollte, entschied sich dann aber dagegen. Sie nahm ihr Glas und die halb leere Weinflasche und erhob sich. Nach Aufräumen stand ihr nicht der Sinn, es war schließlich ihr Atelier, da konnte sie tun und lassen, was sie wollte. Sie zog sich in ihr kleines Wohnzimmer zurück, zum warmen Holzofen und einer weiteren frühen Folge von *Emergency Room*. DVD-Boxen mit alten Serien waren wirklich ein Geschenk des Himmels.

Plötzlich waren von draußen merkwürdige Geräusche zu hören – ein Rumsen und Rumoren, als würde ihr Garten gerade verwüstet.

Hastig stellte die Künstlerin Flasche und Glas ab, stürzte zur Tür und riss sie auf. *»Ezra!«*, brüllte Edie in die Nacht hinaus. »Ich schwöre dir, diese Ziege ist jetzt endgültig …«

Doch es konnte sich nicht um die eigenwillige Georgette handeln, denn auf einmal hörte Edie Stimmen.

»Lassen Sie mich los!«

»Ich rufe jetzt die Polizei!«

»Lassen Sie mich los, hab ich gesagt!«

Edie erkannte Gilly, die am hinteren Gartentor mit Dora McCreedy zu rangeln schien und sie jetzt von sich wegstieß.

»Hey!«, schrie Edie. »Was ist hier los?«

»Diese Kuh hat mich überfallen!« Gilly wich zurück und zog die Jacke fester um sich.

»Die ist hier eingebrochen!«, schrie McCreedy. »Ich konnte sie gerade noch davon abhalten, Ihre Sachen zu stehlen – rufen Sie die Polizei!«

Die beiden wurden von blau-weißem Licht angestrahlt, das Edie sich zunächst nicht erklären konnte. Dann bemerkte sie die Taschenlampe, die vor der offenen Schuppentür auf dem Boden lag.

»Ich stehle nichts!«

»Du bist hier eingebrochen!«

»Das stimmt nicht!«

»Rufen Sie jetzt die Polizei, Ms Strang? Sonst mache ich das.« McCreedy zog ihr Handy aus der Tasche und stellte sich ans Gartentor, um Gilly den Fluchtweg zu versperren.

»Gehen Sie weg da! Sonst …«

»Was, willst du mir jetzt auch noch drohen?« McCreedy drückte die Notrufnummer.

»Blöde Kuh, ich hab doch nicht mal …«

»Es reicht jetzt!«, schrie Edie, um die beiden zum Schweigen zu bringen. »Aufhören! Stecken Sie das Telefon weg, Ms McCreedy!«

»Was?« McCreedy ließ das Handy sinken.

Edie trat zu den beiden. »Sie werden nicht die Polizei anrufen! Gilly ist hier nicht eingebrochen.«

McCreedy blickte argwöhnisch zwischen Gilly und der Künstlerin hin und her. »Doch, natürlich! In den Schuppen, schauen Sie doch …«

Edie warf einen Blick auf die offene Tür. »Gilly ist meine Schülerin. Sie ist wegen ihres Unterrichts hier.«

McCreedy schnaubte verächtlich. »Das ist doch frei erfunden.«

Jetzt reichte es Edie. »Nennen Sie mich auf meinem eigenen Grund und Boden eine Lügnerin? Verschwinden Sie, und zwar auf der Stelle!«

»Wenn die hier Unterricht bekommt, was hatte sie dann im Schuppen zu suchen?«, beharrte McCreedy.

»Ich hatte sie gebeten, die Blumen zu gießen.«

»Das ist doch lächerlich, es regnet«, zeterte McCreedy. »Ich rufe jetzt die Polizei.«

»Wenn Sie das tun, zeige ich *Sie* an«, versetzte Edie.

»*Was?* Das ist ja wohl ...«

Edie deutete mit dem Finger auf McCreedy. »*Sie* sind die Einzige, die sich hier ungebeten und widerrechtlich auf meinem Grundstück aufhält. Was haben Sie hier überhaupt zu suchen? Weshalb schleichen Sie im Dunkeln am Hügel herum? An Ihrer Stelle würde ich jetzt mal ganz schnell Leine ziehen. Ich habe ohnehin miese Laune, und die wird durch Sie nicht besser.«

McCreedy starrte die beiden fassungslos an. Dann drehte sie sich wortlos um, riss das Gartentor auf und stapfte davon, ohne es hinter sich zu schließen. Einen Moment lang blieben die beiden stehen und horchten, wie sich McCreedys wütende Schritte knirschend auf dem Schotterweg entfernten.

Schließlich hob Edie die Taschenlampe auf und leuchtete damit in den Schuppen.

»Hast du hier drin übernachtet?«, fragte die Künstlerin. Als keine Antwort kam, drehte Edie sich um und sah Gilly forschend an.

Sie hatte die Arme trotzig vor der Brust verschränkt und sah plötzlich sehr jung und verletzlich aus.

»Ich habe nur Sachen benutzt, die da sowieso herumlagen und nicht kaputtgehen konnten«, murmelte Gilly. »Und ich habe nichts weggenommen, das kannst du überprüfen.«

Edie schaute wieder in den Schuppen, leuchtete auf das armselige Lager aus Strohgrasmatten. Daneben lag ein Stapel ordentlich zusammengelegter Kleider – die Sachen, die sie selbst für das Mädchen gewaschen hatte.

»Lass mich bitte noch mein Zeug holen«, sagte Gilly. »Ich komme nicht wieder, ich versprech's. Aber ich brauche meine Sachen.«

»Und wo willst du dann hingehen?«, fragte Edie.

Gilly blickte stumm zu Boden und zuckte die Achseln.

Edie hielt ihr die Taschenlampe hin. Gilly zögerte einen Moment, nahm sie dann aber.

»Pack deine Sachen zusammen und komm ins Haus«, sagte die Künstlerin. »Ich habe ein Gästezimmer, das du benutzen kannst.«

»Ich will dein Gästezimmer nicht.«

Edie warf ihr einen scharfen Blick zu. »Na schön, dann eben nicht. Aber es ist spät am Abend, es regnet, und du kannst mir nicht erzählen, dass du irgendeine Unterkunft hast. Ich würde vorschlagen, du nimmst das Angebot an, zumindest für diese Nacht. Morgen kannst du dann tun und lassen, was du für richtig hältst. Einverstanden?«

Die beiden starrten sich einen Moment lang an.

»Also gut«, sagte Gilly schließlich.

Edie nickte. »Ich schwöre dir, wenn du das Kopfkissen mit Mascara verschmierst, lasse ich Dora McCreedy mit dir machen, was sie will. Und schließ das Gartentor, ja? Ich habe heute Abend schon genug ungebetene Gäste gehabt.«

Sie ging den Gartenweg entlang, und nach kurzem Zögern folgte ihr Gilly. »Ich habe in meinem ganzen Leben noch nie Mascara benutzt«, sagte sie mürrisch.

»Dem Herrn sei Dank für kleine Annehmlichkeiten«, erwiderte die Künstlerin.

23

Am frühen Abend saß Toby in seiner Küche am Laptop, neben sich eine leere Schale, die ein schnelles Essen – Spaghetti mit Pesto – enthalten hatte, sowie ein volles Weinglas. Nachdem sie dem Rätsel der Camera obscura auf die Spur gekommen waren, verbrachte er abends nicht mehr so viel Zeit bei Rachel im Buchladen, sondern hatte sich einigermaßen lustlos wieder der Arbeit an seinem Buch gewidmet.

Vor einigen Tagen hatte ihn Alan Crosswick angerufen und sich für die Recherchen bedankt. Dabei hatte er ebenfalls angekündigt, dass er Tobys Zeit nicht weiter in Beschlag nehmen wolle.

»Hat mir aber, ehrlich gesagt, viel Spaß gemacht«, hatte Toby erwidert. »Was wollen Sie denn jetzt unternehmen wegen der Camera obscura?«

»Das weiß ich noch nicht«, antwortete der Anwalt. »Letztlich kann ich gar keine Entscheidungen treffen, solange nicht geklärt ist, ob Erben vorhanden sind. Wir sind immer noch auf der Suche. Ich halte Rachel auf dem Laufenden. Sie wird Ihnen bestimmt mitteilen, wenn es Neuigkeiten gibt.«

Da Sylvie nicht lockergelassen hatte wegen des Buchs und immer noch alle naselang anrief, bemühte sich Toby, endlich vorwärtszukommen – bislang aber erfolglos. Er bastelte seit gut einer Stunde an einem Absatz herum, der einfach nicht gelingen wollte, als es an der Haustür klopfte.

Davor stand Rachel mit einem Karton in den Armen.

»Hi«, sagte sie lächelnd. »Tut mir leid, dass ich so unangekündigt hereinplatze …«

»Gar kein Problem, ich freue mich, dich zu sehen. Komm rein.«

Sie gingen in die Küche. Rachel zögerte, als sie den aufgeklappten Laptop sah. »Oh, du arbeitest? Ich möchte wirklich nicht stören …«

Toby klappte den Laptop zu. »Tust du nicht, ehrlich. Ich hatte ohnehin gerade einen Hänger. Möchtest du Wein?«

»Danke, gern«, sagte sie, immer noch den Karton umklammernd.

»Was hast du denn da?«, fragte Toby, als er ein Glas Wein einschenkte und es auf den Tisch stellte.

Rachel blickte auf den Karton, schien ihn nicht loslassen zu wollen. »Also … den hier hab ich unter Cullens Bett gefunden, hinter einem Stapel Zeitschriften versteckt.«

»Und, ist was Interessantes drin?«

»Tja …« Rachel stellte den Karton auf den Tisch, griff nach dem Weinglas und trank einen großen Schluck.

Toby lachte. »Jetzt machst du es aber spannend.«

»Entschuldige. Ich muss das selbst erst noch verarbeiten. Es ist nämlich … ziemlich gewaltig.«

»Okay …« Toby beäugte die Schachtel.

»Hat mit der Camera obscura zu tun.«

»Ach ja?«

Rachel nickte und trank noch einen Schluck. »Wir sind

ja bisher immer davon ausgegangen, dass der Leuchtturm in Wahrheit nach den Plänen von E. A. M. erbaut wurde, dass man aber James MacDonald für den Architekten hielt, weil es seine Idee war, ihm das Anwesen gehörte und er das Bauprojekt finanziert hat. Diese Theorie lag auch nahe, weil die Initialen von E. A. M. auf allen Entwürfen und Plänen zu finden sind. So weit richtig?«

»Ja, genau.« Toby rückte einen Stuhl für Rachel zurecht und ließ sich auf seinem Platz nieder.

»Und als wir auf Edward McCreedy gestoßen sind«, fuhr Rachel fort und setzte sich, »haben wir vermutet, dass er abserviert wurde, damit James MacDonald den Ruhm einstreichen konnte. Aber das hat nicht so ganz zusammengepasst, oder? Die Unterlagen umfassen schließlich einen viel größeren Zeitraum als die Bauzeit des Leuchtturms. Und wieso sollte Edward McCreedy sie im Leuchtturm gelassen haben, als er nach Australien geschickt wurde? Außerdem macht diese rätselhafte Nachricht – *Für dich, der du mich findest* – auch nicht den Eindruck, als sei sie von einem wutentbrannten Architekten verfasst worden, der ins Ausland verbannt wurde.«

Rachel ließ sich einen Moment Zeit, um ihre Gedanken zu sortieren. »Ich weiß nicht, wie es dir damit ging, aber ich war jedenfalls nie so richtig überzeugt davon, dass Edward McCreedy ›unser Mann‹ war. Ich war allerdings immer davon ausgegangen, dass der Leuchtturm von einem *Mann* erbaut wurde.«

Toby, der gerade sein Glas hob, verharrte in der Bewegung. »Ja. Auf eine andere Idee wäre ich gar nicht gekommen.«

»Und weißt du, was mir heute zum ersten Mal aufgefallen ist?«, sagte Rachel stirnrunzelnd. »Ich habe die Geschichte von James MacDonalds Frau zigmal gehört. Manchmal kamen ein paar andere Details vor, aber im Wesentlichen war die Geschichte immer gleich: Die verrückte Gattin hat das Herrenhaus angezündet, und James MacDonald starb bei dem Brand. Aber nie, wirklich noch nie, hat irgendjemand den Namen der Frau erwähnt. Ich hatte keine Ahnung, wie sie hieß.«

»Stimmt, ich auch nicht.«

Rachel nickte und stellte das Weinglas beiseite. »Bis ich das hier gefunden habe.«

Sie öffnete den Karton und nahm ein in Luftpolsterfolie verpacktes Päckchen heraus, das sie behutsam auspackte. Ein Buch kam zum Vorschein, umhüllt von dünnem vergilbtem Papier. Als auch diese Schicht entfernt war, hielt Rachel einen dicken, in taubengraues Leder gebundenen Band in Händen. Sie schlug das Buch vorsichtig auf und zeigte Toby das Titelblatt.

VERSTAND UND GEFÜHL
VON EINER DAME

»Oh Mann«, sagte Toby. »Das ist doch nicht etwa …«

»Eine Erstausgabe«, vollendete Rachel den Satz. »Austen hat zeitlebens anonym veröffentlicht. Das hier ist ein Erstdruck. Eine Rarität, aber manchmal lässt sich ein Exemplar aufspüren. Das Buch ist in exzellentem Zustand – lediglich die Tatsache, dass es ursprünglich in drei Bänden veröffentlicht wurde, die hier zu einem Band zusammengefasst wurden, beeinträchtigt den potenziellen Wert. Es war damals üblich, die Bücher im eigenen Stil des Besitzers zu binden. Und alle drei enthalten eine Widmung.«

»Widmung?«, wiederholte Toby. »Du meinst, Jane Austen hat sie selbst ...«

»Nein. Die Bücher waren ein Geschenk für jemanden. Deshalb will ich sie dir ja zeigen.«

Rachel blätterte vorsichtig weiter, und auf der nächsten Seite sah Toby eine Widmung in wunderschöner geschwungener Schrift.

Für meine liebste Eveline, in Erwartung unseres ersten Kindes.
Wie glücklich ich mich schätze, euch beide zu haben.
In ewiger Liebe und Verehrung, dein Gatte James

»Eveline«, sagte Toby langsam.

»Genau. Eveline MacDonald.«

Toby schaute von dem Buch auf. »Meinst du, sie ist E. A. M.?«

Rachel klappte das Buch zu und packte es sorgfältig wieder ein. »Wäre doch möglich, oder nicht?«

»Aber James MacDonald hatte gar keine Kinder«, wandte Toby ein.

»Keine *lebenden* Kinder«, erwiderte Rachel.

Toby lehnte sich zurück und verarbeitete diese Information. »Aber das könnte reiner Zufall sein«, wandte er dann ein. »Das Buch hast du nicht im Kuppelraum, sondern unter Cullens Bett gefunden. Wir wissen nicht, ob es ursprünglich im Leuchtturm war.«

»Doch«, erwiderte Rachel.

»Ach so? Und woher?«

»James MacDonald hat alle seine Bücher mit diesem grauen Leder binden lassen. Und noch aus einem anderen Grund.« Rachel griff wieder in den Karton und brachte drei weitere in Luftpolsterfolie verpackte Bücher zum Vorschein. »Das hier sind drei weitere Romane von Jane Austen, mit dem gleichen grauen Ledereinband. Womit ihr Werk fast vollständig wäre.«

Toby merkte, wie ihn Aufregung erfasste. »Alle mit Widmung?«

»Alle mit Widmung«, bestätigte Rachel und enthüllte die drei Bücher.

In *Mansfield Park* stand:

Für meine liebste Eveline zu unserem Hochzeitstag.
Ein weiteres Jahr in Zweisamkeit wird uns Freude
bescheren, trotz unseres schrecklichen Verlustes.
Sei stark, mein Herz. Gemeinsam werden wir heilen,
dessen bin ich gewiss. J. C. M.

»Ah, verstehe«, sagte Toby.

»Genau. Ich denke, wir können davon ausgehen, dass das Kind, das Eveline erwartete, als James ihr *Verstand und Gefühl* schenkte, eine Totgeburt war und es in den Familienannalen deswegen auch keine Hinweise auf ein Kind gab.«

»Hier ist *Stolz und Vorurteil,*« fuhr Rachel nach einer kurzen Pause fort und reichte Toby das Buch, »erschienen 1813, als die Bauarbeiten am Turm in vollem Gange gewesen sein müssen.«

Für meine liebste Eveline. Deine Begabung und Genialität sind ein Wunder, und deine wiedererwachte Lebensfreude belebt meine eigene. Dein Turm wird ein würdiges Andenken an unseren lieben verlorenen Jungen sein. Bravo und viel Glück!

»Und das hier ist *Emma*, 1815 kurz vor Silvester erschienen, als der Turm fast vollendet gewesen sein muss.« Rachel griff nach dem letzten Buch und zeigte Toby die Widmung:

Für meine geliebte Frau und ihre prachtvolle Bibliothek. Du bist ein Wunder. In ewiger Liebe und Hingabe, James

Toby kam es so vor, als lichtete sich ein Nebel vor seinen Augen.

»Eveline MacDonald«, murmelte er.

»Ich frage mich, was ihr zweiter Vorname war«, sagte Rachel. »Vielleicht Anne?«

Toby sah Rachel dabei zu, wie sie die Bücher wieder einpackte und im Karton verstaute. »Aber weshalb waren die Bücher unter Cullens Bett?«

»Ja, das habe ich mich auch gefragt«, antwortete Rachel. »Ich glaube, dass sie ursprünglich im Kuppelraum waren und Cullen sie mit nach Hause genommen hat. Mit den Unmengen der anderen Papiere konnte er das nicht machen, aber die Bücher waren leicht zu verstecken und außerdem antiquarische Kostbarkeiten. Als leidenschaftlicher Buchliebhaber hat er es bestimmt nicht übers Herz gebracht, sie dort oben im Turm zu lassen.«

Beide versanken eine Weile in Nachdenken.

Schließlich sagte Toby: »Dann müssen wir alles noch einmal neu betrachten. Wenn E. A. M. tatsächlich Eveline MacDonald und nicht Edward McCreedy war …«

»Ich bin mir inzwischen ganz sicher. Das passt doch auch viel besser, oder? Und dieser Brief, den ich bei der Camera obscura gefunden habe, kannst du mir den noch mal zeigen?«

Toby öffnete seinen Laptop und rief das erste Dokument auf, das er eingescannt hatte. Sie betrachteten es. Beide waren mittlerweile so vertraut mit der Handschrift, dass ihnen das Entziffern zunehmend leichter fiel.

»›Der Turm muss bestehen, für beide‹«, las Rachel vor. »Diese Zeile war mir ein Rätsel, aber jetzt verstehe ich sie endlich: ihr Mann *und* ihr Sohn sind gemeint. Sie hat den Turm in Gedenken an ihren Sohn gebaut, der wohl auch James hieß. Um totgeborene Kinder wurde zu dieser Zeit noch nicht so getrauert wie heute, sie wurden vermutlich nirgendwo verzeichnet. Und Eveline hatte deshalb wahrscheinlich nicht einmal eine Grabstätte für ihr verlorenes Kind.«

»Und deswegen hat sie … einen *Leuchtturm* gebaut?«, fragte Toby staunend.

»Sie war immer schon fasziniert von Leuchttürmen, vergiss das nicht«, rief Rachel ihm in Erinnerung. »Diese ganzen Notizbücher – hatte ich nicht gesagt, dass mir einige Zeichnungen vorkommen wie von einem Kind? Ich glaube, Eveline war schon als Mädchen fasziniert von Leuchttürmen und hat sich im Lauf der Zeit Wissen über deren Bauweise angeeignet. Dann verlor sie ihren Sohn und musste mit der schrecklichen Trauer zurechtkommen … Vielleicht hat ihr Mann sie sogar dazu ermutigt, um sie aus ihrer Trauer zu reißen. Geld genug hatten sie ja, und es hat den Anschein, als hätte er seine Frau sehr geliebt.«

»Sie hat den Turm nach ihm benannt.«

»Nach *beiden*«, korrigierte Rachel. »Aber wegen dieses Namens wurde seither angenommen, dass James MacDonald den Leuchtturm erbaut hätte. Anfänglich war die Wahrheit vielleicht noch bekannt, aber da sie nirgendwo festgehalten wurde, ging sie im Laufe der vielen Jahre verloren.«

Beide versanken in Schweigen. Toby starrte auf die Scans der Notizen auf dem Bildschirm.

»Ich hätte gleich jemanden konsultieren sollen, der sich mit Handschriften auskennt«, sagte Toby schließlich. »Experten hätten vermutlich auf den ersten Blick erkannt, dass die Handschrift von einer Frau stammt. Wieso sind wir nicht auf die Idee gekommen?«

»Weil man uns immer erklärt hat, der James-MacDonald-Turm sei von James MacDonald erbaut worden«, antwortete Rachel nüchtern. »Und weil wir über seine Frau immer nur gehört haben, dass sie verrückt war.«

»Glaubst du denn, das stimmt?«

»Dass sie verrückt war? Ich denke, eher schwermütig vor Trauer. Das heißt aber noch lange nicht, dass sie verrückt war. Wobei gewisse Leute das bestimmt nur zu gerne über eine Frau behaupteten, die im neunzehnten Jahrhundert einen Leuchtturm mitten auf dem Festland baute …«

Toby sah sie an. »Du meinst Edward McCreedy?«

»Ein Gerücht zu verbreiten ist einfach«, antwortete Rachel. »Es wieder aus der Welt zu schaffen dagegen schwierig, vor allem, wenn die Person mit der spannendsten Geschichte am lautesten schreit. Wäre doch denkbar, dass James MacDonald den Mann deshalb loswerden wollte.« Rachel fühlte sich nach ihrer Erkenntnis so verbunden mit diesen Menschen, so involviert in deren Geschichte, dass sie ihr fehlendes Wissen als quälend empfand. »Ich möchte so gern ihre Geschichte erfahren«, fügte sie hinzu. »Evelines Geschichte. Was hat sich ereignet ... wie ... warum ...«

»Dann machen wir uns auf die Suche nach Antworten auf deine Fragen«, sagte Toby ermutigend. »Ich habe noch nicht alle Papiere eingescannt. Wir können weiterforschen.« Unwillkürlich ergriff er Rachels Hand, eine schlichte Geste der Stärkung wie Rachels Berührung während seines Albtraums. »Wenn es irgendwo Antworten gibt, werden wir sie entdecken.«

Rachel blieb stumm, blickte nur auf seinen Daumen, der über ihre Fingerknöchel strich, und war plötzlich dankbar fürs Tobys Anwesenheit – dankbar, dass er bei ihr war, dass sie nicht alleine sein musste mit ihren Gefühlen und dieser fast schmerzhaften Sehnsucht nach Wissen.

»Hast du schon etwas gegessen?«, fragte Toby. »Bestimmt nicht, oder? Wir wär's mit einer schnellen Pasta? Dauert nur zehn Minuten.«

Rachel willigte ein, weil sie Hunger hatte, weil Tobys Küche warm und hell war, weil Schatten auf der Seele hier nicht bedrohlich dunkel erschienen, sondern beinahe als interessanter Kontrast – und weil sie glaubte, dass Toby vielleicht verstehen konnte, wie es sich anfühlte, etwas mit sich herumzutragen und nicht loszuwerden.

24

Aus einer Nacht in Edies Haus wurden zwei, dann drei. Darüber wurde nicht gesprochen, die Künstlerin stellte einfach jeden Abend nach dem Unterricht einen Teller mit Essen für Gilly auf den Tisch, und dann … blieb sie eben einfach. Was sie nervös machte, denn es war nie gut, Almosen anzunehmen. Aber sie musste sich auch eingestehen, dass es sich gut anfühlte, in einem richtigen Bett zu schlafen, in einem Haus, das einer Person gehörte, von der keine Bedrohung ausging. Und es gab nun mal keine Alternative, vor allem, wenn Gilly weiterhin im Buchladen arbeiten wollte – und das wollte sie. Früher oder später würde Edie sie vor die Tür setzen. Aber in der Zwischenzeit versuchte Gilly so unauffällig zu sein wie ein Mäuschen. Sie berührte nur, was notwendig war, aß nur, was ihr von Edie serviert wurde. Sie veränderte nichts im Haushalt. Das Einzige, was sie sich nahm, war Wasser aus der Leitung.

Sei unsichtbar, dann wirst du vielleicht in Ruhe gelassen.

Am Morgen des vierten Tages schlich Gilly nach unten und wollte sich gerade durch die Haustür verdrücken, als Edie aus der Küche rief: »Gilly! Komm mal kurz her, ja?«

Gilly zögerte, die Hand schon am Türgriff, und rief über die Schulter: »Aber ich muss in den Buchladen!«

Edie erschien in der Küchentür. »Es ist noch nicht mal acht. Du brauchst fünf Minuten zum Leuchtturm, nicht anderthalb Stunden.«

»Das kann dir doch egal sein«, erwiderte Gilly.

»Ist es ja auch. Aber genau darum geht es. Du stehst auf, gehst aus dem Haus, verbringst die Zeit zwischen Buchladen und Unterricht weiß der Himmel, wo, und das bei jedem Wetter. Warum?«

Gilly, die Hand immer noch am Türknauf, zuckte mit den Schultern. Edie beobachtete sie schweigend, was Gilly überhaupt nicht gefiel. Sie wollte kein Mitleid und hasste es, dass Leute, die ihr etwas gegeben hatten, anschließend immer glaubten, ein Anrecht auf neugierige Fragen zu haben.

»Ich will dir damit nur sagen, dass du das nicht zu tun brauchst«, fügte die Künstlerin jetzt hinzu. »Du fällst niemandem zur Last, im Gegenteil – Rachel braucht dich. Und es passt doch, dass du hier wohnst. Ich finde, wir könnten hier und jetzt beschließen, dass das so bleiben kann.«

»Was, dass ich hier wohne?«

»Genau. Ich meine … tust du doch jetzt sowieso schon. Warum beschließen wir das nicht offiziell? Dann kannst du nämlich auch aufhören, dich hier wie ein Geist zu benehmen.«

Gilly blinzelte. »Wie viel?«

»Wie viel was?«

»Miete«, antwortete Gilly. »Wenn ich hier wohne, muss ich auch Miete zahlen.«

Edie verschränkte die Arme vor der Brust. »Nein, musst du nicht. Ich brauche kein Geld. Mir wäre es lieber, du würdest dir etwas ansparen.«

»Ich bin keine Schnorrerin. Wenn du mich nicht bezahlen lässt, bleibe ich nicht.«

»Also gut«, gab Edie nach. »Dann bezahle eben, was du für richtig hältst.«

»Es muss auch Grundregeln geben.«

»Grundregeln?«, wiederholte Edie mit hochgezogenen Augenbrauen.

»Ja. Wenn ich dafür bezahle, hier zu wohnen, hast du kein Recht, mir Fragen zu stellen.«

»Okay.«

»Du respektierst meine Privatsphäre und ich deine.«

Edie nickte. »Klingt vernünftig. Ich bin einverstanden. Und du?«

Nach kurzem Zögern sagte Gilly: »Ich bin auch einverstanden.«

Die Künstlerin nahm ein kleines Schlüsselbund von einem Wandhaken und hielt es Gilly hin. »Hier. Für Vorder- und Hintertür. Achte darauf, dass beide Türen abgeschlossen sind, wenn ich nicht da bin.«

Das Mädchen starrte auf die Schlüssel.

»Nun nimm schon«, sagte Edie und schüttelte das Schlüsselbund. »Oder erwartest du etwa, dass ich alle meine Pläne nach dir richte, nur um dir die Tür aufzumachen?«

Gilly nahm die Schlüssel. Edie wandte sich Richtung Küche und sagte: »Gut, das wäre also geklärt. Und jetzt komm. Ich habe Frühstücksspeck, der aufgebraucht werden muss. Du hast noch Zeit für ein Sandwich, bevor du zur Arbeit gehst.«

25

Wenn Rachel von der Ladentheke aus zu den vollen Bücherregalen an den Wänden des Leuchtturms aufblickte, stellte sie sich inzwischen häufig vor, wie Eveline MacDonald in der Mitte der Bibliothek gestanden und ihr Werk betrachtet hatte. Sie musste eine enorm begabte Frau gewesen sein, die Rachel für ihr Leben gern kennengelernt hätte. Und sie wünschte sich inständig, das Rätsel zu lösen, weshalb die Frau, die diesen wundersamen Ort erschaffen hatte, der Nachwelt nur als mörderische Brandstifterin in Erinnerung war. Und zu gerne hätte Rachel Eveline danach gefragt, warum sie eine Camera obscura in den Kuppelraum eingebaut hatte anstelle eines Scheinwerfers – und weshalb sie diese eigentümliche Gerätschaft vor aller Welt geheim halten wollte. Endlos viele Fragen drängten sich Rachel auf, und die einzige Person, die sie hätte beantworten können, war seit zweihundert Jahren nicht nur tot, sondern so sehr in Vergessenheit geraten, dass nicht einmal mehr ihr Name erwähnt wurde.

Der Anruf, auf den Rachel wartete, kam ein paar Tage nach dem Fund der Austen-Romane. Rachel zeigte Gilly gerade, wie sie die Bestellungen aus dem Internet verpacken sollte. Bislang hatten sie nicht viel übers Internet verkauft, weil Cullen in dieser Hinsicht sehr konservativ gewesen war – »Man muss ein Buch doch *sehen* können, Rachel! *Anfassen*! *Riechen*!« – und keinen Wert darauf gelegt hatte. Aber Rachel hatte gemerkt, dass sie die Einnahmen brauchte, damit das Antiquariat überhaupt seine Ausgaben deckte. Seit Cullens Tod hatte sie ein Sortiment aus den Beständen zusammengestellt, von dem sie annahm, dass es sich übers Internet verkaufen ließ. Gilly sollte, solange Rachel noch mit dem Ausräumen des Pförtnerhauses beschäftigt war, damit beginnen, die Bücher zu katalogisieren. Die Austen-Bände hätten sicher ein kleines Vermögen im antiquarischen Onlinehandel erbracht, aber Rachel konnte sich nicht überwinden, sie zum Verkauf anzubieten.

Sie versuchte, nicht zu viel darüber nachzudenken, dass jedes verkaufte Buch ihr später Arbeit ersparen würde. Die Vorstellung, den Buchladen irgendwann ausräumen zu müssen, war einfach zu grauenvoll. Der Leuchtturm ohne Bücher würde entseelt wirken, seines Lebenszwecks beraubt. Was wohl Eveline MacDonald dazu gesagt hätte?

Als Rachel an diesem Tag das Telefon abnahm, hörte sie Alan Crosswicks Stimme. »Guten Morgen, Rachel. Ich habe Neuigkeiten für Sie.«

»Hallo, Alan«, sagte Rachel, der das Herz sofort bis zum Hals schlug. »Warten Sie bitte kurz, ich gehe rasch nach oben.« Sie gab Gilly zu verstehen, dass sie gleich zurück sein würde, und verzog sich mit dem Telefon aufs Halbgeschoss.

»Wir glauben, dass wir eine Erbin gefunden haben«, erklärte Crosswick, als Rachel oben angekommen war. »Eine junge Frau namens Trudy Goodwin, die gegenwärtig in North Carolina lebt.«

»North Carolina?«, wiederholte Rachel verblüfft.

»Ja, ganz andere Welt, oder?«, sagte Crosswick mit einem Lachen. »Sie arbeitet am Duke University Hospital als Assistenzärztin. Ich vermute, dass sie aus allen Wolken fallen wird, wenn sie das Schreiben erhält, das ich gerade formuliere. Ich sage Bescheid, sobald ich von ihr höre.«

Rachel fühlte sich wie betäubt, und erst nach einigen Momenten merkte sie, dass der Anwalt schwieg und wohl eine Äußerung von ihr erwartete. »Danke, dass Sie mich informiert haben«, war alles, was Rachel hervorbrachte.

»Es tut mir aufrichtig leid, dass Sie weiterhin in dieser Unklarheit ausharren müssen«, fügte Crosswick hinzu. »Ich verstehe, dass das nicht leicht ist, und danke Ihnen sehr für Ihr unermüdliches Engagement für das Antiquariat und das Pförtnerhaus. Ich werde Ms Godwin auf jeden Fall berichten, wie Sie sich um beides verdient gemacht haben, und werde ihr auch sagen, dass Sie im Leuchtturm wohnen. Für den Fall, dass sie vielleicht gar nichts ändern möchte, braucht sie ja jemanden, der weiterhin alles betreut.«

Rachel versuchte sich vorzustellen, was eine junge Ärztin aus North Carolina wohl mit achtzigtausend Büchern und einem Leuchtturm in Schottland anfangen sollte, doch ihr wollte beim besten Willen nichts einfallen.

Sie hörte Schritte auf der Eisentreppe, und kurz darauf tauchte Toby auf dem Halbgeschoss auf. Er legte den Kopf schief und lächelte fragend, und Rachel merkte erst jetzt, wie angespannt ihr Gesicht war.

»Ich melde mich so bald wie möglich wieder«, sagte der Anwalt jetzt. »Und bitte sagen Sie Bescheid, falls Sie bei irgendetwas Unterstützung brauchen.«

»Danke, Alan.«

Als das Gespräch beendet war, trat Toby zu Rachel. Zum ersten Mal bemerkte sie, dass seine Haare länger und lockiger geworden waren. Sein Gesicht wirkte weicher durch die längeren Haare, was ihr gut gefiel.

»Alles in Ordnung?«, fragte er.

»Alan Crosswick hat eine Erbin gefunden und wird jetzt mit ihr Kontakt aufnehmen.«

»Na, die wird sich wundern.«

»Das denkt Alan auch«, sagte Rachel mit einem kurzen Lachen, bevor sie zittrig einatmete.

Toby legte ihr die Hand auf den Arm und deutete auf den Lesesessel. Nachdem Rachel sich niedergelassen hatte, setzte er sich ihr gegenüber, beugte sich vor und sah Rachel mitfühlend an.

»Ich weiß, ich benehme mich albern«, sagte sie. »Schließlich wusste ich ja, dass so etwas passieren würde. Jetzt ist es eben so weit, und ich sollte mich nicht so davon erschüttern lassen.«

»Sei nicht so hart zu dir.« Toby ergriff ihre Hände. »Das ist eine Menge zu verarbeiten, mal abgesehen von allem anderen, was du in letzter Zeit durchgemacht hast.«

»Ich habe Alan noch nichts von unseren neuen Erkenntnissen erzählt«, sagte Rachel. »Vielleicht hätte ich das tun sollen.«

»Du kannst ihn jederzeit anrufen. Jetzt solltest du dich allerdings erst einmal entspannen, denke ich.«

Rachel nickte und starrte ins Leere.

»Ich habe mich sehr gefreut, Gilly im Laden zu sehen«, sagte Toby. »Sie sieht glücklicher aus als je zuvor.«

»Und hast du schon das Neueste gehört? Sie wohnt jetzt offiziell bei Edie.«

»Bei *Edie*?«, rief Toby fassungslos.

»Pst!« Rachel kicherte. »Ja! Ob du's glaubst oder nicht, Gilly hat davor in ihrem Gartenschuppen übernachtet. Edie ist dahintergekommen und hat Gilly in ihrem Gästezimmer einquartiert.«

»Nicht zu fassen. Was für eine Geschichte! Ich frage mich allerdings, wie lange es dauert, bis die beiden sich an die Gurgel gehen …«

»Ich hoffe, lange«, erwiderte Rachel. »Ich glaube nämlich, dass sie einander guttun. Obwohl keine von beiden das zugeben würde. Aber gestern hat Edie darüber gesprochen, dass Gilly doch studieren könnte.«

»Das wäre ja super.«

Seine Bemerkung erinnerte Rachel wieder an ihre eigene Lage. »Ja«, murmelte sie. »Wäre schön, wenn irgendwo etwas Gutes passiert.«

»Hör mal«, sagte Toby kurz entschlossen. »Ich denke, es würde dir guttun, für ein paar Stunden aus dem Dorf rauszukommen, meinst du nicht? Wie wär's, wenn wir am Wochenende einen Ausflug machen?«

26

Gilly hatte sich ziemlich schnell im Buchladen eingearbeitet. Die größte Herausforderung bestand im Umgang mit der Kundschaft. Mit den Stammkunden gab es keine Probleme, aber manchmal musste Gilly sich sehr beherrschen, um überheblichen Personen, die sie offenbar in einem Buchladen für fehl am Platz hielten, nicht die Meinung zu geigen. Doch Gilly hatte nicht die geringste Absicht, sich diesen Job zu vermasseln. Wenn Rachel ihr später ein gutes Zeugnis schrieb, würde sie vielleicht anderswo einen festen Job finden und Edie eine anständige Miete bezahlen können. Das Zusammenleben war bislang viel müheloser gewesen, als Gilly vermutet hätte, und wenn sie weiterhin im Corner Cottage wohnen konnte, war sie ihre Sorgen los. Nur drei Jahre noch, dann müsste sie sich nicht mehr verstecken, und alles wäre in Butter.

Aber natürlich hätte Gilly wissen müssen, dass nichts im Leben so einfach war.

Es fing an, als sie ihren allerersten Druck machte. Das Herstellen des Druckstocks hatte eine gefühlte Ewigkeit gedauert, und immer wenn Gilly die Sache beschleunigen wollte, war sie von Edie dazu aufgefordert worden, Feierabend zu machen.

»Du musst langsam und bedächtig arbeiten«, hatte die Künstlerin regelmäßig wiederholt. »Konzentrier dich auf das, was du tust, dann bekommst du ein besseres Ergebnis.«

Doch irgendwann war es geschafft. Der Telefonmast mit den vielen Leitungen, den Gilly vor Wochen gezeichnet hatte, war tatsächlich zu einem Bild geworden. Einem Bild, das sie selbst geschnitzt hatte.

»Du hast es geschafft«, hatte Edie gesagt, als Gilly ihr den Druckstock zeigte. »Dann mach jetzt mal einen ersten Probedruck.«

Gilly, die so oft dabei zugesehen hatte, wie die Tinte gemischt und aufgetragen wurde, machte sich zum allerersten Mal selbst ans Werk.

»Hervorragend«, lobte Edie, nachdem Gilly die Tinte mit der Walze aufgetragen hatte. Dann demonstrierte die Künstlerin, wie man den Druckstock richtig in der Presse positionierte, das Papier daraufdrückte und anschließend das Filzstück darüberlegte.

Gilly hielt vor Aufregung die Luft an, als sie zum ersten Mal die Kurbel der Druckpresse drehte. Und als sie schließlich das Papier vorsichtig anhob, starrte sie wie gebannt auf ihr eigenes Bild.

»Das hast du toll gemacht«, lobte Edie, » wirklich exzellent. Weißt du, Gilly …«

Und dann kamen plötzlich die Verpflichtungen ins Spiel. Gilly hätte ahnen müssen, dass es irgendwann so weit sein würde.

»… hast du dir eigentlich jemals überlegt zu studieren?«

Gilly lachte über diese absurde Frage.

»Was, ich? Studieren? Niemals!«

»Wieso denn nicht?«

Gilly warf ihr einen verständnislosen Blick zu. »Ich an einer Uni? Ziemlich unpassend, oder?«

Edie griff nach dem Holzschnitt und hielt ihn hoch. »Du hättest das Zeug dazu, Kunst zu studieren. Oder vielmehr: Es wäre Verschwendung, wenn du es *nicht* tust.«

»Nie und nimmer. Vergiss es.«

»Und weshalb?«

Gilly gab keine Antwort. Wenn Edie nicht von selbst verstand, wie unsinnig diese Frage war, hatte es auch keinen Sinn, darüber zu reden. Gilly nahm der Künstlerin den Druck aus den Händen und sagte: »Zeigst du mir jetzt, wie man mit mehreren Farben arbeitet?«

»Wenn ich das tue – versprichst du mir dann, dir das mit dem Studium zu überlegen?«

»Mach ich«, log Gilly, die nicht die geringste Absicht hatte, das zu tun.

Aber Edie, die nervige Kuh, ließ natürlich nicht locker. Sie kam bei jeder Unterrichtsstunde auf das Thema zu sprechen und spannte sogar die Freunde im Buchladen für ihre Zwecke ein.

»Das könnte dir eine Menge Türen öffnen«, sagte Ezra, als Gilly seinen Einkauf in die Kasse eintippte. »Und wenn Edie meint, dass du genügend Talent fürs Studium hast, dann ist das wirklich so, das kannst du mir glauben.«

»Ich brauch keine Türen«, erwiderte Gilly grantig. »Ich muss nur Geld verdienen können.«

»Genau. Und dabei ist dir ein Studium eine große Hilfe.«

»Nein. Ein *Job* ist mir dabei eine Hilfe«, widersprach Gilly störrisch.

Als Rachel zu ihnen trat, sagte Gilly: »Rachel versteht mich bestimmt. Was hältst *du* für wichtiger – Studium oder Job?«

Rachel spähte über den Bücherstapel hinweg, den sie in den Armen hielt. »Geht es um Edies Vorschlag, dass du Kunst studieren sollst?«

»Ja. Sie fängt immer wieder damit an. Aber du findest doch bestimmt auch, dass das eine idiotische Idee ist, oder? Sag bitte allen anderen, sie sollen mich damit in Ruhe lassen.«

»Ich finde die Idee überhaupt nicht idiotisch«, antwortete Rachel gelassen.

»Was?«

»Du hast doch Talent, Gilly. Wer weiß, was du damit erreichen kannst, wenn du das in einem Studium weiterentwickelst?«

»Ach, lasst mich in Ruhe«, murmelte Gilly, verärgert darüber, dass sogar Rachel irgendeinen Wisch, der bestätigte, dass man ein hübsches Bild anfertigen konnte, für wichtiger als einen anständigen Lohn hielt.

27

»Wirklich wunderschön hier.«

Rachel schaute aus dem großen Panoramafenster, an dem Toby und sie saßen, und bestaunte das winzige Dörfchen Crovie, das sich an die welligen grünen Klippen schmiegte. Es bestand aus einer einzigen Häuserreihe zwischen dem steilen Abhang und dem Ozean. So einen Ort hatte Rachel noch nie gesehen; er sah aus, als könnte ein kräftiger Windstoß die Häuser ins Meer pusten – was offenbar vor etwa einem Jahr auch beinahe geschehen wäre. Heute jedoch bekamen sie nach einem ausnahmsweise regenfreien Sommertag einen prachtvollen Sonnenuntergang zu sehen. Es kam Rachel vor, als befände sie sich nicht nur in einem anderen County, sondern auf einem anderen Kontinent.

»Ja, das finde ich auch«, pflichtete Toby ihr bei. »Ich muss mich wirklich bei Sylvie bedanken für diesen Tipp.«

»Richte ihr auch meinen Dank aus«, sagte Rachel.

Toby lächelte sie an. Sein Gesicht leuchtete orange im Licht der untergehenden Sonne. »Freut mich sehr, dass du mitgekommen bist.«

»Du hattest vollkommen recht – tut wirklich gut, mal eine Weile weg zu sein vom Leuchtturm, wenn auch nur für ein paar Stunden.«

Es war Samstagabend, und sie tranken im Crovie Inn Kaffee, nach der köstlichsten Mahlzeit, die Rachel seit langer Zeit zu sich genommen hatte. Das Restaurant war voll besetzt, und Rachel hörte immer wieder, wie sich Gäste an den Nebentischen über die Fernsehserie unterhielten, die anscheinend zeitgleich mit der Eröffnung des Lokals vor einigen Monaten gestartet war.

Rachel beobachtete, wie eine große Welle an die Ufermauer entlang des schmalen Wegs vor den kleinen Häusern brandete, und fand die Vorstellung faszinierend, dass er bei starker Flut nahezu unpassierbar sein musste. Toby hatte den Wagen oberhalb der Klippen geparkt, dann waren sie zu Fuß auf einem schmalen Pfad ins Dorf hinuntergewandert. Und während sie einmal an der Häuserreihe entlang- und wieder zurückgegangen waren, hatte der frische Wind die letzten staubigen Spinnweben aus Rachels Kopf vertrieben.

Zunächst hatte Rachel abgelehnt, als Toby sie gefragt hatte, ob sie zusammen in einem Restaurant zu Abend essen wollten, das ein paar Fahrstunden von Newton Dunbar entfernt war.

Doch Toby hatte sie überzeugt, indem er gesagt hatte: »Es ist keine romantische Einladung. Ich habe verstanden, dass du das nicht willst. Aber wir sind doch Freunde, oder? Und als Freund darf ich sagen, dass dir ein bisschen Abwechslung guttun würde. Einfach mal eine Pause, ein kleiner Tapetenwechsel, mehr nicht. Außerdem liegt mir Sylvie ständig damit in den Ohren, dass ich dieses Restaurant ausprobieren soll. Allein macht mir das keinen Spaß, aber wenn ich es nicht tue, nervt sie endlos weiter.«

»Hört sich für mich an, als solltest du deiner Ex mal Grenzen aufzeigen«, erwiderte Rachel schmunzelnd.

Toby seufzte. »Ich weiß, ich weiß. Falls du mit mir ans Meer fährst, könnte ich zum Beispiel mein Handy reinwerfen und Sylvie meine neue Nummer nicht mitteilen, wie wäre das?«

Rachel lachte lauthals.

»Und du bist wirklich ganz sicher, dass du nicht mal kurz aus dem Leuchtturm verschwinden möchtest?«, fragte Toby hartnäckig weiter. »Wann hast du Newton Dunbar zum letzten Mal den Rücken gekehrt?«

Nachdem Rachel eine Weile überlegt hatte, kam sie zu dem Schluss, dass sie gut ein halbes Jahr lang nicht weiter als bis nach Great Dunbar gekommen war. Das schockierte sie selbst, denn bis vor fünf Jahren war sie ständig unterwegs gewesen. Und sie hatte es damals genossen, immer wieder neue Landschaften und Orte zu erleben, nicht gebunden zu sein und jederzeit alles hinter sich lassen zu können, was ihr nicht gefiel.

»Du hast recht«, sagte sie rasch, bevor sie wieder ins Zweifeln kommen konnte. »Ich komme gerne mit, danke.«

Und es war eine gute Entscheidung gewesen. Sie unterhielten sich lebhaft beim Essen und lachten viel, und zum ersten Mal seit Cullens Tod und der Entdeckung der mysteriösen Camera obscura fühlte sich Rachel entspannt und unbeschwert.

»Ich habe dich noch gar nicht gefragt, wie es mit deinem Buch läuft«, sagte Rachel, als die Kellnerin das Dessert servierte.

»Na ja, bis jetzt habe ich etwa vierzigtausend Wörter geschrieben«, antwortete Toby. »Die gute Nachricht ist, dass circa fünftausend davon nicht ganz miserabel sind.«

»Bestimmt ist das alles viel besser, als du glaubst. Hast du Sylvie schon mal Auszüge gezeigt?«, fragte Rachel und lachte, als Toby übertrieben dramatisch schauderte.

»Um Himmels willen, nein!« Toby wurde plötzlich ernst und spielte nervös mit einem Löffel. »Ich glaube, wenn ich das wirklich machen will – also meine Memoiren schreiben –, dann ist das größte Problem, dass ich über etwas schreiben muss, was ich bisher noch nie zu Papier gebracht habe. Und ich weiß noch nicht, wie das gehen könnte und ob ich es überhaupt tun möchte. Aber ohne diesen Teil wäre das Buch unvollständig.« Er verlor sich einen Moment in Gedanken. »Es ist etwas, das sich ganz zu Anfang meiner Laufbahn als Journalist ereignet hat«, fuhr er dann fort. »Ich wollte schon seit vielen Jahren – Jahrzehnten, genau genommen – darüber schreiben. Und dass es mir nie gelungen ist …« Er verstummte.

»Erzähl es mir«, sagte Rachel. »Erzähl es mir jetzt. Einfach so, wie wir uns den ganzen Abend schon unterhalten haben.«

Toby sah sie an, schaute dann auf ihre leere Kaffeetasse. »Wie wär's, wenn wir ein bisschen spazieren gehen? Ich würde das Dorf gerne noch mal erleben, bevor wir aufbrechen. Du auch?«

Draußen hatte der Wind aufgefrischt, und die Flut kam herein. Hohe Wellen donnerten gegen die Mauer am Uferweg. Ein letzter Abglanz der Sonne tauchte das Gefieder der Möwen, die durch die Luft segelten, in rötliches Licht. Toby schwieg lange, und Rachel betrachtete die kleinen

Häuser am Weg. Ein Cottage namens Fishergirl's Luck gefiel ihr besonders gut. Als der Weg an einer Klippe endete, ließen sie sich auf einer der zwei Bänke nieder, die dort standen, und schauten übers Wasser zum nächsten kleinen Dorf hinüber, Gardenstown.

Nach einer Weile begann Toby zu sprechen. »Ich habe tatsächlich noch nie mit jemandem darüber geredet«, begann er. »Nicht mit meinen Redakteuren damals, nicht mit Sylvie, auch nicht mit Ärzten und Therapeuten …«

Er verstummte erneut, schien seine Gedanken zu sortieren. Rachel blickte aufs Meer hinaus, sie hatte nicht die Absicht, Toby zu drängen.

»Es war mein erster Auftrag in Afrika«, begann Toby aufs Neue. »Ich war noch ein Anfänger, obwohl ich das damals nicht so hätte sehen wollen. Man hatte mich nach Liberia geschickt, um über den zweiten Bürgerkrieg 1999 zu berichten. Der erste hatte das Land bereits verwüstet. Tausende von Menschen waren umgekommen, viele traumatisiert zurückgeblieben, die Infrastruktur war zerstört. Meine ersten beiden Tage dort verbrachte ich in Krankenhäusern, und was ich sah, war … entsetzlich, wie du dir sicher vorstellen kannst. Etwas Schlimmeres hatte ich noch nie zuvor erlebt.«

Er betrachtete die gischtenden Wogen, die auf das kleine Dorf an den Klippen zurollten.

»Ein Korrespondent brachte mich mit einem Fahrer in Kontakt, der mich in ein Gebiet bringen sollte, in dem gerade Kämpfe ausgebrochen waren. Der Fahrer hieß Soumanwolo. Wer weiß, wie viel Geld man ihm zahlte, damit er sich in diese umkämpfte Region wagte – sicherlich ein Vermögen, zumindest für ihn.« Toby gab einen seltsamen

Laut von sich und schüttelte den Kopf. »Ich habe nicht einmal gezögert. Als hätte ich mich für unsterblich gehalten oder so. Soumanwolo holte mich dann ab, in einer unglaublichen Schrottschüssel von einem Pickup. Als ich einstieg, befahl mir Soumanwolo, hinten einzusteigen und mich zu ducken. Die nächsten drei Stunden holperten wir dann über Straßen voller Schlaglöcher von Granaten, und ich hörte in der Ferne Explosionen und wusste, dass wir genau darauf zusteuerten. Es war brütend heiß und staubig, und ich konnte keine Notizen machen, sah alles nur draußen vorbeiziehen.«

Toby versank in Schweigen, und Rachel vermutete, dass er die gesamte Szene noch einmal erlebte: die Löcher in der Straße, die Geräusche des Krieges, die immer näher kamen.

»Als wir durch eine Township kamen«, fuhr Toby schließlich fort, »entdeckte ich einen Lieferwagen am Straßenrand. Er war halb verfallen, stand dort sicher schon seit Jahren. Das Gummi der Reifen hing in Fetzen herunter, die Radkappen waren gesprungen und verrostet, Fensterscheiben gar nicht mehr vorhanden. Vom Lack waren nur noch Reste übrig, ein verblasstes Türkis. Aber dieses Autowrack hatte eine ganz eigene Schönheit, fand ich damals. Vor allem, weil es vollkommen durchlöchert war von zahllosen Gewehrkugeln, perforiert wie ein Gewebe aus Spitze. Ich wollte es unbedingt fotografieren und hämmerte so lange an die Trennscheibe, bis Soumanwolo anhielt, obwohl er das gar nicht wollte.«

Toby unterbrach sich und strich sich mit einer Hand übers Gesicht, bevor er weitersprach.

»Er hatte große Angst, sagte mir mehrmals, wir müssten weiterfahren, und zwar sofort. Aber ich hatte damals noch eine schwerfällige analoge Kamera und war mir nicht sicher, ob das Bild gelungen war – eigentlich wusste ich nicht mal ganz genau, was ich überhaupt fotografieren und zum Ausdruck bringen wollte. Ich machte ein Foto nach dem nächsten, und noch eines und dann noch *ein letztes.*« Toby räusperte sich. »Plötzlich kam ein Laster angerast, wie ein Ungeheuer in einer riesigen Staubwolke. Soumanwolo schrie, ich solle ins Auto zurückkommen und mich ducken. Der Laster hielt nicht einmal an – einer der Männer schoss auf Soumanwolo aus dem Fenster heraus, während ich am Hinterrad kauerte und meine Kamera umklammerte.« Toby schaute auf, aber Rachel wusste nicht, ob er etwas außer den Bildern vor seinem inneren Auge sah. »Sie haben einfach auf ihn geschossen und ihn dann im Staub liegen lassen.«

Toby verstummte, und Rachel legte unwillkürlich ihre Hand auf die seine. Gedankenverloren verschränkte Toby seine Finger mit ihren.

»Er lebte noch, als ich zu ihm lief. Ich lud ihn in den Wagen und fuhr in die Stadt zurück, aber als ich das Krankenhaus erreichte – in dem man ihm vielleicht auch nicht hätte helfen können, es gab kaum noch medizinische Hilfsmittel –, war Soumanwolo schon tot.«

Toby holte tief Luft.

»Ich verfolgte weiter meinen Auftrag. Ich musste, das war schließlich mein Beruf, aber über diesen Tag schrieb ich nicht. Den Film nahm ich mit. Ich hätte ihn vernichten sollen, aber ich ließ ihn entwickeln. Und diese Bilder von dem Lieferwagen ... Sie sind dennoch großartig. Ich liebe sie, sogar heute noch. Sie zeigen etwas, das entstellt wurde. Von etwas, das auch Menschenleben zerstört. Und sie entstanden Sekunden, bevor ein weiterer Mensch getötet wurde, durch meine Schuld. Es ist nicht einmal auszuschließen, dass einige der Schüsse, die auf den Lieferwagen abgegeben wurden, aus derselben Waffe stammten, mit der Soumanwolo erschossen wurde. Aber trotzdem gefallen mir diese Bilder, und ich kann nicht … Ich könnte niemals …«

Rachel drückte Tobys Hand, um ihn daran zu erinnern, dass sie bei ihm war.

»Ich weiß, dass in dieser Geschichte irgendwo eine Botschaft steckt«, sagte er schließlich. »Ich habe sie nur noch nie verstanden. Ich bin mir nicht sicher, ob sie sich auf mich bezieht oder auf die gesamte Menschheit. Oder ob es darum geht, dass ich mit den Fotos irgendetwas über diesen speziellen Krieg hätte aussagen sollen.« Er schüttelte den Kopf. »Es war mein erster großer Auftrag und zugleich mein schlimmstes Scheitern. Der Rest meiner Karriere entstand nur aus dem Antrieb, wiedergutzumachen, was Soumanwolo zugestoßen war. Und jedes Mal, wenn etwas von mir veröffentlicht wurde, musste ich an ihn denken. Als ich dann angeschossen wurde …« Er brach ab, schüttelte wieder den Kopf. »Das ist das erste Mal, dass ich mit jemandem darüber gesprochen habe.«

Rachel drückte seine Hand noch fester. »Ich glaube, ich verstehe jetzt wesentlich besser, warum du diese Albträume hast.«

Toby lächelte grimmig. »Tja …«

»Glaubst du nicht«, sagte Rachel sanft, »dass es dir helfen könnte, in einer Therapie über all das zu sprechen?«

Er hob ihre Hand und ließ sie auf seinem Oberschenkel ruhen. Es war eine intime Berührung, aber Toby schaute zum Horizont, und Rachel war nicht sicher, ob er seine Geste überhaupt selbst bemerkt hatte. Dann blickte er plötzlich auf ihre verschlungenen Hände und ließ los.

»Doch, ich glaube schon, dass es helfen könnte«, sagte er. »Aber ich bin mir nicht sicher, ob ich mir das erlauben kann. Meine Schuldgefühle sind schließlich legitim. Und vielleicht muss ich eben damit leben. Vielleicht habe ich nichts anderes verdient.«

28

Alles spitzte sich an einem regnerischen Nachmittag zu, an dem sich nur noch Leute im Buchladen aufhielten, die Gilly kannte. Sie war gerade damit beschäftigt, eine E-Mail an einen Kunden zu schreiben, für den sie nach einem bestimmten Buch gesucht hatten, als Edie hereinkam. Sie lehnte sich an die Theke und wedelte mit etwas, das für Gilly auf den ersten Blick nach einer Unibroschüre aussah.

»Das war heute in der Post«, erklärte Edie. »Ich weiß ja, dass du es dir nicht mal ansehen willst, aber …«

»Richtig geraten, das will ich nicht.« Gilly starrte auf den Bildschirm des Laptops und versuchte, sich zu konzentrieren.

»… *aber* ich kenne die Leiterin dieses Fachbereichs«, fuhr Edie unbeirrt fort. »Wir haben zusammen studiert. Deshalb habe ich sie angerufen.«

Gilly blickte stirnrunzelnd auf. »Weshalb?«

»Um über dich zu sprechen, Gilly. Ich habe ihr erklärt, dass ich einer jungen Frau Privatunterricht gegeben habe, die sehr begabt ist, aber Unterstützung braucht, um den Anschluss ans Bildungssystem wiederzufinden.«

»Das will ich aber gar nicht«, protestierte Gilly. »Ich brauche keine Unterstützung, und ich will auch keine. Wie oft muss ich dir das noch erklären?«

Jetzt trat Rachel zu ihnen. »Gilly. Warum hörst du dir nicht wenigstens einmal an, was Edie zu sagen hat? Sie hat doch offenbar gute Nachrichten für dich.«

»Ich *höre* es mir ja an. Das geht gar nicht anders, weil sie nur noch über dieses Thema redet!«

»Das stimmt überhaupt nicht«, widersprach Edie entrüstet.

»Nee, du hast recht«, erwiderte Gilly. »Über Ezra und die verdammte Ziege meckerst du auch ohne Ende.«

Edie warf ihr einen erbosten Blick zu. »Keine Ahnung, weshalb ich mir solche Mühe gebe ...«

»Weiß ich auch nicht!«, sagte Gilly, deren Stimme immer lauter wurde. »Lass es einfach, ich will das gar nicht!«

»Gilly«, sagte Rachel sanft mahnend.

Das Mädchen seufzte. »Entschuldige, Edie. Ich weiß, dass ich dir ganz viel verdanke ...«

»Darum geht es nicht«, erwiderte die Künstlerin. »Ich kann es nur auf den Tod nicht ausstehen, wenn Talent vergeudet wird. Und genau das tust du, wenn du dich nicht weiterbildest – du verschwendest deine Begabung, die du nutzen könntest, um deine Zukunft zu gestalten. Was soll aus dir werden, Gilly? Wie willst du leben?«

Gilly starrte mit steinerner Miene auf den Monitor und hackte in die Tasten. »Ich besorge mir einen Job.«

»Wo?«

»Weiß ich noch nicht. Irgendwas werde ich schon finden.«

»Weitere Aushilfsjobs, oder wie? Glaubst du im Ernst, das ist eine Lebensperspektive?«

Gilly warf frustriert die Hände in die Luft. »Was *willst* du von mir?«

»Ich will, dass du bessere Zukunftsaussichten hast als jetzt. Du kannst nicht für immer und ewig in meinem Gästezimmer wohnen.«

Gilly starrte Edie wütend an. »Also darum geht es? Ist Schluss mit deiner Gastfreundschaft? Gut, ich ziehe heute Abend aus, sobald ich Feierabend habe. Dann bist du mich los.«

»Nein, darum geht es nicht!«, erwiderte Edie entnervt. »Gott, es kommt mir wirklich vor, als rede ich auf eine Mauer ein! Ich werde nicht für immer hier sein, Gilly. Rachel wird nicht für immer hier sein, der Buchladen auch nicht, die ganze Situation hier ist nicht für die Ewigkeit. Du musst an deine Zukunft denken, du musst doch irgendwann für dich selbst sorgen, dir ein eigenes Zuhause zulegen können!«

Ein eigenes Zuhause? Gilly hätte beinahe laut gelacht. Diese Frau hatte wirklich null Ahnung.

»Ich weiß wohl, dass dir das im Moment unmöglich vorkommt«, fuhr Edie fort. »Du kämpfst schon so lange ums nackte Überleben, dass ein anderes Leben sicher kaum vorstellbar ist. Aber es ist durchaus machbar. Wenn du bereit bist, etwas dafür zu tun.«

Gilly verdrehte die Augen. »Echt, du hast keinen blassen Schimmer.«

»Ja«, erwiderte Edie jetzt ruhig. »Das ist sicher wahr. Ich gebe auch zu, dass ich dich quasi abgeschrieben hatte, als ich dich hier zum ersten Mal gesehen habe. Aber inzwischen weiß ich mehr. Zum Beispiel, dass du künstlerisch sehr talentiert bist. Und dass du hart arbeiten kannst, wenn du nur willst. Zurzeit hast du ein Dach über dem Kopf und Menschen an deiner Seite, die dich unterstützen wollen. Wenn du klug bist – und ich weiß verdammt noch mal, dass du das bist, Gilly –, dann nutzt du diese Chancen.« Die Künstlerin hielt einen Moment inne, bevor sie fortfuhr. »Wenn du mir hier und jetzt überzeugend erklären kannst, warum du nicht studieren möchtest, okay, dann bringe ich das Thema nie wieder auf, das verspreche ich. Aber wenn du ein Studium nur ablehnst, weil du befürchtest, dass es anstrengend sein könnte, dann hab ich mich nicht nur irrsinnig *in dir* getäuscht, Gilly, sondern dann bin auch *von dir* enttäuscht.«

Nach dieser langen Rede verstummte Edie. Eine Stille trat ein, die sich im gesamten Raum ausbreitete. Ezra und Ron hielten mit ihrem Schachspiel inne und schauten schweigend zur Theke hinüber. Rachel stand still neben Gilly, die vermutete, dass auch Toby, der auf dem Halbgeschoss an seinem Buch arbeitete, jetzt horchte. Sogar Bukowski hatte sich aufgesetzt und sah Gilly mit gespitzten Ohren an.

»Ich habe kein Geld für ein Studium«, sagte Gilly schließlich. Sie war erstaunt und auch ein bisschen stolz auf sich, dass ihre Stimme trotz der Stille im Raum klar und kraftvoll klang.

»Kay – das ist die Fachbereichsleiterin – wird dir mit den Unterlagen für ein Stipendium helfen«, erwiderte Edie.

»Ja, aber man braucht nicht nur die Studiengebühren, oder?«, wandte Gilly ein. »Sondern auch Bücher und Material und Fahrgeld … alles Mögliche, was ich mir nicht leisten kann.«

»Da lassen wir uns etwas einfallen, wenn es so weit ist.«

»Und ich habe keinen höheren Schulabschluss. Ohne den kann man gar nicht studieren!«

»Du brauchst gute Noten in drei Fächern, das würde für diesen Fachbereich als Zulassung reichen.«

Gilly hielt die Hände hoch. »Na bitte. Habe ich nicht. Kann ich auch nicht kriegen. Thema beendet.«

»Kay ist auch bereit, eine von mir begutachtete Mappe deiner Arbeiten als einen Teil deiner Zulassung zu akzeptieren«, sagte Edie. »Dann fehlen dir nur noch zwei Nachweise.«

»Ich hab's dir doch gerade gesagt!«, erwiderte Gilly aufgebracht. »Habe ich nicht!«

»Dann muss dafür gesorgt werden, dass du sie bekommst. Und zwar noch rechtzeitig, bevor die Bewerbungsfrist fürs nächste Semester ausläuft.«

»Aber ...«

»Welche Fächer interessieren dich denn, Gilly?«

Die Frage kam von Ezra, der jetzt aufgestanden war und zur Theke trat, gefolgt von Ron.

»Was?«

»Wenn du etwas lernen dürftest – was würde dich am meisten interessieren?«, fragte Ezra.

Gilly betrachtete sein ernsthaftes Gesicht. »Bücher«, antwortete sie schließlich. »Ich möchte alles über Bücher erfahren. Die Kunden fragen mich immer wieder Dinge, die ich nicht ...«

Edie hielt einen Finger hoch. »Literatur also. Das ist eins.«

»Ein was?«

»Ein Fach für die Zulassung, Dusselchen. Was interessiert dich noch?«

Gilly blinzelte. Es kam ihr vor, als wäre sie in einen seltsamen Strudel geraten, aus dem es kein Entrinnen gab. »Weiß nicht.«

»Was mochtest du denn in der Schule?«, erkundigte sich Ron. »Ich meine, ich habe die Schule echt gehasst. Fand, das war totale Zeitverschwendung. Bis auf Musik. Da habe ich immer aufgepasst im Unterricht. Vielleicht hattest du so was ja auch? Ein Fach, was dir gefallen hat?«

Gilly schluckte. »Geschichte«, sagte sie dann. »Die Geschichtsbücher habe ich immer gern gelesen.«

Edie und Ezra sahen sich an. Und zum ersten Mal, seit Gilly die beiden kannte, warfen sie sich ein Lächeln zu.

»Geschichte«, sagte Ezra.

»Geschichte«, wiederholte Edie und hielt jetzt zwei Finger hoch. »Beides passt wunderbar zu Kunst.«

Gilly schlang schützend die Arme um sich selbst. »Was redet ihr da?«

»Das sind die beiden anderen Fächer, in denen du einen Leistungsnachweis brauchst.«

»Aber das geht nicht«, sagte Gilly. »Ich kann nicht wieder zurück in die Schule.«

»Pfft«, machte Ron. »Wer redet denn von Schule? Hast du vergessen, wo du hier bist?«

Gilly sah sich in dem hohen Raum um, der mehr Bücher enthielt, als ein Mensch wohl in seinem ganzen Leben lesen konnte.

»Einen Großteil der Kurse kannst du online machen, Gilly«, erklärte Edie. »Du brauchst nur jemanden, der dich dabei ein bisschen betreut. Rachel, wie wär's mit dir?«

Die Buchhändlerin lächelte. »Na klar. Ich übernehme gern die Literatur.«

»Da bin ich auch dabei!«, kam ein Ruf von oben. Toby lehnte sich fröhlich grinsend übers Geländer.

»Wunderbar«, sagte Edie. »Also, hier hast du schon mal deine Tutoren für die Literatur, Gilly. Und, Ron und Ezra, ihr würdet euch bestimmt für die Geschichte zuständig erklären, oder?«

»Ausnahmsweise hast du mal recht, Edie«, erwiderte Ezra.

Gilly schaute argwöhnisch in die Runde. »Was geht hier vor?«

»Wir werden dafür sorgen, dass du studieren kannst, Gilly«, antwortete Ezra. »Wenn du bereit bist, fleißig zu sein, dann sind wir es auch.«

Gilly wurde die Kehle eng. »Ihr ... ihr habt das alles schon vorher abgesprochen, oder?«

»Ja, haben wir«, gab Edie mit verstohlenem Lächeln zu.

»Und was hättet ihr gemacht, wenn ich Betriebswirtschaft oder Kinderpsychologie hätte studieren wollen?«

Edie zuckte die Achseln. »Na, dann hättest du das alleine stemmen müssen.«

Ezra warf Edie einen strafenden Blick zu. »Nein, das hätten wir auch irgendwie hingekriegt.«

Wieder entstand ein Schweigen.

Dann fragte Rachel in die Stille: »Und, wie sieht's aus, Gilly? Wirst du es zumindest versuchen?«

Gilly schluckte. Sie an einer Uni? Die Vorstellung war völlig absurd. Aber genauso absurd war es letztlich, dass sie in drei Fächern Prüfungen bestehen würde.

»Okay«, sagte sie schließlich, und jetzt klang ihre Stimme rau. »Ich will's versuchen.«

Jubel brach aus, nur Edie beteiligte sich nicht daran. Ihre Augen glänzten verdächtig, als sie sagte: »Denk an deine Unterrichtsstunde nachher. Und komm bloß nicht zu spät.«

29

»Mir ist etwas eingefallen«, sagte Alan Crosswick, als er Toby aus seinem Büro in Aberdeen anrief. »Was würden Sie davon halten, sich das Archiv unserer Kanzlei anzuschauen?«

Der Anwalt hatte sich gemeldet, nachdem Rachel ihm von ihren Entdeckungen zu Eveline MacDonald berichtet hatte.

»Sie haben ein Archiv?«, fragte Toby.

»Ja«, antwortete der Anwalt. »Obwohl, genau genommen, nein, zumindest inzwischen nicht mehr. Vor einigen Jahren haben wir beschlossen, dass es nur eine Belastung darstellt, Nachlässe und Unterlagen über zahllose Mandanten von Anbeginn der Kanzlei aufzubewahren, die tatsächlich schon über zwei Jahrhunderte besteht, auch wenn es unglaublich klingt. Deshalb haben wir uns bei regionalen Museen erkundigt, ob Interesse an allerlei Dokumenten aus der Vergangenheit besteht. Einige haben Nachlässe in ihre Bestände aufgenommen, darunter auch die Historical Society von Great Dunbar. Dort lagert jetzt wahrscheinlich eine Tonne Papier zum Anwesen von Braecoille, zu dem damals natürlich auch der Leuchtturm gehörte.«

»Verstehe.« Toby machte sich nebenbei Notizen und fragte

sich, weshalb der Anwalt das nicht bereits früher erwähnt hatte.

»Sie fragen sich vermutlich«, sagte Crosswick prompt, »warum ich das nicht bereits früher erwähnt habe? Aus zweierlei Gründen: Erstens muss ich gestehen, dass ich diesen Nachlass schlicht und einfach vergessen hatte. Aus juristischer Sicht haben derart betagte Dokumente keinerlei Relevanz mehr, deshalb haben wir sie ja auch ausgelagert. Zweitens – und dafür entschuldige ich mich schon einmal vorab, weil Sie ja eventuell derjenige sein werden, der das Ganze durchforstet – handelt es sich um Material, das ich offen gestanden für herzlich uninteressant halte, nämlich die Buchführung des Anwesens. Bestelllisten, Rechnungen für Gerätschaften, Lebensmittel, Möbel. Für den Durchschnittsmenschen ist das alles mörderisch langweilig. Deshalb kann ich auch jetzt schon sagen, dass Sie über den Leuchtturm nur nüchterne Fakten finden werden und vermutlich nichts über die Camera obscura. Das wäre von unseren Angestellten bemerkt worden. So konsequent, wie die MacDonalds darauf geachtet haben, das Geheimnis zu bewahren, haben sie es auch aus ihrer Buchhaltung herausgehalten.«

»Was ich aber an sich schon interessant finde«, erwiderte Toby. »Es muss doch ziemlich viel Geld gekostet haben, die Camera obscura herzustellen und zu installieren. Als was wurden diese Ausgaben dann in den Büchern deklariert?«

»Gute Frage«, gab der Anwalt zu. »Aber es gab sicher Möglichkeiten, zum Beispiel eine größere Summe für kostspielige Kleider oder eine aus Frankreich importierte Chaiselongue, die auf der Reise verloren ging. Wer weiß, Mr Hollingwood, vielleicht stoßen Sie ja auf Nachweise für sehr kreative Buchhaltung vor zweihundert Jahren. Aber selbstverständlich«, fügte Crosswick hinzu, »müssen Sie sich nicht verpflichtet fühlen, das auf sich zu nehmen. Ich bin mir auch gar nicht sicher, ob das für Ihre Nachforschungen überhaupt von Nutzen wäre. Und nicht einmal die sind ja zwingend notwendig.«

»Es handelt sich um eine unvollständige Geschichte, Mr Crosswick«, sagte Toby, während er sich eine weitere Notiz machte. »Und das ist für mich immer ein Ansporn.«

Später rief Toby Rachel an, um ihr Bericht zu erstatten. »Möchtest du mitkommen?«, fragte er. »Ich kann natürlich nicht einschätzen, ob wir etwas finden, aber ich denke, einen Blick ist es auf jeden Fall wert. Ich habe schon in dem Archiv angerufen, es ist jemand da, ich werde heute Nachmittag erwartet.«

»Ich komme gerne mit«, antwortete Rachel, »aber ich muss mit Gilly abklären, ob sie sich zutraut, heute den Laden alleine zu übernehmen.« Toby hörte im Hintergrund Gemurmel. Kurz darauf war Rachel wieder dran und sagte: »Sie meint, das sei kein Problem. Außerdem kommt Ezra später für ihren Geschichtsunterricht, und es ist ohnehin nicht viel los. Wollen wir uns an der Brücke treffen?«

Die Historical Society von Great Dunbar befand sich oberhalb der Bücherei in einem schiefergrauen historischen Reihenhaus, in einer der kleinen Gassen des alten Stadtzentrums gelegen. Toby und Rachel stiegen eine Treppe mit abgetretenem Läufer hinauf. Als sie schließlich vor einer schweren Holztür standen, glaubte Toby, den Geruch von altem Papier zu wittern, obwohl die Tür noch geschlossen war. Über einer Klingel mit vergilbtem Knopf hing ein

Messingschild, das auf die Historische Gesellschaft von Great Dunbar hinwies. Toby drückte auf die Klingel.

Von innen waren schnelle Schritte zu hören. Als geöffnet wurde, schaute Toby verdutzt auf die Person vor ihnen, die deutlich jünger war, als er erwartet hatte. Die junge Frau, die eine Brille mit großen Gläsern trug und ihre dunklen Haare zum Pferdeschwanz gebunden hatte, konnte kaum älter als Mitte zwanzig sein. Gekleidet war sie in einen beigen Rollkragenpulli, Jeans und einen Tweed-Blazer, und sie strahlte ihre Besucher freundlich an.

»Hi«, sagte Toby. »Ich habe heute Mittag angerufen, wegen des Nachlasses von Braecoille. Ich bin …«

»Mr Hollingwood! Ja, Sie haben mit mir gesprochen. Ich bin Stephanie Warren. Kommen Sie rein, kommen Sie rein. Ich fand das so aufregend, dass Sie angerufen haben. Soweit ich weiß, hat sich niemand jemals nach Braecoille erkundigt. Dabei ist das, was wir hier archiviert haben, alles, was noch von dem Anwesen übrig ist.«

Stephanie Warren führte die beiden in einen quadratischen Raum mit geordneten Bücherregalen. In der Mitte waren vier Tische zu einer Arbeitsfläche zusammengestellt.

»Miss Warren …«

»Nennen Sie mich gerne Stephanie.«

»Stephanie, das ist Rachel Talbot, die Leiterin des Buchladens im Leuchtturm.«

»Ah!«, rief Stephanie begeistert aus. »Ich liebe den Leuchtturm! Es macht bestimmt riesigen Spaß, dort zu wohnen, oder?«

Rachel lächelte. »›Spaß‹ würde ich es jetzt nicht nennen, aber es ist auf jeden Fall sehr speziell.«

»Ich habe in der Zeitung gelesen, dass der Besitzer verstorben ist«, fuhr Stephanie fort. »Wie traurig. Wissen Sie, was jetzt aus dem Leuchtturm werden soll? Oh!« Sie sah die beiden mit großen Augen an. »Sind Sie deshalb hier? Um sich mit der Geschichte des Gebäudes zu beschäftigen?«

»Reine Neugierde eigentlich«, antwortete Toby. »Jedenfalls von meiner Seite aus.«

Stephanie lachte. »Gehört bei Ihnen wahrscheinlich zum Berufsrisiko, wie?« Sie lief plötzlich rot an und fügte hinzu: »Ähm … ich habe Sie gegoogelt, muss ich Ihnen gestehen. Nach Ihrem Anruf. Als Sie sagten, Sie seien Autor … Ich wollte mich informieren, was Sie schon geschrieben haben, deshalb …«

»Kein Problem«, sagte Toby. »Auch das gehört zu den Berufsrisiken. Von denen gibt es bei mir einige.«

»Es ist auch so«, fügte Stephanie hinzu, »dass ich selbst Autorin bin. Also, ich will es zumindest werden. Ich studiere in Edinburgh Geschichte. Hier im Archiv arbeite ich in den Semesterferien, weil … na ja, das interessiert Sie ja bestimmt nicht …«

»Es ist sicher ein inspirierender Ort«, sagte Toby freundlich.

»Absolut! Und ich habe schon so viel über Recherche gelernt!«

Toby warf ihr ein ermunterndes Lächeln zu und war etwas erstaunt, als Stephanie daraufhin erneut errötete.

»Also«, sagte sie verlegen, »ich habe schon mal die Tische zusammengeschoben, damit Sie sich ausbreiten können. Es ist ziemlich viel Material, müssen Sie wissen. Suchen Sie nach einem bestimmten Thema? Oder Zeitraum?«

Toby sah Rachel an, auf deren Gesicht ein kleines Lächeln lag, das er nicht deuten konnte. »Also, ich interessiere mich vor allem für den Leuchtturm«, sagte er. »Haben Sie vielleicht Dokumente aus der Zeit, in der er gebaut wurde?«

Stephanie schien erleichtert zu sein, eine eindeutige Aufgabe zu haben. »Da gibt es bestimmt etwas«, sagte sie. »Kann allerdings ein paar Minuten dauern. Machen Sie es sich inzwischen schon mal bequem.«

Sie verschwand eilig durch eine Brandschutztür, dann waren ihre Schritte auf der Treppe und anschließend auf der oberen Etage zu hören. Als Toby sich an einem der Tische niederließ, fiel ihm auf, dass Rachel noch immer dieses sonderbare Lächeln auf dem Gesicht hatte.

»Was ist?«, fragte er.

»Ach, nichts.«

Toby zog die Augenbrauen hoch. »Na, komm schon. Das stimmt doch nicht.«

Rachel trat zu einem der Bücherregale. »Na, ich denke nur, du hast hier einen glühenden Fan.«

»Was?« Toby schaute unwillkürlich auf die Brandschutztür. »Stephanie? Ach, Quatsch.«

»Ich habe ein Gespür für so was«, sagte Rachel und betrachtete einige Buchrücken. »Glaub mir, sie schwärmt ein bisschen für dich.«

»Ich bin doch gerade mal fünf Minuten hier!«

»Sie hat dich aber gegoogelt, Toby. Es gibt jede Menge Fotos von dir im Internet.«

»Sie könnte meine Tochter sein!«

Rachel lachte. »Manche Frauen stehen eben auf verwegene Typen. Was glaubst du, warum die Indiana-Jones-Filme so erfolgreich waren?«

»Verwegen? Ich?«

»Nun, du hast einen gewissen Charme.« Toby hörte, dass Rachel lächelte, obwohl sie ihm den Rücken zukehrte. »Und du bist im Einsatz verwundet worden. Das alles zusammen ergibt so eine Aura von Kühnheit und Abenteuer.«

»Im Ernst?«, sagte Toby verwundert. »Darüber habe ich noch nie nachgedacht.«

»Na, dann weißt du jetzt Bescheid.« Rachel betrachtete eingehend weitere Buchrücken.

Toby sah ihr schweigend dabei zu, bis sie sich umdrehte und fragte: »Was ist?«

»Ach, nichts.«

»Na komm schon, das stimmt doch nicht«, erwiderte sie lächelnd.

»Woher weißt du, dass es von mir viele Fotos im Internet gibt?«

Mit einem Achselzucken wandte Rachel sich wieder ab und zog ein dickes Buch aus dem Regal.

»Hast du mich auch gegoogelt?«, fragte Toby hartnäckig weiter.

»Nur um meine Hausaufgaben zu machen, sozusagen.«

»Na klar«, erwiderte Toby grinsend.

»Hey, bild dir bloß nichts darauf ein«, sagte sie, ohne ihn anzusehen.

»Tue ich nicht. Aber nur mal so nebenbei: Stephanie wäre gar nicht mein Typ, selbst wenn sie älter wäre.«

»Ach, du hast einen Typ?«

»Neuerdings habe ich den Eindruck gewonnen, ja.«

Daraufhin schweigen beide, und Rachel beschäftigte sich weiter mit dem Bücherregal, bis sie draußen Schritte hörten. Kurz darauf kam Stephanie Warren wieder herein, beladen mit zwei großen und offenbar schweren Archivboxen.

»Tut mir leid, dass es so lange gedauert hat«, sagte sie etwas atemlos. »Hier sind schon mal diese beiden, eine bringe ich gleich noch runter. Das ist dann alles, was wir von Braecoille aus der Zeit von 1812 bis 1816 archiviert haben.«

Toby und Rachel verbrachten den gesamten Nachmittag in der Great Dunbar Historical Society und sichteten die Unterlagen, ohne den geringsten Hinweis auf die Camera obscura zu finden.

»Wissen Sie, was merkwürdig ist?«, sagte Stephanie, während sie fasziniert die alten Dokumente betrachtete, die aus den Boxen zum Vorschein kamen. »Zwischen 1813 und 1816 scheint es keinerlei Feierlichkeiten und Feste gegeben zu haben.«

»Ist das außergewöhnlich?«, fragte Toby.

»Für ein großes Anwesen wie Braecoille? Ja, auf jeden Fall.«

»Aber woran sehen Sie das denn?«, erkundigte sich Rachel.

Stephanie blätterte durch einen dicken Stapel Rechnungen. »Zum Beispiel an den jährlichen Ausgaben für Lebensmittel«, antwortete sie. »Im Haushalt waren fast fünfzig Personen fest angestellt. Was regelmäßig geordert wurde, waren hauptsächlich Grundnahrungsmittel, nur an Weihnachten gab es Abweichungen. Hätte es Hausgäste und Diners gegeben, hätten sich auch die Bestellungen geändert. Das ist aber zum letzten Mal im Sommer 1812 der Fall, als allem Anschein nach mehrere Personen einige Wochen lang zu Gast waren. Danach nichts mehr dergleichen … Warum wohl?«

Toby und Rachel sahen sich an und dachten wohl beide das Gleiche: Nach 1812 hatte den MacDonalds nicht mehr der Sinn nach Festivitäten gestanden.

»Vielleicht wurde James MacDonalds Frau in diesem Jahr krank«, mutmaßte Stephanie, die den stummen Blickwechsel zwischen Toby und Rachel nicht bemerkt zu haben schien.

»Was meinen Sie damit?«, fragte Rachel.

»Na, Sie kennen doch sicher diese Geschichte, der zufolge Mrs MacDonald verrückt war und das Herrenhaus niedergebrannt hat, oder? Das kam ja sicher nicht von heute auf morgen.«

»Stimmt«, sagte Rachel. »Wurde sie irgendwo erwähnt? Ich meine, gibt es in all diesen Dokumenten irgendwo einen Hinweis auf sie?«

»Ich habe nichts gefunden«, antwortete Toby, und auch Stephanie schüttelte den Kopf.

»Fast, als hätte sie gar nicht existiert«, sagte Rachel leise.

»Nun ja, all diese Dokumente beziehen sich auf die Haushaltsführung des Anwesens«, erklärte Stephanie. »Ich denke, es gäbe gar keinen Grund, Mrs MacDonald hier zu erwähnen, weil damals der Gatte für sämtliche Geldgeschäfte zuständig war.«

Rachel warf einen Blick auf ihre Uhr. »Ich sollte aufbrechen. Es ist kurz vor Ladenschluss, und Gilly muss pünktlich nach Hause.«

Sie bedankten sich bei Stephanie und boten an, beim Aufräumen zu helfen, was sie aber ablehnte. »Tut mir leid, dass unser Material Ihnen nicht weitergeholfen hat. Ich finde es aber dennoch faszinierend, muss ich sagen. Kommen Sie ruhig wieder, wenn Sie noch etwas brauchen, ja?«, fügte Stephanie dann zu Toby gewandt hinzu und errötete wieder. »Ich helfe jederzeit gerne.«

Auf der Rückfahrt schwieg Rachel, bis sie über die Brücke fuhren und der Leuchtturm in Sicht kam.

»Ich denke, Stephanie hat recht«, sagte Rachel. »Was den Geisteszustand von Eveline in diesen letzten Jahren anging. Sie hat sich wohl wirklich von allem zurückgezogen, oder?«

»Deshalb hat James sie vielleicht auch bei ihren Plänen für den Turm unterstützt«, erwiderte Toby. »In den Widmungen klang es, als ob ihr dieses Projekt gutgetan hätte.«

»Aber langfristig hat es auch nicht geholfen«, wandte Rachel ein. »Denk doch mal an diese Nachricht: ›Ich war hier und doch nicht hier.‹ Ich denke mir, das könnte auch der Grund gewesen sein, warum sie die Camera obscura gebaut hat. Um das Leben außerhalb des Anwesens zu sehen, ohne es verlassen zu müssen. Ohne sich am Leben beteiligen zu müssen.«

Toby warf Rachel einen kurzen Seitenblick zu, während sie aus dem Fenster schaute. Ihr Gesicht leuchtete im orangefarbenen Licht der untergehenden Sonne.

»Das muss aber nicht bedeuten, dass Eveline Braecoille wirklich in Brand gesteckt hat«, sagte Toby. »Ich glaube auch, dass wir etwas übersehen. Es gibt immer noch Dokumente im Kuppelraum, die ich nicht gescannt habe. Vielleicht finden wir da etwas, das uns weiterhilft.«

»Mag sein, aber spielt das jetzt wirklich noch eine Rolle?«

»Ich denke schon«, antwortete Toby. »Und ich glaube, ehrlich gesagt, dass du genauso denkst. Ich kann auch jetzt gleich mitkommen und mir weitere Papiere vornehmen, wenn du möchtest. Ich habe heute Abend nichts vor. Wie sieht es bei dir aus?«

»Ich muss noch einiges im Pförtnerhaus schaffen. Das Ausräumen schluckt viel Zeit, ich komme zu langsam voran.«

»Wie du willst«, erwiderte Toby, als er am Fuß des Hügels parkte. »Wenn es dich nicht stört, mich da oben alleine zu lassen, mache ich gerne weiter. Dann kannst du inzwischen in Ruhe deine Sachen erledigen.«

Rachel lächelte. »Meine Wohnräume sind aber alles andere als komfortabel.«

»Glaub mir, da kenne ich ganz andere Verhältnisse. Solange ich mir einen Tee machen kann, ist die Welt für mich in Ordnung.«

Rachel lachte und sagte beim Aussteigen: »Gilly kann dir aufschließen. Und mit etwas Glück gibt es sogar eine Packung Kekse im Küchenschrank.«

Und so kochte sich Toby kurz darauf in Rachels kleiner Wohnung einen Tee, während vor dem Fenster die Sonne hinter dem Wäldchen versank. Er fand mühelos alles, was er brauchte, bis auf einen Teelöffel. Toby begann, die Schubladen zu durchsuchen. In der ersten lagen nur Papiere und Umschläge, in der nächsten entdeckte er endlich das Besteck.

Manchmal war sein scharfer Blick allerdings ein Fluch; Toby nahm unwillkürlich Dinge wahr, ohne explizit hinzuschauen. Als er begann, den Tee umzurühren, hielt er plötzlich in der Bewegung inne und stützte sich auf die alte Holzplatte, die als Arbeitsfläche diente. Tobys Gehirn lief auf Hochtouren, verarbeitete, was er gesehen hatte, auch wenn er das gerne ungeschehen machen wollte. Sein Blick wanderte zu der ersten Schublade, in der allerlei Post verstaut war. Toby hatte nicht die Absicht, sie erneut zu öffnen. Rachel hatte ihn in ihre Wohnung eingeladen, und er wollte hier keinesfalls herumschnüffeln. Aber es war zu spät, das Bild hatte sich eingeprägt wie ein Foto, dem in seinem Gehirn nach und nach andere Informationen zugeordnet wurden.

Dabei war es nur ein winziges Detail. Ein Name auf einem offiziell wirkenden Briefumschlag, der an Rachel adressiert war. Aber eben auch nicht an sie. Nicht an Rachel Talbot jedenfalls, sondern an eine Person namens Rachel Harry.

Mrs Rachel Harry.

30

»Muss ich wirklich Shakespeare lesen, nur wegen diesem Papier?«, fragte Gilly unmutig, als Rachel drei Taschenbücher auf die Ladentheke legte.

»Was spricht dagegen?« Rachel ging um die Theke herum und gesellte sich zu Gilly.

Das Mädchen verdrehte die Augen. »Und *diese Frage* soll ich jetzt auch noch beantworten?«

»Es gehört zum Lehrplan«, sagte Rachel. »Aber du musst nur eines der Stücke lesen, im Gegensatz zu normalem Unterricht darfst du es dir aussuchen und kannst dich deshalb glücklich schätzen.«

»Na klar«, maulte Gilly. »Der Lottogewinn des heutigen Tages.«

»Ich verspreche, dass ich die Lektion so interessant wie möglich gestalten werde. Und lass dich doch mal überraschen. Na los, guck rein und such dir eins aus.«

Widerwillig zog Gilly den Bücherstapel heran und griff nach dem obersten Band, *Romeo und Julia.* »Auf keinen Fall lese ich so ein Liebesgelaber«, verkündete Gilly augenblicklich. »Da wohne ich lieber für den Rest meines Lebens im Straßengraben!«

»Ziemlich dramatisch, finde ich«, bemerkte Rachel trocken, »aber gut, wenn du partout nicht willst.« Sie legte das vehement abgelehnte Werk beiseite.

Gilly betrachtete die beiden verbliebenen Angebote, *Viel Lärm um nichts* und *Julius Cäsar*.

»Die Tragödie hast du aussortiert, jetzt kannst du dich noch zwischen Komödie oder tragischem Historiendrama entscheiden«, erklärte Rachel. »Obwohl ich dir offen gestanden empfehlen würde, beide zu lesen. Aber wir beschäftigen uns nur mit einem ausführlich.«

»Spaß könnte ich gut gebrauchen«, erwiderte Gilly. »Wo gibt es am meisten Tote? Bei Julius Cäsar war irgendwas mit Messern, oder?« Sie griff nach dem Buch und blätterte darin.

»Richtig.«

»Hört sich ganz lustig an.«

»Super!« Rachel strahlte. »Das war ja jetzt einfach!«

»Moment, warte mal«, sagte Gilly. »Du hast gesagt, es sei historisch.«

»Ja, richtig aufregend, mit Schlachten und Unheilsprophezeiungen und Messerstechereien und so weiter. Echt spannend.«

»Klingt schon, als würde mir das gefallen«, sagte Gilly, legte das Buch aber beiseite und griff nach *Viel Lärm um nichts*. »Das ist die Komödie, oder? Geschichte habe ich ja schon als Fach …«

»Ja, stimmt.«

Gilly klopfte auf das Cover. »Dann wäre das vielleicht doch besser.« Sie seufzte. »Ach, ich weiß nicht. Am liebsten würde ich mich gar nicht damit herumschlagen müssen.«

»Sag so was nicht«, erwiderte Rachel. »Ich dachte, du

wolltest ganz viel über Literatur lernen? Mehr Literatur als William Shakespeare geht nicht!«

»Weiß ich, weiß ich. Aber jetzt, wo es so real wird …« Gilly verzog das Gesicht. »Also gut, ich nehme die Komödie. Auf die Gefahr hin, dass ich die gar nicht witzig finde.«

»Echt?«

»Ja, echt.«

Rachel strahlte. »Wunderbar. *Viel Lärm um nichts* ist, glaube ich, mein Lieblingsstück von Shakespeare. Und ich habe gerade gesehen, dass es in ein paar Monaten in Edinburgh eine Inszenierung gibt. Die könnten wir uns doch ansehen, was meinst du?«

»Edinburgh?«, wiederholte Gilly. »Da war ich noch nie. Und in einem Theater auch nicht.«

»Toll, dann können wir uns doch darauf schon mal freuen beim Unterricht.«

»Okay.« Gilly fand es plötzlich etwas weniger schlimm, sich mit Shakespeare abzumühen. »Also, *Viel Lärm um nichts,* geht klar.«

Rachel erklärte ihr noch, dass sie in jeder Unterrichtsstunde einige Szenen gemeinsam lesen und dann über den Inhalt sprechen würden. Gilly könne das Stück aber auch schon vorher lesen, wenn sie besser vorbereitet sein wolle. Ron und Ezra hatten sie auch schon mit Lektüre für die Geschichtsstunden eingedeckt, und Gilly fühlte sich bereits etwas überfordert, denn Edie bestand natürlich weiterhin auf den täglichen Kunstunterricht. Aber dass all diese Menschen ihre Zeit und Energie zur Verfügung stellten, brachte Gilly auch dazu, sie nicht enttäuschen zu wollen. Und auf jeden Fall diese drei Prüfungen zu bestehen.

Ein paar Tage später saß Gilly mit hochgezogenen Beinen in Edies Wohnzimmer im Sessel und widmete sich der Lektüre des Theaterstücks.

»Was liest du?«, fragte die Künstlerin, als sie hereinkam. »Morgen hast du deine erste Stunde über Shakespeare bei Rachel, oder?«

»Ja.« Gilly seufzte. Sie fand die Sprache und die Dialoge extrem anstrengend, ganz anders als bei einem Roman. »Ich wollte es eigentlich ganz lesen, aber es ist so grässlich langweilig. Wie kann das nur irgendjemand gut finden?«

Edie nahm ihr das Buch aus der Hand und sah sich das Cover an. Zu Gillys Verwunderung trat ein sonniges Lächeln auf Edies Gesicht. »Oh, *Viel Lärm um nichts,* das ist eines meiner Lieblingsstücke von Shakespeare!«

»Hat Rachel auch gesagt«, erwiderte Gilly mürrisch. »Ich kapier's nicht.«

»Ich liebe vor allem die Figur von Beatrice«, erklärte Edie. »Sie ist übermütig und scharfzüngig und nimmt kein Blatt vor den Mund. Vor allem nicht gegenüber Männern, von denen sie enttäuscht wurde.«

»Verstehe gar nicht, weshalb du die magst«, erwiderte Gilly etwas bissig.

»Hm.« Edie gab ihr das Buch zurück. »Ich kann aber nachvollziehen, dass du die Lektüre trocken findest. Shakespeares Stücke muss man auf der Bühne erleben. Sie zu lesen, ist in etwa so, als hätte man nur den Beschreibungstext eines Gemäldes vor sich.«

»Rachel hat gesagt, dass wir uns das Stück in Edinburgh im Theater anschauen. Aber das ist noch Monate hin«, sagte Gilly verdrossen.

Daraufhin ging die Künstlerin zu einem alten Holzschrank in der Ecke des Zimmers, den Gilly noch nie geöffnet hatte, weil sie auf keinen Fall neugierig wirken oder etwas falsch machen wollte. Trotzdem fühlte sich ihre neue Unterkunft Tag für Tag mehr wie ein Zuhause an. Als Edie die Tür öffnete, war Gilly gespannt, was sich offenbaren würde, aber es entpuppte sich nur als jede Menge alter DVDs.

»Wow«, sagte sie. »Du könntest dir auch einfach Netflix zulegen, weißt du.«

Edie gab ein verächtliches Schnauben von sich. »Ich habe einen einwandfrei funktionierenden DVD-Player. Wieso soll ich das hier alles in die Tonne werfen, nur um es mir dann im Internet herunterzuladen?«

Gilly grinste. »Alle Macht den Alten.«

Die Künstlerin schnaubte erneut und durchstöberte dann eine Weile schweigend das Sortiment, bis sie sich schließlich mit einem erfreuten Ausruf auf die Zehenspitzen stellte und eine DVD aus einem der oberen Fächer zog. »Wusste ich doch, dass ich die noch habe! Habe ich mir jahrelang nicht angeschaut.« Sie drehte sich um und hielt triumphierend eine Verfilmung von *Viel Lärm um nichts* hoch. »Fast dreißig Jahre alt, aber fantastische Besetzung. Kenneth Branagh hat Regie geführt und spielt den Benedikt. Wollen wir uns das anschauen, hast du Lust? Die Verfilmung ist mit Originaltext, keine Adaption. Wäre ein guter Einstieg für dich, und außerdem kennst du dann auch schon die Handlung.«

Gilly setzte sich begeistert auf. »Finde ich super!«

Edie klappte die DVD-Hülle auf. »Im Kühlschrank liegen Schokoriegel. Hol dir was, ich bereite inzwischen schon mal alles vor.«

Zehn Minuten später futterte Gilly genüsslich und las die Namen im Vorspann, während im Hintergrund wunderschöne Bilder aus der Toscana zu sehen waren. Nach weiteren zwanzig Minuten hatte Gilly den Eindruck, dass sie in etwa verstand, worum es ging. Und nach einer weiteren halben Stunde war sie regelrecht gefesselt von Shakespeares Geschichte über Liebe und allerlei erheiternde Intrigen.

»Freut mich, dass du so vergnügt aussiehst«, sagte Edie irgendwann. »Also ist Shakespeare doch nicht so langweilig, wie?«

»Nee, mir ist ein Licht aufgegangen«, antwortete Gilly.

Am nächsten Morgen setzten sich Rachel und Gilly für die Literaturstunde an den Schachtisch. Es war gerade ruhig im Laden. Als Gilly von ihrem Filmerlebnis berichtete, wirkte Rachel erstaunt, aber auch erfreut.

»Ihr versteht euch inzwischen richtig gut, du und Edie, oder?«, fragte die Buchhändlerin.

Gilly zuckte die Achseln. »Sie ist schon ganz okay.«

»Edie ist eigentlich total lieb«, sagte Rachel. »Nur mit Ezra rasselt sie immer wieder zusammen, und ich habe noch immer nicht die geringste Ahnung, warum.«

Gilly warf ihr einen erstaunten Blick zu. »Im Ernst jetzt?«

»Nein, warum – hat Edie irgendetwas gesagt?«

»Nee, aber es ist eigentlich total klar.« Gilly tippte auf das Buch vor ihr. »Die beiden sind Beatrice und Benedikt.«

»Verstehe ich nicht«, erwiderte Rachel stirnrunzelnd.

»Denk mal nach«, sagte Gilly. Der Film hatte sie selbst ausgiebig zum Nachdenken gebracht. »Diese andauernde

Streiterei und Stichelei. Das ist doch nichts als erotische Spannung zwischen den beiden. Die sind so was von Beatrice und Benedikt.«

Rachel lachte schallend. »Hm, das wäre natürlich eine Möglichkeit, ja.«

»Nein, so ist es«, beharrte das Mädchen. »Und deshalb müssen wir die beiden auch zusammenbringen.«

»Bitte *was*?«

»Du hast schon richtig gehört. Wir müssen genauso vorgehen wie im Theaterstück, sie irgendwie austricksen, damit sie als Paar enden. Denn genau das ist ihr Problem: dass sie das eigentlich wollen.«

»Ähm, nein«, sagte Rachel.

»Was meinst du damit?«

»Ich meine: Nein, das ist nicht das Problem der beiden, Gilly.«

»Wie kannst du das denn behaupten, obwohl du gerade erst gesagt hast, du hättest keine Ahnung, warum die beiden sich so benehmen?«

»Weil es so ist. Ich weiß aber, dass das, was du glaubst, nicht das Problem ist.«

»Du liegst völlig falsch«, widersprach Gilly im Brustton der Überzeugung. »Ganz genau das ist das Problem. Die beiden sind ineinander verliebt, gestehen es sich aber nicht ein. Deshalb muss jemand von außen eingreifen.«

»Gilly«, sagte Rachel ernsthaft, »versprich mir, dass du nichts Dummes anstellst. Die Beziehung der beiden ist schon schwierig genug, und sie sind auch noch Nachbarn. Sie müssen Tür an Tür leben. Ihre Persönlichkeiten passen einfach nicht zueinander. So etwas kommt vor, das kann man nicht ändern. Wenn man sich einmischt, läuft man nur Gefahr, alles zu verschlimmern. Niemand kann Menschen dazu bringen, sich zu verlieben.«

»Also, erstens«, entgegnete Gilly betont geduldig, »müssen wir sie nicht dazu bringen, sich zu verlieben, weil sie es bereits sind und es nur nicht zugeben. Und zweitens gibt es keine Happy Ends wie im Märchen. Aber da die beiden schon so uralt sind, könnten sie es vielleicht sogar schaffen, bis ans Ende ihrer Tage glücklich miteinander zu leben.«

»Wirklich, Gilly«, beharrte Rachel. »Ich freue mich sehr, dass Shakespeare dich so begeistert. Aber ganz ehrlich, die beiden solltest du in Ruhe lassen.«

Gilly seufzte. »Ron ist bestimmt meiner Meinung.«

»Das glaube ich nicht«, erwiderte Rachel. »Wir leben nicht in einem Stück von Shakespeare, Gilly. Außerdem kriegt Ron genauso wie wir anderen mit, dass Edie und Ezra sich ständig in den Haaren liegen. Und jetzt sollten wir uns mal der Literatur zuwenden, meinst du nicht auch?«

31

Rachel hatte im Pförtnerhaus so viel mit Aussortieren, Einpacken und Organisieren zu tun, dass sie sich meist den gesamten Tag dort aufhielt. Sie achtete allerdings immer darauf, vor Ladenschluss im Leuchtturm aufzutauchen und die Kasse zu machen, damit Gilly pünktlich zu ihrem Unterricht bei Edie aufbrechen konnte.

»Ah, da bist du ja«, sagte Gilly, als Rachel am Montagabend hereinkam. »Ich muss mit dir reden.«

»Ich hoffe, es hat nichts mit deinem Edie-Ezra-Komplott zu tun«, sagte Rachel misstrauisch.

»Hör mal«, erwiderte das Mädchen, »denk doch nur daran …« Das Telefon klingelte. Gilly seufzte und nahm ab.

»Guten Abend. Buchladen im Leuchtturm, was kann ich für Sie tun?«

Rachel schmunzelte verstohlen. Gilly hatte sich für den Umgang mit den Kunden diesen professionellen Tonfall angewöhnt. Es war ebenso beeindruckend wie liebenswert, wie ernst sie ihren neuen Job nahm.

»Für dich«, sagte sie jetzt und reichte Rachel das Telefon. »Alan Crosswick.«

»Danke, Gilly.« Nach einem Blick auf die Uhr fügte Rachel hinzu: »Wir schließen, möchtest du die Kasse machen?«

Die Überraschung war Gilly anzumerken, da sie das noch nie zuvor alleine gemacht hatte, aber sie nickte.

»Das war die junge Frau, die Sie neulich angestellt haben, oder?«, fragte Crosswick, während Rachel nach oben ins Halbgeschoss ging. »Sie ist ja ausgesprochen höflich.«

Rachel lachte. »Gilly, ja. Sie gibt sich große Mühe. Und scheint an ihren Aufgaben zu wachsen.«

»Freut mich zu hören«, sagte der Anwalt. »Vielen Dank übrigens für die Fotos, die Sie vom Pförtnerhaus geschickt haben, die sind sehr nützlich. Aber hören Sie, es gibt einen wichtigen Grund, weshalb ich so spät noch anrufe – ich habe gerade mit Trudy Goodwin telefoniert, Cullens Erbin.«

»Ah. Dann hat sie Ihren Brief bekommen.«

»Ja. Sie konnte ihn aber erst heute öffnen, weil sie offenbar einige Doppelschichten im Krankenhaus hatte. Keine Ahnung, wie diese ganzen jungen Assistenzärzte das überleben – von den Patienten mal ganz zu schweigen. Jedenfalls war sie vollkommen überwältigt und hat mich immer wieder gefragt, ob da nicht ein Irrtum vorliege. Ich hatte den Eindruck, dass sie eine sehr sympathische junge Frau ist.« Der Anwalt hielt inne und seufzte dann. »Es tut mir leid, das sagen zu müssen, Rachel: Sie möchte verkaufen.«

»Oh.« Die Nachricht kam so plötzlich und überraschend, dass Rachel der Atem stockte. Sie musste tief Luft holen, bevor sie sprechen konnte. »Es gibt also keine Chance mehr, dass sie alles so lassen möchte, wie es ist?«

»Sie sagt, das kann sie nicht«, antwortete der Anwalt. »Sie glaubt, dass sie bestimmt alles behalten wollen würde, wenn sie es sähe. Aber das kann sie sich nicht leisten. Das Geld vom Verkauf wäre eine enorme Entlastung für Trudy Goodwin, weil sie noch im Studium ist und astronomische Schulden wegen der hohen Studiengebühren hat. Sie bedauert, so handeln zu müssen, hat sich aber eindeutig entschieden. Sie möchte, dass ich das gesamte Anwesen so bald wie möglich zum Verkauf anbiete.«

»Ah, okay.« Rachel fühlte sich wie betäubt.

»Es tut mir wirklich leid«, wiederholte Crosswick. »Ich habe mich sehr bemüht, ihr die Option, den Leuchtturm zu behalten, schmackhaft zu machen. Aber aus ihrer Perspektive kann ich die Entscheidung gut nachvollziehen.«

»Ja, sicher«, sagte Rachel, der flau im Magen war. »Ich habe das auch irgendwie erwartet. Es ist nur … Das kommt jetzt so plötzlich, ich hatte nicht so schnell damit gerechnet.«

»Ich weiß. Wenn ich es Ihnen irgendwie schonender hätte mitteilen können, hätte ich es getan«, erwiderte Crosswick. »Sie möchte übrigens gerne mit Ihnen sprechen.«

»Mit mir? Warum denn?«

»Sie möchte ihre Entscheidung erklären, glaube ich. Ich hatte ja betont, dass Sie seit fünf Jahren nicht nur im Leuchtturm arbeiten, sondern auch dort wohnen. Und ich denke, sie möchte sich irgendwie entschuldigen.«

»Nicht nötig«, erwiderte Rachel. Ihr stand gar nicht der Sinn danach, mit jemandem zu reden, der gerade im Begriff war, ihr Leben auf den Kopf zu stellen.

»Sind Sie sicher?«, fragte Crosswick. »Ich habe ihr noch nichts von der Camera obscura erzählt, das könnten Sie also selbst tun. Schließlich wurde sie ja von Ihnen entdeckt.«

Rachel schaute unwillkürlich nach oben, wo sich die rätselhafte Gerätschaft befand, gebaut von Eveline MacDonald.

Ihre letzte Nachfahrin hatte gewiss ein Recht darauf, davon zu erfahren.

»Okay«, sagte Rachel. »Ich rede mit Trudy Goodwin.«

»Schön«, erwiderte Crosswick. »Sie scheint ununterbrochen zu arbeiten, sagte aber, dass sie sich melden würde, sobald es bei Ihnen passt. Soll ich ihr ausrichten, dass jetzt ein guter Zeitpunkt wäre?«

»Ja. Machen Sie das.«

Nachdem sie sich verabschiedet hatten, lehnte Rachel sich an das Geländer. Sie wollte überlegen, wie sie die wahre Geschichte des Leuchtturms am besten vermitteln konnte. Doch stattdessen dachte Rachel darüber nach, ob all die Bücher in diesem Raum im nächsten Jahr noch hier sein würden, auch wenn sie selbst längst woanders war. Es gab bestimmt viele Menschen, die gerne einen Buchladen besitzen würden, oder nicht? Vielleicht würden sich künftige Käufer allein aus diesem Grund für den Erwerb des Leuchtturms entscheiden.

Aber dann gestand Rachel sich ein, dass diese Idee illusorisch war. Das Grundstück mitsamt Pförtnerhaus und Leuchtturm würde Unsummen kosten, die in keinem Verhältnis zu den Einnahmen eines Buchladens standen. Im Turm konnte nur eine Person wohnen, im Pförtnerhaus war nicht genug Platz für eine Familie. Es wäre vollkommen unrentabel, sich das alles zuzulegen und nichts daran zu verändern.

Rachel versuchte, die düstere Stimmung zu vertreiben, und sah Gilly von oben dabei zu, wie sie Kleingeld und Scheine zählte und alles gewissenhaft notierte. Seit sie bei Edie wohnte, wirkte Gilly viel ausgeglichener. Sie schien mehr Selbstvertrauen zu haben und war deutlich weniger kratzbürstig. Ihr Leben schien sich zum Guten zu entwickeln, seit sie einen festen Wohnort hatte; genauso war es bei Rachel damals auch gewesen.

»Wie kommst du klar, Gilly?«, rief Rachel.

»Ganz gut, glaube ich. Aber du musst alles noch mal nachprüfen!«

»Also, ich bin mir sicher, dass du …« Das Telefon klingelte. »Entschuldige, ich muss rangehen.«

Gilly winkte, ohne aufzuschauen, und Rachel nahm ab.

»Hallo, Buchladen im Leuchtturm.«

»Ah – hi!« Die Frauenstimme am anderen Ende klang ein wenig atemlos. »Ich würde gern mit Rachel Talbot sprechen.«

»Am Apparat«, sagte Rachel. »Sind Sie Trudy Goodwin?«

»Ja! Hi. Hi. Oh mein Gott, das ist alles so unglaublich.« Trudy Goodwin klang so jung und mädchenhaft, dass Rachel sie sich kaum als Ärztin vorstellen konnte. »Einfach unfassbar. Heute Morgen war ich noch eine ganz normale Assistenzärztin, die sich fragen musste, ob sie sich auf dem Weg zur Arbeit einen Kaffee leisten kann. Und jetzt besitze ich einen Leuchtturm und … was war das noch gleich?«

»Das Pförtnerhaus, meinen Sie?«

»Ja! Gott, wie romantisch das klingt. Ein Pförtnerhaus! Was ist das überhaupt?«

Rachel war nicht sicher, ob die Frage ernst gemeint war, antwortete aber trotzdem. »Also … das ist das Haus, in dem der Pförtner lebte. Damals, als es das große Herrenhaus noch gab.«

Trudy Goodwin stieß einen dramatischen Seufzer aus.

»*Das Herrenhaus.* Mir kommt das alles wie ein Traum vor. Es ist ein Traum. Das sage ich mir jetzt ständig. Es ist nicht real. Es existiert gar nicht wirklich, deshalb kann ich es mir auch nicht anschauen.«

»Ähm ...« Rachel konnte ihr nicht ganz folgen. »Aber was meinen Sie damit? Sie könnten sich durchaus alles anschauen, es ist real. Ich stehe jetzt gerade in dem altehrwürdigen Buchladen.«

»Nanananana«, trällerte die junge Frau. »Bitte erzählen Sie mir so was nicht. Ich kann das alles nicht behalten, es geht einfach nicht, aber wenn ich es mir ansehe, werde ich mich garantiert in alles verlieben und will dann nach Schottland ziehen und in *meinem Leuchtturm* leben – ich kann gar nicht glauben, dass ich das gerade gesagt habe. Aber es ist einfach unmöglich. Sie können sich gar nicht vorstellen, was für Schuldenberge ich bereits wegen meines Studiums angehäuft habe. Und laut Mr Crosswick könnte ich die mit dem Verkauf tilgen und mir hier vielleicht sogar ein Haus leisten. Dann kann ich den Rest meiner Ausbildung schuldenfrei abschließen.«

»Ich verstehe«, erwiderte Rachel. »Aber da ist noch etwas, das ich Ihnen unbedingt ...«

Plötzlich ertönte ein durchdringender Piepton, und Trudy Goodwin sagte hastig: »Verdammt, ich werde in den OP gerufen. Tut mir leid, ich muss sofort aufhören.«

»Ja, dann ...«

»War schön, mit Ihnen zu reden, und tut mir total leid, dass ich den Leuchtturm nicht behalten kann, ganz ehrlich. Aber ich muss jetzt los, Entschuldigung. Alles Gute, tschüs!«

Rachel hielt noch immer das Telefon ans Ohr, als der Anruf abrupt abbrach. Sie blieb noch einen Moment stehen, um sich zu sammeln, und ging dann hinunter zu Gilly.

»Alles okay mit dir?«, fragte das Mädchen.

Rachel nickte. »Ja. Ich muss nur einiges klären.« Sie strich sich übers Gesicht. »Du wolltest vorhin über irgendetwas mit mir reden. Was war das denn?«

»Nicht so wichtig. Schau dir lieber die Abrechnung noch mal an. Möchte nicht, dass du glaubst, ich würde hier was abzweigen.«

Nachdem die Kasse erledigt und Gilly aufgebrochen war, stand Rachel ganz alleine in dem stillen Buchladen. Eustace strich um ihre Beine, und als sie den Kater hochhob, musste sie plötzlich an Toby denken. Seit dem Tag, als sie gemeinsam in Great Dunbar im Archiv gewesen waren, hatte er sich nicht mehr im Laden blicken lassen und auch nicht angerufen. Nicht, dass es Verabredungen gegeben hätte, sie hatten schließlich keine Bindung, dafür hatte Rachel gesorgt. Aber jetzt merkte sie, dass sie gerne mit ihm über die Entwicklungen und Trudy Goodwin sprechen würde. Nicht mit Edie, Ezra oder Ron, sondern mit Toby. Rachel setzte Eustace ab und wählte Tobys Nummer.

Zuerst war mehrmals das Freizeichen zu hören, dann meldete er sich. »Hallo«, sagte er. »Rachel.«

»Hallo.« Er hörte sich seltsam distanziert an, als sei er irgendwie abgelenkt. »Entschuldigung, ist es gerade ungünstig?«, fragte Rachel.

»Nein. Nein, natürlich nicht. Ist alles in Ordnung?«

»Ich habe heute mit Trudy Goodwin gesprochen. Cullens Erbin. Sie hat bereits beschlossen, dass sie verkaufen will.«

»Oh. Oje. Das tut mir sehr leid, Rachel.«

Sie schluckte. Nachdem sie die Worte ausgesprochen hatte, wurde die Situation plötzlich real, und Rachel kämpfte mit den Tränen.

»Es ist von ihrer Seite aus vollkommen verständlich«, fügte Rachel hinzu. »Ich verstehe es auch. Aber …« Sie hielt inne, bevor ihre Stimme brach, und schluckte. »Entschuldige.«

»Du brauchst dich nicht zu entschuldigen«, erwiderte Toby. Nach kurzem Schweigen sagte er: »Ich wollte gerade in den Pub gehen, um etwas zu essen. Hast du vielleicht Lust mitzukommen?«

Rachel spürte, dass er gezögert hatte, als hätte er eigentlich nicht fragen wollen, fühlte sich aber verpflichtet. Es war nur ein kurzer Moment, aber er irritierte Rachel so sehr, dass sie nur hastig sagte: »Nein, alles gut. Ich habe noch furchtbar viel zu tun. Aber danke. Danke fürs Fragen.«

32

Rachel selbst war gar nicht das Problem, machte sich Toby nach dem abrupten Ende des Telefonats bewusst, sondern seine wachen Augen, die etwas wahrgenommen hatten, was er gar nicht wissen wollte.

Mrs Rachel Harry.

Er konnte sie nicht danach fragen. Das hätte den Eindruck gemacht, als hätte er in ihrer Wohnung herumspioniert. Aber was er durch Zufall entdeckt hatte, war nun nicht mehr aus seinem Gedächtnis zu löschen, und jedes Mal, wenn er an Rachel dachte, musste er auch daran denken.

Nach dem Telefonat stand Toby ein paar Minuten reglos da und überlegte, ob er Rachel noch mal anrufen sollte. Doch was hätte er sagen sollen? Oder sollte er ihr morgen vielleicht Blumen bringen? Aber sie waren ja nur befreundet, mehr war nicht vorgesehen, daran hatte Rachel keinen Zweifel gelassen. Außerdem hätte er irgendwie begründen müssen, weshalb er mit einem Blumenstrauß auftauchte.

Toby seufzte und steckte sein Handy in die Tasche. Seine Ex-Frau hatte völlig recht. Er hatte nicht die geringste Ahnung von normalen Beziehungen. Dieser Abend rief zweifellos nach einem Aufenthalt im Pub.

Doch sobald Toby durch die Tür des Fretted Goose trat, spürte er, dass eine eigenartige Atmosphäre herrschte. Gäste warfen ihm auffällige Seitenblicke zu, Gespräche verstummten, sobald er an Tischen vorbeikam. Die Stimmung war ebenso unerklärlich wie unangenehm. Als Toby zum Tresen kam, stand dort der Postbote, Eric Trott. Die beiden Männer waren nicht direkt befreundet, grüßten sich aber immer freundlich, wenn sie sich sahen. Nicht jedoch an diesem Abend: Der Postbote ignorierte Toby vorsätzlich.

»'n Abend, Toby.« Stan, der Wirt, nickte Toby zu und griff schon nach einem Bierglas in dem Gläserhalter über dem Tresen. »Wie immer?«

»Ja, danke.«

»Was essen?«

»Auch, sehr gerne.«

Stan warf ihm einen Blick zu. »Kommt Rachel auch noch?«

Toby zögerte. »Nein, heute nicht. Nur ich.«

Stan nickte nur knapp, aber der Postbote murmelte jetzt: »Auch besser so. Weiß vermutlich, was gut für sie ist.«

»Bitte was?«, fragte Toby.

Eric Trott war ein großer breitschultriger Mann, und seine Körperhaltung war eindeutig drohend, als er sich Toby zuwandte. Doch der ließ sich nicht so leicht einschüchtern. Er hatte Diktatoren von Angesicht zu Angesicht gegenübergestanden und war mit einer Einheit Elitesoldaten in Afghanistan eingekesselt gewesen. Er spürte, ob eine Drohung ernst gemeint war oder nur imponieren sollte. Und beides konnte Toby auf den Tod nicht ausstehen.

»Möchten Sie vielleicht mal etwas Konkretes sagen?«,

fragte Toby deshalb gefährlich ruhig. »Oder nur schlechte Stimmung verbreiten?«

Trott starrte ihn finster an, sagte dann jedoch nur zum Wirt: »Packung Erdnüsse bitte, Stan. Setz sie auf die Rechnung.«

Stan zapfte mit einer Hand Tobys Bier weiter und holte mit der anderen die Erdnüsse unter dem Tresen hervor, die er Trott zuwarf. Der fing sie auf und entfernte sich von der Bar, aber nicht, ohne Toby noch einen bösen Blick zuzuwerfen. Im Pub waren inzwischen fast alle Gespräche verstummt.

Als Stan das Bier auf den Tresen stellte, fragte Toby mit gedämpfter Stimme: »Was war das denn, um Himmels willen?«

Stan griff nach einer Ausgabe der Regionalzeitung hinter sich und legte sie wortlos neben das Bierglas. Toby griff danach, warf einen Blick auf die Titelseite und sah den Wirt dann verständnislos an.

»Was zum Teufel soll das?«

Jemand hämmerte wie wild an die Tür des Leuchtturms, und als Rachel öffnete, stand Toby auf der Schwelle, so außer Atem, als sei er den ganzen Hügel hinaufgerannt.

»Toby«, sagte Rachel und trat beiseite, um ihn einzulassen. »Was ist los?«

»Ich muss dir etwas zeigen«, antwortete er, als er in den Buchladen stürzte, und hielt ihr die Regionalzeitung hin. »Ich war im Fretted Goose, Stan hat sie mir gegeben.«

Verwundert griff Rachel nach der Zeitung und ging Richtung Ofen, blieb dann aber beim Anblick der Schlagzeile abrupt stehen. PLÖTZLICHER TOD VON LEUCHTTURMBESITZER WIRFT FRAGEN AUF.

Rachel sah Toby verständnislos an.

»Du musst den Artikel lesen«, sagte er. »Ist erstunken und erlogen, aber du musst ihn lesen. Und setz dich vorher hin.«

Sie sank in Cullens Sessel und starrte auf den Text. Darin war von »Manipulation älterer Personen«, »Nötigung« und »erzwungenem Wohnungswechsel« die Rede. Und das Wort »angeblich« tauchte überall auf. Es hieß, die Zeitung habe »verlässliche Informationen« von einer dem Verstorbenen »nahestehenden Person« bekommen. Freunde von Cullen MacDonald hätten hinterfragt, weshalb er vor fünf Jahren aus dem Leuchtturm ausgezogen sei, aus »Gründen, die angesichts seines vorzeitigen Todes fragwürdig« erschienen. Rachel wurde als jetzige Leiterin des Buchladens und Bewohnerin der ehemaligen Räume von Cullen erwähnt. Es gab keine direkten Vorwürfe, aber der Artikel war so formuliert, dass sie zwischen den Zeilen klar und deutlich anklangen.

Die Schrift verschwamm vor Rachels Augen. »Ich verstehe das nicht«, murmelte sie. »Wer kann denn so etwas behaupten? Das ist doch alles überhaupt nicht wahr …« Sie verstummte, weil ihre Kehle sich wie zugeschnürt anfühlte.

»Du musst eine Verleumdungsklage anstrengen«, sagte Toby, der sich in Rons Sessel niedergelassen hatte und sich jetzt eindringlich vorbeugte. »Du hast gute Karten. Es hat nie polizeiliche Ermittlungen gegen dich gegeben, keinerlei Anzeichen von Fehlverhalten, du hast genügend Menschen um dich, die sich für dich aussprechen können, und zwei von uns waren anwesend, als Cullen den Infarkt hatte.«

»Für so etwas habe ich kein Geld«, sagte Rachel tonlos.

»Das ist aber ungeheuer wichtig«, beharrte Toby. »Solche Anschuldigungen können dein Leben ruinieren, wenn du nicht gerichtlich dagegen vorgehst.«

Rachel sah ihn an und dachte zum ersten Mal, seit sie Toby kannte, dass er wohl ein sehr privilegiertes Leben führte.

»Ich hatte seit meinem fünfundzwanzigsten Lebensjahr bis zu meinem Einzug in den Leuchtturm keinen festen Wohnsitz«, sagte sie unverblümt. »Ich bezahle auch keine Miete hier, weil die Unterbringung zu meiner Arbeitsstelle gehört. Es ist keine Floskel, wenn ich sage, dass ich kein Geld habe, Toby.«

Ein Schweigen entstand.

»Cullen war ein alter Mann«, sagte Rachel schließlich. »Er hatte einen Herzinfarkt, auf den im Krankenhaus ein Schlaganfall folgte, aber das steht hier nirgendwo. Stattdessen hört es sich so an, als hätte ich ihn im Bett erwürgt!«

»Du musst unbedingt dagegen vorgehen«, wiederholte Toby. »Wenn schon nicht per Anwalt, dann über den Presserat. Dieses Blatt hier muss eine Richtigstellung abdrucken, auf dem Titelblatt, in gleicher Länge wie dieser Artikel.«

Rachel sah ihn an. »Und du glaubst im Ernst, dann würden die Vorwürfe verstummen?«

Toby wandte den Blick ab und blieb stumm, aber die Frage war ohnehin rhetorischer Natur gewesen. Rachel kannte sich mit diesem Thema aus. Sie wünschte sich inständig, ihren alten VW-Bus noch zu besitzen. Mit dem könnte sie jetzt einfach wegfahren und irgendwo anders noch einmal von vorne anfangen. Könnte all das hier hinter sich lassen.

»Wer kann hinter dieser Sache stecken?«, fragte Toby. »Wer kann Vorteile daraus ziehen, wenn schlecht über dich geredet wird?«

Rachel strich sich übers Gesicht. »Keine Ahnung«, sagte sie erschöpft. »Ich habe keinerlei Macht über irgendetwas und bin für niemanden eine Bedrohung.«

Toby nahm die Zeitung und wedelte aufgebracht damit. »Und genau deshalb müssen wir kämpfen und das hier anfechten, Rachel.«

Wir?, dachte sie.

»Toby, es ist schon spät. Danke ... ich gehe jetzt schlafen.«

Er sah sie besorgt an. »Hast du schon gegessen? Ich könnte dir etwas machen, komm doch einfach mit zu mir. Oder ich koche dir hier etwas.«

»Nein, danke. Ich will jetzt einfach nur alleine sein.«

Einen Moment lang sah Toby aus, als wollte er widersprechen, doch dann nickte er langsam. »Dann sehen wir uns morgen im Buchladen?«

»Wo sollte ich sonst sein?«, erwiderte Rachel müde.

Toby ging zur Tür, und Rachel schloss hinter ihm ab, ohne ihm nachzusehen. Erst als sie das Licht ausgeschaltet hatte und nach oben ging, merkte sie, dass Toby die Zeitung mitgenommen hatte.

Eustace saß vor der Tür zur Wohnung. Seine Augen leuchteten gelb im Nachtlicht. Der Kater huschte vor ihr die Treppe hinauf und verschwand in der Küche, aber Rachel folgte ihm nicht. Sie ging in ihr Schlafzimmer, klappte die Treppe in der Decke herunter und stieg mit der Sturmlaterne hinauf in den Kuppelraum. Obwohl es schon dunkel war, zog Rachel am Griff für das Oberlicht und starrte dann auf den weißen Marmortisch, aber natürlich war nichts mehr zu sehen. Das Tageslicht war für heute erloschen, und Eveline MacDonalds mysteriöse Gerätschaft konnte kein Bild mehr erzeugen. Rachel starrte gedankenverloren auf die weiße Fläche und fragte sich, ob die Frau, die diesen Turm erbaut hatte, auch manchmal so hier gestanden hatte. *Ich war hier und doch nicht hier.*

Und einen Moment lang kam es Rachel beinahe so vor, als stünde Eveline neben ihr in dem kleinen Raum in der Turmspitze.

33

»Das ist absolut widerwärtig!«, sagte Edie empört. »Ich habe bereits an die Zeitung geschrieben und mich beim Presserat und unserem Abgeordneten beschwert.«

Am nächsten Morgen waren Edie und Gilly schon vor Ladenöffnung aufgetaucht, während Rachel gerade alles vorbereitete, um anschließend ins Pförtnerhaus zu gehen. Ron wartete sicher bereits auf sie.

»Danke«, erwiderte Rachel. »Ich weiß, offen gestanden, nicht, was ich unternehmen soll. Toby meint, ich soll gerichtlich dagegen vorgehen, aber …«

»Das ist das Mindeste!«, sagte Edie zornig. »Wenn ich mit diesem Revolverblatt fertig bin, wird es nicht mal mehr existieren! Wo ist Toby überhaupt?«

»Zu Hause bei der Arbeit, denke ich.«

»Wo ich auch sein sollte.« Edie seufzte. »Ich komme mit meinem neuen Projekt nicht vorwärts. Irgendetwas im Haus scheint mich abzulenken.« Sie warf einen gutmütigen Seitenblick auf Gilly.

»Oder vielleicht«, erwiderte die mit erstaunlicher Gelassenheit, »liest du abends auch einfach viel zu lange deine Science-Fiction-Romane.«

Die Künstlerin schnaubte und wandte sich zum Gehen.

»Ich werde die ruhige Zeit nutzen und was tun«, rief sie über die Schulter. »Und komm pünktlich zum Unterricht!«

Als Rachel ebenfalls aufbrechen wollte, merkte sie, dass Gilly stirnrunzelnd auf die Tür starrte, hinter der Edie gerade verschwunden war.

»Was ist?«, fragte Rachel.

Gilly sah sie an. »Ich glaube, dass mit Edie irgendetwas nicht stimmt.«

»Was meinst du damit?«, fragte Rachel erstaunt.

»Ich habe das Gefühl, dass sie ihr Atelier meidet. Wenn ich abends zurückkomme, sieht es manchmal so aus, als wäre sie gar nicht dort gewesen. Oder als hätte sie nur Drucke von vorhandenen Druckstöcken gemacht, anstatt an ihrem neuen zu arbeiten.«

»Vielleicht hat sie eine Art Schaffenskrise«, sagte Rachel und hängte sich ihre Tasche um. »Das passiert doch allen Künstlern manchmal. Ändert sich bestimmt bald wieder.«

»Kann sein«, sagte Gilly und nagte an ihrer Unterlippe. »Aber …« Sie brach ab.

»Was?«

»Ach, nichts. Geh du mal los, ich habe viel zu tun hier.«

Rachel strich dem Mädchen über die Schulter, trotz ihrer eigenen Sorgen lächelnd. Gillys Gesicht wirkte schon lange nicht mehr so gehetzt und finster wie damals, als sie zum ersten Mal in den Laden gekommen war, und darüber freute Rachel sich sehr.

»Ich komme um die Mittagszeit zurück«, sagte sie noch, bevor sie aufbrach.

Ron war schon im Pförtnerhaus, und als Rachel hereinkam, umarmte er sie so fest, dass sie kaum noch Luft bekam.

»Jeder, der dich kennt, weiß, dass dieser Mist erfunden ist«, sagte er. »Ich hab als Erstes heute Morgen bei diesem erbärmlichen Käseblatt durchgeklingelt und denen gehörig die Meinung gesagt.«

»Ach, Ron.« Rachel drückte den alten Mann herzlich an sich und löste sich dann aus der Umklammerung. »Das hättest du nicht tun müssen. Wahrscheinlich ist es am besten, man lässt das Ganze auf sich beruhen, sonst entstehen womöglich noch mehr Probleme.«

»Cullen hätte so etwas niemals geduldet«, widersprach Ron vehement. »Und da er nicht mehr unter uns weilt, werde ich dafür sorgen, dass das geklärt wird. Wenn die das nicht sofort widerrufen und die Wahrheit veröffentlichen, sorge ich dafür, dass sie das so lange bitter bereuen, bis ich irgendwann ins Gras beiße.«

»Ron!«, erwiderte Rachel schockiert. »Sag doch so etwas nicht!«

»Glaub mir, ich bin schon dabei, mich schlauzumachen, wie man Vergeltung üben könnte. Habe eine Karte entdeckt, die beim Öffnen quasi explodiert und überall Glitzerkonfetti verstreut. Das nenne ich mal Rache!«

Rachel lachte. »Klingt enorm bedrohlich.«

Ron grinste vergnügt. »Nicht wahr?«

Nach dem unerlässlichen Ritual von morgendlichem Tee mit Keksen machten sie sich erneut ans Werk. Die beiden sortierten nach und nach Cullens gesamte Habe und legten auf Wunsch von Alan Crosswick eine Liste der Möbelstücke an, die eventuell versteigert werden konnten.

»Macht einen schon nachdenklich, das alles«, sagte Ron, nachdem sie eine Stunde lang stapelweise persönliche, aber wertlose Unterlagen und allerlei Kleinkram sortiert hatten. »Dieses ganze Zeug, was wir im Laufe eines Lebens ansammeln ... Und wofür das alles? Am Ende geht es doch nur in Rauch auf oder landet auf der Müllhalde. Was bleibt dann von einem Leben?«

Rachel betrachtete ihn forschend. »Ron, du weißt, wie dankbar ich bin, dass du mir hilfst. Aber wenn es zu belastend für dich ist, schaffe ich den Rest wirklich auch alleine. Wir sind doch ohnehin bald fertig.«

Ron schüttelte entschieden den Kopf. »Cullen war mein Freund«, sagte er nur. »Außerdem macht man das so, nicht wahr? Wenn jemand aus dem Leben scheidet, kümmern wir uns um das, was zurückbleibt. Um unserer Lieben zu gedenken.«

Rachel versuchte den trübsinnigen Gedanken zu vertreiben, wer das wohl für sie tun würde, wenn es so weit war, oder wo sie dann überhaupt sein würde. Sie musste auch sofort an die Camera obscura denken, die alles war, was von Eveline MacDonald zurückgeblieben war. Selbst wenn sie nach dem Brand irgendwo einen Neuanfang gemacht hatte, war ihr restliches Leben von dieser Tragödie bestimmt gewesen.

Rachel zog gerade ein weiteres Buch aus dem Regal, als das Festnetztelefon des Pförtnerhauses klingelte. Rachel nahm ab und hörte am anderen Ende Alan Crosswicks Stimme, die sehr betroffen klang.

»Rachel«, sagte er ernst. »Gilly sagte mir, dass ich Sie hier finden könnte.«

»Geht es um den Zeitungsartikel?«, fragte Rachel. »Ihnen ist hoffentlich klar, dass das alles nicht stimmt, oder?«

»Selbstverständlich«, antwortete der Anwalt, »und ich habe auch eine Beschwerde ans Presseamt und den Herausgeber der Zeitung geschickt.« Crosswick seufzte. »Das Problem ist, dass irgendjemand an die E-Mailadresse von Trudy Goodwin gekommen ist und ihr einen Scan geschickt hat. Ich habe natürlich versucht, das alles zu entkräften, aber sie … hat jetzt Bedenken.«

Rachel wurde ganz übel. »Verstehe.«

»Sie scheint ihre Verantwortlichkeiten sehr ernst zu nehmen«, fuhr der Anwalt fort. »Ich habe ihr gesagt, dass es jetzt darum geht, Sie in jeder Hinsicht zu unterstützen. Aber Ms Goodwin kennt Sie eben nicht so gut wie ich, und sie hat keine Familie, die ihr zur Seite steht. Ich glaube, es überfordert sie, dass sie sich so plötzlich um ihre Familiengeschichte kümmern soll und dann auch noch mit Fehlinformationen konfrontiert ist, die sie nicht einschätzen kann.«

»Was mache ich denn nun am besten?«, fragte Rachel. »Soll ich mit ihr sprechen?«

»Das ist keine gute Idee«, antwortete der Anwalt. »Hören Sie, Rachel, ich bin überzeugt davon, dass wir das irgendwie lösen können. Allerdings würde ich Ihnen dringend raten, sich hinsichtlich dieses Artikels Rechtsbeistand zu suchen. Ich kann Sie leider nicht vertreten, weil ich auf dieses Gebiet nicht spezialisiert bin und auch befangen wäre. Aber einen Kollegen könnte ich empfehlen.«

»Danke«, sagte Rachel benommen. »Ich … werde es mir überlegen. Sollte ich inzwischen vielleicht aus dem Leuchtturm ausziehen?«

Ron, der im Hintergrund weitergearbeitet hatte, schaute ruckartig auf, und Rachel warf ihm ein mattes Lächeln zu.

»Wenn ich das freiwillig und ohne Aufforderung tue, merkt Trudy Goodwin vielleicht, dass ich ihr nichts wegnehmen will«, fügte Rachel hinzu, als Erklärung für Crosswick und Ron gleichermaßen. »Die Arbeit in Ihrem Auftrag, im Leuchtturm und hier im Pförtnerhaus, kann ich ja dennoch fortsetzen.«

Am anderen Ende entstand ein kurzes Schweigen. Dann sagte der Anwalt: »Das … ist sehr großzügig von Ihnen, Rachel. Aber haben Sie denn eine andere Bleibe?«

Diese Frage konnte Rachel natürlich nicht bejahen. *So schnell kann man alles verlieren, ich hätte es wissen müssen,* dachte sie. »Ich werde etwas finden«, antwortete sie, ohne Ron anzusehen.

»Okay«, sagte Crosswick. »Es tut mir leid, dass es so weit kommen musste, aber ich denke auch, dass Ihr Verhalten Ms Goodwin beruhigen wird. Ich hoffe sehr, dass wir alles möglichst schnell klären können.«

Nachdem sie sich verabschiedet hatten, zwang sich Rachel zu einem Lächeln, um Ron zu beruhigen. »Na, dann werde ich mir mal für ein paar Tage eine Unterkunft suchen«, sagte sie möglichst munter.

Ron schüttelte bedrückt den Kopf. »Das können die doch nicht machen.«

»Niemand zwingt mich, Ron. Ich habe die Entscheidung selbst getroffen, und ich halte sie für sinnvoll.«

»Aber wo willst du denn hin? Zu Toby?«

»Nein«, antwortete Rachel nach kurzem Zögern.

»Oder bleibst du hier?«

»Das würde nichts ändern, das Pförtnerhaus gehört ja auch zum Erbe.«

»Aber wo denn dann, Mädchen? Ich würde dich ja liebend gern bei mir unterbringen, aber ich habe nur ein Schlafzimmer, und das Sofa ist ein Zweisitzer.«

Rachel vermied es, ihm zu sagen, dass sie schon unter weit schlimmeren Umständen übernachtet hatte. »Ich habe gar kein Problem damit, auf dem Boden zu schlafen, Ron«, sagte sie lächelnd, »wenn das für dich okay ist. Aber ich werde mich bemühen, möglichst schnell etwas anderes zu finden, um dir nicht zur Last zu fallen.«

Ron kam zu ihr und drückte ihre Hände. Er sah so niedergeschlagen aus, wie Rachel ihn seit Cullens Bestattung nicht mehr erlebt hatte. »Bleib so lange, wie du magst, Mädchen.«

Rachel ging in den Leuchtturm zurück, um ein paar Sachen zu packen und Gilly über die neue Entwicklung zu informieren.

Das Mädchen sah vollkommen betroffen aus. »Wenn ich nicht bei Edie wohnen würde, könntest du in ihrem Gästezimmer schlafen, oder?«

»Wirklich, Gilly, meine Lage hat nichts mit dir zu tun«, versicherte ihr Rachel. »Und bei Ron geht es mir auf jeden Fall gut.«

Gilly starrte sie einen Moment lang wortlos an und griff dann zum Telefon. Bevor Rachel verstand, was Gilly machte, sprach sie mit Ezra.

»Gilly, es ist nicht nötig, dass …«

»Er sagt, dass du selbstverständlich bei ihm wohnen kannst«, eröffnete ihr das Mädchen, das Telefon noch am Ohr. »Ezra hat ein Gästezimmer. Wäre wirklich blöd von dir, das Angebot nicht anzunehmen.«

34

»Ich bin absolut sicher, Ron«, erklärte Gilly und sah sich verschwörerisch im Buchladen um, obwohl sie und der alte Mann alleine waren, »dass ich recht habe. Diese ganze Feindseligkeit und die ständigen Streitereien, das ist alles nur Fassade. Ich glaube, dass die beiden bis über beide Ohren ineinander verknallt sind.«

Ron, der über die Theke gebeugt fünf Minuten lang Gillys Ausführungen über Edie und Ezra gelauscht hatte, stieß ein leises Pfeifen aus. Bukowski, der das als Ansage für Leckerlis deutete, erschien prompt neben Ron und schaute mit hoffnungsvollem Blick zu ihm auf.

»Hm«, machte Ron und bückte sich, um Bukowski die Ohren zu kraulen. »Das wirft wirklich ein ganz neues Licht auf die beiden, Mädchen. Kann mir gut denken, dass du da etwas auf die Spur gekommen bist.«

»Danke!«, rief Gilly aus und warf die Hände in die Luft. »Rachel hält meine Vermutung für Quatsch, aber ich glaube wirklich, die beiden brauchen nur einen Schubs in die richtige Richtung, dann werden die aufeinander fliegen wie magnetisch angezogen.«

Ron nickte, nahm die Glashaube der Kuchenglocke ab und genehmigte sich einen Keks. »Kann zumindest nicht schaden, es mal zu probieren, oder? Ich hab noch nie kapiert, weshalb die beiden sich nicht leiden können. Konnte mir das nie erklären. Was du auch vorhast – ich bin dabei. Sag mir einfach Bescheid.«

»Hast du Ideen?«, fragte Gilly. »Wir brauchen Situationen, in denen wir sie zusammenbringen können, ohne dass es auffällt, und in denen sie sich nicht mehr übereinander ärgern können.«

»Nicht leicht«, meinte Ron nachdenklich kauend und wischte die Kekskrümel von der Theke, die Bukowski sich auf der Stelle zu Gemüte führte. »Vielleicht so etwas, wo der eine dem anderen etwas Gutes tun kann?«

»Ja, nicht schlecht, aber was?«, fragte Gilly. »Ich kann mir keine Situation vorstellen, in der Edie Ezras Hilfe annehmen würde. Da würde sie noch lieber sterben. Und bei Ezra wäre es genauso.«

»Vielleicht können wir es uns zunutze machen, dass du bei Edie im Haus wohnst«, gab Ron zu bedenken. »Schau doch mal, ob du eine Arbeit findest, die du nicht übernehmen kannst, aber Ezra.«

Gilly dachte angestrengt nach. »Mir fällt nichts ein, was repariert werden müsste. Außerdem kann ich Ezra nicht ohne Edies Erlaubnis ins Haus bitten, das wäre nicht in Ordnung.«

»Wie wäre es dann mit dem Garten? Edie liebt ihn sehr. Vielleicht könnte Ezra dir helfen, ein paar neue Beete anzulegen?«

»Ich würde im Traum nicht dran denken, irgendetwas an diesem Garten zu verändern«, wandte Gilly ein. »Denk doch nur an das Drama mit der Ziege.« Sie überlegte weiter, und plötzlich erhellte sich ihr Gesicht. »Ah, aber der Schuppen! Als ich dort übernachtet habe, war da immer dieses Loch im Dach. Nicht sehr groß, aber ich hatte Edie darauf aufmerksam gemacht, und sie meinte, sie würde sich darum kümmern. Inzwischen hatte ich das vergessen, und sie wahrscheinlich auch.«

»Das klingt doch ganz passend«, meinte Ron.

»Es ist perfekt!«, erwiderte Gilly. »Ich werde Ezra sagen, dass ich Edie etwas Gutes tun möchte. Und ich sage es nur ihm, nicht ihr. Danke, Ron, du bist genial!«

Ron kicherte und gönnte sich noch einen Keks. »Bevor ich das Kompliment annehme, warte ich lieber ab, ob der Plan gelingt. Nur für den Fall, dass er uns um die Ohren fliegt.«

»Wird nicht passieren«, erwiderte Gilly im Brustton der Überzeugung. »Das wird super, du wirst sehen!«

Als es am folgenden Tag regnete, ging Gilly in den Schuppen und inspizierte die Stelle im Dach, die nach wie vor undicht war. Später, als Ezra ins Antiquariat kam, bat Gilly ihn um seinen Rat.

»Aber gern«, erwiderte Ezra, genau wie sie es erwartet hatte. »Hast du ein Problem mit deinen Geschichtslektionen?«

»Nein, der Unterricht läuft ziemlich gut. Es ist etwas ganz anderes. Ich möchte das Dach von Edies Schuppen reparieren.«

Ezra sah etwas perplex aus. »Edies Schuppen?«, wiederholte er.

»Da ist ein Loch im Dach, durch das es hereinregnet«, erklärte Gilly. »Ich würde gern etwas Nettes für Edie tun, und das wäre doch passend. Das Dach ist nur an dieser einen Stelle undicht, und soweit ich sehen konnte, ist da nur so eine Art Filz kaputt. Aber ich habe leider keine Ahnung, wie genau ich das angehen soll. Weiß nicht mal, wo ich das Material herkriege. Könntest du mir vielleicht dabei helfen?«

»Dafür brauchst du neuen Dachfilz und Dachnägel«, sagte Ezra. »Es gibt einen Laden für Handwerksbedarf in Great Dunbar, der sollte das vorrätig haben. Wirklich eine nette Geste von dir, Gilly. Aber ich glaube nicht, dass Edie so etwas von dir erwartet.«

»Ich möchte es aber gern«, erwiderte Gilly und merkte dabei, dass sie das wirklich so empfand. »Weißt du, wie lange der Laden heute offen hat? Vielleicht kann ich mit dem Bus hinfahren, wenn ich Feierabend habe.«

»Das wird zu knapp«, sagte Ezra. »Aber keine Sorge, ich muss da heute Nachmittag sowieso hin, dann bringe ich die Sachen für dich mit.«

»Wirklich?«, sagte Gilly überrascht. »Das würdest du tun? Für Edie?«

Ezra warf ihr einen Blick zu, als er nach seinen Büchern griff. »Ich tue das für *dich*, Gilly.«

Als Gilly an diesem Abend vom Buchladen zurückkam, hielt Ezra sich gerade in seinem Garten auf. Gras und Blätter leuchteten golden in der Abendsonne. Kaum war Gilly durchs Tor gegangen, winkte Ezra sie verschwörerisch zu sich und raunte: »Hey, ist Medusa zu Hause? Ich wollte das Material noch nicht in den Schuppen bringen, damit sie mich nicht sieht und denkt, ich schnüffle herum.«

Edie war im Atelier, momentan mit dem Rücken zum Fenster, aber sie konnte sich natürlich jederzeit umdrehen.

»Kann es heute noch bei dir bleiben?«, fragte Gilly. »Morgen ist Edie ziemlich lange weg, dann will ich das machen. Es soll eine Überraschung sein.«

»Hast du denn Werkzeug?«, erkundigte sich Ezra.

»Nein«, antwortete Gilly, was gelogen war, im Schuppen gab es einen Werkzeugkasten. Aber sie hatte nicht die Absicht, so eine gute Gelegenheit ungenutzt verstreichen zu lassen.

»Und wie genau wolltest du die Reparatur jetzt angehen?«, fragte Ezra.

»Ähm … na ja, ich weiß nicht so genau …«

Ezra seufzte. »Edie ist also morgen ganz bestimmt nicht zu Hause?«

»Nein.« Um ihr Gewissen zu beruhigen, sagte sich Gilly, dass das keine direkte Lüge war, denn Edie würde morgen tatsächlich ausgehen. Allerdings vielleicht etwas kürzer als von Gilly angekündigt. »Ich dachte mir, ich könnte fertig sein, bis sie zurückkommt. Sie trifft sich mit einer Künstlerfreundin in einer Ausstellung. Hat mich gefragt, ob ich mitkommen will, aber ich hab gesagt, ich müsste lernen.«

»Verstehe. Okay, dann helfe ich dir, ja? Ich bringe meinen Werkzeugkasten mit, und wir machen das gemeinsam.«

»Echt?«

»Klar, wenn das alte Ungeheuer nichts mitkriegt. Ich möchte nur nicht, dass sie auf die Idee kommt, ich würde alle möglichen Sachen übernehmen, für die sie selbst zu faul ist.«

Gilly strahlte. »Wie toll! Du bist super, Ezra!«

»Ja, ja«, murmelte er. »Und jetzt husch, ab mit dir, bevor sie uns sieht und wissen will, worüber wir hier quasseln.«

Am nächsten Morgen verabschiedete sich Edie um zehn Uhr, aber Gilly wartete noch eine Stunde, bevor sie Ezra Bescheid sagte. Edie würde vermutlich nicht allzu lange weg sein, sie hatte gesagt, die Ausstellung sei nicht sehr groß. Aber das hatte Gilly dem Nachbarn wohlweislich verschwiegen.

»Die Luft ist rein!«, rief Gilly durch die offene Hintertür von Ezras Haus. »Kann losgehen!«

Ezra erschien in einem alten blauen Overall voller Ölflecken. Gilly vermutete, dass er noch aus Ezras Zeit auf den Bohrinseln stammte. Er hatte oft vom tosenden Meer und wilden Stürmen erzählt, und Gilly hatte diese Geschichten so inspirierend gefunden, dass sie eine Serie mit Drucken von Bohrtürmen inmitten wogender Wellen plante.

»Gefällt mir, dein Outfit«, sagte Gilly. »Cooler Industrial Style.«

Ezra blickte an sich herunter und grinste. »Ich mag den auch. Vor allem, weil ich noch reinpasse. Als Rentner wird man träge und setzt an. Na komm, lass uns loslegen, bevor die Harpyie zurückkommt.«

Nachdem Ezra den Schuppen inspiziert hatte, befand er, man solle am besten den gesamten Dachfilz ersetzen, und begann damit, den alten herunterzureißen. Er löste sich nur in Fetzen ab, und kurze Zeit später war der Boden damit übersät. Währenddessen unterhielten sich die beiden, und Ezra fragte Gilly nach ihrem Unterrichtsstoff.

»Macht es dir denn Spaß?«, wollte er wissen.

Als Gilly nickte, merkte sie zu ihrem eigenen Erstaunen, dass es wirklich so war. In der Schule früher hatte sie sich nie wohlgefühlt. Ihre Kleider waren immer unpassend gewesen, und die Kinder, die von ihren Eltern geliebt wurden, hatten Gilly ständig beäugt, als sei sie ein eigenartiges Insekt. Aber da sie ihre Kurse online machte, konnte sie sich ganz und gar auf den Stoff konzentrieren und merkte, dass sie gerne lernte.

»Hey«, sagte Ezra, nachdem Gilly eine Weile geschwiegen hatte.

»Was?«

»Alles okay?«

»Ja, klar. Bin nur … konzentriert.«

Ezra zog zweifelnd eine Augenbraue hoch. Gilly riss das letzte Stück Dachfilz ab und fragte: »Und jetzt?«, um das Thema zu wechseln.

»Das Chaos hier sollten wir erst mal beseitigen«, antwortete Ezra mit Blick auf die Haufen am Boden. »Und nichts übersehen, sonst ist die Hölle los.«

Gilly stieg die Leiter hinunter und begann die Fetzen in die bereitgestellten Müllsäcke zu stopfen. »Weißt du, ich verstehe das einfach nicht«, sagte sie dabei.

»Was verstehst du nicht?«

»Das Verhältnis zwischen dir und Edie. Warum ihr so seid, wie ihr seid.« Gilly seufzte. »Ich finde, ihr benehmt euch so …« Ihr fiel ein Wort ein, dass ihre Pflegeeltern einmal für Gillys Verhalten benutzt hatten. »… überflüssig.«

Ezra lachte in sich hinein. »Ja, an Edie ist bestimmt einiges überflüssig.«

»Ich meine die ganze Situation. Dass ihr beide dauernd so tut, als könntet ihr euch nicht leiden.«

Ezra warf ihr einen scharfen Blick zu. »Was soll das heißen?«

Gilly stülpte die Lippen vor, stopfte den restlichen alten Dachfilz in einen Müllsack und überlegte, ob sie zu weit vorgeprescht war. »Ich wüsste nur gern, wie das alles angefangen hat. Habt ihr zwei euch auf den ersten Blick gehasst, oder wie?«

Ezra, der mit dem Rücken zu ihr stand, blieb stumm. Als er sich umdrehte, blickte er stirnrunzelnd auf seine Hände, tief in Erinnerungen an eine längst vergangene Zeit versunken.

»Ezra?«

Als er aufschaute, schien er sich aus seinen Gedanken reißen zu müssen. »Komm, wir müssen den neuen Dachfilz befestigen«, sagte er nur. »Der muss immer überlappen, damit das Dach wirklich dicht bleibt.«

Gilly nickte und half Ezra dabei, mit der Rolle auf die Leiter zu steigen. Trotz seines Ablenkungsmanövers hatte Gilly den Eindruck, dass sie bei der Auflösung des Edie-Ezra-Rätsels einen Schritt weitergekommen war.

»Du hast meine Frage nicht beantwortet«, sagte sie, während Ezra und sie Stücke abmaßen.

Ezra sah sie nicht an. »Welche Frage?«

Gilly seufzte. »Ach, egal.«

»Was um alles in der Welt macht ihr da?«

Die beiden zuckten zusammen, als sie Edies Stimme hörten. In der nächsten Sekunde fiel knallend das Gartentor zu, und dann stand Edie schon vor ihnen, die Hände in die Hüften gestemmt, und funkelte die beiden an.

»Ich dachte, du kommst erst heute Abend zurück«, sagte Ezra kleinlaut.

»Ach ja?« Edie verschränkte die Arme vor der Brust. »Und

deshalb wolltest du in der Zwischenzeit meinen Schuppen zerlegen, oder wie?«

»Wir reparieren das Dach«, erklärte Gilly. »Es ist doch undicht, hast du das vergessen? Ich wollte es für dich reparieren, und Ezra hat sich bereit erklärt, mir zu helfen.«

Eine Stille entstand, in der Edie und Ezra sich wortlos anstarrten.

»Na ja«, sagte Edie schließlich. »Es musste tatsächlich repariert werden.«

»Eben«, erwiderte Gilly. »Und das konnte ich nicht alleine, deshalb …«

Edie nickte nur stumm. Dann ging sie den Gartenweg entlang, betrat das Atelier und schloss die Tür hinter sich. Gilly atmete erleichtert aus. Das hätte weitaus schlimmer laufen können.

»Am liebsten würde ich auf der Stelle aufhören«, murmelte Ezra mürrisch.

»Oh nein, bitte nicht«, sagte Gilly flehentlich. »Ich kann das nicht alleine. Lass uns weitermachen, wir haben es doch schon fast geschafft!«

Ezra schüttelte seufzend den Kopf, blieb aber auf der Leiter, und sie arbeiteten schweigend weiter. Gilly merkte Ezra an, dass er ins Grübeln geraten war, denn er runzelte angestrengt die Stirn.

Sie schnitten gerade weitere Stücke Dachfilz zurecht, als Edie mit einem Tablett in Händen auftauchte, auf dem sich Teebecher und Kekse befanden.

»Milch, kein Zucker, wenn ich mich recht entsinne, nicht wahr, Ezra?« Sie platzierte das Tablett auf dem Deckel der Komposttonne. »Und pass auf, wenn du nachher von dieser Leiter steigst. Die rutscht nämlich leicht weg. Du traust dich was, da halb auf dem Dach herumzukraxeln, als wärst du ein junger Hüpfer. Ich will nicht verklagt werden, wenn du runterfällst. Aber ich werde jetzt auch nicht hier herumstehen und dich auffangen, so viel steht fest.«

Gilly beobachtete aufmerksam, wie die beiden sich noch einmal schweigend anstarrten. Dann verschwand Edie wieder im Haus und ließ sich nicht mehr blicken. Gilly jedoch grinste für den Rest des Nachmittags vergnügt in sich hinein.

35

Toby saß mit einem starken Kaffee, Laptop, Notizbuch und Stift am Küchentisch und versuchte die Hintergründe des Zeitungsartikels über Rachel zu begreifen. Zunächst überlegte er, ob die Person, die ihn verfasst hatte, vielleicht gar nichts Böses im Sinn hatte, sondern glaubte, richtig zu handeln. Aber ihm wollte beim besten Willen nicht einfallen, wie das möglich sein sollte. Aus der Stammkundschaft des Buchladens kam gewiss niemand als »Quelle« infrage, gerade diese Menschen kannten Cullen und Rachel doch am besten. Eine weitere Möglichkeit wäre der Anwalt, Alan Crosswick, aber er unterstützte Rachel in ihrem Wunsch, im Leuchtturm zu bleiben. Warum sollte Crosswick sie beschäftigen, wenn er glaubte, sie hätte etwas mit Cullens Tod zu tun?

Toby beschloss dennoch, den Anwalt anzurufen. Es hatte Wochen gedauert, bis die Kanzlei festgestellt hatte, dass es Nachfahren gab, und eine weitere Woche, um Trudy Goodwin aufzuspüren. Der Artikel jedoch war sofort erschienen, als man sie gefunden hatte.

»Ja«, sagte Crosswick hörbar bedrückt, als Toby ihn erreichte. »Wir sind auf den gleichen Gedanken gekommen, und ich bedaure sehr, Ihnen sagen zu müssen, dass sich eine

Person, die ein Praktikum in unserer Kanzlei machte, als nicht so vertrauenswürdig erwiesen hat, wie wir angenommen hatten. Die Person gehört unserem Team inzwischen nicht mehr an.«

»Können Sie mir einen Namen und eine Kontaktadresse geben?«, fragte Toby. »Ich würde gerne mal mit ihm oder ihr sprechen.«

Der Anwalt räusperte sich. »Ich möchte keine vertraulichen Daten weitergeben. Aber ich kann Ihnen sagen, dass meines Erachtens keine bösartigen Absichten im Spiel waren. Ein junger Mensch, der bei Freunden etwas ausgeplaudert hat, mehr nicht. Ich glaube, die Person hat ihren Fehler eingesehen, ich möchte ihr das Leben nicht noch schwerer machen.«

»Kann ich nachvollziehen«, erwiderte Toby und machte sich eine Notiz. Es würde ihm nicht schwerfallen, den Namen anderweitig zu ermitteln, falls er es für wichtig hielt.

»Es gäbe noch etwas anderes zu besprechen«, sagte Crosswick nach kurzem Schweigen.

»Ja?«

»Ich habe Rachel bislang nichts davon gesagt, aber wir haben ein Angebot für Cullens Erbe – den Leuchtturm, das Pförtnerhaus und das Grundstück, auf dem sich beides befindet. Seit heute Früh.«

»Aber es wurde doch noch gar nicht offiziell angeboten, oder?«, fragte Toby verblüfft.

»Nein. Dass Cullen verstorben ist, stand allerdings in der Zeitung, und die Person, die das Angebot gemacht hat, kennt die Objekte.«

Toby runzelte die Stirn. »Wer ist das?«

»Eine ortsansässige Immobilienentwicklerin namens Dora McCreedy.«

»McCreedy?«

»Ja. Kennen Sie sie?«

»Wir sind uns ein paarmal begegnet. Sie hat doch bereits das Grundstück gekauft, auf dem sich früher das Anwesen Braecoille befand, oder nicht?«

»Sie hat es nicht gekauft, sondern geerbt«, korrigierte der Anwalt. »Dieser Teil des Anwesens gehörte ihrer Familie schon seit zwei Jahrhunderten. Deshalb ist es auch nicht erstaunlich, dass McCreedy nun den Rest dazuerwerben möchte.«

»Im Ernst?«, sagte Toby verblüfft. »Für mich hörte sich das so an, als gehörte ihr das Grundstück noch nicht lange. Den Zaun hat sie jedenfalls erst kürzlich errichten lassen. Die Einheimischen sind alles andere als begeistert davon, dass sie sich auf diesem Teil des Hügels nicht mehr frei bewegen können.«

»Nein, tatsächlich sind die McCreedys schon lange die Besitzer. Das ist Teil der tragischen Geschichte der Familie MacDonald, fürchte ich. Ich hatte Cullen danach gefragt, als er mich damals mit der Verwaltung beauftragte, weil ich nicht verstand, weshalb das Grundstück so zerstückelt war. Er sagte mir, der größte Teil des Anwesens sei nach dem großen Brand an die McCreedys überschrieben worden. Die Familie hatte keine Finanzmittel flüssig, um die Schadensforderung zu begleichen, und so wurde das durch die Übergabe des Lands geregelt.«

»Wie, die Familie McCreedy hat Schadensforderungen an die MacDonalds gestellt?«, hakte Toby nach.

»Ja«, antwortete der Anwalt. »Es gab wohl seit jeher eine Feindschaft zwischen den beiden Familien, die Gründe sind mir allerdings nicht bekannt. So etwas kommt ja häufiger vor, wenn Menschen ihr gesamtes Leben am selben Ort verbringen, an dem sie geboren sind. Ich könnte mir vorstellen, dass das ursprünglich auch mit Besitz zu tun hatte, die beiden Familien waren sehr wohlhabend und hatten irgendwann das Tal quasi unter sich aufgeteilt. Aber diese letzte Streitigkeit rührte wohl daher, dass einer der Söhne der Familie wegen irgendwelcher Vergehen nach Australien verbannt worden war. In der Zeit der Erbauung des Leuchtturms, an der er sogar mitwirkte.«

»Darauf sind wir auch gestoßen«, sagte Toby. »Der Mann hieß Edward McCreedy, weshalb wir zuerst geglaubt hatten, er wäre E.A.M. Was ich aber nicht verstehe: Wenn die Familien doch verfeindet waren, weshalb hat er dann überhaupt für die MacDonalds gearbeitet?«

»Na ja, manchmal ändern sich solche Verhältnisse auch zeitweilig«, gab der Anwalt zu bedenken. »Feindschaften kommen zur Ruhe, flammen wieder auf und so weiter. Wahrscheinlich war damals eine Phase, in der nichts dagegen sprach, dass ein McCreedy für die MacDonalds tätig sein sollte. Aber als der junge Mann wegen Diebstahls verurteilt wurde, brach die Fehde erneut aus. Die McCreedys behaupteten, ihr Sohn sei zu Unrecht angeklagt worden. Jedenfalls endete der gesamte Streit damit, dass ihnen das Stück Land überschrieben wurde.«

»Aber eben nicht der Leuchtturm und der Hügel.«

»Nein. Und auch nicht die Cottages der Bediensteten und das Pförtnerhaus«, ergänzte Crosswick.

»Was sicher Eveline MacDonald veranlasst hat«, mutmaßte Toby. »Sie wollte den Leuchtturm natürlich behalten.«

»Das wäre denkbar, ja. Und es würde auch erklären, warum das Gelände des Herrenhauses offenbar ohne Widerstände weggegeben wurde.«

Toby schaute nachdenklich in den Garten hinaus. »Aber wenn Dora McCreedy dieses Land schon so lange gehört, wieso hat sie dann bislang nie etwas damit gemacht?«

»Sie hat anscheinend weitaus lukrativere Projekte in der Region«, antwortete Crosswick. »Und was sollte sie da auch hinbauen? Häuser? Newton Dunbar hat keine Infrastruktur für eine größere Anzahl von Bewohnern. Und um als Schlafstadt für Aberdeen zu dienen, ist der Ort zu weit entfernt und hat vor allem keine gute Verkehrsanbindung. Ein Hotel? Könnte man sich vorstellen, aber letztlich ist das Dorf auch dafür zu abgelegen.«

»Ron Forrester hat mir erzählt, dass McCreedy Cullen seit fünf Jahren nahezu bedrängt hat, weil sie Hügel und Leuchtturm kaufen wollte.«

»Ach, wirklich? Das wusste ich nicht. Hm, dann hätte sie zwar einen direkten Zugang zu ihrem benachbarten Grundstück, aber was sollte sie mit dem Leuchtturm anfangen? Sie könnte ihn nur abreißen, aber dann müsste sie dafür sorgen, dass er aus dem Denkmalschutzprogramm herausgenommen wird.«

»Ist das schwierig?«, fragte Toby.

»Leicht ist es nicht«, antwortete Crosswick. »Er hat allerdings die niedrigste Einstufung, unmöglich wäre es also auch nicht.«

»Auch wenn jemand darin wohnt?«

»Das würde den Prozess stark verkomplizieren. McCreedy müsste nachweisen, dass ihr künftiges Bauvorhaben erheblich zur Verbesserung der wirtschaftlichen Lage der Gemeinde beiträgt.« Der Anwalt hielt einen Moment inne und sagte dann: »Ich kann Ihren Gedankengang gut nachvollziehen, Mr Hollingwood, aber ich glaube nicht, dass Dora McCreedy ein echtes Motiv hat, um eine Verleumdungskampagne gegen Rachel zu starten. Wie gesagt: Newton Dunbar ist zu klein und verkehrstechnisch zu schwer erreichbar, um für ein lukratives Bauvorhaben infrage zu kommen. McCreedy kann an anderen Orten weitaus erfolgreicher investieren. Deshalb habe ich massive Zweifel, dass sie hinter diesem Artikel stecken könnte. Dass er gerade jetzt erschienen ist, als sie dieses Kaufangebot macht, ist wohl wirklich Zufall – vor allem angesichts der Tatsache, dass sie, wie Sie sagen, schon seit Jahren am Kauf des Grundstücks Interesse zeigt.«

36

»Hast du schon mal überlegt, was du als Kunstprojekt für die Unibewerbung einreichen möchtest?«, fragte Edie beim Frühstück. »Damit müsstest du nämlich zeitnah anfangen, weißt du.«

»Ja, hab ich«, antwortete Gilly.

»Ach ja? Toll«, sagte Edie erfreut, als sie nach ihrem Teebecher griff. »Darf ich es wissen oder ist es ein Geheimnis?«

»Nein, ist kein Geheimnis. Vor allem deshalb nicht, weil ich deine Hilfe brauche.«

Edie runzelte die Stirn. »Hm, das geht nicht, du musst es vollkommen alleine gestalten. Ich darf dir dabei nicht behilflich sein.«

»Diese Art von Hilfe meine ich auch nicht.«

»Was denn dann?«

»Ich brauche dich als Modell«, sagte Gilly.

Edies verblüffter Gesichtsausdruck war so komisch, dass Gilly sich das Lachen verkneifen musste.

»Was, *mich*?«, sagte Edie jetzt ungläubig. »Du willst ein Porträt von *mir* einreichen?«

Gilly nickte. »Aber nicht nur von dir.«

Edie sah sie verständnislos an.

»In der Anleitung für das Projekt steht, dass man eine

künstlerische Arbeit von etwas einreichen soll, das einem sehr wichtig ist im Leben. Und du bist ja nicht der einzige Mensch, der mir geholfen hat, seit ich in Newton Dunbar bin.«

Jetzt nickte Edie lächelnd. »Ah, Rachel soll also auch mitmachen? Das finde ich schön. Sie wird sich bestimmt darüber freuen.«

»Nein, nicht Rachel«, erwiderte Gilly. Sie hatte schon mit der Buchhändlerin gesprochen, damit sie auf keinen Fall gekränkt sein würde, dass sie nicht beteiligt wurde. Zum Glück hatte sich herausgestellt, dass Rachel ein Porträt von sich als eine Art Albtraum empfinden würde, worüber Gilly sehr erleichtert gewesen war. Allerdings war Rachel alles andere als begeistert, als Gilly ihr eigentliches Vorhaben erläuterte, konnte aber auch kein Veto dagegen einlegen.

»Wer dann?«, erkundigte sich die Künstlerin.

»Ezra«, lautete die Antwort. »Es soll ein Holzschnitt von dir und Ezra werden. Ich habe schon eine genaue Vorstellung davon, wie ich ihn anlegen will.«

»Ezra?«, wiederholte Edie fassungslos. »Ezra Jones?«

»Ja. Er hat mich genauso unterstützt wie du, Edie. Denk doch nur mal an die Jacke, die er mir überlassen hat. Und er hat mir zwar kein Zimmer angeboten wie du, aber er hilft mir beim Lernen und bei der Planung meiner Zukunft und ...«

Edie stand abrupt auf. »Gut, Gilly. Es ist dein Kunstwerk, du bist natürlich vollkommen frei in deiner Gestaltung. Solange du nicht erwartest, dass ich dir gleichzeitig mit ihm Modell sitze ...«

»Na ja, das ist nicht anders möglich. Dauert auch gar

nicht lange«, fügte Gilly hastig hinzu, als Edie, sichtlich aufgebracht, protestieren wollte. »Ich wollte eine Fotosession machen.«

Edie stützte die Hände in die Hüften und starrte missmutig aus dem Fenster. »Und du bist ganz sicher, dass du nicht noch eine andere Projektidee hast?«, fragte sie schließlich.

»Nein, habe ich nicht«, antwortete Gilly. »Ich sehe den Holzschnitt schon ganz genau vor mir. Ich …« Gilly nagte an ihrer Lippe. »Ich habe nicht viel im Leben, Edie, das weißt du. Und ihr beide seid mir sehr wichtig. Deshalb finde ich, dass dieses Projekt perfekt ist.«

Edie schaute weiterhin zum Fenster hinaus und spielte dabei mit einem Knopf ihrer Strickjacke. »Also gut«, sagte sie nach einer Weile. »Aber dieser Mann sollte sich besser vorbildlich benehmen.«

Ezras Reaktion fiel ähnlich aus. Am Nachmittag ging Gilly durch das Seitentor in seinen Garten und streichelte Georgette, die sofort begeistert angaloppiert gekommen war. Ezra, der Gilly durchs Küchenfenster sah, öffnete die Tür und lud sie zu Tee und Shortbread ein.

»Ich soll *was* machen?«, fragte Ezra entgeistert, nachdem Gilly sich erklärt hatte. »Mit *wem*?«

»Ach, komm schon, Ezra«, sagte Gilly. »Vertrau mir. Wenn du mitmachst, kann mein Projekt gar nicht schiefgehen. Ich sehe den Holzschnitt schon genau vor mir, der wird fantastisch.«

»Mhm«, machte Ezra und schob sich einen Keks in den Mund. »Mir fallen da ganz andere Wörter dazu ein. »Listig zum Beispiel. Und Ränke schmieden.«

»Verstehe ich nicht. Was meinst du damit?«

»Du führst doch irgendwas im Schilde, Mädchen, ich spüre das.«

»Na sicher«, erwiderte Gilly entrüstet. »Ich will meine Zulassung zur Uni schaffen. Zu der *du*«, sie deutete mit dem Zeigefinger auf ihn, »mich mit überredet hast, vergiss das bitte nicht.«

»Und du bist dir auch ganz sicher, dass nicht noch etwas anderes dahintersteckt?«

»Keine Ahnung, was du meinst«, sagte Gilly scheinheilig.

»Hör mal, Gilly«, sagte Ezra ruhig. »Edie und ich werden einfach keine Freunde werden. Ich weiß, dass du uns beide magst und es deshalb schön fändest, wenn wir uns besser verstehen würden. Aber du musst trotzdem akzeptieren, dass es niemals so sein wird.« Einen Moment lang sah er regelrecht traurig aus. »Diese Frau kann mich einfach auf den Tod nicht leiden. So sieht's aus.«

Gilly war nicht nur erleichtert, das zu hören, sondern empfand auch ein kleines Triumphgefühl. Zum allerersten Mal hatte Ezra durchblicken lassen, dass ihm Edies Verhalten zu schaffen machte.

»Dauert wirklich nicht länger als fünf Minuten«, versicherte Gilly. »Komm schon, Ezra. Nur wegen euch beiden stecke ich überhaupt in diesem Schlamassel. Da kannst du doch wohl diese kleine Sache für mich tun.«

Ezra sah sie einen Moment an und seufzte dann. »Okay, okay, ich mach's. Ich sitze dir Modell – vorausgesetzt, diese verbitterte alte Schreckschraube kratzt mir dabei nicht die Augen aus.«

»Super«, sagte Gilly. »Jetzt müssen wir nur noch überlegen, wann. Ich muss so bald wie möglich anfangen.«

Ezra zuckte die Achseln. »Frag am besten Mrs Hochwohlgeboren, wann es ihr genehm ist, und ich versuche mich anzupassen. Wenn ich einen Termin vorschlage, hat sie garantiert Einwände.«

Nach einigem Hin und Her wurde beschlossen, dass das Fotoshooting am Freitagabend in Edies Wohnzimmer stattfinden sollte. Edie hatte für das Atelier plädiert, aber Gilly hatte sich hartnäckig widersetzt und argumentiert, dass sie dort die Stühle nicht nach ihrem Geschmack arrangieren könnte. Widerwillig hatte Edie schließlich nachgegeben. Und dann hatte Ezra noch kundgetan, dass er ein altes iPhone anzubieten hatte, das Gilly benutzen könne.

»Seit ich mir ein neueres Modell zugelegt habe, liegt das Ding nur herum«, sagte er. »Der Akku taugt nichts mehr, sonst würde ich dir eine SIM-Karte dafür kaufen. Aber zum Fotografieren reicht es auf jeden Fall.«

»Du spielst mit dem Feuer«, hatte Rachel warnend gesagt, als sie von Gillys Vorhaben hörte. »Ich halte das wirklich nicht für eine gute Idee.«

Ron dagegen hatte herzhaft gelacht. »Ah, das wird bestimmt absolut großartig«, hatte er gesagt. »Kannst du auch noch ein Video machen?«

Am Freitagmorgen ging Gilly in den Supermarkt, um von dem Geld, das sie im Buchladen verdiente, Wein zu kaufen. Vielleicht würden Ezra und Edie das Porträtsitzen entspannter angehen, wenn sie sich vorher ein bisschen Alkohol zu Gemüte führten. Die Frau an der Theke beobachtete Gilly auf dem Videomonitor, als sie den Wein aussuchte, und musterte sie an der Kasse misstrauisch.

»Ausweis?«, fragte die Kassiererin.

»Ah, ich …« Gilly blinzelte. Sie hatte nicht daran gedacht, dass man vielleicht nach ihrem Alter fragen würde. »Ähm … habe ich leider nicht dabei.«

Die Frau schüttelte entschieden den Kopf. »Wir verkaufen hier keinen Alkohol an Minderjährige.«

»Ich bin nicht minderjährig!«, protestierte Gilly. »Ich habe nur meinen Ausweis zu Hause vergessen. Und der Wein ist auch nicht für mich, sondern für Edie Strang. Ich mag Wein überhaupt nicht.«

Die Kassiererin verschränkte die Arme vor der Brust und sah Gilly wortlos an. Es war offensichtlich, dass die Frau nicht nachgeben würde.

»Ich bringe ihn zurück«, murmelte Gilly, die rot angelaufen war. Als sie den Wein wieder ins Regal stellte, spürte sie die Blicke der Frau im Rücken und fühlte sich schrecklich dumm. Was, wenn Edie von diesem Vorfall hörte? Gilly ging zu den Süßwaren und suchte stattdessen eine Schachtel erlesener Kekse aus. Tee und Kekse würden wohl kaum die gleiche Wirkung wie Alkohol haben, aber sie hatte schließlich keine andere Wahl. Als sie ihren Einkauf mit einem Zehn-Pfund-Schein bezahlte, überprüfte die Kassiererin demonstrativ, ob er echt war.

»Glauben Sie wirklich, ich könnte Ihnen keinen Ausweis vorlegen, wenn ich die Mittel hätte, um Geld zu fälschen?«, bemerkte Gilly bissig.

Die Frau sah jetzt so säuerlich aus, als hätte sie in eine Zitrone gebissen.

»Schönen Tag noch«, sagte Gilly betont munter, als sie hinausging.

Später bei Edie verbrachte Gilly einige Zeit damit, die Möbelstücke in dem kleinen Wohnzimmer nach ihren Vorstellungen zu arrangieren. Zuletzt stellte sie zwei Stühle vom Esstisch in schrägem Winkel zueinander auf die entstandene freie Fläche.

»Was machst du da?«, fragte Edie entsetzt, als sie hereinkam.

»Ich stelle nachher alles wieder genauso hin, wie es vorher war«, versprach Gilly und wedelte mit dem Handy von Ezra. »Habe alles schon fotografiert, um nichts zu vergessen.«

»Das meinte ich nicht«, sagte Edie und deutete auf die zwei Stühle. »Sondern das da. Was soll das?«

»Da sollt ihr sitzen, das ist doch wohl klar, oder?«

Edie verzog angewidert das Gesicht. »Die stehen viel zu dicht zusammen.«

»Nein, tun sie nicht«, erwiderte Gilly fest.

Edie starrte auf die Stühle. »Da könnte ich ja genauso gut auf seinem Schoß sitzen.«

Gilly zuckte die Achseln. »Na, wenn du das möchtest ...«

Edie warf ihr einen empörten Blick zu.

Als es einige Zeit später an der Haustür klopfte, hatte Edie sich nach oben verzogen, und Gilly öffnete Ezra die Tür.

»Komm rein«, sagte sie und fügte dann angesichts seines Outfits hinzu: »Du siehst toll aus.«

Ezra trug einen beigen Zopfmusterpulli und blaue Jeans. Beides verströmte den Duft von Weichspüler, als er an Gilly vorbeiging. »Ich wusste nicht recht, was ich anziehen soll.«

»Das ist doch super, danke. Möchtest du einen Tee?«

»Ich habe eine Flasche Wein aufgemacht«, verkündete

Edie, die gerade die Treppe herunterkam. »Ich brauche jedenfalls ein Glas. Du kannst auch eins haben, wenn du möchtest, Ezra.«

Zu Gillys Erstaunen trug Edie nicht mehr die Jeans und den gestreiften Pullover von vorher, sondern ein langes schwarzes Seidenkleid, in der Taille zusammengehalten von einem breiten Gürtel. Ihr silberweißes Haar hatte sie mit unsichtbaren Nadeln zu einem Knoten aufgesteckt, eine Frisur, die Gilly noch nie an ihr gesehen hatte.

»Wow«, sagte das Mädchen beeindruckt. »Du siehst wunderschön aus, Edie.«

»Du brauchst gar nicht zu glauben, dass ich das etwa für dich gemacht hätte, Ezra Jones«, sagte Edie scharf, obwohl Ezra kein Wort geäußert hatte. »Ich dachte mir nur, diese junge Dame hier hat ein wenig Extraarbeit verdient angesichts dessen, was sie mir heute Abend zumutet.« Die Künstlerin warf Gilly einen etwas trotzigen Blick zu. »Wollen doch mal sehen, wie du bei deinem Druckstock mit einer Hochfrisur und den Wellen von Seide zurechtkommst, Mädchen.«

»Echt großzügig von dir, Edie«, erwiderte Gilly.

»Können wir jetzt vielleicht anfangen?«, warf Ezra ein. »Mein Essen steht schon im Ofen.«

Gilly brauchte ewig, die beiden zu positionieren, weil sie so zappelig und unruhig waren wie kleine Kinder.

»Hört mal«, sagte sie schließlich genervt. »Ich habe den ganzen Abend Zeit, es liegt also an euch, wie lange das hier dauert. Ich verlange nichts anderes von euch, als dass ihr euch für den Bruchteil einer Sekunde in die Augen schaut. Wenn ihr das hinkriegt, bekomme ich ein Foto, auf dem ihr nicht wie zwei Psychopathen, sondern wie normale Menschen aussieht, und Ezra kann zu Abend essen. Kapiert?«

Edie rückte schon wieder ein Stück von ihrem Nebensitzer ab. Ezra jedoch sorgte für eine Überraschung, indem er plötzlich Edies Hand ergriff. Die Künstlerin sah ihn mit aufgerissenen Augen an, und Gilly begann schnell zu fotografieren.

»Hör mal«, sagte Ezra ruhig zu Edie. »Lass uns zusehen, dass wir das schnell hinter uns bringen, ja? Wir wollen beide nicht hier sein, machen das aber für Gilly, nicht wahr?«

Edie blieb einen Moment stumm, dann nickte sie. Ezra ließ ihre Hand los, und die beiden saßen ganz still da und sahen sich an. Gilly machte noch mehrere Fotos, obwohl ihr Wunschbild bereits entstanden war – in dem Moment, als die beiden sich anschauten und an der Hand hielten.

»Das muss jetzt reichen«, sagte Edie etwa eine Minute später. »Du fotografierst doch nicht mit einer Lochkamera, um Himmels willen!«

»Ja, schon gut.« Gilly machte demonstrativ noch eine letzte Aufnahme und ließ das Handy dann sinken. »Ihr wart super, damit kann ich auf jeden Fall arbeiten. Danke euch beiden.«

Edie sprang auf und zog die Nadeln aus ihrem Haar, das ihr sofort wieder weich ums Gesicht fiel. Ezra erhob sich und wandte sich zum Gehen.

»Hey, Ezra, willst du die Fotos denn nicht anschauen?«, fragte Gilly.

Ezra blieb stehen und drehte sich noch einmal um. Er sah sehr ernsthaft aus, als er sagte: »Danke, Gilly, aber ich schaue mir dann deinen Holzschnitt an, wenn er fertig ist.«

Damit ging er hinaus und zog draußen leise die Haustür hinter sich zu.

»Ist das zu fassen?«, sagte Edie nach kurzem Schweigen. »Dieser Mensch kann sich nicht einmal anständig verabschieden.«

37

Nach dem Telefonat mit Alan Crosswick entwickelte Toby einen neuen Rechercheansatz. Sollte Dora McCreedy tatsächlich nicht hinter dem Zeitungsartikel stecken, gab es eigentlich nur noch eine Möglichkeit: Der Angriff hatte mit Rachels Geschichte zu tun, und jemand aus der Vergangenheit wollte ihr gezielt damit schaden.

Toby hatte sich angestrengt bemüht, den Briefumschlag zu vergessen, den er in der Küchenschublade gesehen hatte, aber es war ihm nicht gelungen. *Mrs Rachel Harry.* An ihrem ersten gemeinsamen Abend im Fretted Goose hatte Toby sie unumwunden gefragt, ob sie verheiratet gewesen war, und die Antwort war ein klares Nein gewesen. Dieser Name jedoch erzählte eine ganz andere Geschichte, die Toby einfach nicht außer Acht lassen konnte, wenn er die Hintergründe des ungeheuerlichen Zeitungsartikels aufdecken wollte.

Die Vorstellung, Rachel direkt nach dem Brief zu fragen, fand Toby allerdings extrem unangenehm. Er hatte schließlich kein Recht darauf, mehr über ihr Leben zu erfahren, als ihr selbst lieb war. Heimliche Recherchen wollte er auch nicht anstellen, weil das ebenso indiskret wäre wie direkt nachzufragen – in gewisser Weise sogar noch schlimmer, weil Rachel sich nicht dagegen wehren konnte.

Andererseits war genau das Tobys Beruf: aus Fragmenten, die für niemanden Sinn ergaben, ein verständliches Bild zusammenzusetzen. Und wenn Rachel tatsächlich von jemandem aus ihrem früheren Leben bedroht wurde, sollte sie unbedingt darüber Bescheid wissen.

Wie üblich war der einzige Mensch, mit dem Toby über dieses Thema sprechen konnte, seine Ex-Frau, die – ebenfalls wie üblich – Tobys Bedenken als überflüssig abtat.

»Du musst doch keine umfassende Recherche machen, wenn du das nicht willst«, sagte Sylvie, als er sie anrief. »Schau doch einfach nur mal in die Zeitungsarchive, vielleicht findest du dabei etwas. Das wäre ohnehin dein erster Schritt, oder nicht?«

»Ja, klar«, sagte Toby.

»Na bitte. Wenn da nichts auftaucht, kannst du dir immer noch überlegen, was du machen willst. Aber wenn du erst mal nichts weiter tun musst, als ihren Namen in ein Suchfeld einzugeben und ein paar öffentlich zugängliche Artikel zu lesen, wäre es dumm, die Möglichkeit nicht zu nutzen, oder?«

So war das immer mit Sylvie. Ihr gelang es grundsätzlich, komplizierte Angelegenheiten als lächerlich simpel darzustellen.

»Es fühlt sich aber trotzdem nicht richtig an«, wandte Toby ein.

»Also, jetzt mal im Ernst, Toby. Wir leben im einundzwanzigsten Jahrhundert. Da googelt doch jeder jeden!«

»Aber Zeitungsarchive zu durchforsten, geht erheblich weiter«, erwiderte Toby. »Ich habe da schon Bedenken.«

»Auf den Durchschnittsbürger mag das vielleicht zutreffen«, sagte Sylvie. »Aber das bist du nicht – du bist Journalist. Und wenn du dich in diesem Beruf nicht mehr traust, Grenzen zu überschreiten, taugst du auch nicht mehr dafür, würde ich mal sagen.«

»Schönen Dank auch«, sagte Toby pikiert.

»Wenn du magst, kann ich das auch für dich übernehmen«, bot Sylvie an. »Und wenn ich was entdecke, sage ich dir Bescheid. Wie heißt die Dame mit vollständigem Namen?«

»Nein«, widersprach Toby. »Wenn jemand das macht, dann ich.«

»Wie du willst. Hauptsache, du beeilst dich damit. Ich brauche nämlich ein Buch von dir, weißt du noch? Daran solltest du arbeiten, anstatt dich mit diesem Zeug abzugeben. Aber das ist auch wieder typisch für dich, Toby. Du hattest immer schon eine Schwäche für die Entrechteten. Also wenn du jetzt meinst, du musst da Unrecht aufdecken, dann tu nicht so zartbesaitet, sondern starte durch, um Himmels willen. Und wenn du nichts findest, muss diese Rachel ja auch gar nichts von deinen Recherchen erfahren, nicht wahr?«

Nachdem sie sich verabschiedet hatten, starrte Toby auf den Bildschirm seines Laptops. Sylvie hatte recht. Wenn er nichts fand, musste er Rachel auch nichts erzählen.

Sein schlechtes Gewissen konnte Toby damit nicht beruhigen, er machte aber dennoch weiter. Bei dem Online-Pressearchiv gab er »Rachel Harry« in die Suchzeile ein und beschränkte dann den Zeitraum, um falsche Ergebnisse auszuschließen. Er konzentrierte sich besonders auf das Jahr vor einem Jahrzehnt, als Rachel in ihrem VW-Bus gelebt hatte und ständig unterwegs gewesen war. Wenn das nichts erbrachte, hatte Toby vor, Jahr um Jahr weiter zurückzugehen.

Doch das erwies sich schnell als unnötig, denn in der *Sussex Gazette*, einer Regionalzeitung aus Eastbourne in East Sussex, stieß er auf drei kurze Artikel innerhalb von sechs Monaten.

»FRAU VERMISST, IHR EHEMANN BEFÜRCHTET DAS SCHLIMMSTE«, lautete die erste Schlagzeile. Toby las die drei Spalten Text, in denen Steve Harry, 45, wohnhaft in Blotting Rise in Eastbourne, über seine fünfundzwanzigjährige Ehefrau Rachel Harry sprach, mit der er seit sieben Jahren verheiratet war. Er beschrieb sie als stille, zurückhaltende Person, die keinen Beruf ausübte und auf seine finanzielle Unterstützung angewiesen war, weil sie unter Angststörungen leide und seit einiger Zeit psychisch krank sei. Die Polizei hatte begonnen zu ermitteln. »Bitte komm nach Hause, Rachel«, sagte Harry in einem direkten Aufruf, den die Zeitung abgedruckt hatte. »Ich mache mir Sorgen um dich. Du brauchst Hilfe. Bitte melde dich.« Neben dem Aufruf war ein Bild von Steven Harry abgebildet, wie er ein Foto seiner Frau hochhielt.

Sie war jünger, aber Toby erkannte die Frau, die er als Rachel Talbot kennengelernt hatte, auf den ersten Blick.

Mit unguten Vorahnungen las Toby die beiden weiteren Artikel. Die Polizei war irgendwann zu dem Schluss gekommen, dass kein Verbrechen vorlag und Rachel ihr Zuhause freiwillig verlassen hatte, wozu sie als erwachsener Mensch jedes Recht hatte. Steven Harry zeigte sich entrüstet über diese Achtlosigkeit gegenüber einer hilflosen

Frau und schwor, so lange nach ihr zu suchen, bis er sie gefunden hatte. Im dritten Artikel wurde berichtet, jemand habe eine Frau, auf die Rachels Beschreibung passte, am Tag des Verschwindens auf dem steilen Kreidefelsen Beachy Head am Meer gesehen. Steven Harry gelobte, die Hoffnung niemals aufzugeben. »Wenn sie noch da ist«, wurde er zitiert, »werde ich sie aufspüren.«

Toby lehnte sich zurück und versuchte zu begreifen, was er gerade gelesen hatte. Er betrachtete noch einmal eingehend das Foto, das Steven Harry in der Hand hielt. Es handelte sich zweifellos um Rachel, aber Toby hatte nie den Eindruck gehabt, dass sie mit Angststörungen zu kämpfen hatte. Sie war vom Wesen her zurückhaltend, ja, liebte aber den Umgang mit Kunden, und auch mit Stresssituationen schien sie gut zurechtzukommen. Hatte sich ihr psychischer Zustand in den letzten zehn Jahren gebessert? Oder hatte ihr Ex-Mann damals einfach gelogen?

Als Toby die Suche fortsetzte, stieß er auf einen weiteren Artikel, der fünf Jahre später am Jahrestag von Rachels Verschwinden erschienen war. Darin wurde berichtet, dass Steven Harry noch immer nicht an einen Suizid seiner Ehefrau glaubte – »Das würde sie mir nicht antun« – und noch immer schwor, sie zu finden.

Toby begann eine Recherche nach Material über Steven Harry, fand in dem Archiv aber nur einen Artikel von 1994, als Harry in seinen Zwanzigern gewesen sein musste. Darin wurde berichtet, dass er im East End in London eine Frau angegriffen habe, mit der er damals zusammenlebte, und wegen Körperverletzung zu einer Haftstrafe von einem Jahr verurteilt worden war.

Toby wurde klar, dass Rachel also mit achtzehn einen zwanzig Jahre älteren Mann geheiratet hatte, der bereits wegen häuslicher Gewalt im Gefängnis gesessen hatte. Einen Mann, vor dem sie sich offenbar seit zehn Jahren versteckte, der aber möglicherweise die Suche nach ihr noch immer nicht aufgegeben hatte.

Nachdem Toby seinen Laptop zugeklappt hatte, lehnte er sich zurück und schaute hinaus in den Garten, wo gerade die Sonne aufging. Wie konnte Rachel nur annehmen, dass dieser Schmähartikel nichts mit ihrer Vergangenheit zu tun hatte? Man musste dieser Spur doch zumindest nachgehen.

Er überlegte gerade, wie er dieses Thema am besten mit Rachel besprechen sollte, als sein Handy klingelte.

»Entschuldigung, dass ich so früh schon anrufe«, sagte Alan Crosswick am anderen Ende. »Ich habe gerade erfahren, dass meine Vermutung über Dora McCreedy falsch war. Newton Dunbar wird wohl bald zu äußerst lukrativem Baugrund werden. Und McCreedy weiß das.«

38

»Ezra?«, rief Edie über den Gartenzaun hinweg.

Vom Nachbargrundstück waren Geräusche zu vernehmen, die auf handwerkliche Tätigkeit mit Holz hinwiesen, Sägen und geschäftiges Hämmern.

»Ezra!«, schrie Edie laut, als einen Augenblick lang Stille herrschte.

»Edie?«, hörte sie jetzt Ezras Stimme.

»Kann ich mal rüberkommen?«

Nach kurzem Schweigen antwortete Ezra: »Gleich, warte noch einen Moment, bitte.«

Edie hörte Schritte und Hufgetrappel, dann Ezra, der ärgerlich sagte: »Verdammt, jetzt komm endlich her!« Die Ziege meckerte erbost, und nachdem es Ezra offenbar gelungen war, das störrische Tier zu bändigen, rief er laut: »Okay, jetzt!«

Edie schob den Riegel des Tors hoch und betrat den Garten, wo sie als Erstes Georgette erblickte. Die Ziege, an einem Pfosten an Ezras Veranda festgebunden, sprang auf und ab, sichtlich erbost darüber, dass sie ihrer Freiheit beraubt worden war. Ezra stand an einer Werkbank, in die ein Brett eingespannt war, das er anscheinend gerade zersägt hatte. Er trug eine sandfarbene Arbeitshose, schwere, abgewetzte hellbraune Stiefel und, obwohl es nicht sonderlich warm war, ein kurzärmliges verwaschenes grünes T-Shirt. An Kleidung und Armen hafteten Sägespäne.

»Was gibt es?«, fragte Ezra schließlich. Edie war so damit beschäftigt gewesen, ihn zu mustern, dass sie gar nichts gesagt hatte.

»Ähm …« Edie musste sich zwingen, den Blick abzuwenden. »Also, ich wollte … Was machst du da eigentlich?«

»Wie?«

»Das da.« Edie deutete auf eine Konstruktion hinter ihm am Zaun. »Was ist das?«

»Ein Gehege«, sagte Ezra und wuchtete das breite Brett hoch, das er gerade abgesägt hatte. »Für Georgette«, fügte er dann noch hinzu.

»Für *Georgette*? Deine Ziege? Aber ich dachte, du willst nicht, dass sie eingesperrt ist?«

»Sie wird ja nicht so lange drin sein«, antwortete Ezra. »Immer nur, wenn ich weg bin. Und wenn ich zu Hause bin, kann ich mich selbst darum kümmern, wenn sie mal wieder in deinen Garten ausbüxt.«

Edie beobachtete, wie er sich bemühte, das schwere Brett an den Pfosten zu befestigen, und trat zu ihm.

»Was machst du da?«, fragte Ezra, als sie das andere Ende des Bretts festhielt.

»Dir helfen.«

»Ich bekomme das auch alleine hin.«

»Nun sei nicht bockig. Vier Hände schaffen mehr als zwei.«

»Wie du willst«, erwiderte Ezra grantig. »Aber sei vorsichtig, das Holz ist nämlich nicht …«

»Aua!«, kreischte Edie, als ihr das Brett aus der Hand rutschte und sich ein dicker Splitter in ihren Finger bohrte.

»Hab ich's nicht gerade gesagt?« Ezra ließ das Brett fallen.

»Was denn? Du hast doch gar nichts gesagt!«, widersprach Edie.

»Weil du mir wie üblich keine Chance dazu gegeben hast!« Ezra trat zu ihr und ergriff ihre Hände. »Lass mal sehen.«

Edie versuchte ihre Hände zu befreien. »Nur ein kleiner Splitter.«

»Herrgott, Frau, jetzt lass mich endlich schauen!«

Sowohl seine körperliche Nähe als auch sein Tonfall brachten Edie völlig durcheinander. »Hast du wirklich gerade ›Frau‹ zu mir gesagt?«, fragte sie verdattert.

Ezra inspizierte ihre Hand. »Na ja«, sagte er. »Du bist zwar immer noch ein echter Hingucker, Edie, aber ›Mädchen‹ wäre vielleicht doch ein bisschen überzogen, oder nicht?«

»Also ...«

»Komm rein«, befahl Ezra. »Ich entferne dir den Splitter.«

»Ist wirklich nicht nötig.«

»Na klar.« Ezra ließ die verletzte Hand los, hielt die andere aber fest und zog Edie zur Hintertür seines Hauses. »Damit du mich verklagen kannst, weil du dir auf meinem Grundstück deine zarten Künstlerfinger ruiniert hast? Kommt gar nicht infrage. Sei so gut und debattiere ein einziges Mal – nur ein einziges Mal, ja? – nicht mit mir herum. Okay?«

Daraufhin folgte Edie ihm stumm in die Küche und ließ sich auf sein Geheiß am Esstisch nieder, während Ezra aus einem Schränkchen unter der Spüle einen Erste-Hilfe-Kasten zum Vorschein brachte. Edie sah sich neugierig um.

In zwei Regalen an der Wand neben dem Herd waren Gewürzgläser aufgereiht. Alle Flächen glänzten blitzblank, in einem Schrank mit Glastüren standen bunte Henkelbecher. Edie hielt Ausschau nach dem Kühlschrank, weil der ihrer Erfahrung nach immer viel über Menschen aussagte. Er stand in einer Ecke, und an der schimmernden Tür sah Edie eine Einkaufsliste und ein Sammelsurium von Wortmagneten für Kühlschrankpoesie. Einige waren zu einem Text angeordnet, den Edie aus der Entfernung nicht lesen konnte.

»Du willst mir bestimmt nicht sagen, ob dir gefällt, was du siehst.«

Ezras Stimme schreckte Edie ebenso auf wie die Berührung, als er sich ihr gegenübersetzte, erneut die verletzte Hand ergriff und eine Pinzette hochhielt.

»Wieso interessiert es dich, ob mir deine Küche gefällt?«

Er lächelte trocken, während er sich über ihre Hand beugte und den Splitter betrachtete. »Tut es nicht. Aber ich weiß, dass du immer zu allem und jedem eine Meinung hast und die auch grundsätzlich äußerst. Kann jetzt kurz wehtun.« Ezra packte den Splitter mit der Pinzette und zog ihn heraus. Unwillkürlich sog sie scharf die Luft ein bei dem heftigen Schmerz. Er hatte tiefer im Fleisch gesessen, als Edie vermutet hatte, und der Finger blutete heftig. Aber weil ihr die Hände mittlerweile ständig wehtaten, war sie an Schmerzen gewöhnt.

»Ich wusste nicht, dass du dichtest«, sagte Edie schließlich. »Das hat mich eben gewundert.«

Ezra schaute auf, und Edie bemerkte erst jetzt, wie nahe sie sich waren. Ihre Knie befanden sich zwischen seinen, und er hielt noch immer ihre Hand fest. Sie rechnete damit, dass er jetzt erwidern würde, Kühlschrankpoesie sei keine wirkliche Dichtung. Daraufhin hätte Edie vehement widersprechen können, und sie hätten ihre vertraute Umgangsform wiedergefunden, anstatt dieses verwirrenden Zustands, in dem sie sich jetzt gerade befanden – oder vielleicht auch schon länger.

»Du weißt vieles nicht von mir«, erwiderte Ezra stattdessen, worauf Edie spontan das sagte, was ihr auf der Zunge lag.

»Eigentlich irgendwie schade, oder?«

Auf Ezras Gesicht breitete sich ein langsames Lächeln aus, und beide versanken eine Zeit lang in Schweigen, ohne sich zu rühren.

»Es ist keine Lyrik«, sagte Ezra schließlich, »sondern ein Zitat für Gilly. Es scheint ihr zu helfen, wenn sie für ihre Abschlussarbeit einige Sätze immer wieder lesen kann. So hat sie die ständig vor der Nase, wenn sie sich einen Tee macht.«

»Ja, ihren Tee braucht sie.«

»Ganz genau.«

Edie schaute wieder zum Kühlschrank hinüber. »Das ist nett von dir«, sagte sie. »Dass du das für sie machst.«

»Nicht der Rede wert«, erwiderte Ezra leise. »Du hast doch viel mehr für sie getan, als du sie aufgenommen und ihr einen Neuanfang ermöglicht hast.«

»Ich finde eben, dass jeder Mensch eine zweite Chance verdient.«

»Ja, nicht wahr?«, sagte Ezra mit bedeutungsvollem Unterton. Ihre Hand ruhte noch immer in der seinen.

»Ezra?«, hörten sie plötzlich von draußen. »Bist du zu Hause?«

Edie zuckte zusammen und wollte ihre Hand wegziehen, aber Ezra ließ sie nicht los. In diesem Moment betrat Rachel die Küche.

»Oh!« Sie schaute perplex zwischen den beiden hin und her. »Entschuldigung, ich wollte nicht …«

»Edie hatte einen Splitter im Finger«, sagte Ezra ruhig, während er die Pinzette weglegte und zu einem antiseptischen Wundtuch griff. Er riss die Packung mit den Zähnen auf und zog das Tuch mit einer Hand heraus, damit er Edies Hand nicht loslassen musste. »Nun halt doch mal still«, knurrte er, aber Edie hatte das Gefühl, dass er das nur für Rachel machte – oder um zum vertrauten Umgangston zurückzukehren.

Edie saß reglos da, während Ezra das Tuch auf die kleine Wunde presste und danach das Blut rundherum abtupfte.

»Danke«, sagte Edie schließlich. »Ich glaube, es ist jetzt gut. Wahrscheinlich ist nicht mal ein Pflaster nötig.«

Ezra nickte, ließ sie los und wusch sich am Waschbecken die Hände, während Rachel immer noch einigermaßen ungläubig zwischen den beiden hin- und herblickte.

Am liebsten wäre Edie im Erdboden versunken, weshalb sie auch hastig sagte: »Ich gehe jetzt« und schon halb zur Tür hinaus war, als Ezra sich die Hände abtrocknete.

»Danke für deine Hilfe«, rief er ihr nach, und wäre Rachel nicht im Raum gewesen, hätte Edie sich vielleicht umgedreht und »Gern geschehen« gesagt. Oder hätte sich sogar bedankt für die unerwartet nette Geste, der Ziege Georgette ein Gehege zu bauen. Doch stattdessen ging Edie wortlos weiter, bis sie wieder auf ihrem eigenen Grund und Boden war, in ausreichendem Abstand von dieser unbegreiflichen, unerwünschten und zutiefst beunruhigenden neuen Harmonie mit ihrem Nachbarn.

39

Die Neuigkeiten, die Alan Crosswick zu Ohren gekommen waren, betrafen den Plan, die Fernstraße A 96 durch eine Autobahn zu ersetzen, um eine wesentlich schnellere Verbindung zwischen Aberdeen und Inverness zu schaffen. Das umstrittene Projekt sollte dicht am Rande des Cairngorms Nationalparks entstehen, die Autobahn würde damit kaum einen Kilometer entfernt von Great Dunbar verlaufen. Und es war geplant, die Autobahn auf dem Hügel zu bauen, auf dem bislang der Leuchtturm stand. Mit einem Zubringer würde das Grundstück von Dora McCreedy enorm an Wert gewinnen.

Das Projekt befand sich noch in den Anfängen, aber einige Leute hatten wohl schon länger Einsicht in die Unterlagen gehabt. Toby wäre noch vor jeder Recherche eine Wette eingegangen, dass Dora McCreedy zu diesen Personen gehörte. Und seine Vermutung verstärkte sich in der Unterrichtsstunde mit Gilly, in der das Mädchen darüber klagte, dass die Bauentwicklerin dauernd am Leuchtturm herumstreifte.

»Die führt sich auf, als würde alles ihr gehören«, berichtete Gilly entrüstet. »Vorhin war sie auch schon wieder da, zusammen mit dem seltsamen Typen mit dieser Pornofilmausrüstung.«

»Bitte was?«, fragte Toby perplex. »Mit was für einer Ausrüstung?«

»Na, so ein Gestell mit so einem Teil obendrauf, das wie eine wasserfeste Kamera aussieht«, antwortete Gilly. »Mit demselben Kerl war McCreedy auch an dem Tag im Wald unterwegs, als sie mein Zelt kaputt gemacht hat. Und an dem Abend, als Edie mich im Schuppen erwischt hat, ist McCreedy garantiert auch mit diesem Typen am Hügel rumgeschlichen, darauf würde ich wetten.«

Toby überlegte kurz, googelte dann auf dem Laptop nach Vermessungsgeräten und zeigte Gilly ein Gerät auf dem Bildschirm. »War es so etwas hier?«

»Ja, genau!«, rief sie aus. »Ich schwöre, wenn diese Kuh sich den Leuchtturm kauft, dann … dann …«

»Dann bist du längst an der Uni«, vollendete Toby den Satz, »und viel zu beschäftigt, um hier irgendwelche Dummheiten anzustellen.«

Gilly sah ihn stirnrunzelnd an. »Ich geh aber nicht weg von hier«, sagte sie. »Ich will weiter hier leben, falls ich an der Uni angenommen werde.«

»Da gibt es kein ›falls‹«, erwiderte Toby. »Jedenfalls nicht, wenn du dich jetzt auf den Stoff konzentrierst, anstatt dich mit Zeug zu beschäftigen, für das andere zuständig sind.«

Sie setzten den Unterricht fort, aber beide waren nicht recht bei der Sache. Toby dachte nebenbei an die Lesezeichen, die er während seiner Recherchen im Pressearchiv bei McCreedys Namen gesetzt hatte. Sein Bauchgefühl, dass da irgendwo eine interessante Story verborgen war, wurde von Sekunde zu Sekunde stärker.

Gilly schien auch in Gedanken woanders zu sein. Toby wurde klar, was sie beschäftigte, als sie unversehens fragte: »Ich muss aber nicht da wohnen, wo ich studiere, oder? Das wird doch nicht von der Uni verlangt, oder?«

»Nein, musst du nicht«, antwortete Toby. »Aber es wäre viel praktischer, nicht so weit entfernt zu leben. Von Newton Dunbar aus ist die Verkehrsanbindung nicht gut. Zumindest in den nächsten Jahren nicht«, fügte er hinzu. »Und du willst ganz bestimmt nicht ewig im Zug sitzen, sondern Zeit zum Lernen und fürs Zusammensein mit Freunden haben. Aber darüber musst du dir jetzt wirklich noch keine Gedanken machen. Das klären wir, wenn es so weit ist.«

Gilly nickte, wirkte aber so abgelenkt, dass sie sich vermutlich nur an wenig aus dieser Stunde erinnern würde. Toby hatte Verständnis dafür, ihm fiel es auch schwer, sich zu konzentrieren.

Schließlich sagte er: »Wollen wir für heute Schluss machen? Ich weiß, dass wir eigentlich noch eine halbe Stunde haben, aber …«

»Ja, cool«, sagte Gilly, stand hastig auf und packte ihre Sachen ein. »Danke. Wir sehen uns morgen, ja?«

Sie war so schnell verschwunden, dass Toby nicht einmal mehr antworten konnte. Er begann, seine Recherchen zu Dora McCreedy zu vertiefen, und war nicht erstaunt, als er seine düsteren Vermutungen binnen Kurzem bestätigt fand.

Zwei Tage später wartete er in einem Café in Aberdeen auf den Journalisten, dessen Namen Toby unter dem Artikel über Rachel gelesen hatte. Russel Linley, circa Mitte zwanzig, sah genauso aus, wie Toby erwartet hatte: teurer Anzug, den er sich vom Zeilenhonorar der Zeitung keinesfalls leisten konnte, glatt gekämmte Haare, protziges Auto. Toby erkannte Linley schon, als er draußen aufs Café zuging, und fragte sich, ob er als junger Reporter wohl auch so eine wichtigtuerische Ausstrahlung gehabt hatte. Vermutlich schon, gestand er sich ein. Zumindest vor dem Erlebnis mit Soumanwolo.

Sie bestellten Kaffee – Toby einen schlichten Filterkaffee, Linley irgendein kompliziertes Gebräu mit mindestens vier Wörtern im Namen – und setzten sich an einen Tisch in einer Ecke.

»Also«, sagte Linley, nachdem sie ein paar höfliche Worte gewechselt hatten, »Sie sagten, Sie hätten einen Artikel von mir gelesen, über den Sie reden wollten? Ich habe Sie wohl auf eine interessante Spur gebracht, wie?«

»So ähnlich«, antwortete Toby trocken.

Linley lehnte sich mit der Haltung eines Menschen zurück, der glaubt, die Oberhand zu haben. »Dann sollten wir mal ein paar Grundregeln festlegen, meine ich.«

»Grundregeln?«, wiederholte Toby verständnislos.

»Wenn Sie etwas für eine überregionale Zeitung benutzen wollen, für das ich die Vorarbeit geleistet habe, muss mein Name erwähnt werden.«

»Ah«, sagte Toby. »Sie glauben also, so funktioniert das?«

Linley lächelte überheblich. »Für mich schon, ja. Ich habe nicht vor, den Rest meines Lebens bei diesem Provinzblatt zu bleiben. Wenn das, was ich geschrieben habe, gut genug war, um den berühmten Toby Hollingwood zu mir zu bringen, ist es auf jeden Fall gut genug für die großen Tageszeitungen. Und das werden Sie mir nicht wegnehmen, ich will auch davon profitieren. Also, was hat Sie so beeindruckt? Lassen Sie uns reden.«

»Ja.« Toby zog den Artikel über Rachel aus der Tasche und breitete ihn auf dem Tisch aus. »Lassen Sie uns reden.«

Linley warf einen Blick auf die Seite und beugte sich stirnrunzelnd vor. »Was zum Teufel ist das?«

»Der Artikel, über den ich mit Ihnen reden will.«

»Das da? Da geht es doch nur um alberne Streitigkeiten wegen irgendeiner bescheuerten Sehenswürdigkeit in einem Kaff. Was interessiert Sie daran?«

»Waren Sie schon einmal in Newton Dunbar? Haben Sie den Leuchtturm besichtigt?«

»Ich habe viel recherchiert«, antwortete Linley ausweichend.

»Und, waren Sie dort?«

»War nicht nötig.«

»Für einen Artikel auf der Titelseite hielten Sie es nicht für nötig, vor Ort gewesen zu sein? Ziemlich erstaunliche Aussage für einen Journalisten, finden Sie nicht auch?«

»Hören Sie …«

»Dieser Text enthält massive Anschuldigungen. Berichten Sie mir, was Sie unternommen haben, um die zu verifizieren.«

»Ihr Tonfall gefällt mir gar nicht.«

»Und wenn ich noch ein ›Bitte‹ hinzufüge?«, erwiderte Toby. »Macht es das leichter?«

Linley seufzte, stellte seinen Kaffeebecher ab und beugte sich mit verschwörerischer Miene vor. »Schauen Sie«, sagte er. »Sie wissen doch, wie das läuft. Regionalzeitungen sind ein Auslaufmodell. In ein paar Jahren wird es so was hier«, er tippte auf die Seite, »gar nicht mehr geben. In manchen Wochen haben wir gerade mal zweistellige Verkaufszahlen. Um noch über die Runden zu kommen, muss man den Lesern eben spannende Stoffe bieten. Und das versuche ich.«

»Indem Sie Lügen verbreiten?«

»Hey.« Linley deutete mit dem Zeigefinger auf Toby. »Das können Sie nicht einfach so behaupten.«

»Und ob ich das kann«, versetzte Toby. »Die gesamte Geschichte besteht aus frei erfundenen, nicht verifizierten Behauptungen. Und wenn Sie auch nur ein Minimum an Recherche geleistet hätten, wüssten Sie das so gut wie ich.«

»Ich habe niemanden verleumdet«, sagte Linley, »und immer deutlich gemacht, dass ich nur die Aussagen anderer wiedergebe. Ich habe nicht behauptet, dass es sich um Tatsachen handelt.«

»Nein, aber Sie beziehen sich lediglich auf eine einzige Quelle. Wer war das?«

»Sie wissen doch wohl am allerbesten, dass ich die nicht preisgeben kann«, erwiderte Linley herablassend. »So was fragt man doch gar nicht erst.«

»Es ist auch nicht nötig, weil ich die Antwort bereits kenne«, sagte Toby. »Es handelt sich um eine Frau namens Dora McCreedy.« Dass er richtig lag, war Linley anzusehen, obwohl er sich um eine ausdruckslose Miene bemühte. Toby lächelte bissig. »Ich könnte Sie jetzt noch fragen, wie Sie auf diesen Stoff gestoßen sind, wo Sie doch noch nie in Newton Dunbar waren. Aber auch das weiß ich, weil ich im Gegensatz zu Ihnen eine anständige Recherche gemacht habe. Kleiner Tipp für Sie, Linley: Wenn Sie ein Interview führen, sollten Sie bereits neunundneunzig Prozent der Antworten auf die Fragen kennen, die Sie stellen wollen.«

»Moment mal, was soll das?« Linley wirkte plötzlich weniger großspurig. »Was meinen Sie mit ›Interview‹?«

»Ich hatte Ihnen gesagt, dass ich Ihnen ein paar Fragen zu einem Artikel stellen wollte, der von Ihnen verfasst wurde. Sie haben eingewilligt, und da sind wir nun und sprechen darüber. Was dachten Sie, was wir machen? Flirten oder was?«

Linley sah entgeistert aus. »Aber ich dachte ... ich dachte, Sie wollten eine meiner Reportagen einem breiteren Publikum zugänglich machen. Wir sind doch Kollegen, ich ...«

»Ich beabsichtige in der Tat, einen Text von Ihnen einem breiten Publikum bekannt zu machen, Linley. Und zwar im Rahmen meiner gegenwärtigen Recherchen zu Korruption und Bestechung bei regionalen Bauvorhaben. Möchten Sie hören, was ich bislang in Erfahrung gebracht habe? Vielleicht können Sie einige Punkte erhellen, die mir noch etwas unklar sind.« Toby zog ein Notizbuch aus der Tasche und schlug es auf. »Ich denke, das Ganze begann vor fünf Jahren, als Sie zu außergewöhnlich günstigen Konditionen eine Wohnung im Zentrum von Aberdeen ...«

»Warten Sie ...«

»... kaufen konnten, für die Sie einen Preis weit unter Marktwert bezahlten. Scheint ein hübsches kleines Penthouse mit Meeresblick zu sein – ein Hauptgewinn für Sie. Das war etwa zur gleichen Zeit, als auf der Titelseite ein Artikel von Ihnen erschien, in dem sie finanzielle Unregelmäßigkeiten beim Vorstand einer Wohltätigkeitsorganisation ›aufdeckten‹, die Grundstücke am Stadtrand kaufen wollte, um dort Schutzhäuser für Frauen und Kinder zu bauen. Ich habe einen Scan des Artikels bei mir, falls Sie Ihr Gedächtnis auffrischen möchten.«

»Was hat das denn mit …«

»Macht nichts, ich kann Ihnen eine kurze Zusammenfassung geben. In diesem Text wimmelt es von vagen Andeutungen und unklaren Aussagen einer namentlich nicht genannten ›Quelle‹. Keine Namen, keine klaren Fakten … Sie wissen, wie man so etwas anlegt, nicht wahr? Möchten Sie auch über die Folgen dieses Artikels informiert werden? Denn soweit ich weiß, wurde nirgendwo mehr erwähnt, dass die Ermittlungen bei der genannten Organisation vollkommen ergebnislos blieben, sie aufgrund Ihrer ›Berichterstattung‹ die Grundstücke aber nicht erwerben konnte. Ein halbes Jahr später wurde – wiederum auf der Titelseite – über ein luxuriöses neues Shoppingcenter berichtet, das auf diesem Land entstehen sollte. Dazu gibt es ausnahmsweise ein Zitat, und zwar von einer Immobilienentwicklerin namens Dora McCreedy. Soll ich es Ihnen vorlesen?«

»Ich weiß nicht, was Sie hier unterstellen, aber …«

»Unterstellen? Ich unterstelle rein gar nichts, sondern rufe Ihnen lediglich einige Tatsachen in Erinnerung. Wie zum Beispiel diese: Der Apartmentkomplex, in dem Sie Ihre Eigentumswohnung für einen lächerlich niedrigen Preis erwerben konnten – der wurde auch von Dora McCreedys Unternehmen gebaut, nicht wahr?«

Linley sah jetzt etwas blass aus, gab aber nicht klein bei. »Na und? Das beweist doch nichts. Sie ist nun mal die größte Bauentwicklerin weit und breit. Und was den Artikel betrifft – legen Sie ihn ruhig einem Anwalt vor. Ich habe nichts Widerrechtliches geschrieben. Von der Wohltätigkeitsorganisation hat auch niemand geklagt. Was sagt Ihnen das?«

Toby grinste grimmig und rief einen weiteren Scan auf seinem Handy auf. »Oh, sehr vieles. Vor allem über *Sie*, Linley. Aber schauen wir doch mal weiter. Einige Monate später wurde dieser Artikel hier von Ihnen abgedruckt. Wirklich eine dramatische Schlagzeile: ›FUSSBALLVEREIN DES BETRUGS BESCHULDIGT‹. Wollen wir uns mal ansehen, was aus dem Fußballplatz dieses Vereins geworden ist?«

»Mir reicht's jetzt. Ich gehe.«

»Ach ja? Sie wollen keinen Kommentar für meinen Artikel abgeben? Denn wenn *ich* schreibe, dann nur die Wahrheit, Linley.«

Der Journalist wandte den Blick ab und nagte an seiner Unterlippe. »Ich verstehe nicht, warum Sie sich für das alles interessieren. Was machen Sie überhaupt hier? Sie könnten doch sonst wo auf der Welt sein und schreiben, worauf Sie Lust haben.«

»Nun, zurzeit habe ich Lust, hierüber zu schreiben.« Toby tippte auf den Text über den Leuchtturm. »Weil es ein Muster gibt, das eindeutig ist. Und weil ich nicht zulassen werde, dass McCreedy sich den restlichen Teil des MacDonald-Anwesens krallt, nur weil Sie keine spannenden Themen haben und sich bestechen lassen.«

»Das ist Verleumdung.«

»Verklagen Sie mich doch. Wir werden ja sehen, wer gewinnt.«

Linley schüttelte den Kopf. »Das ist doch lächerlich. Diese Ausgabe ist längst im Altpapier gelandet, daran erinnert sich niemand mehr. Es ist eine bedeutungslose Story in einer irrelevanten Zeitung in einem irrelevanten Provinzkaff, das ohnehin kein Schwein kennt.«

»Auf fünfundneunzig Prozent der Leserschaft mag das zutreffen«, erwiderte Toby, »aber den restlichen fünf Prozent ruinieren Sie damit das Leben. Und hier noch ein Tipp für Sie. Jeder gute Journalist interessiert sich für diese fünf Prozent, nicht für die fünfundneunzig. Die meisten Menschen wissen nicht, wie man gegen so einen Artikel vorgeht. Aber ich weiß es. Und ich werde es auch tun. McCreedy wird dieses Land nicht bekommen. So jedenfalls nicht, und wenn es nach mir geht, überhaupt nie. Und glauben Sie mir: Dafür werde ich sorgen.« Toby hielt einen Moment inne und fuhr dann fort: »Ich weiß nämlich, was sie vorhat, habe sogar schon Baupläne gesehen. Ein Apartmentkomplex mitsamt Freizeit- und Einkaufszentrum. Ideal, weil ihr ohnehin schon der größte Teil des ehemaligen Anwesens gehört. Aber daraus wird nichts, solange sie nicht noch den letzten Teil bekommt, um die Zugangsstraße anzulegen. Das ist doch ein handfestes Motiv für betrügerische Machenschaften. Ich habe Ihnen ja verdeutlicht, wie leicht es bisher war, die Fakten zusammenzutragen. Was glauben Sie, wie schnell ich die letzten Verflechtungen mit Ihnen aufspüren werde?«

Linley schien nun förmlich in sich zusammenzusinken. »Okay, was wollen Sie von mir?«

»Ich will, dass Sie eine Richtigstellung veröffentlichen, und zwar nächste Woche, genau in derselben Länge wie der Originalartikel und auf der Titelseite Ihres Blatts.«

Linley schnaubte abfällig. »Daraus wird nichts.«

»Oh, daraus wird auf jeden Fall etwas, Linley, und ich sage Ihnen auch, warum. Weil ich meine äußerst umfassende Kontaktliste dazu nutzen werde, sämtliche Informationen zu diesem Thema – inklusive Ihrer Beteiligung daran – an sämtliche Redaktionen und Kollegen zu schicken, die ich kenne. Und dann werde ich mein über zwei Jahrzehnte aufgebautes Renommee als Journalist dazu nutzen, diese Informationen an sämtliche Redaktionen und Kollegen weiterzuleiten, die ich bislang *nicht* persönlich kenne.«

»Das ist Erpressung.«

»Nein, ist es nicht. Sondern ein Versprechen. Das ist eine super Story, die ich hier an der Angel habe. Wie Sie selbst schon sagten – man hat nicht immer spannende Stoffe, nicht wahr? Ich werde diese hier erzählen, in klaren Worten, und irgendjemand wird sie ganz bestimmt weiterverfolgen und das Bild vervollständigen. Das könnte sehr interessant werden. Da muss nämlich irgendwo die Politik die Finger im Spiel haben. Sie sind nur ein kleiner Fisch, Linley, aber ich gehe jede Wette ein, dass es in diesem Gespinst ein paar mächtig aufgeblasene Wale gibt. Ich liefere schon mal die Grundlagen, die restlichen Teile muss man dann nur noch in das Bild einfügen, das am Ende ziemlich gigantisch sein wird. Sie wollten doch, dass Ihr Name bekannt gemacht wird, oder? Das wird damit zweifellos klappen.«

Linley stand auf. Er war jetzt sehr bleich, hatte die Lippen zu einem dünnen Strich zusammengekniffen.

»Und noch etwas«, fügte Toby hinzu. »Checken Sie regelmäßig Ihre E-Mails. Ich schreibe die Berichtigung für Sie. Und Sie können mir glauben, wenn ich sage, dass ich überprüfen werde, ob jedes einzelne Wort genau so abgedruckt wird. Keine Sorge, ich kann genau auf Zeile schreiben. Sie dürfen dann Ihren Namen druntersetzen, Linley. Das wird das Beste sein, was Sie jemals zustande bringen.«

40

Ezra wusste, dass Gilly bei der Arbeit war, außerdem stand die Leuchtturmtür offen. Als er jedoch den Buchladen betrat, war niemand zu entdecken, obwohl Ezra angekündigt hatte, er wolle nachmittags vorbeikommen, um mit Gilly ihre nächsten Unterrichtsthemen zu besprechen.

»Hallo?«, rief er und sah sich um, während er zu dem verwaisten Tresen trat. Neben der Kuchenglocke stand ein dampfender Becher Tee, das Mädchen konnte also nicht weit entfernt sein.

Niemand antwortete ihm, aber Bukowski kam angelaufen, stupste Ezra schwanzwedelnd mit der Schnauze an und blickte so erwartungsvoll zu ihm auf, als vermutete er allerlei Köstlichkeiten in dessen Taschen.

»Na, alter Junge.« Ezra kraulte den Hund hinter den Ohren. »Ist Ron auch da? Oder hat er dich hier bei Gilly gelassen?«

Jetzt vernahm Ezra undeutliches Stimmengemurmel vom Halbgeschoss. Er tätschelte Bukowski noch einmal den Kopf und betrat die Treppe. Was gesprochen wurde, konnte Ezra nicht verstehen, aber es handelte sich zweifellos um zwei Personen, die sich dort oben unterhielten. Dann ertönte plötzlich klar und deutlich Gillys aufgebrachte Stimme.

»Du darfst das Ezra auf gar keinen Fall sagen!« Danach wurde das undeutliche Murmeln fortgesetzt.

Ezra blieb wie angewurzelt stehen und horchte. Dann schaute er hinunter auf Bukowski, der jetzt mit gespitzten Ohren am Fuß der Treppe saß. War das etwa Ron dort oben mit Gilly? Und was hatten die beiden zu besprechen, fragte sich Ezra.

»Aber Ezra hat ein Recht darauf, es zu wissen!« Ron hörte sich sehr leidenschaftlich an. »Er *muss* es erfahren!«

»Nein!« Gilly schrie jetzt beinahe. »Du weißt doch, wie sehr er Edie hasst. Er würde sich garantiert ganz furchtbar benehmen.«

Plötzlich hörte Ezra Schritte auf dem Halbgeschoss. Hastig duckte er sich, eilte wieder hinunter und drückte sich an die Wand. Vorsichtig spähte er nach oben. Ron und Gilly standen vermutlich nicht weit vom Geländer entfernt, aber er konnte sie nicht sehen. Jetzt war er gezwungen, sich nicht mehr zu rühren, wenn er nicht Gefahr laufen wollte, von den beiden entdeckt zu werden.

»Das glaube ich nicht«, wandte Ron hitzig ein. »So hartherzig ist Ezra nicht. Wer weiß … Wenn er wüsste, was sie für ihn empfindet, würde sich vielleicht sogar etwas zwischen den beiden ändern.«

»Nie und nimmer!«, widersprach Gilly. »Das wäre doch nur eine Sache mehr, die er gegen sie verwenden kann. Kannst du dich auch nur an ein einziges Treffen der beiden erinnern, bei dem Ezra nicht irgendetwas gefunden hat, mit dem er Edie ärgern konnte?«

»Hm«, machte Ron. »Stimmt schon. Aber trotzdem denke ich …«

»Nein. Vergiss es«, erwiderte Gilly. »Und glaub mir, ich habe recht. Es wäre eine Katastrophe, wenn er es erfahren würde.«

»Schon gut, schon gut«, sagte Ron. »Es ist nur jammerschade, finde ich. Edie ist so eine liebenswerte Frau. Wie traurig, dass sie alleine ist und sich vor Liebe verzehrt nach einem Mann, der sie ablehnt.«

»Ja, schrecklich.« Gilly seufzte tief. »Unter dieser ganzen aufgesetzten Härte leidet sie furchtbar. Edie war so gut zu mir, und ich würde ihr so gerne irgendwie helfen. Deshalb musst du mir auch schwören, dass du den Mund hältst. Ezra würde sie nur demütigen, wenn er über ihre Gefühle Bescheid wüsste. Und sie selbst würde lieber sterben, als ihm zu gestehen, dass sie in ihn verliebt ist. Und dann hätte ich wieder kein Dach über dem Kopf, und daran wärst nur du schuld, Ron. Also kein Sterbenswörtchen zu Ezra, ja? Niemals und nimmer, schwör's mir, Ron.«

Was Ron als Nächstes sagte, hörte Ezra nicht mehr. Sein Gehirn und sein Gehör standen nicht mehr in Verbindung, in Ezras Kopf herrschte nur noch ein seltsames Rauschen und Dröhnen. Als er die Außenwelt wieder wahrnahm, bewegten sich Ron und Gilly aufs Neue, und einen Schreckensmoment lang fürchtete Ezra, sie würden die Treppe herunterkommen.

»Na los«, sagte Gilly jetzt. »Lass uns die Bücher hier in die Regale stellen, bevor Rachel zurückkommt.«

»Alles klar, reich mal ein paar rüber«, erwiderte Ron. »Du musst mir aber sagen, wo sie hinsollen, ja?«

Ihre Stimmen wurden leiser, als sie sich weiter hinten auf dem Halbgeschoss den Bücherregalen zuwandten, und

Ezra witterte seine Chance zu entkommen. Leise schlich er zur Tür und machte dabei einen weiten Bogen um Bukowski. Draußen blieb Ezra einen Augenblick in der strahlenden Nachmittagssonne stehen und atmete ein paarmal tief ein, während er zu verstehen versuchte, was er da gerade gehört hatte. Das musste doch völliger Blödsinn sein, oder nicht? Es war ausgeschlossen, dass Edie Strang solche Gefühle für ihn hegte. Eine absurde Idee.

Absolut absurd.

Edie hasste ihn, seit jeher.

Andererseits …

Ezra setzte sich in Bewegung und versuchte, Ordnung in seine chaotischen Gedanken zu bringen.

Während er nach Hause ging, dachte Ezra an seine letzte Begegnung mit Edie zurück. Das war vor ein paar Tagen gewesen, als Rachel in die Küche gekommen war, während er den Holzsplitter aus Edies Finger entfernte. Danach war sie hinausgestürzt wie von tausend Teufeln gejagt, und seither hatte er sie nicht mehr zu Gesicht bekommen. Ezra hatte versucht, diese ganze Szene zu vergessen, es war ihm aber nicht gelungen. Sie hatte ihn irgendwie durcheinandergebracht, er konnte sich jedoch selbst nicht genau erklären, warum.

Als er in seiner Küche Edies Hand gehalten und ihr Profil betrachtet hatte, war ihm der Augenblick wieder eingefallen, in dem er die Künstlerin vor vielen Jahren zum ersten Mal gesehen hatte. Sie trat damals aus der Tür, während er den Umzugstransporter auslud. Obwohl Ezra eine schwere Bücherkiste trug, stockte sein Schritt beim Anblick seiner neuen Nachbarin mit ihrem silbergrau melierten Haar, den hohen Wangenknochen, leuchtend grünen Augen und dem breiten sonnigen Lächeln. Sie hieß ihn willkommen in Newton Dunbar und fragte, ob er etwas brauche. Als er verneinte, lud sie ihn für später auf einen Drink ein.

Durch die vergiftete Atmosphäre zwischen ihnen hatte Ezra in den letzten fünfzehn Jahren diese gemeinsamen Anfänge vergessen. Edie und er waren Freunde gewesen, aber etwas anderes hatte immer mitgeschwungen. Als die Stimmung dann anders wurde, hatte Ezra sich eingestehen müssen, dass er sich geirrt hatte – dass Edie ihn wohl eher mit ihrem distanzierten Künstlerblick betrachtet und nur für kurze Zeit als interessant empfunden hatte. Doch seit einiger Zeit war diese Überzeugung ins Wanken geraten, und Ezra konnte sich nicht einmal genau erklären, wodurch und seit wann. Und nach allem, was er jetzt gerade gehört hatte …

Doch nein, es war einfach albern zu glauben, was Ron und Gilly da verzapft hatten. Das war undenkbar.

Ezra schloss seine Haustür auf und ging in die Küche, um Tee zu machen. Dabei dachte er über die kleinen Veränderungen zwischen ihm und Edie nach, die in den letzten Wochen spürbar geworden waren.

Zum Beispiel an dem Abend, an dem sie für Gilly Modell gesessen hatten. Edie war erschrocken zusammengezuckt, als er ihre Hand ergriffen hatte, und hatte ihm so direkt in die Augen geschaut, wie er es noch nie zuvor erlebt hatte. Und dann hatten sie sich beide intensiv angesehen und hatten den Blick nicht voneinander lösen können.

Und dann auch diese sonderbare Begegnung vor ein paar Tagen, als sie ihn an der Werkbank bestimmt eine Minute lang angestarrt hatte, als hätte sie ihn noch nie zuvor gesehen. Er hatte den Eindruck gehabt, als sei sie leicht errötet, was er sich gar nicht erklären konnte. Und später in der Küche, als sie einander nicht nur körperlich nah gewesen waren, sondern auch eine neue Harmonie spürbar gewesen war. Eine Sekunde lang, bevor Rachel hereingeplatzt war, hatte Ezra sogar das Gefühl gehabt …

»Verdammt«, sagte er laut und schlug die Kühlschranktür zu, ohne die Milch herauszunehmen. Sein Blick fiel auf die Wortmagneten, und er sah Edie wieder vor sich, wie sie ihn anschaute, während er ihre Hand hielt.

Jeder Mensch verdient eine zweite Chance.

»Verdammt«, sagte Ezra noch einmal und marschierte zur Küchentür und dann zur Haustür hinaus, ohne sie hinter sich zu schließen. Er blieb erst wieder stehen, um Edies Klingelknopf zu drücken.

Sie sah ihn erstaunt an, als sie die Tür öffnete. »Ezra?«

»Kann ich reinkommen?«

»Also …«

»Dauert nicht lange.«

Edie trat zurück, um ihn einzulassen, und er ging ein paar Schritte bis zur Treppe am Ende des kurzen Flurs.

»Ich warte gerade auf Gilly«, sagte Edie. »Sie …«

»Was wäre passiert«, fiel Ezra ihr ins Wort, »wenn Rachel uns nicht gestört hätte?«

»Was?« Edie schloss die Haustür. »Ich … was meinst du damit?«

»Neulich in meiner Küche. Was wäre passiert«, wiederholte Ezra etwas ruhiger, »wenn wir alleine geblieben wären?«

Als sie sich umdrehte, ruhte ihr Blick einen Moment lang unwillkürlich auf seinen Lippen, bevor sie ihm in die Augen sah. Der kleine Flur schien plötzlich zu eng zu sein, als reichte die Luft nicht mehr für sie beide.

»Edie«, sagte Ezra, während ihm das Herz bis zum Hals schlug. »Wir haben fünfzehn Jahre in einem Kriegszustand gelebt, und keiner von uns beiden hat gesiegt. Vielleicht ist es an der Zeit für etwas Neues.«

»Etwas Neues?«

»Wir können das, wenn wir beide wollen. Etwas Neues ausprobieren.«

Sie sah aus, als ränge sie um Atem. »Was … meinst du damit?«

Ezra trat zwei Schritte auf sie zu und streckte die Hand aus. »Bitte. Komm her.«

Edie starrte ihn an und schien tatsächlich die Luft anzuhalten. Einen Moment lang dachte Ezra, sie würde sich abwenden und sagen, er solle verschwinden, er sei ein Idiot. Doch stattdessen hob sie die Hand und ergriff die seine, ohne den Blick abzuwenden. Sachte zog er sie zu sich heran, bis sie dicht voreinanderstanden und sich nicht mehr ausweichen konnten.

»Ezra«, flüsterte Edie. »Ich weiß nicht, ob …«

»Macht nichts, ich auch nicht«, flüsterte Ezra zurück.

Er strich sachte über ihre Wange, dann durch ihr silbriges Haar. Und dann beugte er sich vor und küsste sie.

Im Buchladen auf dem Hügel hatten Gilly und Ron alle Bücher eingeräumt und traten einen Schritt zurück, um ihr Werk zu betrachten.

»Sind Hochwürden weg?«, raunte Ron.

»Jawohl.« Gilly hob die Hand, um mit Ron abzuklatschen. »Alles super gelaufen. Danke, Shakespeare, dass du mir gezeigt hast, wie man verbohrte alte Menschen auf Zack bringt. Hätte nicht gedacht, dass Literatur so nützlich sein kann. Komm, ich finde, wir haben ein paar Kekse verdient.«

Von unten war begeistertes Bellen zu vernehmen.

41

»Rachel?«

Als Ezra an die Tür des Gästezimmers klopfte, schlief Rachel noch. Sie fuhr hoch und schaute erschrocken auf den Wecker, weil sie fürchtete, verschlafen zu haben. Aber es war früh am Morgen, noch nicht einmal richtig hell.

»Ja?«, rief sie und setzte sich rasch auf. »Was ist los?«

»Alles in Ordnung. Aber es gibt etwas, das du sehen solltest«, antwortete Ezra von draußen.

»Ich komme gleich.«

Als Rachel die Küche betrat, zeigte Ezra lächelnd auf den Küchentisch, der mit Zeitungen übersät war.

»Was ist das?«, fragte Rachel.

»Die hat Toby vor ein paar Minuten vorbeigebracht. Meinte, die hier sollst du zuerst anschauen.«

Er wies auf den *Aberdeenshire Herald*. Rachel sah Ezra fragend an, bevor sie nach der Zeitung griff. Beim Anblick der Titelseite verschlug es Rachel die Sprache.

Ezra schob ihr einen Stuhl hin, und Rachel sank darauf, während sie atemlos die Richtigstellung des niederträchtigen Artikels las, der darauf abgezielt hatte, Rachels guten Ruf zu ruinieren. An deutlichen Worten wurde nicht gespart.

»Toby«, sagte Rachel, als sie ihre Stimme wiederfand. »Das muss Toby geschrieben haben.«

»Ja«, bestätigte Ezra. »Und seinem Aussehen nach zu schließen, hat er hart dafür gearbeitet.«

Rachel beäugte blinzelnd die anderen Zeitungen auf dem Tisch. »Aber was hat es mit denen hier auf sich?«

Ezra lächelte und griff nach dem *Guardian*. Nachdem er die gesuchte Seite gefunden hatte, legte er die Zeitung aufgeschlagen vor Rachel auf den Tisch.

»ABERDEENSHIRE: BEKANNTE IMMOBILIENENTWICKLERIN UNTER KORRUPTIONSVERDACHT« lautete die Schlagzeile.

Staunend las Rachel den Bericht, der sogar eine kleine Skizze des Häuserkomplexes enthielt, den McCreedy am Hügel geplant hatte. Offenbar hatten sie und ihre Firma nicht zum ersten Mal mit schmutzigen Tricks gearbeitet, um sich Baugrundstücke anzueignen. Detailliert wurde dargestellt, welche Mittel McCreedy angewandt hatte und welche Personen in diesen Skandal verwickelt waren.

»Die überregionalen Tageszeitungen berichten auch darüber«, erklärte Ezra.

Rachel, der das alles fast irreal vorkam, griff nach der Regionalzeitung, mit der das Ganze begonnen hatte, und klemmte sie sich unter den Arm. »Ich sollte mich wohl mal bei Toby blicken lassen.«

Ezra lächelte. »Gute Idee.«

Toby sah aus, als sei er schon seit Stunden wach. Oder er hatte in dieser Nacht gar kein Auge zugetan. Er wirkte irgendwie verstört.

»Hallo«, sagte er, nachdem er die Tür geöffnet hatte.

»Ich habe die Zeitungen gesehen«, erklärte Rachel und hielt den *Herald* hoch. »Alle.«

Toby runzelte die Stirn und zögerte einen Moment, öffnete dann aber die Tür weiter. »Komm rein. Ich mache gerade Tee.«

»Danke«, sagte Rachel, während sie ihm in die Küche folgte. »Für deinen Einsatz. Dass du dafür gesorgt hast, dass die Richtigstellung abgedruckt wird.«

Toby sah Rachel nicht an, als er ihr den Teebecher reichte, und lehnte sich an einen Küchenschrank, als wollte er Abstand zwischen ihnen schaffen.

»Nicht der Rede wert«, sagte er leise.

»Toby. Das ist sehr wohl der Rede wert. Das muss unheimlich viel Arbeit gewesen sein. Du hast wirklich alle Hebel in Bewegung gesetzt.«

Er lächelte leicht, wich aber weiterhin ihrem Blick aus. »Ist mein Job. Das hätte ich für jeden getan.«

»Ich weiß«, erwiderte Rachel. »Aber in diesem Fall hast du es für mich getan.«

»Ich wollte verhindern, dass diese üble Nachrede an dir hängen bleibt.«

»Und das hast du geschafft.«

Er nickte mit einem Achselzucken. »Ja. Wohl schon.«

»Ist alles okay mit dir?«, fragte Rachel, verwundert über seine Zurückhaltung, die so gar nicht zu ihrer enormen Erleichterung passte. »Ist irgendetwas Unerfreuliches passiert? Du wirkst so … weiß nicht … nachdenklich?«

Toby schaute zum Fenster hinaus. »Ich werde wohl morgen nach London zurückgehen.«

Rachel wusste nicht, was sie erwartet hatte – aber das jedenfalls nicht. Es fühlte sich an wie ein Stich ins Herz. »Oh. Ich dachte, du hättest das Cottage noch für mindestens einen Monat gemietet?«

»Ja, aber ich bin zu dem Schluss gekommen, dass dieses Buchprojekt eine unsinnige Idee war. Es passt einfach nicht zu mir. Ich muss mir wieder eine andere Arbeit suchen. Und tatsächlich«, er wirkte etwas betreten, »hat meine Berichterstattung über Dora McCreedy mir einige Türen geöffnet.«

»Ach ja?«

»Eine der Zeitungen hat mir eine Redakteursstelle angeboten.«

»Ah. Na, das ist doch gut, oder nicht?«

»Ja, schon.«

Ein kurzes Schweigen entstand. Dann sagte Rachel: »Entschuldige, wenn ich das so offen sage, Toby, aber du machst nicht den Eindruck, als würdest du dich besonders darüber freuen.«

Jetzt sah Toby sie direkt an, zum ersten Mal seit Beginn der Unterhaltung. »Das stimmt. Weil ich mich hier in Newton Dunbar wohlfühle. Sehr sogar.«

»Und wir mögen dich auch alle sehr.« Rachel erwog einen Moment, noch mehr zu offenbaren, sagte dann aber nur: »Gilly wird ihr Unterricht bei dir fehlen.«

»Das können wir online weitermachen«, erwiderte Toby. »Ich lasse sie nicht einfach hängen.«

»Ja, dachte ich mir.«

Das Schweigen, das jetzt entstand, fühlte sich anders an als sonst, massiver, was Rachel nicht verstehen konnte.

»Tja, also … vielleicht könnten wir noch zusammen essen?«, schlug sie vor. »Bevor du weggehst.«

Diesmal fiel Tobys Lächeln ein bisschen entspannter aus. »Ja, klar. Ich möchte mich von allen richtig verabschieden. Und du hast es wirklich verdient, stolz und rehabilitiert im Fretted Goose zu erscheinen.«

»Ich meinte eher«, begann Rachel, deren Herz jetzt unnatürlich schnell schlug, »dass wir beide zusammen essen gehen könnten. Nur wir zwei.« *Wie bei einem Date, Toby, aber ich weiß nicht, wie ich das sagen soll.*

Er starrte sie an, als hätte er ihre Gedanken erraten, und schloss dann die Augen. Nach einem kurzen Schweigen sagte er langsam und offensichtlich mit großer Mühe: »Ich muss dir etwas erzählen, Rachel.«

Toby öffnete die Augen wieder und sah Rachel stumm an. Sie hatte plötzlich das Gefühl, als sänke eine gewaltige Last auf ihre Schultern.

»Es wird dich vermutlich wütend machen«, begann Toby. »Ich hatte überlegt, es dir einfach nicht zu erzählen, aber das fühlt sich nicht richtig an. Ich fühle mich jedes Mal schrecklich, wenn ich dich sehe oder an dich denke. Ich wollte nichts ans Licht … Ich wollte nichts verschlimmern.«

»Was es auch ist, Toby – sag es jetzt einfach.«

»Ich weiß jetzt, warum du nie über deine Vergangenheit sprichst. Warum du so lange mit deinem VW-Bus unterwegs warst. Warum du weggelaufen bist und vor wem.«

Eine Stille trat ein, in der Rachel spürte, wie alle Hoffnungen dieses Vormittags schlagartig zerplatzten.

»Ich wollte dir nicht nachspionieren«, sprach Toby weiter. »Ich … ich bin einfach nur zufällig auf diesen Brief gestoßen, an dem Abend, als ich noch länger im Leuchtturm war. Habe eine Schublade geöffnet, weil ich einen Teelöffel gesucht habe. Und darin lag ein Brief, adressiert an Mrs Rachel Harry.«

Rachel kam es vor, als würden Wogen über ihr zusammenschlagen, als ertränke sie. In ihrem Geist war sie nicht mehr anwesend, entfernte sich von allem: von diesem Gespräch, von Newton Dunbar, von dem ruhigen Leben, das sie seit fünf Jahren geführt hatte, das ihr jedoch nie wirklich gehört hatte. Reglos wie eine Statue stand sie da und starrte Toby an, ein dumpfes Dröhnen und Hämmern im Kopf.

»Ich habe versucht, nicht mehr daran zu denken«, fuhr Toby fort, als könnte diese Aussage etwas ändern. »Ich wusste, dass es mich nichts angeht, und das weiß ich auch jetzt noch. Aber als ich herausfinden wollte, wer diesen bösartigen Artikel über dich geschrieben hatte und warum, fing ich an mich zu fragen, ob es jemand war, der etwas gegen dich persönlich hat. Jemand aus deiner Vergangenheit. Ich habe im Pressearchiv nachgesehen, ob es Artikel über eine Mrs Rachel Harry gab. Und … es gab welche.«

Er hielt inne, als erwartete er, dass Rachel sich erklärte. Was sie nicht tat. Einen Moment lang hasste sie Toby regelrecht, dann fühlte sie sich nur noch wie betäubt.

»Du bist eine vermisste Person«, sagte er leise.

»Nein«, sagte sie jetzt, und ihre Stimme klang rau und fremd in ihren Ohren. »Nein, das bin ich nicht. Nicht mehr. Ich bin jetzt ich selbst.«

Toby nickte. Rachel spürte, dass er Fragen stellen wollte. Und sie verstand, wie schwierig die Situation für ihn sein musste, weil er schon sein ganzes Leben lang Geschichten aus Fragmenten zusammensetzte, um sie begreifbar zu machen. Aber das kleine Stück Zeit, in dem sie in Ruhe und Frieden hatte leben können, diese letzten fünf Jahre waren eben nur deshalb möglich gewesen, weil niemand Fragen gestellt hatte, weil niemand versucht hatte, ihre Geschichte zu ergründen.

Sie wandte sich zum Gehen, und Toby versuchte nicht, sie aufzuhalten.

»Rachel …«, sagte er nur.

»Ich musste so viel Kraft aufwenden, um wegzukommen«, sagte sie. »Ich hatte so lange so viel Angst. Und ich wollte das alles für immer hinter mir lassen. Dieser Teil meines Lebens sollte mir nicht folgen. Nicht hierher. Nicht an diesen Ort. Ich will nicht, dass hier irgendjemand davon erfährt.«

»Das verstehe ich«, sagte Toby. »Und es tut mir sehr leid, wirklich.«

»Ich dachte, ich könnte dir vertrauen.«

»Es tut mir leid«, sagte er noch einmal, weil ihm nichts anderes mehr einfiel.

Als Rachel aus der Küche ging, folgte Toby ihr mit etwas Abstand. Sie öffnete die Haustür. Draußen war es sonnig und mild, aber ein trüber grauer Tag wäre Rachel in diesem Moment lieber gewesen.

»Weiß er, wo ich bin?«, fragte sie, ohne sich umzudrehen.

»Nein, natürlich nicht. Ich habe nicht versucht, ihn zu kontaktieren, so etwas würde ich niemals tun. Ich …«

»Er wird mich umbringen, wenn er mich jemals findet«, sagte Rachel. »Ist dir das klar?«

»Er wird dich nicht finden«, erwiderte Toby.

»Und woher willst du das wissen? Woher zum Teufel willst du das wissen?«

»Rachel …«

»Komm nicht mehr vorbei«, sagte sie. »Das hier reicht als Abschied.«

Toby schwieg, aber aus dem Augenwinkel sah Rachel, dass er langsam nickte, als hätte er nichts anderes erwartet. Als hätte er es verdient, das zu hören, als hätte er es bereits geahnt. Sogar in diesem Punkt war er ihr voraus.

Rachel ging weg, ohne sich noch einmal umzudrehen. Vor ihr auf dem Hügel ragte der Leuchtturm auf. Sie dachte an Eveline MacDonald, die sich vor zweihundert Jahren in dem kleinen Kuppelraum des Turms vor der Welt verkrochen und sie nur noch aus sicherem Abstand betrachtet hatte, abgeschieden von allem. In diesem Augenblick konnte Rachel nachvollziehen, wie verlockend das für jemanden war, der einen Schicksalsschlag nach dem nächsten verkraften musste. Sie konnte das sogar ausgesprochen gut nachvollziehen.

Rachel wollte nicht wieder in Ezras Haus zurückgehen, weil sie mit niemandem sprechen, nichts erklären wollte. Stattdessen wanderte sie den Hügel hinauf zum Leuchtturm. Es war noch nicht einmal sechs Uhr morgens, und in dem stillen Buchladen würde sie zu sich finden, sich sammeln können. Vielleicht würde sie sogar in den Kuppelraum hinaufsteigen und sich vorstellen, dass sie dort für immer unauffindbar und unberührbar war.

Oben angekommen, bemerkte sie aus dem Augenwinkel eine Bewegung, und als Rachel sich umdrehte, sah sie eine kleine Gruppe von Menschen auf der anderen Seite des Turms. Die Leute standen mit dem Rücken zu ihr und blickten auf das Waldstück. Dann wies eine Person mit ausgestrecktem Arm zuerst auf das Wäldchen, dann in Rachels Richtung und anschließend auf das Pförtnerhaus, so als sollte eine unsichtbare Verbindung zwischen alldem angedeutet werden. Dora McCreedy.

Rachel blinzelte verblüfft. Sie trug doch eine der Zeitungen, in denen die üblen Machenschaften von McCreedy aufgedeckt wurden, unter dem Arm. Wie konnte diese Frau hier trotzdem herumstehen und sich benehmen, als wäre nichts gewesen, als könnte sie unbeirrt mit ihrem Plan fortfahren? McCreedy konnte sich doch jetzt nicht mehr den Leuchtturm aneignen? Nach allem, was Toby getan hatte, um zu offenbaren, mit welchen illegalen Methoden diese Frau vorging, um ihren Willen zu bekommen? Das war doch nicht gerecht!

Wutentbrannt marschierte Rachel zu der Gruppe hinüber, zu der diverse geschäftsmäßig wirkende Männer mit Anzug und Krawatte gehörten, und herrschte McCreedy aufgebracht an. »Was haben Sie hier zu suchen? Sie halten sich auf fremdem Grund und Boden auf. Das ist Landfriedensbruch. Verschwinden Sie, oder ich rufe die Polizei.«

McCreedy betrachtete Rachel amüsiert. »Viel Glück dabei«, erwiderte sie lässig. »Die Polizei will sicher ohnehin mit Ihnen reden. Oder ist das schon passiert? Hat man Sie auf Kaution rausgelassen?«

Rachel war fassungslos. Sie hatte damit gerechnet, dass Tobys Berichterstattung alles verändern würde, dass sich alles zum Guten wenden würde.

»Wollen wir doch mal sehen«, fuhr McCreedy fort, »was die wirkliche Besitzerin dieses Grundstücks zu sagen hat. Ich rufe jetzt gleich Trudy Goodwin an, um sie zu fragen, wer von uns beiden sich hier legal aufhält, ich oder Sie. Und was meinen Sie wohl, wem sie dann recht geben wird? Der Person, die ihr in Kürze ein Vermögen für das Grundstück bezahlen wird – oder der Frau, die womöglich an Cullen MacDonalds Ableben beteiligt war?«

Rachel wurde regelrecht übel. Wortlos starrte sie McCreedy an, die jetzt in die Tasche griff, um ihr Handy herauszuholen. Aber sie schien es weder in ihrer Jacke noch in ihrer Handtasche zu finden.

McCreedy fluchte leise und sagte dann: »Meine Assistentin hat mein Handy, aber man muss wohl kein Genie sein, um die Antwort zu erraten. Haben Sie Ihr Zeug schon gepackt? Sobald der Vertrag unterzeichnet ist, werde ich Sie postwendend vor die Tür setzen, das schwöre ich Ihnen.«

Rachel schluckte. Ihr Mund fühlte sich wie ausgetrocknet an. Noch während die beiden Frauen sich wortlos anstarrten, klingelte ein Handy, und einer der Männer hinter McCreedy griff in seine Tasche. Dann meldete sich ein weiteres Handy und dann noch eines, und das Piepen von eingehenden Textnachrichten ertönte in schneller Folge. McCreedy drehte sich um und sah einen der Männer fragend an. Er hörte stirnrunzelnd zu und warf McCreedy einen beunruhigten Blick zu.

»Irgendetwas ist passiert«, erklärte er. »Man sagt mir, ich soll die Nachrichten checken …«

»Habe ich auch gerade gehört«, warf ein anderer ein.

Plötzlich war ein lauter Ruf zu hören, und Rachel sah

McCreedys Assistentin, die mit ihren hochhackigen Schuhen eilig den Hügel hinaufstöckelte.

»Ms McCreedy«, rief sie keuchend. »Ms McCreedy, Sie müssen sich das anschauen …«

Inzwischen redeten sämtliche Geschäftsleute der Gruppe hektisch am Handy oder lasen Nachrichten.

»Was ist hier los?«, fragte McCreedy verärgert.

Ihre Assistentin eilte jetzt atemlos auf die Gruppe zu. »Die Presse, Ms McCreedy«, sagte sie schwer atmend, »Berichte … Berichte in den Zeitungen …«

»Was für Berichte denn? Spucken Sie's schon aus, Mädchen, aber dalli!«

Rachel zog den *Herald* unter dem Arm hervor und entfaltete die Zeitung, um McCreedy die Titelseite zu zeigen.

»Diesen Artikel meint sie wohl«, sagte Rachel ruhig, als McCreedy entsetzt die Augen aufriss. »Die überregionalen Zeitungen haben übrigens auch darüber berichtet. Und die kann man ja mittlerweile im Internet lesen.«

McCreedy wurde kreidebleich, als sie Rachel die Zeitung aus der Hand riss. Die Männer, denen sie gerade noch siegesgewiss das Gelände gezeigt hatte, machten sich bereits aus dem Staub und eilten den Hügel hinunter.

»Warten Sie!«, rief McCreedy ihnen nach. »Das ist ein Missverständnis, ich kann das alles erklären. Warten Sie!«

Keiner von ihnen drehte sich um.

»Ob ich jetzt mal Trudy Goodwin anrufe?«, sagte Rachel in die plötzlich entstandene Stille hinein. »Um zu hören, was sie wohl von alldem hält?«

McCreedy stierte Rachel wutentbrannt an.

»Wenn Sie jetzt nicht auf der Stelle verschwinden, rufe

ich wirklich die Polizei«, fügte Rachel hinzu. »Das käme Ihnen im Moment sicher nicht gelegen, oder? Hauen Sie ab, McCreedy. Sie haben hier keinerlei Macht mehr. Und andernorts auch nicht. Wenn man noch einmal von Ihnen hört, dann nur die Höhe Ihrer Haftstrafe. Sie sind erledigt. Machen Sie, dass Sie wegkommen.«

42

Nachdem Rachel verschwunden war, ging Toby in die Küche zurück und starrte in den Garten hinaus, bis sein Tee kalt geworden war. Er stellte sich vor, was Sylvie wohl zu dem neuerlichen Schlamassel sagen würde, das er in seinem Leben angerichtet hatte, und beschloss, auf diesen Gedanken jetzt lieber zu verzichten. Es war an der Zeit, sich wieder seinem Beruf zu widmen, denn dass er das noch konnte, hatte er immerhin bewiesen. Und was sollte er auch sonst tun?

Sein Handy klingelte, aber die Nummer auf dem Display war Toby unbekannt. Er fragte sich, ob es mit dem Artikel über McCreedy zu tun hatte, zögerte aber, weil er gerade mit niemandem sprechen wollte. Doch dann gab er sich einen Ruck.

»Hallo?«

»Mr Hollingwood?«

Die Stimme einer jungen Frau mit schottischem Akzent. Toby tappte im Dunkeln. »Ja?«

»Hier ist Stephanie. Stephanie Warren. Von der Historical Society in Great Dunbar.«

»Ah, ja, natürlich«, sagte er. »Hallo, Stephanie.«

Es kam ihm vor, als könnte er ihre Verlegenheit sogar

durchs Telefon spüren. »Entschuldigung, dass ich Sie störe«, sagte Stephanie hastig, »aber es geht um die Unterlagen aus Braecoille.«

»Ach so.« Toby strich sich über die Augen. »Wissen Sie, im Moment ...«

»Ich habe sie weiter gesichtet«, fuhr Stephanie nervös fort. »Weil ich sie an dem Tag, als Sie hier waren, so faszinierend fand, und ... na ja ... als ich erst einmal damit angefangen hatte, konnte ich nicht mehr aufhören. Allein die Vorstellung, dass diese Papiere so alt sind und dass sie zum Alltag eines Menschen gehörten, so wie ich hier die Tür aufschließe oder die Besucherlisten führe oder ...«

»Stephanie«, unterbrach Toby sie behutsam. »Das ist sicher alles sehr interessant, aber es ist so: Ich habe die Recherche zu diesem Thema inzwischen abgeschlossen. Ich mache jetzt etwas anderes und werde Newton Dunbar bald verlassen.«

»Oh.« Die Enttäuschung war nicht zu überhören.

»Tut mir leid«, sagte Toby, der das Bedürfnis hatte, sich zu entschuldigen. »Es ist ...«

»Nein, das verstehe ich schon«, sagte Stephanie rasch. »Was ich gefunden habe, ist nur so seltsam. Und ich kann es mir einfach nicht erklären, deshalb dachte ich, es interessiert Sie vielleicht. Aber Sie haben natürlich anderes zu tun, und ich muss das Material ja ohnehin wieder einordnen, deshalb ...« Sie brach ab.

»Was ist denn das Seltsame, das Sie gefunden haben?«, fragte Toby.

»Eine Bestellung für Kerzen.«

»Kerzen?« Toby fragte sich, ob er sich verhört hatte, und

hielt das Handy ans andere Ohr. Ihn beschlich das Gefühl, dass Stephanie das vielleicht als Vorwand nahm, um ihn anzurufen, und er überlegte rasch, wie er das Gespräch abbrechen konnte, ohne kränkend zu sein. »Aber Kerzen kamen doch in Braecoille sicher ständig zum Einsatz, oder nicht?«

»Ja, natürlich«, antwortete Stephanie. »Es gab offenbar eine routinemäßige Bestellung alle drei Monate.«

»Das denke ich mir doch. Also …«

»Diese Bestellung erfolgte zusätzlich, und zwar für eine riesige Menge Kerzen. Ich meine, wirklich *extrem viele*. So viele, dass der übliche Lieferant sie nicht einmal auf Lager hatte. Deshalb ist es mir überhaupt erst aufgefallen, verstehen Sie. Innerhalb eines einzigen Monats gab es fünf Bestellungen für Kerzen.«

»Und um wie viele handelte es sich denn da?«

»Insgesamt hundertfünfzigtausend.«

»Bitte *wie viele*?«

»Hundertfünfzigtausend«, wiederholte Stephanie. »Und das zusätzlich zu der normalen Bestellung.«

Toby brauchte einen Moment, um das zu verarbeiten. »Also das ist ja nun wirklich sehr merkwürdig.«

»Kann es irgendetwas mit dem Thema zu tun haben, das Sie recherchiert haben?«, fragte Stephanie jetzt.

»Ich weiß es nicht«, antwortete Toby langsam. Diese Information war wirklich ausgesprochen rätselhaft. Aber vielleicht hatte er auch etwas Offensichtliches übersehen? »Wofür könnte man denn so eine Riesenmenge Kerzen brauchen, Stephanie? Haben Sie eine Idee?«

»Nein, bisher leider auch nicht«, sagte Stephanie. »Ich habe mir schon regelrecht das Hirn zermartert, aber mir ist nichts Brauchbares eingefallen. Zuerst dachte ich, dass die Familie vielleicht ein großes Weihnachtsfest feiern wollte, einen Ball oder so etwas, der nach Einbruch der Dunkelheit draußen im Park stattfinden sollte. Aber dagegen spricht, dass in diesem Monat ansonsten nichts Außergewöhnliches bestellt wurde, was man für ein Fest bräuchte, wie Essen, Getränke, zusätzliche Angestellte, Musiker und so weiter.«

»Können Sie sehen, wer die Bestellung gemacht hat?«, fragte Toby.

»Die Haushälterin, wie immer«, sagte Stephanie. »Ah, ich weiß, was Sie denken.«

»Was denn?«

»Ähm … Entschuldigung«, sagte Stephanie hörbar verlegen, »ich wollte nicht anmaßend sein, tut mir …«

»Stephanie«, erwiderte Toby, »die Frage von mir war aufrichtig gemeint. Irgendwas in dieser Geschichte kann ich nicht klar erkennen, ich komme einfach nicht darauf, was es ist, und darüber zu sprechen, hilft vielleicht. Also, was dachten Sie denn, was ich denke?«

»Na ja … wenn Mrs MacDonald die Kerzen bestellt hätte, stünde das vielleicht in Zusammenhang damit, dass das Anwesen abgebrannt ist, oder? Wie genau, ist mir auch nicht ganz klar, aber es liegt schon nahe, meinen Sie nicht? Kerzen kauft man nur, um sie auch anzuzünden. Und hundertfünfzigtausend …«

»Wann trafen sie ein?«

»Augenblick …« Toby hörte Papiere rascheln. »Ende Dezember 1815 waren alle Bestellungen erledigt.«

Toby lehnte sich an die Arbeitsfläche und starrte zum

Fenster hinaus, ohne etwas wahrzunehmen. Braecoille war im Januar 1816 abgebrannt.

»Mr Hollingwood?«, fragte Stephanie Warren jetzt in das Schweigen hinein. »Sind Sie noch dran?«

»Entschuldigung. Ja, ja, ich bin noch dran. Ich habe nur nachgedacht. Haben Sie einen Scanner? Könnten Sie die Kerzenrechnungen scannen und mir per E-Mail schicken?«

»Ja, natürlich, das mache ich gern.«

43

»Ich verstehe das einfach nicht«, sagte Edie. »Du bist so dicht dran, Gilly. Die Prüfungen wirst du garantiert mit Bravour bestehen. Ich weiß das, Ezra weiß das, und du selbst weißt es auch. Die Einreichfrist für die Unibewerbung läuft bald aus. Bitte sag mir, weshalb du die Unterlagen noch nicht ausgefüllt hast.«

Es war früher Abend. Edie war ins Atelier gekommen, um mit Gilly zu sprechen. Sie war gerade damit beschäftigt, den Druckstock zu säubern, mit dem sie vorher gearbeitet hatte, und beugte sich über das Waschbecken, als könnte sie damit eine Barriere zwischen sich und Edie schaffen. Die Künstlerin war sicher, dass Gilly gerade die Lippen zusammenpresste und finster die Stirn runzelte.

»Ich habe es mir anders überlegt«, murmelte Gilly nach einer Weile. »Zuerst dachte ich, dass ich Lust darauf hätte zu studieren. Aber jetzt will ich das nicht mehr. Tut mir leid.«

»Aber warum denn?«, hakte Edie nach. »Hast du Schwierigkeiten mit deinem Motivationsschreiben? Falls ja, kann ich dir dabei helfen. Oder jemand von den anderen, wer auch immer dir am besten dafür geeignet scheint.«

Gilly schwieg hartnäckig. *Wenn du den Druckstock noch härter schrubbst, machst du ihn kaputt, Mädchen.*

»Gilly. Ich finde, dass ich zumindest eine Antwort verdient habe.«

Das Mädchen fuhr herum. »Ich habe doch geantwortet! Ich will einfach nicht studieren! Reicht das nicht?«

»Nein, natürlich nicht, was denkst du dir denn? Seit Wochen arbeiten alle daran, dass du dich an einer Uni bewerben kannst!«

»Es geht einfach nicht, Schluss, aus«, erwiderte Gilly schroff. »Ich dachte, ich könnte ... ich dachte ...«

»Was dachtest du?«

»Nichts. Egal.«

»Gilly!«

»Hör bitte damit auf, Edie, okay?« Gilly schrie jetzt beinahe.

»Das kann ich nicht. Es geht um deine Zukunft!«

»Ach, nun lass mich doch in Ruhe, verdammt!«

Und damit stürmte Gilly zur Hintertür hinaus. Edie sah ihr verzweifelt nach. Sie alle waren schon so weit gekommen mit ihrem Projekt, Gilly ein Studium zu ermöglichen, und alle Freunde hatten sich große Hoffnungen gemacht. Doch nun weigerte sich das Mädchen hartnäckig, die Bewerbungsunterlagen auszufüllen. Sie alle hatten versucht, mit Gilly darüber zu reden und die Hintergründe zu begreifen, jedoch erfolglos. Es hatte wirklich den Anschein, als hätte sie es sich aus heiterem Himmel anders überlegt. Edie konnte sich das einfach nicht erklären.

Sie hörte Ezras Stimme, wie er Gilly nachrief, als sie zum Gartentor hinausrannte, aber das Mädchen war nicht stehen geblieben. Kurz darauf betrat er das Atelier und fragte: »Was war denn los?«

Edie schüttelte hilflos den Kopf. »Ich habe versucht herauszufinden, warum sie plötzlich nicht mehr studieren will, aber sie sagt mir einfach nichts. Sie wird diese riesige Chance verpassen, Ezra. Und vielleicht nie wieder eine bekommen.«

Ezra trat zu Edie und strich ihr sachte über den Arm. Die liebevolle und zugleich fürsorgliche Berührung ließ ihr Herz höher schlagen. Diese neue Nähe zwischen ihnen war noch immer neu, fühlte sich wie etwas Zartes, Fragiles an. Hatte Gilly vielleicht ein ähnliches Gefühl ihrer neuen Zukunft gegenüber? Kam ihr dieses neue Leben so zerbrechlich vor, dass sie den Sprung nicht wagen wollte? Edie wusste nicht, wie sie Gilly eine so diffizile Frage hätte stellen sollen, wenn das Mädchen nicht einmal einfache Fragen beantwortete.

»Wie wäre es denn, wenn wir die Unterlagen für sie ausfüllen?«, schlug Ezra vor. Edie liebte es, seine tiefe dunkle Stimme so dicht bei sich zu spüren, was sie ihm aber wohlweislich verschwieg. Ezra hatte in ihrer Nähe ohnehin schon die ganze Zeit ein etwas belämmertes Grinsen auf dem Gesicht. »Hast du noch leere Formulare?«

»Die könnte ich ausdrucken. Aber eigentlich geht das ja nicht. Es wäre nicht nur unmoralisch, sondern auch illegal.«

»Hattest du nicht gesagt, dass sie schon angefangen hatte, die Bewerbungsunterlagen auszufüllen?«, fragte Ezra, während er Edie in die Küche folgte. Es war erstaunlich, wie schnell sie einander vertraut geworden waren, dachte Edie bei sich. Aber sie fürchtete sich auch ein wenig vor dieser neuen Offenheit.

»Ja, stimmt.« Edie öffnete den Kühlschrank und nahm

die Weinflasche heraus, die sie am Abend zuvor geöffnet hatten. Als sie nach den Gläsern griff, zögerte sie einen Moment, weil sie Angst hatte, sie könnten ihren ungelenkigen Fingern entgleiten. Edie hoffte, dass Ezra das nicht bemerkt hatte. »Ich habe sogar mehrmals gesehen, wie Gilly an den Formularen gearbeitet hat. Deshalb ist es mir ja umso unverständlicher, weshalb sie jetzt aufgeben will.«

»Was hat sie mit den Formularen gemacht?«, fragte Ezra. »Also mit denen, die schon ausgefüllt waren? Wenn wir sie finden, könnten wir doch versuchen, den Rest für sie zu erledigen.«

Edie schenkte Wein ein und reichte ihm ein Glas. »Ganz gute Idee eigentlich.«

»Von denen habe ich jede Menge«, erwiderte Ezra vergnügt grinsend.

Edie schüttelte den Kopf und trank einen Schluck Wein. »Du, Ezra Jones, bist keinesfalls so schlau, wie du dir gerne einbildest.«

Er stellte sein Glas ab und zog sie an sich. »Aber schlau genug, um zu wissen, was mir guttut«, sagte er, bevor er Edie küsste. Und das nicht nur einmal.

Etwas später sagte er: »Wir sollten uns auf die Suche nach den Unterlagen machen, bevor Gilly zurückkommt.«

»Die hat sie bestimmt zerrissen und entsorgt«, erwiderte Edie.

»Aber wir könnten uns zumindest mal ihren Papierkorb anschauen, oder nicht?«, wandte Ezra ein.

»Ich möchte nicht heimlich in ihren Sachen herumkramen, Ezra. Das fände ich schrecklich.«

»Musst du ja auch gar nicht. Nur in ihr Zimmer gehen

und den Papierkorb herausholen. Du kannst jederzeit sagen, dass du ihn leeren wolltest, bevor der Müll abgeholt wird. Was nicht einmal eine Lüge wäre, morgen kommt nämlich die Müllabfuhr.«

Edie zögerte, aber nur kurz. Es stimmte schließlich, der Abfall musste rausgebracht werden.

»Warte hier«, befahl Edie. Dann lief sie rasch nach oben und kehrte kurz darauf mit dem kleinen Papierkorb zurück, der unter Gillys stets tadellos aufgeräumtem Schreibtisch stand.

»Vielleicht sind die Unterlagen gar nicht drin«, sagte Edie.

Doch kurz darauf zog Ezra aus dem Abfall einen großen zusammengeknüllten Papierball. »Könnte sein, dass wir fündig geworden sind.«

»Okay, prima.« Edie schnappte sich den Papierkorb und brachte ihn eilig zurück.

Als sie wieder in die Küche kam, betrachtete Ezra stirnrunzelnd die Papiere, die er glatt gestrichen und auf der Arbeitsfläche ausgebreitet hatte.

»Also, ich verstehe das nicht«, sagte er. »Es ist alles fertig.«

Er hatte recht. Jede einzelne Spalte war mit Gillys feiner, sorgfältiger Handschrift korrekt ausgefüllt worden, alle Informationen waren vorhanden. Edie betrachtete jedes Blatt einzeln, aber nirgendwo waren Fehler, nichts war durchgestrichen worden, es gab keinerlei Hinweis darauf, warum diese Papiere im Papierkorb gelandet waren. Auch das Motivationsschreiben war gut begründet, schlüssig formuliert und hätte sicherlich jeden Gutachter davon überzeugt, dass Gilly für ein Hochschulstudium geeignet war.

»Sie hätte nur noch unterschreiben müssen«, sagte Edie kopfschüttelnd.

Auch Ezra wirkte verwirrt. »Ich dachte, sie hätte vielleicht Probleme beim Ausfüllen gehabt. Aber das kann es nicht gewesen sein.«

»Aber was ist denn dann der Grund, verflixt?« Edie warf frustriert die Hände in die Luft, griff noch einmal nach dem letzten Bogen und starrte so erbost auf das leere Kästchen für die Unterschrift, als könnte es ihr dieses Mysterium erklären. »Warum zum Teufel hat das Kind diese verdammte Bewerbung nicht unterschrieben?«

Doch dann fiel Edie plötzlich etwas auf. Es gab ein zweites leeres Kästchen, von dem sie auf den ersten Blick geglaubt hatte, es sei für eine Unterschrift der Gutachter vorgesehen. Jetzt aber sah sie, was darunter stand:

Sind Sie zum Zeitpunkt der Bewerbung unter sechzehn Jahren, ist die Unterschrift eines Elternteils oder Vormunds zwingend erforderlich.

»Ich weiß den Grund«, sagte Edie.

»Woher?«, fragte Ezra. »Was hast du gefunden?«

Edie antwortete nicht, sondern sah sich noch einmal die erste Seite mit den persönlichen Daten an. Als Adresse hatte Gilly die von Edie angegeben. Aber damit war natürlich nicht alles geregelt.

»Ich erkläre es dir in ein paar Tagen«, sagte Edie schließlich und nahm die Papiere an sich. »Ich werde etwas regeln, bevor ich noch einmal mit Gilly darüber spreche. Dieses Mädchen wird studieren, Ezra, und wenn es die letzte nützliche Tat meines Lebens ist.«

44

Im Zuge des Skandals um Dora McCreedy und ihr Unternehmen war im Buchladen plötzlich sehr viel los, und auch die Medien zeigten weiterhin reges Interesse an der Immobilienentwicklerin und ihren dubiosen Geschäften. Immer mehr Betroffene aus der Region meldeten sich und berichteten von McCreedys Machenschaften, und auch die Pläne für das Bauvorhaben auf dem Gelände des Leuchtturms wurden genau unter die Lupe genommen. Dabei waren einige Personen ins Licht der Öffentlichkeit geraten, die sich inzwischen inständig wünschten, niemals an McCreedys illegalen Projekten beteiligt gewesen zu sein. Einige politische Karrieren waren zu Bruch gegangen, und McCreedys Firma – jedenfalls das, was davon noch übrig war – hatte ihr Angebot für das Grundstück mit dem Leuchtturm zurückgezogen.

Alan Crosswick hatte Rachel jedoch versichert, dass er Trudy Goodwin ohnehin dringend von Geschäften mit McCreedy abgeraten hätte, der jetzt etliche Gerichtsprozesse bevorstanden. Nun war geplant, das Grundstück offiziell auf dem Immobilienmarkt anzubieten. Damit wollte man allerdings noch einige Wochen warten, bis sich der ganze Trubel einigermaßen gelegt hatte.

»Niemand, der mit Immobilien handelt, hat Lust auf sensationslüsterne Leute, die eine Privatführung haben wollen«, hatte der Anwalt erklärt.

Rachel, die vor den Zeitungsberichten davon ausgegangen war, dass sie Gilly nicht mehr als Aushilfe beschäftigen könnte, weil das Ausräumen des Pförtnerhauses fast beendet war, stellte nun fest, dass sie beide alle Hände voll zu tun hatten. Von nah und fern strömten Menschen herbei, um den Leuchtturm, den Buchladen und zu Rachels Grauen auch manchmal sie selbst zu besichtigen.

Das machte sie furchtbar nervös, vor allem, wenn diese Personen dann auch noch Fotos machen wollten. Bislang war in keiner Zeitung ein Bild von ihr zu sehen gewesen, sondern nur der Name Rachel Talbot aufgetaucht, der ihr damals spontan eingefallen war, als sie ihr altes Leben fluchtartig hinter sich gelassen hatte. Es gab also keinerlei öffentlichen Hinweis auf ihre Vergangenheit, und falls Steven zufällig diese Berichte sah, würde er keine Verbindung zu seiner verschwundenen Frau herstellen können. Doch was würde geschehen, wenn er plötzlich irgendwo ein Foto von ihr entdeckte?

»Aber warum wollen Sie denn ausgerechnet mich fotografieren?«, fragte Rachel, als zum ersten Mal eine junge Frau ihr Handy zückte. »Mir gehört der Leuchtturm gar nicht, ich arbeite nur hier.«

»Für Instagram«, antwortete die Besucherin, als erklärte das alles.

»Danke, aber das möchte ich nicht«, sagte Rachel. »Machen Sie doch lieber ein Bild von Gilly, die ist sowieso fotogener als ich.«

Der Aufschwung im Laden war Rachel aber natürlich

mehr als willkommen. Vor allem, weil sie dann beim baldigen Verkauf des Leuchtturms weniger Bücher in Kisten verpacken müsste.

Rachel lernte den neuen potenziellen Käufer als Erste kennen. Als sie gerade an der Kasse mit Eintippen beschäftigt war, kam ein junger Mann herein, den sie auf den ersten Blick für einen der Touristen hielt, die lediglich den Leuchtturm besichtigen und nichts kaufen wollten. Er konnte nicht älter als dreißig sein, war groß und breitschultrig und hatte eine wilde blonde Mähne. Rachel hätte ihn sich gut mit einem Surfbrett unter dem Arm vorstellen können. Lächelnd sah sich der junge Mann im Laden um. Rachel hatte alle Hände voll zu tun, weil sich an der Kasse bereits eine Schlange bildete, und als sie ihn zum nächsten Mal bemerkte, ging er die Treppe zum Halbgeschoss hinauf. Als er eine halbe Stunde später wieder auftauchte, hatte er einen ganzen Stapel Bücher dabei.

»Fantastischer Ort«, sagte er, während er seine Funde auf die Theke legte. »Einfach nicht zu fassen, dass jemand überhaupt auf die Idee kommt, so etwas abreißen zu wollen.«

Rachel sah, dass er vier Bände über Brautechnik ausgesucht hatte, und nickte lächelnd.

»Sie sind Rachel Talbot, oder?«, fragte der junge Mann jetzt, als sie die Preise eintippte. »Die Geschäftsführerin?«

Rachel bemühte sich um Freundlichkeit, obwohl es ihr nach wie vor unangenehm war, wenn Fremde ihren Namen kannten. »Ja, die bin ich.«

Zu ihrer Überraschung streckte der junge Mann ihr die Hand hin. »Ich bin Bernie Stuart. Von Stu's Brews in Fraserburgh, wissen Sie?«

Aus dem Supermarkt kannte Rachel die leuchtend bunten Dosen mit Craft Beer, das nach Kaffee, dunkler Schokolade, Lychee, Mango oder Pfirsich Melba schmeckte.

»Oh, hi«, sagte sie. »Ich finde Ihr Bier mit Scotch-Geschmack toll.«

Bernie Stuart lachte. »Ah – der Klassiker! Das war mein erstes, gebraut im Schuppen meines Dads. Seitdem sind wir so gewachsen, dass wir auf unserem bisherigen Gelände nicht mehr ausreichend produzieren können und nach neuen Gebäuden Ausschau halten. Das hier wäre geradezu ideal, finde ich.«

Rachel, die gerade seine Bücher einpackte, schaute auf. »Was, der Leuchtturm?«

»Ja«, bestätigte Stuart enthusiastisch. »Ich meine, überlegen Sie doch mal: eine Brauerei in einem Leuchtturm. Das wäre an sich schon die beste Werbung. Und wir würden alles, soweit es irgend geht, im Urzustand belassen. Wir müssten im Umfeld natürlich ein paar neue Gebäude bauen. Ich habe mich vorher schon mal umgesehen. Das Lager und die Abfüllanlage könnte man gut auf der Seite des Hügels unterbringen, die vom Dorf aus nicht sichtbar ist. Das Büro würde ins Pförtnerhaus passen. Absolut ideal. Vom Fuß des Hügels würde man kaum eine Veränderung bemerken.«

»Ah ja«, sagte Rachel, während sie sich vorzustellen versuchte, wie der Turm wohl als Kleinbrauerei aussehen würde.

»Entschuldigung«, sagte Bernie Stuart lächelnd. »Manchmal kann ich mich vor Begeisterung schwer bremsen.«

Rachels Lächeln war jetzt nicht mehr bemüht, sondern aufrichtig. »Das ist sicher auch Teil Ihres Erfolgs, Mr Stuart.«

»Wissen Sie, ab wann der Leuchtturm auf den Markt kommt? Ich habe schon nachgeschaut, bislang aber keine Angebote gefunden.«

»Nächste Woche, glaube ich«, antwortete Rachel. »Heute sollen die Fotos gemacht werden, soweit ich weiß. Aber ich kann Ihnen gerne die Kontaktdaten des zuständigen Anwalts geben, wenn Sie wollen.«

»Das wäre sehr cool, danke.«

Rachel schrieb Alan Crosswicks Nummer auf einen Zettel, den sie zu den Büchern legte.

»Echt lieb von Ihnen, vielen Dank«, sagte Bernie Stuart. »Aber mir gefällt die Vorstellung gar nicht, dass ich Sie dann hier vertreibe. Sie wohnen ja hier, habe ich in der Zeitung gelesen. Falls sich das alles realisiert – hätten Sie dann vielleicht Lust, für uns zu arbeiten? Wir sollten uns auf jeden Fall darüber unterhalten.«

»Danke schön«, erwiderte Rachel überrascht. »Das ist sehr nett von Ihnen.«

Nachdem der junge Mann gegangen war, tauchte Gilly wieder auf und fragte: »Was wollte denn der Surfertyp hier?« Sie schien auf den gleichen Gedanken gekommen zu sein wie Rachel.

»Das war Bernie Stuart, er hat eine Craft-Beer-Brauerei«, erklärte Rachel. »Der macht vielleicht ein Angebot für den Leuchtturm. Und ganz ehrlich: Da kann ich mir weitaus Schlimmeres vorstellen.«

45

Gilly arbeitete im Atelier an dem Holzschnitt, den sie in ihrem Kunstkurs als Abschlussarbeit einreichen wollte. Die ersten zwei Farben waren bereits gedruckt, es sollten insgesamt sechs werden. Es war das komplizierteste Verfahren, das Gilly sich bislang vorgenommen hatte, und sogar für Künstlerstandards anspruchsvoll, zumal der Druck DIN-A3-Größe haben sollte. Sie strebte eine Auflage von zehn Stück an, um etwaige Fehldrucke auszugleichen. Zwei hatte sie bereits ausgeschlossen, blieben acht, die mit allen sechs Farben noch gelingen konnten. Zumindest einer musste perfekt sein als Belohnung für all die mühselige Arbeit.

Gilly hatte darauf bestanden, ungestört zu arbeiten. Der Holzschnitt sollte eine Überraschung für Edie werden. Allerdings hatte Gilly sich vorher nicht klargemacht, wie viel Platz sie brauchte. Alle Blätter mussten ausgelegt werden, damit die einzelnen Farben trocknen konnten. Aber Edie hatte sich nicht beklagt, sondern Gilly das Atelier widerspruchslos zwei Wochen lang überlassen.

Hätte Gilly nicht befürchtet, dass dabei auch ein Problem eine Rolle spielte, das die Künstlerin sich selbst nicht eingestehen wollte, hätte sie Edies Verständnis triumphierend auf das Gelingen ihres amourösen Komplotts zurückgeführt.

Edie und Ezra waren nämlich inzwischen ein waschechtes Liebespaar. Gilly war völlig verdattert gewesen, als sie die beiden eines Abends witzelnd und kichernd wie Teenager in der kleinen Küche vorgefunden hatte. Edie hatte noch versucht, schnell wieder ihre übliche griesgrämige Miene aufzusetzen, was jedoch komplett gescheitert war, als Ezra ihr den Arm um die Schultern gelegt und sie an sich gezogen hatte. Dabei hatte er so strahlend gelächelt, als wollte er das fehlende Licht im Leuchtturm ersetzen.

»Ah«, hatte Gilly nur bemerkt, obwohl sie sich sehr beherrschen musste, um nicht »ICH WUSSTE ES!« zu brüllen. »Wurde auch allmählich Zeit.«

»Kein Wort zu niemandem«, hatte Edie warnend gesagt.

»Fällt mir im Traum nicht ein«, war Gillys Erwiderung gewesen.

Ein unerwarteter Vorteil der neuen Zweisamkeit war, dass Edie Gilly endlich nicht mehr mit der Unibewerbung piesackte. Die Künstlerin schien außerdem an irgendeinem neuen Projekt zu arbeiten, wegen dem sie mehrere unerklärte Tagesausflüge unternahm. Bei ihrer Rückkehr wirkte sie jedes Mal sehr zufrieden. Gilly stellte keine weiteren Fragen, sie selbst wollte schließlich auch in Ruhe gelassen werden.

Deshalb kam es ziemlich überraschend, als Edie an die Ateliertür klopfte. Gilly war gerade dabei, den nächsten fertiggestellten Druck ins Trockenregal zu legen.

»Kann ich reinkommen?«, rief Edie.

»Ähm … ja, klar«, antwortete Gilly. »Gib mir nur noch einen Moment …« Hastig zog sie die Abdeckung vor dem Regal herunter, um die Drucke zu verbergen. »Jetzt!«

Gilly trug den Druckstock zum Waschbecken und stellte das Wasser an. Als sie sich umdrehte, stand Edie am Arbeitstisch, auf den sie zwei offiziell wirkende Papiere gelegt hatte, die den Eindruck machten, als sollten sie unterschrieben werden.

»Was ist das?«, fragte Gilly argwöhnisch.

»Etwas, worüber ich mit dir sprechen möchte.«

»Edie«, sagte Gilly, »ich dachte, wir hätten das jetzt endgültig erledigt. Ich habe doch klar und deutlich gesagt, dass ich meine Kurse abschließen, aber nicht studieren werde.«

»Hier geht es nicht um die Uni«, erwiderte die Künstlerin.

Gilly stellte das Wasser ab. »Worum dann?«

Edie verzog das Gesicht und schaute in den Garten hinaus. Nach kurzem Schweigen sagte sie: »Ich weiß, warum du die Bewerbung nicht abschicken wolltest.«

»Was meinst du damit?«

Edie sah sie an. »Ich weiß, dass du erst fünfzehn bist, Gilly. Deshalb konntest du die Bewerbung nicht selbst unterschreiben.«

Gilly blieb fast das Herz stehen. »Was …«, begann sie, aber ihre Kehle fühlte sich wie zugeschnürt an, und sie brachte keinen Ton heraus. Sie starrte auf die Papiere und krächzte: »Was hast du getan?«

»Ich habe herausgefunden, von wo du weggelaufen bist.«

Gilly schaute instinktiv zum Hinterausgang. Noch konnte sie verschwinden, wenn sie schnell genug war. Aber alle ihre Sachen waren oben, auch ihr Geldbeutel und Ezras Jacke. Nie Vertrauen haben und zur Ruhe kommen, sie hatte es doch gewusst …

»Kommen sie mich holen?«, fragte sie mit rauer Stimme.

»Wer?«

»Das Jugendamt. Wenn die wissen, wo ich bin, bringen die mich zu der Pflegefamilie zurück.«

»Nein, Gilly, das wird nicht passieren«, antwortete Edie ruhig.

»Doch, ganz bestimmt«, widersprach Gilly, zu ihrem Entsetzen den Tränen nahe. Sie hatte geglaubt, dass jetzt alles besser wurde, dass sie wirklich ein Leben haben würde. Wie dumm konnte man nur sein? »Ich bin minderjährig. Die werden mich in ein Heim stecken. Außerdem habe ich den letzten Pflegeeltern Geld gestohlen, als ich ausgerissen bin. Fünfzig Kröten. Die haben wahrscheinlich die Polizei informiert.«

»Ich habe mit denen geredet und das Geld bezahlt«, erwiderte Edie.

Gilly glaubte, sich verhört zu haben. »Du hast … *was?*«

»Ich habe mit dem Jugendamt und deinen letzten Pflegeeltern geredet. Und darum geht es in diesen Papieren. Ich habe den Antrag gestellt, dein gesetzlicher Vormund zu sein.«

Gilly blinzelte verwirrt. »Wie bitte?«

»Falls du dich dafür entscheidest, dass du das möchtest, werden die Leute vom Jugendamt uns einen Besuch abstatten«, erklärte Edie. »Die wollen dann natürlich mit dir sprechen und sich davon überzeugen, dass hier alles so ist, wie es sein soll. Die Überprüfungen, die mich betreffen, habe ich schon durchlaufen. Wenn diese Leute dann ihre Zustimmung geben – und ich wüsste nicht, was dagegen sprechen sollte, falls du einwilligst –, wird das Ganze rechtsgültig. Das bedeutet, dass ich bis zu deinem achtzehnten Geburtstag für dich verantwortlich bin. Das hier ist dann deine offizielle Adresse. Und ich kann die Unibewerbung für dich unterschreiben.«

Gilly konnte nicht fassen, was sie da gerade zu hören bekam. »Du willst mich *adoptieren*?«

»Nein, das ist keine Adoption«, antwortete Edie. »Ich weiß, wie unabhängig und lebenstüchtig du bist. Ich möchte lediglich sichergehen, dass du bis zu deiner Volljährigkeit versorgt bist. Dass du ein sicheres Zuhause hast und studieren kannst.«

Gilly hatte gerade begonnen, sich zu entspannen, aber jetzt fuhr ihr erneut der Schreck in die Glieder. »Ich habe es dir doch gesagt. Ich kann einfach nicht zur Uni gehen.«

»Doch, wenn wir das hier durchziehen, kannst du das«, insistierte Edie. »Dann unterschreibe ich die Bewerbung für dich. Darum ging es doch, oder nicht?«

Gilly stiegen Tränen in die Augen, die sie nicht mehr wegblinzeln konnte. »Ich möchte sehr gerne, dass du mein Vormund wirst, Edie, ganz ehrlich. Aber studieren werde ich trotzdem nicht. Das mache ich einfach nicht.«

»Überlass das mir«, sagte Ezra, als Edie ihm später Bericht erstattete. »Ich rede mit ihr.«

»Also, ich verstehe jetzt wirklich gar nichts mehr«, erwiderte Edie. »Sind alle Jugendlichen so schwierig?«

Ezra lächelte. »Nein. Ich denke, sie gehört sogar zu den weniger schwierigen.«

»Und wenn ich nicht das bin, was sie braucht, Ezra? »Wenn ich gar nicht imstande …«

»Du bist hier, und du bist für sie da«, fiel Ezra ihr ins Wort.

»Das ist, was Gilly braucht. Mit allem anderen kommen wir zurecht.«

Er stieg die schmale Treppe hinauf und klopfte an Gillys Zimmertür. »Hey, Gilly«, rief er. »Bist du da?«

»Ich will nicht darüber reden, Ezra.« Gillys Stimme klang so erstickt, als hätte sie ein Kissen vor dem Gesicht.

»Na, komm schon«, sagte er. »Gib mir nur eine Minute.«

Zunächst tat sich nichts, und Ezra dachte schon, sie würde nicht reagieren. Doch dann raschelte etwas, er hörte schlurfende Schritte, und schließlich stand Gilly vor ihm, mit zusammengepressten Lippen und trotzigem Blick.

»Hey, Mädchen«, sagte Ezra sanft. »Was ist denn los?«

»Nichts.« Sie schaute über seine Schulter, als wollte sie sichergehen, dass Edie nicht hinter ihm stand. »Ich werde einfach nicht studieren, das ist alles.«

»Okay.«

Gilly blinzelte verwirrt. »Okay?«

Ezra zuckte die Achseln. »Na klar. Wenn du das nicht willst – in Ordnung. Aber wir müssen uns schon gemeinsam überlegen, was du stattdessen machen möchtest. Wie wär's, wenn wir zwei uns einfach mal zusammensetzen und das in Ruhe besprechen?«

Das schien Gilly den Wind aus den Segeln zu nehmen. Sie hatte mit einer Debatte gerechnet und wusste nicht mehr, wie sie sich verhalten sollte. Schließlich trat sie beiseite und ließ Ezra ins Zimmer. Sie setzte sich auf die Bettkante, während Ezra auf ihrem Schreibtischstuhl Platz nahm.

»Also. Was schwebt dir denn so vor?« Er beugte sich vor und verschränkte die Hände zwischen den Knien.

Gilly schniefte. »Ich könnte ja vielleicht im Supermarkt arbeiten, dachte ich mir. Wenn ich meine Prüfungen geschafft habe …«

»Das steht außer Frage.«

»Mit dem Abschluss müsste ich ja einen Job kriegen.«

Ezra nickte. »Und wenn im Supermarkt gerade keine Stellen frei sind?«

Gilly zuckte die Achseln. »Gibt ja auch noch die Tankstelle an der Hauptstraße. Die suchen immer Leute für die Nachtschicht.«

»Klingt jetzt nicht so toll, wenn du mich fragst.«

»Oder der Pub.«

»Du willst für jemanden arbeiten, der dich schon mal rausgeschmissen hat?«

»Hat Stan ja eigentlich gar nicht«, wandte Gilly ein. »Ich habe nicht mal offiziell da gearbeitet. Und vielleicht hat er ja das Gefühl, dass er mir was schuldig ist, nachdem jetzt all das über diese fiese Kuh McCreedy rausgekommen ist. Na ja, und wenn mich hier niemand brauchen kann, könnte ich auch immer noch in Great Dunbar arbeiten. Dort entsteht gerade dieses neue Shoppingcenter im Gewerbegebiet, da gibt es sicher jede Menge Jobs.«

»Okay. Was ist mit deiner Kunst?«, fragte Ezra.

»Kann ich nebenher machen. Wenn ich Vollzeit arbeite, kann ich Miete zahlen und mir Material leisten. Und weiter bei Edie lernen. Und wenn ich noch besser werde, könnte ich meine Drucke vielleicht übers Internet verkaufen, wie sie auch.« Gilly sah recht zufrieden mit sich aus. »Ich habe mir das alles schon genau überlegt, Ezra. Ich weiß, was ich tue.«

»Das merke ich«, sagte Ezra. »Aber irgendetwas hat sich verändert, und Edie und ich verstehen nicht, was und warum. Wir zwei beide hier haben uns doch vor wenigen Wochen noch ausführlich darüber unterhalten, welche Kunsttechniken du lernen wolltest, wenn du studierst. Als du das noch vorhattest. Wieso hast du jetzt deine Meinung geändert? Was ist passiert?«

Gillys Gesicht verfinsterte sich, und sie wandte den Blick ab. »Nichts. Ich will einfach nicht.«

Ezra hob beschwichtigend beide Hände. »Und das ist völlig in Ordnung. Es ist deine Entscheidung, Gilly. Niemand hier will dich zu etwas überreden, was du nicht tun möchtest. Aber andererseits wäre es mir gar nicht recht, wenn du etwas nicht tun würdest, worauf du eigentlich Lust hast, wegen irgendeines Problems, von dem wir nichts wissen. Also sprich bitte mit mir darüber. Was hat sich verändert?«

Gilly blieb eine Weile stumm. Schließlich sagte sie: »Mir war nicht klar, dass ich dann anderswo wohnen müsste. Ich meine, zu Anfang war es so unwahrscheinlich, dass es überhaupt etwas werden könnte mit dem Studium …«

Ezra nickte, um sie zum Weitersprechen zu ermutigen. »Ja, das verstehe ich.«

»Ich dachte … Ich meine, es war blöd von mir, weil ich ja wusste, dass ich in Aberdeen oder Fraserburgh studieren würde, aber ich dachte, ich könnte hier wohnen bleiben und trotzdem studieren. Was aber nicht geht, wie ich jetzt weiß. Die Verkehrsverbindung ist zu schlecht, die Fahrt dauert zu lang, und die Züge fahren zu den falschen Zeiten. Ich würde morgens Veranstaltungen versäumen und abends erst furchtbar spät wieder hier sein. Außerdem kostet das

Fahrgeld ein Vermögen. So, nun weißt du's. Deshalb geht es eben nicht.«

»Aber Edies Freundin in Aberdeen hat doch angeboten, dass du während deines Studiums ein Zimmer in ihrem Haus haben kannst, oder nicht?«

»Ja. Echt nett von ihr.«

»Und wenn dir das auf Dauer zu eng wird, könntest du sicher auch im Studentenwohnheim unterkommen.«

Gilly schnaubte. »Und wovon soll ich das bezahlen? Ich werde ganz sicher nicht Edie auf der Tasche liegen. Oder dir. Aber das ist auch nicht der Grund.«

Ezra horchte auf. »Was denn dann?«

»Ach, nichts«, sagte Gilly verdrossen. »Ich will einfach nicht weg von hier, basta.«

»Gilly.« Ezra spürte, dass er der Sache näher kam, und ließ nicht locker. »Du hast gerade zugegeben, dass du studieren würdest, wenn du dabei weiter hier wohnen könntest. Was also heißt, dass du nicht *nicht* an die Uni gehen willst, sondern in Newton Dunbar bleiben möchtest. Aber warum? Wir sind doch trotzdem alle für dich da, wenn du uns brauchst. Und die Wochenenden kannst du auf jeden Fall hier verbringen. Ich kann dir ein Handy besorgen, und du kannst mich Tag und Nacht anrufen, dann komme ich sofort zu dir, das verspreche ich. Und wenn du fürchtest, dass du dort keine Freunde finden …«

»Nein, das ist es alles nicht«, sagte Gilly. »Ich möchte Edie nicht alleine lassen.«

Ezra starrte sie verblüfft an. »Edie? Du meinst diese Edie da unten, die mit ihrer scharfen Zunge einen Drachen erlegen könnte? Das ist nicht dein Ernst, oder?«

Aber Gilly lachte nicht, sondern starrte auf ihre Hände. Die Stille dehnte sich aus, und Ezra wurde es plötzlich eiskalt.

»Was ist es?«, fragte er. »Was weiß ich nicht?«

Gilly stieß einen tiefen Seufzer aus, als hätte sie wochenlang nicht richtig geatmet. »Irgendetwas ist mit ihren Händen. Sie funktionieren nicht mehr so wie früher. Ich habe gesehen, dass ihr das Holzschnitzen immer schwerer fällt. Und sie lässt auch Sachen fallen. Einmal hat sie eine Kerze umgeworfen, und …« Gilly hielt inne. »Ich glaube, es ist Arthritis. Oder irgend so was. Ob sie schon mal damit beim Arzt war, weiß ich nicht. Aber besser wird das bestimmt nicht mehr, eher schlechter. Und deshalb will ich sie nicht alleine lassen. Wenn ich nicht mehr da bin …«

Ezra ergriff Gillys Hand. »Hey«, sagte er aufmunternd. »Und was bin ich? Ein totaler Lappen, oder wie?«

»Ich weiß, dass du dich um sie kümmern wirst, Ezra«, sagte das Mädchen ernsthaft. »Aber du wohnst nicht hier im Haus, sondern nebenan. Das ist nicht das Gleiche, und das ist dir bestimmt auch klar. Und außerdem … was ist, wenn ihr beide euch fetzt und dann trennt?«

Ezra überlegte kurz. Dann stand er auf und zog Gilly mit sich zur Tür. »Komm.«

»Was soll das? Du darfst ihr das nicht erzählen!«

»Mach ich nicht, ich versprech's dir.«

»Was denn dann?«

»Wirst du gleich sehen.« Er zog Gilly mit sich die Treppe hinunter und rief unten: »Edie? Wo steckst du?«

»Ezra!«, zischte Gilly. »Du hast es *versprochen*!«

»Und ich halte mein Versprechen, keine Sorge.«

»Ich bin hier«, rief Edie aus dem Wohnzimmer. »Was

grölst du hier so herum? Konntest du das Kind zur Vernunft bringen?«

Ezra trat ins Wohnzimmer. »Komm bitte mal zu mir.«

Edie, die auf dem Sofa saß, beäugte ihn skeptisch. »Wieso? Was ist los?«

Angesichts seines Vorhabens fragte sich Ezra jetzt, ob er vielleicht den Verstand verloren hatte. Und musste sich eingestehen, dass das durchaus möglich war. Dennoch stemmte er die Hände in die Hüften und sagte, etwas sanfter: »Bitte. Dauert nicht lang.«

Edie starrte ihn noch einen Augenblick schweigend an. Dann stand sie auf, ging auf Ezra zu und blieb ein paar Schritte entfernt vor ihm stehen. Ezra holte tief Luft, sein Herz pochte so heftig, als liefe er gerade einen Marathon. Eine seltsame Stille entstand, und Edies grüne Augen wirkten plötzlich so groß und hexenhaft, als könnte sie seine Gedanken lesen, was ihr durchaus zuzutrauen war.

»Ich wollte ursprünglich noch eine Weile damit warten«, sagte Ezra schließlich. »Aber nichts geht über die Gegenwart, oder?«

Und damit fiel er auf ein Knie, worauf er zwei verblüffte Atemzüge hörte.

»Edie Strang«, begann Ezra. »Wir kennen einander seit vielen Jahren, und ich bin inzwischen ziemlich sicher, dass ich dich in dieser ganzen Zeit geliebt habe. Willst du mich heiraten?«

»Oh. Mein. Gott!«, rief Gilly hinter ihm aus. Sie hörte sich ebenso schockiert an, wie Edie aussah, die Ezra mit offenem Mund anstarrte.

»Bist du verrückt geworden, Ezra Jones?«

»Ich vermute, ja. Das ändert aber nichts an meiner Frage.«

»Aber warum?«

»Ist das nicht durch mein Liebesgeständnis von gerade eben ausreichend erklärt?«

»Ich meine … warum *jetzt*? Warum, wieso, weshalb gerade jetzt hier, in dieser Minute?«

»Wenn du mich heiratest, Edie, wird Gilly studieren«, antwortete Ezra. »Können wir das vielleicht ein bisschen beschleunigen? Mein Knie …«

»Du hast ihm gesagt, er soll mich heiraten?«, fragte Edie Gilly.

»Nein!«, rief Gilly entrüstet aus. »Ich hatte keine Ahnung, was er vorhat … aber«, sie warf die Hände in die Luft, »um Himmels willen, Edie, sag ja!«

»Das wäre gut«, bemerkte Ezra. »Wenn ich nämlich noch länger hier unten … fürchte ich, dass …«

»Ach, herrje.« Edie packte Ezras Hände und zog ihn vom Boden hoch. »Ich war schon mal verheiratet, das weißt du.«

»Ja, und das gilt für mich auch.«

»Und es ist bei uns beiden nicht gut gelungen, nicht wahr?«

Ezra zuckte die Achseln. »Wir sind jetzt älter. Und weiser.«

Edie schnaubte. »Glaubst du, ja? Aber mit mir lebt es sich nicht leicht.«

»Das stimmt gar nicht!«, warf Gilly ein. »Glaub ihr kein Wort, Ezra!«

Edie warf ihr einen strafenden Blick zu.

»Hey«, sagte Ezra leise und wartete ab, bis Edie ihn wieder ansah. »Ich will mit dir zusammen sein, Edie Strang. Richtig zusammen sein. Wenn du nicht heiraten möchtest – okay. Aber ich will mit dir zusammenleben, weil ich den Rest meines Lebens mit dir verbringen möchte. Verheiratet oder nicht, ich möchte die Wand durchbrechen, die unsere Leben trennt. Symbolisch, aber auch ganz real die Wand zwischen unseren Häusern. Und wenn du das auch möchtest, dann sind wir uns einig, meinst du nicht auch?«

Edie blinzelte, und Ezra war sicher, dass er sich den Schleier in ihren Augen nicht einbildete. Gilly hinter ihm war so still, als hielte sie die Luft an.

»Du willst doch bloß nicht mehr um Erlaubnis fragen, wenn du die Gartenpforte benutzt, oder?«, erwiderte Edie schließlich, und Ezra wusste, dass er kein deutlicheres Jawort bekommen würde. »Du willst den Zaun wegreißen, damit diese verflixte Ziege …«

Ezra brachte sie zum Schweigen, indem er sie küsste. Gilly hinter ihnen gab schrille Beifallspfiffe von sich.

46

»Sie machen *was*?« Ron hätte um ein Haar die Zuckerdose fallen lassen, die er gerade in der Hand hielt.

Rachel lachte. »Sie heiraten.«

»Das glaube ich nicht! Das kann doch nicht wahr sein!«

»Doch, ist es aber. Im Buchladen. Also, die Feier wollen sie dort machen. Die Trauung soll im Standesamt in Great Dunbar stattfinden. Edie hat sich noch nicht so konkret geäußert, aber es ist wohl auch alles recht frisch.«

»Das haut mich ja völlig aus den Socken.«

»Kann ich verstehen«, sagte Rachel grinsend, nahm Ron die zierliche Porzellandose aus der Hand und begann sie sorgfältig in Papier zu verpacken. »Hat sich also herausgestellt, dass unsere Gilly von Anfang an recht hatte.«

»*Das* wundert mich nicht so sehr«, erwiderte Ron. »Ich hatte auch schon immer das Gefühl, dass mehr zwischen den beiden ist, als sie zugeben wollen. Aber wirklich in den Hafen der Ehe einzulaufen ...«

Rachel lächelte. »Ich freue mich sehr für die beiden.«

Ron nickte, wirkte aber nachdenklich, während er fortfuhr, Kochutensilien in einer Kiste zu verstauen. Rachel und er hatten sich stillschweigend darauf geeinigt, dass sie die Küche als Letztes ausräumen würden. Beiden war von vornherein klar, dass es der schwierigste Raum sein würde. Jedes Mal, wenn Rachel einen Kochlöffel oder ein Backbrett verpackte, kam es ihr vor, als wäre Cullen ganz in ihrer Nähe. All diese Küchengegenstände hatte er regelmäßig benutzt und ebenso geliebt wie die Köstlichkeiten, die damit entstanden, und die Menschen, für die er sie kreierte. Jeder dieser Gegenstände hatte eine lange Geschichte und erinnerte an den Freund, der nicht mehr da war.

Ein paar Minuten später blickte Rachel auf und sah, dass Ron reglos dastand und gedankenverloren auf eine Schachtel mit Ausstechformen starrte.

»Alles in Ordnung?«, fragte sie.

»Hm?« Ron schaute auf. »Ach, Entschuldigung, Mädchen. Ich musste nur … an diese ganze lange Zeit denken, die Ezra und Edie versäumt haben, weil sie sich ständig nur angegiftet haben. Was, wenn einer von beiden gestorben wäre, bevor sie zusammenkommen konnten? Das wäre doch schrecklich gewesen, oder? Vor allem für den Hinterbliebenen. Der hätte dann bestimmt für den Rest seines Lebens überlegt, was er hätte sagen oder tun sollen, als sie die Chance noch hatten. Und bereut, dass …«

Er verstummte, betrachtete weiter die Keksformen und schaute dann ruckartig mit übertrieben strahlendem Lächeln auf.

»Na ja, gut, dass sie beide noch rechtzeitig Vernunft angenommen haben, nicht wahr?«

Rachel wusste nicht recht, was sie erwidern sollte, und umarmte Ron stattdessen.

»Na, na, Mädchen«, grummelte er grinsend. »Pass nur auf, sonst tratschen die Leute noch über eine Doppelhochzeit. Und was würde der junge Toby wohl sagen, wenn er uns hier beim Knuddeln erwischt?«

»Der junge Toby«, erwiderte Rachel, »kann denken, was er will.«

Sie wollte sich abwenden, aber Ron hielt sie fest und sah sie ernsthaft an.

»Ich weiß, dass es mich nichts angeht«, begann er, »weshalb du mir auch gerne sagen kannst, ich soll mich da raushalten, aber ich weiß, dass du ihm wichtig bist. Und ich hatte den Eindruck, dass es dir auch so geht – oder zumindest anfänglich so ging. Und was Toby auch gesagt oder getan hat, meinst du nicht, ein Neuanfang würde sich lohnen?«

Rachel löste sich behutsam von Ron. Sie wusste, dass er es nur gut meinte, konnte aber einfach nicht vergessen, dass Toby in ihrer Vergangenheit herumgestöbert hatte. Damit war er eindeutig zu weit gegangen, und Rachel wurde noch immer ganz übel, wenn sie nur daran dachte. Seit diesem Gespräch mit ihm fürchtete sie jedes Mal, wenn sich die Tür des Buchladens öffnete, dass *er* hereinkommen könnte, dass er sie am Ende doch noch aufgespürt hatte. Rachel wusste durchaus, dass das unwahrscheinlich war. Und ganz abgesehen davon war sie auch nicht mehr derselbe Mensch wie damals, als sie mit Steven Harry verheiratet gewesen war. Inzwischen war sie viel stärker und würde nie mehr zulassen, dass jemand sie so behandelte wie er damals.

Aber als Toby ihre traumatische Vergangenheit ans Licht gezerrt hatte, war sie wieder lebendig geworden, und Rachel fühlte sich zurückversetzt in diese Zeit, als sie absolut nichts hatte: keine Persönlichkeit, keine Zukunft, nichts, das ihr Eigen war. Sie brauchte Zeit, um diesen Zustand erneut zu überwinden, ihre Ausgeglichenheit wiederzufinden, für die sie so hart und so lange gekämpft hatte. Es war einfach schrecklich ungerecht, dass dieser Mann, der ihr so viel Leben weggenommen hatte, jetzt erneut ihre Träume und ihre Gefühle beim Aufwachen beherrschte. Toby hatte das natürlich nicht gewollt, aber es war trotzdem sein Fehler, der jetzt ironischerweise auch noch dazu führte, dass *seine* Zukunft durchaus rosiger aussah als zuvor. Das alles machte Rachel sehr wütend. Dass Toby sich so engagiert hatte, um ihren guten Ruf wiederherzustellen, machte das nicht wett. Zumindest hatte er verstanden, dass sie ein Anrecht auf ihre Wut hatte.

»Das kann ich nicht, Ron«, sagte Rachel. »Manche Dinge kann man einfach nicht vergessen.«

Ron nickte, als hätte er sie verstanden, versetzte Rachel aber im nächsten Moment einen Schock, indem er sagte: »Er hat etwas über deine Vergangenheit herausgefunden, nicht wahr? Wir haben uns alle immer schon gefragt, was es damit auf sich hat. Aber er hat recherchiert und etwas in Erfahrung gebracht, genau wie bei Dora McCreedy.«

»Mit dieser Person kann ich nicht verglichen werden!«, erwiderte Rachel empört.

»Nein, selbstverständlich nicht, entschuldige. So habe ich das nicht gemeint. Ich wollte damit nur sagen, dass es zu Toby gehört, Dinge aufzudecken. Und dass ich vermute, er hat das bei dir auch getan. Es tut mir leid, wenn er dich verletzt hat. Aber ich glaube, dass auch er verletzt ist.«

Rachel schaute beiseite, und ihr Blick fiel auf die Kartons mit Cullens Besitztümern. All das erschien ihr plötzlich viel zu wenig zu sein für ein ganzes Menschenleben.

»Das ist zu kompliziert, um es zu erklären, Ron«, sagte sie leise. »Bitte verlang das nicht von mir.«

»Das tue ich nicht, Mädchen.« Ron strich über ihre Hand, und als sie ihn ansah, lag ein trauriges Lächeln auf seinem Gesicht. »Ich wünsche dir nur, dass du nicht den gleichen Fehler machst wie ich. Und wie Ezra und Edie ihn beinahe gemacht hätten.«

Ron wandte sich ab und nahm einen Gegenstand aus der letzten Schublade, die noch ausgeräumt werden musste. Es handelte sich um eine schmale vergilbte Pappschachtel, und als er sie öffnete, lag ein verschnörkelter silberner Tortenheber darin. Rachel erinnerte sich sofort daran, wann sie ihn zuletzt gesehen hatte – als Cullen eine fantastische Erdbeer-Sahne-Torte mit in den Laden gebracht hatte. Es war ein wunderschöner sonniger Tag gewesen. Ron hatte draußen immer wieder Stöckchen für Bukowski geworfen, und alle hatten bei offener Tür beisammengesessen, die köstliche Torte verzehrt und viel gelacht, bis in den Abend hinein, als die ersten Sterne funkelnd am Himmel erschienen.

»Ich wollte nur sagen«, murmelte Ron, »dass Geheimnisse letztlich nie gut sind, für niemanden.« Er schloss die Schachtel und hielt sie hoch. »Den habe ich Cullen geschenkt. Habe das schöne Stück mal bei einem Trödler in Portsoy entdeckt. Meinst du …«

»Bitte behalte ihn«, sagte Rachel sofort. »Unbedingt.«

Ron nickte und ließ die Schachtel in die Tasche seines Tweed-Sakkos gleiten.

»Rachel.«

Als sie aufblickte, stand Toby Hollingwood vor der Theke, einen zweifelnden Ausdruck auf dem Gesicht. Rachel wandte sich ab und hielt Ausschau nach Gilly, der sie aufgetragen hatte, die Krimis neu zu ordnen.

»Bitte«, sagte Toby leise. »Ich weiß, dass du nicht mit mir sprechen willst, und ich bin auch nicht hier, um das zu erzwingen. Aber ich muss dir noch etwas mitteilen, bevor ich Newton Dunbar verlasse.«

Rachel zwang sich, ihn anzusehen. Er hatte dunkle Ringe unter den Augen, als hätte er kaum geschlafen. Vielleicht wurde er erneut von seinen Albträumen heimgesucht. Sie wollte daran keine Gedanken verschwenden, merkte aber, dass sie es trotzdem tat.

»Es geht um Eveline MacDonald«, fügte er hinzu, als wüsste er, dass sämtliche anderen Themen tabu zwischen ihnen waren. »Und den Brand in Braecoille.«

Das erstaunte Rachel, denn sie hatte angenommen, dass er sich nicht mehr mit der Geschichte des Leuchtturms und des Anwesens beschäftigte. »Okay«, sagte sie. »Warte bitte draußen. Ich hole Gilly, damit sie hier vorne übernimmt.«

Toby nickte und wandte sich ab. Als er ohne ein weiteres Wort zur Tür ging, sah Rachel ihm nach. Sein hinkender Gang, bei dem die Umhängetasche an seine Hüfte schlug, erinnerte Rachel an den Tag, als Toby zum ersten Mal den Buchladen betreten hatte. Das schien schon so lange her und doch erst gestern gewesen zu sein.

Als sie nach draußen kam, konnte sie Toby zunächst nirgendwo entdecken, doch dann sah sie ihn winken. Er lehnte am Zaun vor dem Waldstück. Es hatte kurz vorher geregnet, und sie ging über das nasse Gras hinüber zu den Bäumen, von denen noch rhythmisches Tropfen zu hören war.

»Ich meine zu wissen, was damals wirklich passiert ist«, sagte Toby ohne weitere Umschweife. »Bei dem Brand. Oder zumindest, wie es dazu kam.«

»Aha …«, sagte Rachel langsam.

»Es ist keine schöne Geschichte.«

»Das liegt wohl nahe.«

»Möchtest du sie dennoch hören?«

»Selbstverständlich.«

»Okay.« Toby holte tief Luft. »Erinnerst du dich noch daran, wie du mir den Kuppelraum mit der Camera obscura zum ersten Mal gezeigt hast?«

»Ja. Das war nach Cullens Bestattung.«

»Ich habe dich damals gefragt, ob du mir die Camera obscura vorführen könntest. Und du hast gesagt, das ginge nicht, weil es schon dunkel war, dann würde sie nicht funktionieren.«

»Genau. Nach Sonnenuntergang ist nicht mehr genügend Licht vorhanden, das die Linse reflektieren kann.«

»Du hast auch gesagt«, fuhr Toby fort, »dass man dann allerhöchstens die Straßenlaternen erkennen könnte.«

»Ja. Total schade eigentlich.«

Toby lächelte. »Das fand Eveline auch.«

»Was meinst du damit?«

»Ich habe mir einige ihrer Tagebücher noch einmal genauer angesehen. Hier und da gibt es Notizen am Rand zu den Fortschritten des Leuchtturmbaus, Details, Fehlern in den Plänen und so weiter. Wir haben diesen Randbemerkungen anfänglich nicht so viel Bedeutung beigemessen, auch weil die Handschrift winzig und sogar herangezoomt kaum entzifferbar ist.«

»Okay.« Rachel fragte sich, worauf das alles hinauslaufen würde.

»Als ich mich intensiver damit beschäftigt habe, wurde immer deutlicher, dass Eveline nahezu besessen war von der Vorstellung, Braecoille bei Nacht mit der Camera obscura zu sehen. Einmal schrieb sie: ›James schlug vor, es bei Vollmond zu versuchen, aber leider sahen wir nichts. Wir vermuten, dass ein viel stärkeres und helleres Licht vonnöten sein würde.‹«

»Seltsam.« Rachel blickte stirnrunzelnd zum Leuchtturm hinüber. »Wenn ich an Eveline im Kuppelraum denke, sehe ich sie immer alleine vor mir. Ich war gar nicht auf die Idee gekommen, dass James sich mit ihr dort oben aufhielt, aber das liegt natürlich nahe. Er wusste ja von dem Geheimnis.«

»Ich weiß«, sagte Toby. »Ich hatte den gleichen Gedanken und denke, dass die beiden gemeinsam erörtert haben, wie man Braecoille nach Anbruch der Dunkelheit für die Camera obscura sichtbar machen könnte. Und das ist es, Rachel. Das ist die Erklärung für die Brandnacht.«

»Was meinst du damit?«

»Wenn wir ein Haus von außen beleuchten wollten, wie würden wir das machen?«

»Mit Flutlichtstrahlern, denke ich, so ausgerichtet, dass sie das Gebäude anstrahlen. Wie beim Schloss von Edinburgh.«

»Genau. Aber damals gab es noch keine Elektrizität. Wie hätte man das also im Jahre 1816 hinbekommen?«

Rachel überlegte. »Petroleumlampen?«

»Möglich, aber Braecoille war ein riesiges Anwesen. Man

hätte irrsinnig viele Lampen gebraucht, um genügend Licht zu erzeugen. Die reine Anschaffung hätte sehr viel Geld gekostet, das Petroleum nicht mitgerechnet. Und dann hätte man die Lampen danach auch lagern müssen – wenn es überhaupt möglich gewesen wäre, so viele aufzutreiben.«

»Stimmt«, räumte Rachel ein. »Tja, dann gäbe es nur noch …« Sie verstummte, als ihr buchstäblich ein Licht aufging. »Kerzen! Oh mein Gott. Das ist es, was passiert ist?«

Toby nickte. »Ich glaube, man kann getrost davon ausgesehen, dass James alles Erdenkliche dafür getan hätte, um Eveline ihren Wunsch zu erfüllen. Selbst wenn er dafür das gesamte Herrenhaus von außen mit offenem Feuer beleuchten musste, inklusive des Dachs.« Toby hielt inne. »Stephanie Warren hat mich angerufen, weil sie auf eine Bestellung von hundertfünfzigtausend Kerzen im Dezember 1815 gestoßen ist. Das war eine gigantische Bestellung, die noch nie vorgekommen war. Wozu sollte man so viele Kerzen auf einmal benötigen, es sei denn, man hat vor, etwas Riesiges damit zu beleuchten? Wie zum Beispiel das gesamte Dach und jede Fensternische eines Herrenhauses.«

Rachel verarbeitete das ein paar Momente und schaute dann mit wachsendem Grauen zum Leuchtturm hinauf. »Haben sie das etwa gesehen?«, fragte sie. »Waren sie vielleicht beide dort oben und betrachteten das Haus mit der Camera obscura, als eine der Kerzen umfiel und …«

»Wir werden wohl nie genau erfahren, was wirklich passiert ist«, sagte Toby. »Aber in den Zeitungen von damals wurde geschrieben, dass James MacDonald in das brennende Haus lief, um eine Bedienstete zu retten. Er war also nicht im Gebäude, als das Feuer ausbrach, kann aber nicht weit entfernt gewesen sein. Deshalb wäre schon denkbar, dass er sich zu dem Zeitpunkt im Leuchtturm aufhielt, ja.«

»Aber wenn es sich so abgespielt hat, wieso hat man dann immer nur Eveline die Schuld an der Tragödie gegeben?«

Toby zuckte die Achseln. »Vielleicht hat sie die Haushälterin angewiesen, die Kerzen zu bestellen? Und womöglich sogar, sie anzuzünden? Jedenfalls hat sie sich bestimmt selbst beschuldigt, auch wenn James die Idee mit den Kerzen gehabt hatte. Vielleicht hat sie dieses Gefühl zum Ausdruck gebracht, und im Laufe der Zeit ist die Geschichte dann mehr und mehr verfälscht worden. Ihre Trauer und ihre Schuldgefühle waren sicher immens, auch wenn Eveline nicht psychisch krank war. Falls sie danach gesagt hat, es sei ihre Schuld … Denk nur an die Vorgeschichte. Zuerst zog sie sich von allem zurück, ließ dann diesen sonderbaren Turm erbauen und hielt sich vermutlich ständig darin auf. Niemand außer James wusste, was sie dort machte. Vermutlich gab es auch Anordnungen, dass niemand Zutritt zum oberen Teil des Turms hatte. Denn sonst wäre sicher jemandem von den Bediensteten die Luke in der Decke aufgefallen.«

»Stimmt«, sagte Rachel. »Also war wahrscheinlich nur bekannt, dass sie sich von der Welt zurückzog und ihre Tage in einem Leuchtturm verbrachte. Was natürlich schon den Eindruck erwecken kann, als sei jemand verrückt.«

»Und für die Hausangestellten passten diese absurde Kerzenbestellung und die Tatsache, dass sie auf dem Dach angezündet worden waren, in das Bild, dass die Hausherrin eben verrückt war. Die Leute konnten ja nicht wissen, was James und Eveline vorhatten. Und, ganz ehrlich: Es war auch ein ziemlich aberwitziges Vorhaben, oder?«

Rachel nickte achselzuckend. Sie würden diese Theorie wohl nie beweisen können. Aber sie war schlüssig.

»Arme Eveline«, sagte Rachel leise. »Stell dir vor, man sieht sein Haus in Flammen aufgehen. Und den Mann hineinlaufen, der dann nicht wieder herauskommt. Und zu wissen, dass all das nur passiert ist wegen einer Idee …« Sie brach ab, weil ihr unerwartet die Kehle eng wurde.

»Und vergiss nicht die Geschichte, die immer erzählt wird«, rief Toby ihr in Erinnerung. »Dass James MacDonalds Frau vor dem brennenden Haus auf dem Rasen getanzt hat.«

»Sie hat nicht *getanzt*«, sagte Rachel langsam. »Sie war außer sich, weil …«

Beide schwiegen einen Moment.

»Ich denke, damit ist auch erklärt, warum Eveline nichts mehr mit der Camera obscura zu tun haben wollte«, sagte Rachel. »Sie war für immer verbunden mit der Erinnerung an diese Nacht. Den Leuchtturm wollte Eveline nicht abreißen, er war ein Monument für ihren verstorbenen Sohn. Aber sie wollte nicht mehr daran denken. Und sie wollte auch nicht, dass jemand die Wahrheit erfuhr.«

Sie schauten beide zu dem Turm hinauf, versunken in Gedanken an die Tragödie, an die er erinnerte.

Rachel dachte auch an Trudy Goodwin. Die einzige Nachfahrin der Familie MacDonald sollte die Wahrheit erfahren, fand Rachel, wenn auch das Ansehen von Eveline MacDonald posthum nicht wiederhergestellt werden konnte.

»Jedenfalls«, sagte Toby, »wollte ich dir das noch erzählen. Bevor ich aufbreche.«

Rachel nickte. »Danke.«

47

Bei diesem Anruf wurde Trudy Goodwin nicht von ihrem Pieper gestört, und Rachel konnte in Ruhe erzählen: von der Camera obscura, die Cullen vor allen geheim gehalten hatte, von Eveline MacDonald und ihrer tragischen Geschichte. Trudy hörte so aufmerksam zu, dass Rachel mehrmals nachfragte, ob sie noch dran sei.

»Ja, bin ich«, antwortete Trudy. »Ich … muss das nur alles verarbeiten. Reden Sie weiter.«

Rachel schilderte Evelines Begeisterung für Leuchttürme und wie der Bau dieses Turms ihr über den Verlust ihres einzigen Kindes hinweggeholfen hatte. Nachdem Rachel am Ende beschrieben hatte, was sie und Toby sich zurechtgelegt hatten, herrschte ein langes Schweigen am anderen Ende der Leitung.

»Trudy? Ist alles in Ordnung?«

»Ja. Entschuldigung, es ist nur … die arme Frau. Die arme *Familie.*«

Rachel lächelte leicht. »Ja. *Ihre* Familie.«

Nach einer kurzen Pause gab Trudy ein etwas erstickt klingendes Lachen von sich. »Ja. Wie absolut seltsam diese Geschichte ist. Alles, was sich in letzter Zeit ereignet, ist seltsam.«

»Ja, ich kann gut verstehen, dass Sie das so empfinden«, sagte Rachel mitfühlend. »Und die Geschichte zu kennen ist sicher auch ein wenig belastend. Ich hatte trotzdem das Gefühl, dass ich Sie einweihen sollte.«

»Ich bin wirklich aufrichtig froh, dass Sie mir alles erzählt haben«, erwiderte Trudy. »Jetzt muss ich mir eben überlegen, wie wir das angehen. Das wissen Sie wahrscheinlich noch nicht, aber heute Nachmittag hat Bernie Stuart ein offizielles Angebot gemacht, und ... ich bin mir zu neunundneunzig Prozent sicher, dass ich es annehmen werde.«

»Das verstehe ich vollkommen«, sagte Rachel, obwohl ihr das Herz schwer wurde. »Offen gestanden, hatte ich auch nichts anderes erwartet.«

Nach einer weiteren Pause sagte Trudy: »Ich muss jetzt aufhören. Ich werde wohl eine ganze Weile brauchen, um das alles zu verdauen ...«

»Natürlich. Sie können mich jederzeit anrufen, wenn Sie etwas mit mir besprechen wollen.«

»Danke. Ich kann mir lebhaft vorstellen, wie schwierig die Situation für Sie sein muss.«

Rachel sah sich im Buchladen um. »Ist schon okay. Alles Gute muss irgendwann enden.«

»Warum eigentlich?«, erwiderte Trudy. »Man hört das ja öfter, aber mir konnte noch niemand je erklären, weshalb.«

Nach dem Anruf stand Rachel noch eine ganze Weile in dem stillen Buchladen und dachte über Eveline MacDonald und die Geschichte nach, die Toby und sie Stück für Stück zusammengesetzt hatten. Natürlich würden sie niemals erfahren, ob sie der Wahrheit entsprach. Aber wäre Rachel nicht auf die Camera obscura, das Geheimnis auf dem Dachboden des Leuchtturms, gestoßen, hätten sie nicht einmal von den einzelnen Fragmenten erfahren. Dann wäre von Eveline MacDonald nichts geblieben außer einer grausigen Geschichte, in der Eveline nicht einmal ein Name zugestanden worden war.

Nach seiner Unterhaltung mit Rachel fühlte Toby sich ein wenig besser, trotz des düsteren Inhalts. Wenn er jetzt an Rachel dachte, würde seine letzte Erinnerung zumindest nicht dieser schreckliche Moment im Flur des Cottages sein, wo sie ihn angeschaut hatte wie einen Wildfremden, den sie nie mehr wiedersehen wollte.

Er packte gerade seine Sachen ins Auto, als sein Handy klingelte. Toby vermutete, dass Sylvie anrief, um sich nach dem Stand der Dinge zu erkundigen. Doch sie war es nicht.

»Rachel«, sagte Toby überrascht. Mit ihr hatte er zuallerletzt gerechnet.

»Hi.« Sie klang so verlegen, dass Toby unwillkürlich an Stephanie Warren und ihr plötzliches Erröten denken musste. »Ich hoffe, ich störe nicht?«

»Nein, kein Problem. Ich wollte gleich losfahren.«

Ein Schweigen entstand, und einen Moment lang dachte Toby, sie wollte auflegen. Doch dann sagte Rachel: »Ich sollte mich bei dir entschuldigen. Das bin ich dir schuldig.«

»Du bist mir gar nichts schuldig«, erwiderte Toby.

»Doch. Nach allem, was du für mich getan hast. Wie ich reagiert habe, das war nicht ...« Sie seufzte, ohne den Satz zu vollenden.

»Rachel«, sagte Toby ruhig. »Du brauchst dich nicht bei mir zu entschuldigen.«

»Es war … meine Vergangenheit … ich hatte eben geglaubt, an einem Punkt zu sein, an dem ich nicht mehr daran denken muss.«

»Und erklären musst du mir auch nichts. Wirklich. Ich habe mich schon in dem Augenblick schlecht gefühlt, als ich begonnen habe, deinen Namen zu suchen. Ich habe eine Grenze überschritten und habe volles Verständnis dafür, wenn du mir das nicht verzeihen kannst.«

Wieder entstand ein Schweigen, und Toby war nicht sicher, ob es das nun wirklich gewesen war – ob sie nie wieder miteinander sprechen würden. Ihr allerletzter Kontakt, am Telefon.

»Es ist keine lange Geschichte«, sagte Rachel schließlich. »Sie ist auch nicht kompliziert und nicht einmal besonders außergewöhnlich. Aber es ist meine, und wenn du sie wissen willst, möchte ich, dass du sie von mir erfährst. Nicht aus dem, was *er* den Zeitungen erzählt hat. Sondern *meine* Version. Das ist mir sehr wichtig, kannst du das verstehen, Toby?«

Er zögerte einen Moment, bevor er antwortete: »Ja, Rachel. Das kann ich sehr gut verstehen.«

Der laute Pub kam als Ort für dieses Treffen ebenso wenig infrage wie das stille weiße Cottage, in dem die verhängnisvolle Offenbarung stattgefunden hatte. Sie trafen sich im Buchladen, der bereits geschlossen hatte, und ließen sich am Schachtisch nieder, Rachel in Cullens Sessel, Toby gegenüber. Als er sich setzte, musste er daran denken, was wohl mit den Möbeln geschehen würde, die so viel erlebt hatten. Würden sie auf einer Müllkippe enden? Das war eine schreckliche, triste Vorstellung.

Rachel hatte recht, ihre Geschichte war nicht lang – schon allein aus dem Grund, dass ihr Leben noch nicht besonders lang gewesen war, als dieser Mann darin auftauchte.

»Heutzutage würde man es als Grooming bezeichnen«, begann Rachel. Ihre Hände umklammerten die abgewetzten Lehnen des Sessels. »Mir wird jedes Mal übel, wenn ich das Wort höre. Er begann nach der Schule auf mich zu warten, am Tor. Ich war damals fünfzehn oder sechzehn, etwa in Gillys Alter. Keine Ahnung, wieso er mich ausgesucht hatte, aber diese Art von Männern spürt das wahrscheinlich immer, vermute ich. Welche die verletzlichsten, die angreifbarsten sind. Diejenigen, um die sich keiner kümmert.«

Rachel war sechs Jahre alt, als ihre Mutter starb. Der Vater war nie anwesend, der Großvater lebte nicht mehr, und die Großmutter, zu diesem Zeitpunkt bereits dement, lebte in einem Pflegeheim. Das Mädchen wurde in Heimen und Pflegefamilien untergebracht.

»Schwieriges Alter«, sagte Rachel mit einer Sachlichkeit, bei der sich Tobys Herz zusammenzog. »Und ich war wohl auch ein schwieriges Kind – das bekam ich jedenfalls immer wieder zu hören. Ich landete in mehreren Heimen und Pflegefamilien, niemand wollte mich adoptieren. Als Steven dann auftauchte, konnte ich nicht widerstehen. Zum ersten Mal hatte ich das Gefühl, dass mir jemand zuhört und sich um mich kümmert. Zumindest gelang es ihm, mir das vorzugaukeln. Er sagte, er wolle mich heiraten, und damit hat er mich dann endgültig rumgekriegt. Denn wenn jemand heiraten will, meint er es doch ernst, dachte ich mir damals. Vor allem ein Mann wie er, der selbstsicher und erfolgreich war. Steven war kein einsamer Sonderling, er hatte ein Bauunternehmen, verdiente viel Geld und hatte Lebensart. Er brauchte mich nicht, und deshalb glaubte ich, dass er eben wirklich mit mir zusammen sein wollte, und das hatte bislang niemand gewollt. Wir heirateten, sobald ich volljährig war. Und dann wurde mir klar, dass ich nicht gerettet, sondern von einem Unheil ins nächste geraten war.«

Ihr Mann musste sich nicht sonderlich bemühen, sie zu isolieren, weil Rachel ohnehin keine Freunde hatte. Sie war volljährig, der Staat trug keinerlei Verantwortung mehr für sie. Es fiel niemandem auf, als Rachel von der Bildfläche verschwand.

»Er wollte nicht, dass ich den Führerschein mache, und er wollte nicht, dass ich auswärts arbeite«, fuhr Rachel fort. »Zuerst dachte ich noch, dass er das verlangte, weil er alleine für mich sorgen wollte. Aber er wollte auch nicht, dass ich lese, weil er etwas gegen Bücher hatte und Lesen als Zeitverschwendung betrachtete. ›Du hast doch mit dem Haushalt genug zu tun‹, war seine Aussage. Als ich dann anfing zu widersprechen, kamen zum ersten Mal seine Fäuste zum Einsatz.« Rachel hielt inne und schluckte, sprach dann weiter. »›Nach allem, was ich für dich getan habe‹ und dergleichen bekam ich zu hören. Ich durfte kein Handy haben, und wir hatten keinen Festnetzanschluss. Freunden wurde ich nicht vorgestellt, und es kam auch niemand nach Hause. Ich glaubte, er würde sich meiner schämen. Und nach einer Weile gab ich auf, weil ich dann so weit war zu glauben, dass er ja schließlich recht hatte. Er hatte alles für mich getan. Ich war ein Nichts. Ohne ihn hatte ich nichts und niemanden. Geld auch nicht, und ich wusste nicht, wohin ich hätte gehen sollen.«

Eustace strich ihr um die Beine, und Rachel nahm den Kater hoch und streichelte ihn gedankenverloren. Toby beobachtete sie und fragte sich, wie ihrer beider Leben wohl verlaufen wären, wenn sie sich schon früher begegnet wären. Wo war er gewesen, als Steven Harry zum ersten Mal am Schultor stand und Rachel herauskommen sah? Warum hatte Toby sie nicht früher kennengelernt? Dann hätte ihr Leben ganz anders aussehen können …

»Dann zog nebenan ein junges Paar ein«, sprach Rachel weiter. »Ich hörte, wie sie eines Morgens mit Steven sprachen. Ein paar Wochen später ging ich mit meinen Einkäufen im Regen nach Hause, und die neue Nachbarin hielt neben mir und bot an, mich mitzunehmen. ›Wohnst du immer wechselweise bei deiner Mutter und deinem Vater?‹, fragte sie mich. Ich sehe heute noch ihr Gesicht vor mir, als ich sagte, er sei nicht mein Vater …« Rachel schüttelte den Kopf. »Jedenfalls kam sie danach öfter mal vorbei, wenn er bei der Arbeit war. Sie hieß Amanda und war wohl auch erst so Ende zwanzig. Aber mir kam es vor, als wüsste sie alles über das Leben. Sie bezahlte mir Fahrstunden und arrangierte die Termine so, dass Steven nichts davon merkte. Und eines Tages, als sie sah, dass ich hinkte – er achtete eigentlich immer darauf, dass man mir nichts ansehen konnte –, sagte sie: ›Ich habe noch einen alten VW-Bus, der bei meinem Vater steht. Ist ein klappriges altes Ding, fährt aber noch. Ich möchte ihn dir schenken. Und ich möchte, dass du damit abhaust, bevor er dich noch umbringt. Fahr los und komm nie wieder hierher zurück.‹ Es dauerte ein halbes Jahr, bis sie mich überzeugt hatte. Aber dann war es so weit.«

Rachel hielt inne und blickte auf. »Ich habe einen seiner

Fernsehauftritte gesehen, wo er behauptete, ich sei psychisch krank und deshalb besonders gefährdet. Was nicht stimmte. Ich meine, ich war auf jeden Fall depressiv, und gefährdet war ich natürlich auch, deshalb hatte er mich ja überhaupt ausgesucht. Aber er konnte alles behaupten, mich hörte ja keiner. Es dauerte jedenfalls sehr lange, bis ich mich nicht mehr verfolgt fühlte. Und ich glaubte, das sei für immer vorbei, aber als du die Geschichte ans Tageslicht gebracht hast …« Rachel wandte den Blick ab. »Jetzt weiß ich, dass es wohl niemals vorbei sein wird. Er wird irgendwie immer da sein. Wird immer Raum einnehmen, der ihm nicht zusteht.«

Danach entstand ein langes Schweigen. Toby wusste nicht, was er dazu sagen sollte.

»Du solltest bleiben«, sagte Rachel nach einer Weile. »In Newton Dunbar, meine ich. Wegen mir – wegen *alldem* – solltest du auf keinen Fall von hier weggehen, finde ich.«

Toby holte tief Luft. Er war nicht sicher, wie gut die Chancen standen, dass sie beide jemals über diese Situation hinwegkommen würden. Vor einer Stunde noch hätte er die Lage für aussichtslos gehalten, aber jetzt …

»Ich habe die Stelle zugesagt, die mir angeboten wurde«, erwiderte er und bereute diese Entscheidung zum ersten Mal. »Ich fange am Montag an.«

Rachel nickte langsam. »Ah, okay. Ich freue mich für dich, dass du wieder Arbeit hast.«

Toby lächelte, ein wenig bedauernd. »Ja, ich freue mich auch.«

»Kommst du denn wenigstens zur Hochzeit?«

Toby runzelte die Stirn. »Hochzeit? Was denn für eine Hochzeit?«

48

»Das Kleid«, sagte Gilly. »In knapp vier Wochen ist die Hochzeit, und ich habe dich noch nicht einmal darüber reden hören, was du anziehen willst. Hast du darüber überhaupt schon mal nachgedacht?«

»Ich bin siebenundsechzig Jahre alt, um Himmels willen«, erwiderte Edie. »Ich heirate in einem Standesamt, und die Feier findet in einem Buchladen statt. Was soll ich denn da mit Spitze und Rüschen, bitte schön? Ich habe bestimmt noch irgendetwas in meinem Schrank, das passt.«

»Edie, das geht gar nicht!«, rief Gilly zutiefst schockiert aus. »Es muss ja nicht weiß sein, aber auf jeden Fall ein besonderes Kleid, eigens für diesen Anlass!«

Die Künstlerin hatte sich zwar bereit erklärt zu heiraten, legte jetzt aber wenig Engagement für das bevorstehende Ereignis an den Tag. Zum Beispiel hatte sie verkündet, unter keinen Umständen ihren Namen ändern zu wollen: »Kommt überhaupt nicht infrage. Das habe ich einmal gemacht, und es war vollkommen idiotisch. Nie wieder. Außerdem kennen mich alle meine Kunden als Edie Strang.« Ezra schien das nicht im Mindesten zu stören, aber Rachel bemerkte zu ihrem Erstaunen, dass Gilly sich darüber aufregte. Sie ereiferte sich Rachel gegenüber auch darüber, dass Edie sich überhaupt keine Mühe für die Hochzeit gebe, so Gillys Wortlaut. Deshalb saßen die drei Frauen an diesem Abend mit Häppchen und Getränken am Arbeitstisch im Atelier. Das Treffen war von Gilly anberaumt worden, die nun endlich Nägel mit Köpfen machen wollte.

»Es wäre doch wirklich schön, ein spezielles Outfit für die Hochzeit zu haben, Edie«, sagte Rachel. »Es muss ja kein klassisches Hochzeitskleid sein.«

»Es *wird* kein klassisches Hochzeitskleid sein«, erwiderte die Künstlerin entschieden. »Und abgesehen davon, kann ich es nicht ausstehen, Kleider zu kaufen, das weißt du doch. Oder um es noch deutlicher zu sagen: Ich hasse es!«

»Nein, das wusste ich nicht«, sagte Rachel überrascht. »Du siehst doch immer so elegant aus, ich habe dich seit jeher für eine Frau gehalten, die etwas für Mode übrig hat.«

»Was, ich?« Edie lachte. »Was glaubst du wohl, warum ich immer Schwarz trage? Kommt nie aus der Mode und passt grundsätzlich zu allem.« Sie trank einen großen Schluck Wein und deutete mit dem Zeigefinger auf Gilly. »Wie wäre es denn mit dem schwarzen Seidenkleid, das ich für dieses alberne Modellsitzen mit Ezra anhatte? Ihm gefiel das, ist mir nicht entgangen.«

»Du kannst doch nicht zu deiner Hochzeit Schwarz tragen, das geht einfach nicht«, widersprach Gilly empört. »Du bist schließlich kein Goth! Außerdem kennt Ezra das Kleid schon. Komm schon, willst du ihn denn nicht umhauen mit deinem Auftritt?«

Edie schniefte und goss sich Wein nach. »Also, ich hatte den Eindruck, dass mir das auch gelungen ist, ohne dass ich irgendwelche klischeehaften Rollenbilder erfüllen muss. Was willst du denn von mir – dass ich mein runzliges Dekolleté zur Schau stelle, oder was?«

Gilly warf entnervt die Hände in die Luft und sah Rachel hilfesuchend an.

»Es ist nun mal Edies Hochzeit, Gilly«, wandte Rachel sanft ein. »Sie kann tragen, worauf sie Lust hat. Und sie wird so oder so fantastisch aussehen.«

Gilly sah etwas zerknirscht, aber auch sehr enttäuscht aus. Was wiederum Edie zum Einlenken veranlasste.

»Dir ist das alles sehr wichtig, oder?«, fragte sie Gilly. »Der ganze Tag, meine ich?«

Gilly zuckte die Achseln. »Ich möchte wahrscheinlich immer noch daran glauben, dass eine Hochzeit etwas Großartiges ist. Den richtigen Menschen für sich zu finden, auch wenn man ihn schon jahrelang kannte und direkt vor der Nase hatte. Selbst wenn man schon mal verheiratet war und weiß, dass das nicht nur Zuckerschlecken ist. Doch so ist nun mal das ganze Leben, oder? Es gibt kein wirkliches Happy End dabei, das wissen wir alle. Aber genau deshalb ist es doch umso wichtiger, die glücklichen Stunden und Erlebnisse ganz besonders zu feiern, oder nicht? Trotzdem hat Rachel natürlich recht – es ist deine Hochzeit, Edie. Du entscheidest, was du möchtest.«

Rachel und Edie warfen sich einen Blick zu, und die Buchhändlerin spürte, dass sie beide in etwa das Gleiche dachten – wie erstaunlich weise Gilly für ihre jungen Jahre schon war.

Nach kurzem Schweigen sagte Edie: »Du hast völlig recht, Gilly. Und es tut mir leid, dass ich mich so benommen habe, als wäre die Hochzeit eine lästige Pflicht, die ich nur hinter mich bringen muss.« Sie starrte einen Moment in ihr Weinglas, bevor sie sagte: »Es ist nur … ich glaube nicht so recht daran, dass er das wirklich durchziehen will.«

»*Was?*«, rief Gilly aus.

»Ja, was meinst du damit?«, fragte auch Rachel.

Edie zuckte die Achseln. »Also, ich denke mir eben, wenn er wirklich zu seinem Wort stehen muss, wird er wahrscheinlich kalte Füße kriegen und nicht auftauchen.«

»Das würde Ezra niemals tun«, widersprach Gilly schockiert.

Edie warf dem Mädchen einen Blick zu, der aus Rachels Sicht Bände sprach. »Wir werden ja sehen. Aber verzeih mir, wenn ich mich nicht überschlage vor Freude mit diesem ganzen Hochzeitsbrimborium. Am Ende stehe ich vermutlich sowieso gedemütigt und mit einer gigantischen Rechnung da.«

»Edie«, schaltete Rachel sich ein. »Gilly hat vollkommen recht, so etwas würde Ezra niemals tun.«

»Er liebt dich«, fügte Gilly hinzu. »Merkst du denn nicht, wie er dich ständig anschaut?«

»Der kennt mich aber nicht«, murmelte Edie störrisch.

»Na, und wie er dich kennt!«

»Die schlechten Teile vielleicht. Keine gute Voraussetzung, oder?«

»Doch, gerade dann«, sagte Gilly. »Das ist sogar noch besser! Genau wie Benedikt zu Beatrice sagt: ›Du und ich sind zu vernünftig, um uns friedlich umeinander zu bewerben.‹ Ihr habt fünfzehn Jahre lang eure negativen Seiten aneinander erlebt. Jetzt könnt ihr euch die Freude gönnen, eure guten kennenzulernen.«

Edie tauschte einen Blick mit Rachel, die bemerkte: »Ich finde, da liegt Gilly gar nicht so falsch.«

»Natürlich nicht!« Gilly verzog das Gesicht. »Und ich sollte mir echt Mühe geben, meine Prüfungen zu bestehen, damit ich dieses Theater hier nicht mehr länger ertragen muss.«

Edie lächelte ein bisschen, wirkte aber keineswegs so vorfreudig, wie man das angesichts ihrer bevorstehenden Trauung hätte erwarten können. Rachel überlegte sich, ob das womöglich mit einer Geschichte aus Edies Vergangenheit zu tun hatte, und musste an Toby denken, der sicherlich versucht hätte, die Hintergründe aufzudecken. Sie dachte in diesen Tagen ziemlich häufig an Toby, was sie vermuten ließ, dass sie ihm vielleicht doch beinahe verziehen hatte. Aber das würde nun auch nichts mehr ändern, denn er hatte Newton Dunbar verlassen. Und sie wünschte ihm aufrichtig alles Gute.

Zum ersten Mal seit Wochen schloss Rachel am nächsten Morgen den Buchladen auf. Ron und sie hatten Cullens Hab und Gut in Kartons verpackt, die im Pförtnerhaus zum Abtransport bereitstanden. Rachel hatte gehofft, dass sie jetzt ein wenig Ruhe finden würde, um sich zu sammeln und zu überlegen, wie es mit ihrem Leben weitergehen sollte – was dringend nötig gewesen wäre. Doch es kam anders. Kaum hatte sie den Laden aufgeschlossen und sich hinter die Theke begeben, ging die Tür auf, und Rachel vernahm die inzwischen vertraute Stimme von Alan Crosswick.

»Guten Morgen, Rachel«, sagte er freundlich lächelnd, aber wie immer ein wenig förmlich, als er zur Theke trat.

»Entschuldigen Sie bitte, dass ich so unangekündigt hereinplatze.«

Rachel erwiderte das Lächeln, obwohl sie den Grund von Crosswicks Besuch ahnte. »Kein Problem. Wie kann ich Ihnen behilflich sein? Das Pförtnerhaus ist ausgeräumt bis auf die Kartons, möchten Sie einen Rundgang machen?«

»Nein, darum geht es nicht. Ich habe ... Neuigkeiten. Die allerdings für Sie nicht sehr erfreulich sein werden, fürchte ich. Trudy Goodwin hat beschlossen, das Angebot von Mr Stuart anzunehmen.«

Rachel wurde flau im Magen, aber sie versuchte, sich nichts anmerken zu lassen. »Damit hatte ich schon gerechnet.«

Crosswick sah sie mitfühlend an. »Es tut mir wirklich leid«, sagte er. »Sie hatte ernsthaft erwogen, nicht zu verkaufen, kann sich das aber leider einfach nicht leisten.«

»Das verstehe ich. Aber Sie hätten wirklich nicht den ganzen weiten Weg machen müssen, um mir das zu mitzuteilen, Alan.«

Der Anwalt sah sich mit komischer Verschwörermiene um und beugte sich dann vor. »Es gibt noch etwas anderes, worüber Ms Goodwin und ich gesprochen haben. Das wollte ich Ihnen persönlich mitteilen.«

In diesem Moment kam Gilly hereingelaufen, so atemlos, als wäre sie den Hügel hinaufgerannt. »Rachel!« Dann entdeckte sie den Anwalt und fügte hastig hinzu: »Oh ... Entschuldigung.«

»Kein Problem, Gilly, schön, dass du da bist«, sagte Rachel. »Könntest du hier die Stellung halten? Mr Crosswick und ich müssen uns eine Weile unterhalten.«

Sie gingen gemeinsam zum Pförtnerhaus, das Crosswick ohnehin besichtigen musste.

»Es handelt sich um die Camera obscura«, erklärte der Anwalt schließlich, als sie in Cullens leerem Wohnzimmer standen. »Ms Goodwin und ich hatten ein Gespräch über Alternativen.«

»Alternativen?«

Crosswick nickte, schien seine Worte sorgfältig zu erwägen. »Deshalb wollte ich auch, dass die Camera obscura weiterhin ein Geheimnis bleibt, damit wir uns mehrere Optionen offenhalten können. Es ist nämlich so, Rachel: Meine oberste Priorität ist die Zufriedenheit meiner Klienten, und dazu gehört auch, manchmal Dinge aus einem neuen Blickwinkel zu betrachten. In dieser Situation, in der nun der Rest des Anwesens der Familie MacDonald in andere Hände übergehen wird, liegt mir ganz besonders daran, eine Lösung zu finden, die Trudy Goodwins Erbe nicht schmälert, dabei aber auch Eveline MacDonalds Wunsch berücksichtigt.«

Rachel sah ihn erstaunt an. »Ach ja? Und wie stellen Sie sich das vor?«

»Abbauen ist der Plan.«

»Was?«, rief Rachel erschrocken aus. »Den Leuchtturm?«

»Nein, nur die Camera obscura«, erklärte Crosswick. »Die Unterlagen können an einen sicheren Ort gebracht und dort aufbewahrt werden. Oder aber man übergibt sie dem Archiv der Historical Society in Great Dunbar. Niemand außer uns und den beim Archiv angestellten Personen würde dann von der Camera obscura erfahren. Mrs MacDonalds Geheimnis würde bewahrt, und für Ms Goodwin entstünden keine zusätzlichen Komplikationen beim Verkauf.«

»Aber ...« Rachel wollte eigentlich einwenden, dass man das nicht tun dürfe, weil Eveline MacDonald das nicht gewollt hätte, kam dann aber ins Grübeln. *Der Turm muss bestehen, für beide,* stand in dem Brief, mit dem alles begonnen hatte.

»Eveline meinte den Leuchtturm«, dachte Rachel laut. »Damit der Name ihres Mannes und ihres Sohnes in Erinnerung blieb. Das bezog sich aber nicht auf die Camera obscura.«

Crosswick nickte erfreut. »Genau meine Argumentation.«

»Eveline konnte die Camera obscura natürlich nicht selbst entfernen, wollte aber auch nicht, dass jemand davon erfuhr«, sinnierte Rachel weiter. »Wer weiß, vielleicht hätte Eveline sie sogar selbst abgebaut, wenn sie dazu imstande gewesen wäre.«

»Wir können im Kaufvertrag festlegen, dass der Leuchtturm weiterhin James-MacDonald-Turm heißen soll«, sagte Crosswick. »Die Camera obscura wird nicht erwähnt. Der Turm wird dann letztlich so übergeben wie bei seiner Entstehung. Somit bleibt das Geheimnis von Eveline MacDonald erhalten, und Trudy Goodwin bekommt ihr Geld.«

Rachel überlegte noch eine Weile, ob bei diesem Vorgehen irgendetwas übersehen worden war.

»Aber die Camera obscura ist von historischer Bedeutung«, wandte Rachel schließlich ein. »Haben wir überhaupt das Recht, sie zu entfernen?«

»Niemand weiß davon«, gab der Anwalt zu bedenken. »Wenn es bekannt wird, würde der Turm vermutlich in die höchste Denkmalschutzkategorie eingestuft werden, und wir dürften nichts anrühren. Aber bislang können wir frei handeln. Die Dokumente bleiben ja auch erhalten. Falls sich irgendwann in Zukunft der Status des Gebäudes ändern sollte, hätte man jederzeit Zugriff auf die Papiere. Wenn die Camera obscura jetzt abgebaut wird, ist das aus meiner Sicht nichts anderes, als wenn Eveline MacDonald sie nach dem Tod ihres Mannes selbst entfernt hätte.«

Rachel nickte. »Verstehe.«

»Jedenfalls hatte mich Ms Goodwin gebeten, das mit Ihnen zu besprechen.«

»Warum?«, fragte Rachel erstaunt. »Weder Sie noch Trudy Goodwin sind mir irgendeine Rechenschaft schuldig. Und meine Zustimmung benötigen Sie auch nicht.«

»Das stimmt«, sagte Crosswick. »Aber wie ich schon zu Anfang sagte: Ich denke, Ms Goodwin ist ein ehrenwerter Mensch. Sie möchte für alle an diesem Prozess Beteiligten das Beste. Dabei fällt mir noch etwas ein«, fügte der Anwalt hinzu. »Mr Hollingwood ist ja auch in das Geheimnis eingeweiht. Auch seine Verschwiegenheit wäre also vonnöten, nicht nur die Ihre.«

»Das wird bestimmt kein Problem sein.« Rachel war sicher, dass Toby volles Verständnis haben würde. »Ich werde es mit ihm besprechen.«

Danach entstand ein kurzes Schweigen. Schließlich sagte Crosswick, der zufrieden zu sein schien, dass er seine Mission erledigt hatte: »Ich finde es ja durchaus traurig, dass der Leuchtturm künftig nicht mehr in Händen der Familie MacDonald sein wird, muss ich gestehen. Aber ich denke, angesichts der Umstände haben wir das Beste aus der Situation gemacht.«

»Wann wird der Kaufvorgang denn abgeschlossen sein?«,

fragte Rachel. »Ich frage nur, weil … es wird sehr aufwendig, den Laden auszuräumen, und dort soll demnächst die Hochzeitsfeier von zwei Stammkunden abgehalten werden. Es wäre natürlich sehr schade, wenn man vorher alles ausräumen müsste, aber …«

Crosswick nickte. »Wir haben das Angebot noch nicht offiziell zugesagt, und ich kann den Verkauf noch bis nach der Hochzeit hinauszögern. Aber vielleicht wäre es sinnvoll, diese Feier dann auch als Abschlussfest zu betrachten. Machen Sie bis dahin weiter wie bisher, und ziehen Sie dann den Schlussstrich. Vielleicht können Sie sich in der Zwischenzeit schon einmal umhören nach Händlern, die große Büchermengen ankaufen. Ich spreche mit Ms Goodwin darüber, dass man für das Ausräumen zusätzliche Kräfte anstellen muss, das können Sie niemals alleine bewältigen. Bei der Camera obscura allerdings …«

»Ich werde so viel wie möglich selbst entfernen«, versprach Rachel. »Beim Abbau von Spiegel und Linse und beim Zerlegen des Tischs brauche ich allerdings Hilfe.«

Crosswick nickte. »Und Sie, Rachel«, sagte er nach kurzem Schweigen. »Darf ich Sie fragen, was Sie danach vorhaben? Werden Sie in Newton Dunbar bleiben?«

»Das weiß ich noch nicht so genau. Mr Stuart hat erwähnt, dass er mir eventuell einen Job in der Brauerei anbieten würde. Das wäre eine Überlegung wert.«

Der Anwalt lächelte. »Klingt nach einer guten Idee. Sollten Sie eine Empfehlung brauchen, lassen Sie es mich wissen. Ihre Unterstützung war ungemein wertvoll für mich. Ich helfe Ihnen gerne weiter.«

Nachdem Rachel das Pförtnerhaus abgeschlossen hatte,

trennten sich die beiden am Fuße des Hügels. Rachel ging hinauf zum Leuchtturm und dachte darüber nach, wie es wohl sein würde, den Buchladen auszuräumen. Und sie stellte sich den Dachboden ohne die Camera obscura vor – ein leerer, nackter Raum ohne Sinn und Zweck, dessen Geheimnis spurlos entfernt worden war. Rachel fragte sich, was Eveline MacDonald davon halten würde, und kam zu dem Schluss, dass sie es vielleicht jetzt, zweihundert Jahre später, da auch sie selbst kaum noch jemandem in Erinnerung war, gutheißen würde.

Rachel wünschte sich, das Gleiche auch mit ihrer eigenen Vergangenheit tun zu können – sie zu löschen, alle Spuren zu tilgen, sodass niemand mehr überraschend schlimme Dinge zum Vorschein bringen konnte, die besser in Vergessenheit geraten sollten. Ja, das erschien ihr als perfekte Lösung.

49

»Sollen wir noch bei dem Feinkostladen reinschauen?«, fragte Edie, während sie mit Ezra am Ufer des Dun in Great Dunbar spazieren ging. »Um letzte Fragen wegen des Caterings zu klären?«

Da für die Planung nicht viel Zeit blieb und Edie keinen großen Aufwand betreiben wollte, hatten sie sich für eine Art Picknick im Buchladen entschieden. Ein Feinkostladen aus Great Dunbar würde für jeden Tisch einen Picknickkorb mit Käse, Wurst, Fleisch, Backwaren, Salaten und eingelegtem Gemüse zusammenstellen. Zum Nachtisch würde es ein Büfett mit Kuchen und Patisserie geben, gekrönt von einem Turm aus Macarons anstelle der traditionellen Hochzeitstorte.

»Gute Idee, aber lass uns erst mal lunchen«, erwiderte Ezra. »Dieses ganze Herumrennen, als seien wir junge Hüpfer, macht mich hungrig.«

Sie waren auf der Brücke über den Dun angekommen und blieben stehen, um nach unten auf das in der Sonne glitzernde Wasser zu schauen. Am Ufer lag das Wheelhouse Inn, ein Lokal mit Terrasse und Balkon, bereits gut besucht von Gästen, die das schöne Wetter genossen. Edie hatte das Lokal seit vielen Jahren nicht mehr betreten – seit jenem schrecklichen Abend vor langer Zeit, als der Mann, der jetzt neben ihr stand, sie versetzt hatte, ohne sich jemals dazu zu äußern. Edie hatte allein an einem romantisch mit Kerzen beleuchteten Tisch gesessen, umgeben von murmelnden Paaren. Seither hatte sie dieses Lokal nicht mehr sehen wollen, sagte sich aber, dass sie die Geister der Vergangenheit endgültig ruhen lassen sollte. Wann, wenn nicht jetzt, eine Woche vor ihrer Hochzeit mit eben diesem Mann?

»Wie wär's mit dem Wheelhouse?«, fragte Edie, stolz auf sich selbst, weil sie den Namen ohne jeglichen bitteren Nachgeschmack aussprechen konnte. »Da am Ufer zu sitzen wäre bestimmt schön, oder?«

Sie sah Ezra von der Seite an. Er stützte sich mit beiden Händen aufs Geländer und starrte hinunter auf die Terrasse am Wasser. Seine Hochstimmung von vorher schien verflogen zu sein.

»Was ist los?«, fragte Edie.

Ezra warf ihr einen Blick zu und schaute dann wieder weg. »Ich habe dieses Lokal gemieden, seit du mich damals versetzt hast«, sagte er. »Und um ehrlich zu sein, weiß ich noch immer nicht, ob ich da jetzt reingehen kann.«

Einen Moment lang glaubte Edie, sich verhört zu haben. »Ich … *was*?«

»Jetzt sag bloß nicht, du wüsstest das nicht mehr«, erwiderte Ezra. »Wo mich das seit Jahren verfolgt.«

Edie rückte ein Stück von ihm ab. »Aber ich habe dich nicht versetzt. *Du* hast *mich* versetzt! Ich hockte da eine Stunde lang ganz alleine und fühlte mich wie eine komplette Idiotin, weil ich mich eindeutig um jemanden bemüht hatte, der kein Interesse an mir hatte!«

Ezra sah sie an, als hätte sie den Verstand verloren. »Was um alles in der Welt redest du da? *Ich* saß hier mutterseelenalleine in meinem schicken Anzug wie ein Volltrottel, weil du nicht …«

»Ich war da!«, beharrte Edie. »Ich hatte mir ein neues Kleid gekauft und die Haare hochgesteckt, und ich trug sogar hochhackige Schuhe, und …«

Sie brach ab, und die beiden starrten sich an.

»Also gut«, sagte Ezra langsam. »Wenn ich hier war und du auch – was zum Teufel ist dann damals passiert?«

»Ich habe nicht die geringste Ahnung«, antwortete Edie. »Ich weiß nur, dass ich pünktlich um acht Uhr am siebten Juni …«

»Nein«, fiel Ezra ihr ins Wort. »Nein, nein, nein, es war sieben Uhr am achten Juni.«

»Das stimmt nicht«, widersprach Edie. »Zumindest …«

Sie verstummten beide und versuchten, sich an eine Verabredung zu erinnern, die sie hastig und schüchtern vor anderthalb Jahrzehnten getroffen hatten.

»Großer Gott«, sagte Ezra schließlich. Die Betroffenheit in seiner Stimme entsprach exakt Edies Gefühlen, als ihr das Ausmaß dieses idiotischen Irrtums bewusst wurde. »Das ist jetzt eigentlich auch egal, oder?«

Beide versanken wieder in Schweigen, noch immer fassungslos.

»Wie konnte es dazu kommen, dass wir nie darüber gesprochen haben?«, fragte Ezra nach einer Weile. »In fünfzehn Jahren kein einziges Mal?«

Edie schüttelte den Kopf. »Ich hatte geglaubt, dass ich dich falsch gedeutet hatte oder dass du es dir anders überlegt hattest. Deshalb wollte ich dich eigentlich nie mehr wiedersehen, und jedes Mal, wenn …«

Ezra ergriff ihre Hand und drückte sie. »Ich war genauso dumm. Ich hätte zu dir kommen und dich fragen können, anstatt mich aufzuführen wie ein starrsinniger Idiot. Es tut mir sehr leid. Niemals hätte ich dich alleine dort sitzen lassen, in tausend Jahren nicht. Ich war so glücklich damals, dass du dich mit mir verabredet hast. Und dann dachte ich, dass ich vielleicht zu vorschnell gewesen war, zu begierig gewirkt hatte oder so. Ich wusste ja schon damals, dass du in einer ganz anderen Liga spielst als ich. Warum sollte sich jemand wie du mit einem grobschlächtigen Kerl abgeben, der auf Ölbohrinseln geschuftet hat? Deshalb habe ich einfach aufgegeben.«

»Aber eben nicht komplett. Wir beide nicht, oder?«, erwiderte Edie.

»Nein. Zum Glück nicht.«

Edie fühlte sich noch immer so erschüttert und benommen, als hätte ihr jemand auf den Kopf gehauen. »Fünfzehn Jahre Leben, Ezra, nur wegen eines einzigen dummen Irrtums …«

Ezra zog sie an sich. »Denk nicht mehr darüber nach.«

»Hätten wir uns doch nur wie erwachsene Menschen benommen«, sagte Edie. »Hätten wir doch nur darüber geredet. Wie konnten wir so dumm und verbohrt sein?«

Ezra küsste sie, ergriff auch ihre andere Hand und sah Edie in die Augen. »Du hast vollkommen recht. Wir hätten reden sollen. Von jetzt an wollen wir das tun, über alles, damit so etwas nie wieder passieren kann.« Er zögerte einen Moment. »Und deshalb möchte ich dir auch etwas sagen, das du wissen sollst. An dem Tag, an dem ich dir den Heiratsantrag gemacht habe, hat Gilly mir vorher von deinen Händen erzählt.«

»Meine Hände? Was meinst du damit?«

»Ihr ist aufgefallen, dass dir einige Bewegungen zunehmend schwererfallen«, antwortete Ezra. »Dass du nicht mehr so agil bist wie früher. Deshalb wollte Gilly nicht an die Uni. Sie wollte dich nicht alleine lassen, falls sich das noch verschlechtert.«

Edie brauchte einen Moment, um das zu verarbeiten. »Also deshalb hast du mich gefragt, ob ich dich heiraten wollte, als du so plötzlich mit Gilly die Treppe herunterkamst. Weil sie sonst nicht studieren …«

»Nein«, entgegnete Ezra fest. »Das war nicht der Grund, Edie Strang. Gilly hat es nur etwas beschleunigt. Wären wir beide vor fünfzehn Jahren nicht so unsichere Trottel gewesen, hätte ich dich schon vor langer Zeit gefragt, ob du meine Frau werden möchtest. Ich will keine weiteren Missverständnisse mehr. Ich liebe dich, ich will dich heiraten, und wenn ich die Uhr zurückdrehen und das früher tun könnte, würde ich es tun. Ist das jetzt ganz klar zwischen uns?«

Edie sah ihn lange an und merkte, dass sie Ezra jedes Wort glaubte und ihm vertraute. »Ja«, antwortete sie. »Ist es.«

Er zog sie an sich und umarmte sie liebevoll. »Gut. Und jetzt lass uns lunchen und einen Geist zur Ruhe betten, der uns seit fünfzehn Jahren heimgesucht hat.«

Noch immer wollte Gilly Edie keinen Blick auf den vollendeten Holzschnitt gestatten, obwohl sie im Begriff war, ihn mit allen notwendigen Unterlagen zur Bewerbung an der Hochschule einzureichen.

»Aber wieso denn nicht?«, verlangte Edie zu wissen. »Ich weiß doch längst, dass ich da zu sehen bin. Und wenn ich dir nun vielleicht noch etwas dazu raten kann? Vier Augen sehen immer mehr als zwei, Gilly, das habe ich dir doch beigebracht, oder nicht?«

Gilly schüttelte unerbittlich den Kopf. »Du hast mir aber auch beigebracht, dass meine ganz eigene Sichtweise notwendig ist für meinen einzigartigen Ausdruck als Künstlerin«, sagte sie. »Und es ist *meine* Bewerbung, Edie, nicht wahr?«

Edie seufzte ergeben. »Na schön. Aber werde ich ihn denn nie zu sehen bekommen? Ich musste schließlich dafür Modell sitzen, wenn ich dich daran erinnern darf.« Plötzlich hatte Edie einen Verdacht. »Oder komme ich jetzt womöglich gar nicht darin vor? Hast du mich rausgelassen und nur ein Bild von Ezra gemacht?«, fragte sie argwöhnisch.

Gilly schüttelte erneut den Kopf. »Mensch, Edie, nun sei doch nicht so kindisch. Nein, es ist nicht nur ein Bild von Ezra, du kommst auch darin vor, und die Antwort auf deine erste Frage lautet: vielleicht, aber nur, wenn du endlich aufhörst, deshalb so furchtbar herumzunerven, okay?« Gilly schloss ihre Mappe und holte tief Luft. »So, jetzt ist es so weit. Es geht los.«

Obwohl sie ein bisschen beleidigt war, wurde Edie warm ums Herz. »Nicht nervös sein, Gilly. Das wird schon. Die nehmen dich mit Kusshand, du wirst sehen.«

Gilly schnaubte. »Und woher willst du das wissen? Haben wir nicht gerade darüber gesprochen, dass du die Arbeit gar nicht gesehen hast?«

Als Gilly an ihr vorbeiging, hielt Edie sie an und legte ihr die Hand auf den Arm. »Hey. Ich weiß das deshalb, weil du gar nicht durchfallen kannst. Du bist schon jetzt eine großartige Künstlerin, Gilly, und du hast dich in den letzten Monaten fantastisch entwickelt. Das ist der Beginn eines wunderbaren neuen Lebensabschnitts für dich, das weiß ich einfach.«

Gilly blinzelte so heftig, als müsste sie Tränen zurückhalten. Dann schniefte sie und sagte: »Und *du* wirst echt rührselig aufs Alter.«

Nachdem die beiden die Mappe in Great Dunbar bei der Post aufgegeben hatten, beschlossen sie, noch zusammen zu lunchen. Rachel hatte Gilly den ganzen Tag freigegeben, und die Künstlerin war in euphorischer Hochstimmung, als sie mit dem Mädchen durch die Stadt spazierte. Zum ersten Mal in ihrem Leben hatte Edie das Gefühl, dass wirklich alles richtig und gut war. *Wurde aber auch Zeit,* dachte sie bei sich.

»Was?«, fragte Gilly und warf ihr einen seltsamen Blick zu.

»Was was?«, erwiderte Edie vergnügt.

»Du grinst die ganze Zeit wie ein Honigkuchenpferd.«

»Wäre es dir lieber, ich mache ein Gesicht wie sieben Tage Regenwetter?«

»Nee. Ich wundere mich nur, dass du plötzlich deine alten Gewohnheiten aufgibst.«

»Ich bin glücklich«, sagte Edie. »Schlicht und einfach glücklich.«

Gilly lächelte. »Hey, da du gerade so gute Laune hast, könnten wir doch vor dem Essen noch Hochzeitskleider angucken, was meinst du?«

Edie stöhnte geplagt, aber es war nicht ganz aufrichtig, denn plötzlich fand sie die Vorstellung, ein echtes Hochzeitskleid zu haben, doch gar nicht so übel. »Wirklich? Muss das sein?«

»Wir schauen nur mal schnell rein«, antwortete Gilly listig. »Man kann ja nie wissen – vielleicht wartet das ideale Traumkleid auf dich.«

Und so ließ sich Edie widerstandslos zum einzigen Geschäft für Brautmoden in Great Dunbar führen. Es befand sich in einer stillen Seitengasse und wirkte auf Edie wenig einladend. Das im Schaufenster ausgestellte Kleid – ein aufgeplustertes Gebilde mit Bustier und langem gestuftem Tüllrock, das sie höchstens als junge Frau getragen hätte, dann aber mit Minirock – sagte ihr gar nicht zu.

»Ach herrje«, sagte Edie deshalb, als Gilly auf die Eingangstür zusteuerte. »Ich habe es mir anders überlegt, glaube ich.«

»Kommt überhaupt nicht infrage«, erwiderte Gilly und packte die Künstlerin energisch am Handgelenk. »Du wirst dich jetzt nicht aus dem Staub machen.«

In dem Laden lief leise klassische Musik, und zwischen griechischen Gipssäulen hingen reihenweise cremefarbene Hochzeitskleider. Edie wusste auf Anhieb, dass sie für alles in diesem Geschäft zu alt war, und wandte sich wieder zum Gehen, aber Gilly umklammerte mit eisernem Griff ihr Handgelenk. Aus dem hinteren Teil des Geschäfts kam jetzt eine Frau Mitte dreißig mit modischer Frisur und makellosem Make-up. Edie konnte sich gut vorstellen, dass sie sich gnadenlos über Outfits mokierte, und empfand plötzlich einen jähen Schmerz im Rücken.

»Hallo«, sagte die junge Frau jetzt aber mit freundlichem Lächeln. »Kann ich Ihnen helfen?«

»Nein«, antwortete Edie automatisch.

»Doch«, korrigierte Gilly. »Meine Mum wird bald heiraten und möchte sich gerne ein paar Kleider ansehen.«

Die Verkäuferin strahlte Edie begeistert an. »Wie schön, herzlichen Glückwunsch! Haben Sie schon eine Vorstellung von einem bestimmten Stil?«

Edie war vollkommen verdattert, weil Gilly sie als ihre Mutter vorgestellt hatte. Als sie ihre Sprache wiederfand, sagte sie erneut: »Nein. Außer, dass so ein Ding hier«, sie deutete Richtung Schaufenster, »auf gar keinen Fall infrage kommt.«

Die Verkäuferin, offenbar ungerührt über diese eher unhöfliche Bemerkung, sagte: »Gut, dann schauen wir doch mal. Ich bin übrigens Annie. Und Sie sind?«

»Edie.« Sie sah Gilly an. »Und meine Tochter heißt Gilly.«

»Freut mich, Sie beide kennenzulernen«, sagte Annie, die von den überwältigenden Dimensionen dieses Augenblicks natürlich nichts ahnen konnte. »Darf ich mal, Edie?«

Behutsam berührte die Verkäuferin Edies Kinn und drehte ihren Kopf leicht hin und her. Anschließend trat Annie einen Schritt zurück und musterte Edie von Kopf bis Fuß, die sich vorkam, als wäre sie ein Gemälde, das gerade von einem Kunstkritiker begutachtet wurde.

»Könnten Sie sich vorstellen, hochhackige Schuhe zu tragen?«, erkundigte sich Annie.

»Ja, schon«, antwortete Edie. »Solange sie nicht von der Sorte sind, mit der ich beim Poledance auftreten könnte …«

»Edie!«, sagte Gilly empört.

»Was denn?«

»Einen Augenblick, bitte«, sagte Annie. »Ich bin gleich wieder zurück.«

Sie verschwand in den hinteren Gefilden des Geschäfts, worauf die beiden sich etwas betreten ansahen.

»Wir sollten gehen«, murmelte Edie. »Ich halte es für ausgeschlossen, dass es hier etwas Passendes für eine Frau meines Alters gibt.«

»Wir können jetzt nicht einfach verschwinden«, widersprach Gilly. »Hab noch einen Moment Geduld. Man kann nie wissen.«

»Doch, ich schon«, entgegnete Edie stur.

»So, da bin ich wieder«, flötete Annie, um ihre Rückkehr anzukündigen. »Edie, Sie sind wunderschön und haben so eine feine, zierliche Figur. Ich bin vollkommen Ihrer Ansicht, dass es auf jeden Fall etwas Schlichtes sein sollte, etwas, das Ihre Schönheit zur Geltung bringt. Dieses Kleid hier stammt aus einer neuen Kollektion, die gerade erst eingetroffen und noch nicht einmal im Bestand erfasst ist. Es ist sehr einfach gehalten, aber ich könnte mir vorstellen, dass es Ihnen zusagt. Was meinen Sie?«

Edie starrte auf das Kleid, das Annie hochhielt. Es war ein Hemdblusenkleid mit kurzen Ärmeln und einem bodenlangen Rock aus cremefarbener Seide. In der Taille wurde es von einem breiten Gürtel im gleichen Farbton zusammengehalten.

»Sie könnten flache Schuhe dazu tragen«, fuhr Annie

fort, »aber ich würde einen Schuh mit kleinem Absatz empfehlen. Das Kleid ist aus reiner Seide und kann nach der Hochzeit für andere Zwecke eingefärbt werden. Wenn Sie gerne noch einen Farbtupfer hätten, könnte man den Gürtel farblich verändern oder – je nach Zeitplanung und Preisvorstellung – auch besticken lassen.«

Edie warf Gilly einen Blick zu, die keinerlei Hehl aus ihrer triumphalen Stimmung machte.

»Siehst du? Ich hab's dir doch gesagt!«, äußerte sie selbstzufrieden.

Als sie das Geschäft eine Stunde später verließen, empfand Edie tatsächlich so etwas wie aufgeregte Vorfreude bei der Vorstellung, ein echtes Hochzeitskleid zu tragen. Gilly strahlte unaufhörlich, seit Edie das Kleid angezogen hatte und mit Schmetterlingen im Bauch aus der Garderobe getreten war.

»Ezra dreht durch, wenn er dich so sieht«, hatte Gilly im Brustton der Überzeugung verkündet. »Bestimmt fängt er an zu weinen, wart's nur ab.«

»Natürlich wird er nicht weinen, sei nicht albern«, hatte Edie abwehrend erwidert, obwohl sie diese Vorstellung insgeheim ziemlich reizvoll fand. Ezra war ihr immer wie ein unerschütterlicher Fels erschienen, den nichts aus der Ruhe bringen konnte. Dass er sich zu solchen heftigen emotionalen Regungen hinreißen lassen würde, hielt sie für extrem unwahrscheinlich.

»Vielleicht sollte ich mich auch gleich nach etwas Passendem zum Anziehen umsehen«, sagte Gilly jetzt. »Können wir mal kurz in die Secondhandläden schauen, wenn wir schon hier sind?«

»Natürlich«, antwortete Edie. »Aber möchtest du nicht auch etwas Neues haben? Du sagst doch selbst, es ist ein ganz besonderer Anlass.«

Sie warf Gilly, die an ihrer Unterlippe nagte und offenbar im Kopf Berechnungen anstellte, einen Blick zu. Nach einer Weile sagte sie etwas kleinlaut: »Nee, nee, lieber nicht. Ich finde bestimmt irgendetwas, wofür ich kein Vermögen ausgeben muss.«

»Das ist natürlich ganz allein deine Entscheidung.« Edie griff in ihre Handtasche und brachte einen braunen Papierumschlag zum Vorschein. »Du kannst anziehen, worauf du Lust hast. Aber nur für den Fall, dass es etwas mit Finanzen zu tun hat – das hier ist für dich.«

»Was ist das?«, fragte Gilly, nahm den Umschlag entgegen und öffnete ihn. Als sie ein Bündel Geldscheine sah, hielt sie der Künstlerin den Umschlag sofort wieder hin. »Auf gar keinen Fall, ich nehme kein Geld von dir an, Edie, das habe ich dir doch schon mehrmals gesagt!«

»Das ist nicht *mein* Geld, sondern *deines*«, erklärte Edie. »Die Summe, die du mir als ›Miete‹ bezahlt hast, seit du bei mir wohnst. Ich habe dir damals ja gesagt, du sollst es lieber sparen, aber weil du das abgelehnt hast, habe ich es für dich aufbewahrt. Und wenn du so stur bist und es mir wieder zurückgeben willst, verbrenne ich es, das schwöre ich dir hoch und heilig. Deshalb solltest du es lieber annehmen, finde ich. Was jetzt nicht heißen soll, dass du es für deine Garderobe bei der Hochzeit ausgeben musst, um Himmels willen. Aber es gehört dir, und du kannst damit machen, was du möchtest.«

Gilly starrte einen Moment auf den Umschlag in ihren

Händen, als überlegte sie, in was sie das Geld am besten investieren sollte. Edie wünschte sich sehr, dass diese junge Frau vor ihr eines Tages nicht mehr abwägen müsste, was sie sich leisten konnte und was nicht.

»Ich möchte gern zum Grab meiner Großmutter fahren«, sagte Gilly unvermittelt. »Im Heim hat man mir damals nicht erlaubt, bei ihrer Beerdigung dabei zu sein, die haben behauptet, ich sei zu jung. Und die Pflegefamilien haben das auch nie unterstützt, es war immer zu weit weg und zu viel Aufwand. Aber jetzt«, sie hielt den Umschlag hoch, »kann ich hinfahren und ihr Blumen aufs Grab stellen. Meine Oma hat Blumen geliebt.«

Edie lächelte. »Das ist eine schöne Idee.«

»Magst du vielleicht mitkommen?«, fragte Gilly. »Ich wünschte … ich wünschte, Oma könnte mich jetzt sehen. Wo ich jetzt bin, meine ich. Bei dir im Haus, und dass ich die Prüfungen bestanden habe. Sie wäre bestimmt total froh, dass ich an einem guten Punkt im Leben bin. Dass … ich jemanden habe, der sich um mich kümmert.«

Gilly holte tief Luft und schaute auf. Sie sah wehmütig und hoffnungsvoll zugleich aus, und Edie hatte den starken Impuls, das Mädchen zu umarmen. Das würde sich vermutlich so anfühlen, als nähme man eine widerspenstige Katze in den Arm, aber Edie tat es trotzdem.

50

Rachel, Gilly und Ron standen im Buchladen und berieten sich über die Planung der Hochzeitsfeier, die in knapp einer Woche stattfinden würde. Der nahende Verkauf des Leuchtturms war vorerst in den Hintergrund gerückt.

»Wäre schon gut, wir hätten mehr Platz«, sagte Gilly und sah sich skeptisch in dem vertrauten Raum um. »Meint ihr wirklich, wir bekommen hier fünf Tische rein?«

»Wir müssen natürlich den Schachtisch, die Sessel und die Drehständer an den Rand rücken«, sagte Ron. »Aber dann müsste es schon möglich sein, doch.«

»Wann werden die Tische geliefert?«, fragte Rachel.

»Am Freitag«, antwortete Gilly. »Wir bereiten sie am besten Freitagabend nach Ladenschluss vor, oder?«

»Gute Idee, ja.« Rachel versuchte den Gedanken zu verdrängen, dass sich an diesem Abend die Türen des Buchladens für immer schließen würden. »Wenn wir das meiste am Abend schon erledigen, können wir den Samstagmorgen auf jeden Fall entspannter angehen.«

»Die Blumen kommen auch am Freitag«, fügte Gilly mit besorgter Miene hinzu. »Sie werden in Kartons geliefert, das war viel günstiger, als wenn man bei Floristen Hochzeitsgestecke bestellt hätte. Ich hoffe, sie haben gute Qualität.«

»Wenn du sie ausgesucht hast, werden sie ganz bestimmt wunderhübsch sein«, sagte Rachel beruhigend. »Außerdem scheint Edie sich keinen Kopf über Farbarrangements zu machen, oder?«

»Ja, kam mir auch so vor. Ich hatte mit ihr geredet, als ich die Blumen bestellt habe, aber sie hatte keine Meinung dazu. Findest du das nicht auch komisch? Ich meine, sie ist Künstlerin. Da würde man doch annehmen, dass sie auf so etwas Wert legt, oder? Ich dachte, sie wäre ihre Befürchtungen in Bezug auf Ezra endlich losgeworden. Aber vielleicht ist ihr immer noch mulmig.«

Rachel lächelte. »Das glaube ich eigentlich nicht. Ich denke eher, dass sie einen anderen Grund hat, weshalb sie das alles dir überlässt.«

»Und welchen?«, fragte das Mädchen erstaunt.

»Du bist selbst Künstlerin, Gilly, und Edie hat volles Vertrauen in deine Urteilskraft.«

»Entschuldigung«, hörten sie plötzlich eine unbekannte Stimme. »Tut mir leid, wenn ich Sie störe …«

Alle drei schauten zur Ladentür, wo eine junge Frau stand, die sich jetzt etwas ängstlich umsah.

»Hallo«, sagte Rachel. »Kann ich Ihnen helfen? Suchen Sie etwas Bestimmtes?«

Die Frau lächelte nervös. »Ähm, also ich glaube, dass ich nach Ihnen suche, wenn Sie Rachel Talbot sind?«

»Ja, die bin ich.« Die Frau sprach mit amerikanischem Akzent, und plötzlich wusste Rachel, wen sie vor sich hatte.

Die junge Frau trat zu ihnen und streckte ihr die Hand hin. »Hi, Rachel, ich bin Trudy. Trudy Goodwin.«

»Ms Goodwin. Ähm, Trudy«, sagte Rachel verblüfft. »Ich

wusste gar nicht … Sie sind hier?« Sie schüttelte Trudy die Hand. »Also, Entschuldigung: Herzlich willkommen! Ich hatte nur nicht erwartet … Alan Crosswick hat mir gar nichts gesagt.«

Trudys Lachen klang hell und mädchenhaft aufgeregt. »Gar kein Problem. Tut mir leid, ich hätte mich wirklich vorher anmelden sollen. Ist wahrscheinlich eine Zumutung, dass ich hier so unangekündigt auftauche. Aber ganz ehrlich: Ich wusste selbst erst, dass ich diese Reise machen würde, als ich mir das Ticket gebucht habe. Ich musste es einfach tun.« Sie ließ den Blick durch den Buchladen schweifen. »Und es ist wirklich so wundervoll, wie ich es mir vorgestellt habe.«

Rachel warf einen Blick auf Gilly, die Trudy Goodwin mit einer Mischung aus Argwohn und Feindseligkeit anstarrte. »Trudy, das ist Gilly, die mir seit einigen Monaten im Laden hilft.«

»Ah!« Trudy strahlte und hielt dem Mädchen die Hand hin. »Alan hat mir von Ihnen erzählt, Gilly. Er sagte, Sie würden Ihre Arbeit hier ganz toll machen. Vielen Dank dafür.«

Als Gilly den Händedruck erwiderte, sah sie zu Rachels Erleichterung etwas freundlicher aus.

»Und das ist Ron Forrester«, fügte Rachel hinzu. »Er war ein guter Freund von …« Sie suchte nach dem Verwandtschaftsgrad von Cullen, fand aber kein passendes Wort. »… von Cullen«, beendete sie den Satz. »Tut mir leid, ich weiß eigentlich gar nicht genau Bescheid über Ihr Verwandtschaftsverhältnis, fiel mir gerade auf.«

»Ehrlich gesagt weiß ich das selbst auch nicht so genau«, gestand Trudy und begrüßte auch Ron mit einem Händedruck. »Ich glaube, wir sind so etwas wie Cousin und Cousine irgendeines Grades, aber welcher das ist, keine Ahnung. Ich sage jetzt immer ›Großonkel‹, weil es das vereinfacht. Schön, Sie kennenzulernen, Ron. Wenn Sie ein bisschen Zeit haben, würde ich zu gern mehr über Cullen erfahren. Ich wünschte, ich hätte ihn persönlich kennenlernen können.«

Ron lächelte erfreut. »Oh, ich erzähle Ihnen sehr gern etwas über ihn. Wie wäre es mit einem kleinen Plausch bei einem Kaffee?«

»Vielleicht ein bisschen später?«, sagte Trudy mit einem Blick auf Rachel. »Ich möchte zuerst ein paar Worte mit Rachel sprechen, wenn das okay ist?«

»Aber natürlich! Sie sollten unbedingt eine Führung bekommen«, erwiderte Ron. »Geh du nur, Rachel, Gilly und ich halten hier die Stellung.«

»Passt das wirklich für euch?«, fragte Rachel.

»Na klar!«, antwortete das Mädchen. »Ron hat hier genug Kekse und Kaffee abgestaubt, der kann jetzt auch mal ein bisschen was arbeiten, oder?«

Rachel und Trudy überließen die beiden ihren gutmütigen Sticheleien, drehten eine Runde durchs Erdgeschoss und gingen dann nach oben auf die Halbetage.

»Es ist so bezaubernd hier«, seufzte Trudy wehmütig. »Was ich auch schon vorher wusste. Aber die Wirklichkeit ist trotzdem etwas ganz anderes als Fotos, nicht wahr?«

Rachel nickte lächelnd. »Ich bin froh, dass Sie den Leuchtturm zumindest einmal so sehen können, wie er auch zu Cullens Lebzeiten war. Es wäre sehr schade gewesen, wenn Sie dieses Erlebnis nicht gehabt hätten.«

»Das habe ich mir eben auch gesagt. Jetzt muss ich mich

zwar ewig von japanischer Nudelsuppe ernähren, bis das Geld vom Verkauf eintrifft, aber das ist es wert. Und dabei habe ich die oberen Räume noch gar nicht gesehen.« Sie betrachtete Rachel forschend. »Würden Sie mir die auch zeigen? Ich weiß zwar, dass Sie da wohnen und möchte wirklich nicht aufdringlich sein, aber …«

Rachel lachte. »Trudy, das Gebäude gehört Ihnen. Mitsamt allen Räumen.«

»Schon klar, aber ich möchte mich nicht aufdrängen. Das ist gar nicht mein Stil.«

Rachel nickte lächelnd. »Und das weiß ich sehr zu schätzen, danke. Aber natürlich sollen Sie die oberen Räume sehen. Ich zeige Ihnen alles.« Sie warf einen kurzen Blick übers Geländer, um zu sehen, ob Gilly und Ron zurechtkamen, was der Fall zu sein schien. Dann zog Rachel den Schlüssel zu ihrer Wohnung aus der Tasche. »Gehen wir.«

In Rachels Zimmern sah Trudy sich interessiert um, aber beide Frauen wussten, dass sie eigentlich begierig darauf war, den Kuppelraum zu erleben. Im Schlafzimmer zog Rachel die Leiter herunter, schaltete die Sturmlaterne ein und reichte sie Trudy mit den Worten: »Gehen Sie voraus. Ich lasse Ihnen ein paar Minuten Zeit für einen ersten Eindruck und komme dann nach.«

Nach kurzem Zögern nahm Trudy die Lampe entgegen, sagte leise »Danke« und stieg die Leiter hinauf.

Es war ein seltsames Gefühl für Rachel, eine Person alleine in den Kuppelraum zu schicken, die ihn noch nicht kannte. Rachel sah Trudy dabei zu, wie sie die Leiter erklomm. Wie viele Menschen hatten die Camera obscura seit ihrem Bestehen erlebt? Viele konnten das nicht gewesen sein, vielleicht nicht einmal zehn. Rachel wartete ein paar Minuten und folgte Trudy dann.

Sie stand an dem weißen Marmortisch, eine Hand aufgestützt, und schaute hinauf zu der Dachklappe. Als Rachel zu ihr trat, sah Trudy sie staunend an.

»Ist ziemlich überwältigend, oder?«, sagte Rachel. »Ich glaube, es liegt an der Atmosphäre. Nicht, dass ich glaube, es würde hier spuken oder so. Aber seit ich von Eveline MacDonald weiß, habe ich hier oben immer das Gefühl, sie zu spüren. Dieser Raum ist so eng mit ihr verbunden.«

Trudy nickte mit verträumtem Lächeln und sagte ehrfürchtig: »Ja, ich weiß, was Sie meinen.«

»Möchten Sie die Camera obscura erleben?«

»Natürlich, unbedingt!«

Rachel öffnete mit der Eisenstange die Klappe und drehte sich um, als das Bild auf dem weißen Tisch erschien. Beim Anblick des Dorfes auf der Marmorplatte gab Trudy einen verblüfften Ausruf von sich.

»Ich hätte nie gedacht, dass man alles so deutlich erkennen kann«, sagte sie. »Das ist ja unglaublich!«

Rachel drehte langsam die Linse, um Trudy die 360-Grad-Aussicht zu zeigen. Die junge Frau schüttelte fassungslos den Kopf, als traute sie ihren Augen nicht. Als das Anfangsbild erneut erschien, trat Rachel zu Trudy an den Tisch, und sie blickten gemeinsam auf die Miniaturdarstellung von Newton Dunbar.

»Ich kann Ihnen auch einige von Evelines Aufzeichnungen zeigen, wenn Sie möchten«, sagte Rachel nach einer Weile. »Ihre Notizbücher und Skizzen für den Turm und diesen Raum. Es ist wirklich sehr faszinierend.«

»Gerne.«

Rachel schloss die Klappe wieder und legte einige der Rollen und Hefte auf den Tisch. Dann erklärte sie Trudy die Zeichnungen und las einige Anmerkungen vor, die Eveline mit ihrer feinen, ordentlichen Handschrift gemacht hatte. Die junge Frau hörte aufmerksam zu und betrachtete alles so eingehend, als wäre sie Historikerin oder Architektin und keine Medizinerin. Nach einer Weile richtete sie sich seufzend auf.

»Wissen Sie ... wir können das nicht machen«, sagte sie.

Rachel sah sie fragend an. »Was meinen Sie?«

Trudy entfernte sich einen Schritt von dem Tisch, drehte sich einmal um die eigene Achse und sah sich den Kuppelraum ganz genau an.

»Wir können nicht abbauen und zerstören, was Eveline hier geschaffen hat«, sagte sie. »Es ist so etwas Außergewöhnliches und so wichtig, aus ganz verschiedenen Gründen. Als Alan das vorschlug, fand ich es zunächst vollkommen einleuchtend. Wir würden Evelines Geheimnis und sozusagen ihren Nachlass in Form der Dokumente bewahren. Aber je länger ich darüber nachdenke, desto unangenehmer finde ich die Vorstellung.« Trudy hielt einen Moment inne. »Es gibt so viele Frauen auf der Welt, die wie Eveline vielfältig begabt waren und großartige Leistungen erbracht haben, die nicht beachtet, vergessen oder von Männern zu Unrecht als deren Werk ausgegeben wurden. Ich weiß zwar, dass die Camera obscura nach Evelines Wunsch ein Geheimnis bleiben sollte, aber sie ist seit zweihundert Jahren tot, und ich denke, wir sind es ihr schuldig, ihren Ruf wiederherzustellen. Und das ist noch nicht alles.« Trudy holte tief Luft. »Ich denke, wir sollten für die Frauen heute ein Zeichen setzen und verkünden: ›Schaut, was diese erstaunliche Frau geleistet hat! Ihr Leben war von Tragödien geprägt, aber dennoch hat sie dieses Wunderwerk erschaffen! Es ist noch immer da, es funktioniert noch immer.‹ *Damit* sollte Eveline MacDonald den Menschen in Erinnerung bleiben, nicht mit einer vagen Geschichte, deren Wahrheitsgehalt niemand mehr überprüfen kann.« Trudys Gesicht leuchtete im Licht der Sturmlaterne, als sie Rachel ansah. »Finden Sie nicht auch? Hat Eveline MacDonald es nicht nach so langer Zeit verdient, für ihr Werk gefeiert zu werden? Wir müssen es den Menschen zugänglich machen, Rachel. Wir müssen dafür sorgen, dass es geschützt und bewahrt wird.«

51

In den nächsten Tagen herrschte wegen der Hochzeitsvorbereitungen hektische Betriebsamkeit. Am Morgen des großen Festes half Rachel Gilly bei der Dekoration. Die Tische waren am Vorabend spiralförmig im Buchladen aufgestellt worden, und jetzt breiteten die beiden Frauen die Blumen darauf aus, die ebenfalls tags zuvor eingetroffen waren.

Gilly hatte typische Spätsommerblumen ausgesucht: gefüllte Rosen, kirschrote Kosmeen, sonnengelbe Ringelblumen, zarte Wicken und Dahlien mit tellergroßen Blüten. Als Grün hatte sie buntlaubigen Efeu und silbergrauen Eukalyptus gewählt. Rachel befolgte Gillys Anweisungen, als die beiden Gebinde und Sträuße zusammenstellten und sie mit cremeweißen Seidenschleifen verzierten. Gilly legte einige der schönsten Blumen beiseite, um einen Brautstrauß für Edie zu binden. Später sollten die sommerlich und naturnah wirkenden Sträuße in kleinen Glasvasen auf dem Tisch arrangiert werden.

»Ein paar einzelne Stängel brauche ich noch für Edies Haare«, erklärte das Mädchen. »Ich habe nämlich eine Idee für eine schöne Hochsteckfrisur, wenn Edie sich nicht weigert.«

»Du hast ein echtes Talent für so etwas«, bemerkte Rachel,

als sie schließlich ihr gemeinsames Werk bewunderten. »Das sieht alles wunderschön aus.«

Gilly warf einen Blick auf die Wanduhr. »Jetzt sollten wir schnell noch die Tische decken, das Catering kann jede Minute eintreffen.«

»Das kann ich übernehmen«, erwiderte Rachel. »Hilf du lieber Edie bei ihren Vorbereitungen.«

»Aber das schaffst du doch nicht alles alleine«, wandte Gilly ein.

»Keine Sorge, Ezra und Ron kommen auch gleich. Sie bringen den kleinen Kühlschrank, den sie für den Wein gemietet haben.«

»Also gut«, sagte Gilly und umarmte Rachel. »Vielen Dank. Wir sehen uns später im Standesamt. Und sorg bitte dafür, dass Ezra nicht zu spät kommt, ja?«

»Mach ich«, versprach Rachel lachend. »Aber er ist bestimmt sowieso als Erster da.«

Nachdem Gilly aufgebrochen war, hörte Rachel draußen Stimmen und ging zur Tür. Das Mädchen begegnete auf halbem Weg Ron und Ezra. Die beiden Männer traten gerade beiseite, um den Lieferwagen mit dem Catering vorbeizulassen, der langsam den steilen Hang hinaufkroch.

»Guten Morgen!«, rief Rachel und küsste Ezra auf die Wange, als die Männer vor ihr standen. »Wie geht es denn dem Bräutigam heute Morgen? Nervös?«

»Nein, einfach nur glücklich«, antwortete Ezra strahlend.

»Wirklich eine tolle Idee«, bemerkte Rachel, als sie den Männern half, die Picknickkörbe in den Laden zu tragen.

»Alles Edies Idee«, sagte Ezra. »Sie ist der Kopf hinter den Festivitäten.«

Nachdem alles ausgeladen war, breiteten die drei weiße Tischdecken aus, arrangierten Gillys Blumengebinde in der Mitte und stellten die Platzkarten auf, die Edie und Gilly gemeinsam entworfen und gedruckt hatten. Es sollte keine vorbereiteten Reden geben, das Brautpaar wünschte sich alles eher informell. Wer etwas sagen wollte, konnte sich hinter die Verkaufstheke stellen, die Rachel am Vorabend freigeräumt und auf Hochglanz poliert hatte. Jetzt befestigte sie am Rand der Theke einige von Gillys Sträußchen mit den Seidenbändern. Auch an einigen Bücherregalen hängte Rachel die kleinen Sträuße auf, umgeben von zarten glitzernden Lichterketten, sodass sich das Blumenmotiv im gesamten Raum wiederholte. Der Gesamteindruck war simpel, aber verspielt und künstlerisch.

»Abends stellen wir noch Kerzen auf die Tische«, erklärte Rachel. »Gefällt dir alles, Ezra?«

Der Bräutigam legte ihr den Arm um die Schultern und drückte sie. Ezra sah aus, als könnte er gar nicht mehr aufhören zu strahlen. »Ich finde es wunderschön. Und Edie bestimmt auch. Mach dir nichts draus, wenn sie das vielleicht nicht so zum Ausdruck bringt.«

Rachel lachte. »Keine Sorge. Ich erwarte nach eurer Hochzeit keine vollkommen ausgewechselte Edie.«

Die Trauung sollte um zwei Uhr stattfinden. Zwei Stunden vorher war im Leuchtturm alles vorbereitet. Draußen lachte die Sonne an einem blauen wolkenlosen Himmel, fast als hätte jemand perfektes Hochzeitswetter für diesen Tag bestellt. Rachel war dankbar, dass es im Leuchtturm mit seinen dicken Steinwänden so kühl war, dass die Lebensmittel und Blumen keinen Schaden nehmen würden.

»Also gut«, sagte Ron zu Ezra und klatschte in die Hände. »Jetzt sollten wir wohl mal zusehen, dass du nach Hause kommst, um dich startklar zu machen, wie?«

Ezra holte tief Luft. »Stimmt. Okay. Rachel, wir sehen uns dort.«

Rachel lächelte. »So sieht's aus. Ich kann es kaum erwarten.«

Nachdem die beiden gegangen waren, schloss sie hinter ihnen die Tür und sah sich dann in dem stillen geschmückten Raum um. Eustace kam angelaufen, setzte sich vor Rachel hin und miaute anklagend, als wollte er sagen: *Was ist das für ein Durcheinander hier? Ich mag keine Veränderungen*. Rachel nahm den alten Kater hoch, der sofort zu schnurren begann und seinen Kopf an ihrem Kinn rieb.

»Na komm, mein Katerchen«, sagte sie. »Wir sollten uns fein machen. Was hältst du denn von einer hübschen Schleife an deinem Halsband? Ist schließlich ein ganz besonderer Tag.«

Als sie schon fast auf dem Halbgeschoss war, klingelte das Telefon. Rachel warf einen Blick auf die Uhr, setzte den Kater ab und ging nach unten, weil sie dachte, Gilly oder Edie wollten in letzter Minute noch etwas besprechen.

»Guten Morgen, Buchladen im Leuchtturm«, sagte Rachel ganz automatisch, doch plötzlich durchzuckte sie ein Schreck, als ihr klar wurde, dass sie diesen Satz gerade zum letzten Mal gesagt hatte. Nach der Hochzeitsfeier heute Abend würden die Türen der Buchhandlung für immer geschlossen bleiben.

Am anderen Ende hörte sie weder Edie noch Gilly.

»Hallo, Ms Talbot«, sagte Liz McNally von der Denkmalschutzbehörde. »Entschuldigen Sie bitte, dass ich Sie am Samstag anrufe.«

McNally hatte in dieser Woche mit einem Kollegen den Leuchtturm besichtigt, nachdem Rachel bei der Behörde angerufen und von der Camera obscura berichtet hatte.

»Ich habe gute und schlechte Nachrichten und einige Fragen«, erklärte McNally. »Haben Sie kurz Zeit für mich?«

»Ja, aber tatsächlich nur kurz, weil ich gleich zu einer Hochzeit muss«, antwortete Rachel. »Worum geht es denn?«

»Okay, dann beeile ich mich ganz besonders«, sagte McNally. »Es steht für uns außer Frage, dass die Camera obscura und Eveline MacDonalds Geschichte bewahrt und der Öffentlichkeit zugänglich gemacht werden sollten. Wir werden den Denkmalschutzstatus für den James-MacDonald-Turm deshalb ab sofort auf die höchste Stufe setzen. Das bedeutet, dass künftige Besitzer sich vertraglich zur Erhaltung des denkmalgeschützten Gebäudes in seinem Urzustand verpflichten müssen. Ich kann Ihnen also schon einmal vorläufig mitteilen, dass der Scottish National Trust das Gebäude kaufen würde.«

Rachels Herz machte einen Sprung. »Oh – fantastisch!«

»Es ist nur so«, fuhr McNally fort, »das Angebot, das wir der Erbin machen können, liegt weit unter dem, was sie auf dem freien Markt bekommen könnte.«

»Die Erbin ist meines Wissens nach damit einverstanden«, erwiderte Rachel eingedenk ihrer Unterhaltung mit Trudy Goodwin und Alan Crosswick. Der Anwalt war postwendend aus Aberdeen hergekommen, als er gehört hatte, dass seine Klientin überraschend nach Schottland gereist war. Und man musste Crosswick zugutehalten, dass er Trudys neue Entscheidung gelassen hingenommen hatte. Er hatte ihr lediglich verdeutlicht, dass vom Scottish National Trust nur ein Bruchteil des Kaufpreises zu erwarten war, den sie von Bernie Stuart hätte bekommen können. Und Trudy wiederum musste man zugutehalten, dass sie lediglich mit den Achseln gezuckt und gesagt hatte, vor Kurzem habe sie schließlich noch nicht einmal etwas von diesem Erbe geahnt und jede zusätzliche Einnahme sei eine Entlastung für sie.

»Es ist doch toll, wenn Eveline MacDonalds Werk in Erinnerung bleibt und von Menschen gepflegt wird, die etwas davon verstehen«, hatte Trudy hinzugefügt, und Rachel liebte sie für diese Aussage.

»Das ist gut«, sagte McNally jetzt. »Denn außer der Erhaltung müssen auch noch einige Veränderungen vorgenommen werden, um das Gebäude den Denkmalschutzstandards anzupassen.«

»Ah ja«, sagte Rachel, obwohl sie nicht verstand, was das bedeutete. Dann wurde ihr klar, dass damit wohl der Buchladen gemeint war, und sie fügte hinzu: »Wir sind bereits darauf eingestellt, den Buchladen aufzugeben und auszuräumen. Genauer gesagt, wollten wir sogar an diesem Wochenende schließen und nächste Woche mit dem Lagerverkauf beginnen. Ich habe bereits Kontakt zu Großhändlern aufgenommen.«

»Das wäre für den National Trust gar nicht nötig«, sagte McNally.

»Bitte?« Rachel war nicht sicher, ob sie richtig gehört hatte.

»Ihren Aussagen nach wurde der Leuchtturm doch ursprünglich erbaut, um als Bibliothek genutzt zu werden, nicht wahr?«, sagte McNally. »Wir sehen keine Notwendigkeit, die kaum nennenswerten baulichen Veränderungen rückgängig zu machen, die Cullen MacDonald vorgenommen hat. Nein, wir planen eher, den Buchladen am Leben zu erhalten.«

»Aber … das ist ja wunderbar!«, stammelte Rachel. »Die Stammkundschaft wird sich riesig darüber freuen!«

»Im oberen Teil des Turms müssten jedoch größere Veränderungen vorgenommen werden.«

»Im oberen Teil?«

Nach einer kurzen Pause sagte McNally behutsam: »In Ihrem Wohnbereich, Ms Talbot. Diese Räume würden wir benötigen, um darin eine Dauerausstellung über Eveline MacDonald einzurichten.«

»Ach so. Keine Sorge, das hatte ich ohnehin erwartet«, erwiderte Rachel. »Mir war klar, dass ich ausziehen muss, wenn der Buchladen aufgegeben wird. Letzteres wird ja nun erfreulicherweise nicht der Fall sein. Nächste Woche werde ich die Wohnung im Leuchtturm ausräumen.«

52

Fünfundzwanzig Menschen hatten sich an diesem Tag im Standesamt von Great Dunbar eingefunden, um mitzuerleben, wie Edie Strang und Ezra Jones sich das Jawort gaben. Ganz vorne stand Ron, gleich neben Ezra, dessen Lächeln strahlender nicht hätte sein können. Doch als Edie in ihrem schillernden cremefarbenen Seidenkleid den Raum betrat, das silbrige Haar mit Blumen aufgesteckt, kamen dem Bräutigam – wie Gilly es vorhergeahnt hatte – die Tränen, und er unternahm keinen Versuch, sie zu verbergen.

Rachel, die in der zweiten Reihe saß, konnte von ihrem Platz aus Toby auf der anderen Seite des Raums sehen. Der Journalist trug einen gut sitzenden grauen Anzug und Krawatte, ein Outfit, in dem Rachel ihn noch nie erlebt hatte. Seit er Newton Dunbar verlassen hatte, hatte sie nur einmal mit ihm gesprochen, um von Alan Crosswicks Vorschlag, die Camera obscura abzubauen, zu berichten. Aber Rachel hatte sich immer wieder gefragt, wie es Toby wohl in London erging. Sie freute sich, dass er hier war, und hoffte, dass sie später Zeit für eine Unterhaltung haben würden. Er spürte wohl, dass sie ihn ansah, denn er schaute so plötzlich zu ihr herüber, dass sie den Blick nicht mehr schnell genug abwenden konnte. Toby warf ihr ein Lächeln zu, das

Rachel spontan erwiderte. Es war schließlich ein Tag zum Fröhlichsein.

Die Trauung dauerte nur eine Viertelstunde, dann waren Ezra und Edie offiziell Mann und Frau. Als die beiden sich küssten, brachen alle in lauten Jubel aus, der aber noch von Gillys schrillen Beifallspfiffen übertönt wurde.

»Gut«, sagte Edie laut, nachdem Ezra sie losgelassen hatte. »Den amtlichen Teil hätten wir erledigt. Ich habe gehört, es soll irgendwo Wein geben? Dann nichts wie hin!«

Als Edie den Leuchtturm betrat, blieb sie überrascht stehen und sah sich um. Gillys Blumenarrangements leuchteten in bunten Farben überall im Raum, der nach Blüten duftete. Silberbesteck schimmerte auf den blütenweißen Tischdecken. Das Prachtstück des Büfetts mit exquisiten Desserts war ein Turm aus pastellfarbenen Macarons. Die Freunde hatten auch Personal eingestellt, das jetzt mit Tabletts umherging und den Gästen Sekt anbot.

»Und, was sagst du?«, fragte Ezra und drückte seiner Frau zärtlich die Hand.

»Es ist berauschend schön«, antwortete Edie ergriffen.

Ezra lachte. »Das sollte ich wohl sofort notieren«, sagte er und zog Edie an sich, um sie zu küssen. »Die Braut ist begeistert!«

Die Gäste kamen jetzt nach und nach herein und wurden am Eingang vom Brautpaar begrüßt. Vom Halbgeschoss wehte Musik herunter, die den Hintergrund bildete zum Gläserklirren und den lebhaften Unterhaltungen. Als Gilly an Edie vorüberging, hielt die Künstlerin sie fest und umarmte sie liebevoll.

»Danke«, murmelte Edie in Gillys Ohr. »Es sieht wundervoll aus hier. Du bist wundervoll. Alles ist wundervoll.«

»Oh mein Gott, bist du jetzt schon betrunken?«, sagte Gilly.

»Nein, nur glückselig.« Edie fiel auf, dass Gilly etwas Flaches, Rechteckiges unter dem Arm trug, das in stilvolles Geschenkpapier verpackt war. »Was ist das?«

»Na, was wohl. Euer Hochzeitsgeschenk natürlich.« Gilly deutete über Edies Schulter, und als die Künstlerin sich umdrehte, sah sie, dass die Gäste Geschenke auf einem eigens dafür reservierten Tisch ablegten.

»Oh!«, sagte Edie überrascht. »Ich hatte nicht damit gerechnet, dass wir Geschenke bekommen.«

»Gilly«, sagte Ezra und umarmte das Mädchen auch. »Du hättest uns wirklich nichts kaufen sollen, dein Geld kannst du viel besser für dich selbst brauchen.«

»Es ist nicht gekauft«, erwiderte Gilly, plötzlich ein wenig verlegen. »Ich habe es selbst gemacht.«

»Du hast …«, begann Edie und brach dann ab. »Ist es etwa der Holzschnitt von uns? Den du für die Bewerbung eingereicht hast?«

»Schon möglich«, antwortete das Mädchen ausweichend. »Wartet es ab. Ich lege es auf den Tisch, und dann könnt ihr später …«

»Oh nein, das tust du nicht.« Edie trat Gilly in den Weg. »Ich habe lange genug darauf gewartet. Ich will ihn jetzt sofort sehen!«

Gilly wies auf den Raum. »Aber du hast Gäste!«

»Ist mir egal. Ich bin die Braut, ich darf machen, was ich will.« Edie streckte die Hände aus. »Her damit.«

»Und die hast du geheiratet«, sagte Gilly trocken zu Ezra. »Du hast dich freiwillig dafür entschieden, dafür bist du ganz alleine verantwortlich, vergiss das nie.«

»Na los doch!«, sagte Edie mit gespielter Ungeduld. »Du verzögerst den Ablauf der Party!«

Gilly seufzte übertrieben. »Du bist so ein Albtraum.«

»Und du eine freche Göre. Beides wissen wir schon länger. Und jetzt gib es endlich her.«

Gilly überreichte ihr grinsend das Geschenk, aber Edie bemerkte auch einen Anflug von Ängstlichkeit im Blick des Mädchens. »Vielleicht findet ihr es scheußlich.«

»Ganz bestimmt nicht«, versicherte ihr Ezra, während sie gemeinsam vorsichtig das Papier entfernten.

Ein wunderschöner heller Kieferrahmen umgab den mehrfarbigen Holzschnitt. Edie starrte wie gebannt darauf, und Ezra murmelte: »Wow.«

Gilly hatte die beiden in dem Augenblick dargestellt, in dem Ezra an jenem Abend Edies Hand ergriffen hatte. Die plötzliche Berührung, die Intensität von Ezras Blick, die überwältigende Intimität dieser unerwarteten körperlichen Nähe – all das hatte Edie seither nie vergessen, und Gilly hatte diesen Moment in ihrem mehrfarbigen Holzschnitt mit großer Ausdruckskraft dargestellt.

»Ist das ein Zitat?«, fragte Ezra.

Erst jetzt bemerkte Edie, dass im Hintergrund des Drucks Worte eingearbeitet waren.

»›Ich liebe nichts in der Welt so sehr, als Euch; ist das nicht seltsam?‹«, las Edie und lachte, als ihr auf einmal Tränen des Glücks in die Augen traten. »Ja, das ist ein Zitat. Benedikt sagt es zu Beatrice in *Viel Lärm um nichts*.«

Ezra legte den Arm um Edie und küsste ihr Haar. »Das hätte ich selbst nicht besser ausdrücken können.«

»Gilly«, begann Edie. »Dieses Werk ist überragend. Mir fehlen …« Sie schüttelte den Kopf. »Dieser Holzschnitt ist eine fantastische Arbeit. Und dabei hast du erst angefangen, dir diese Technik anzueignen.«

»Also gefällt er dir?«

Edie strich ihr über die Wange. »›Gefallen‹ reicht hier als Vokabel nicht aus, Liebes.«

»Ganz genau«, bekräftigte Ezra, beugte sich vor und küsste Gilly auf die Stirn. »Und ich werde jetzt sofort dafür sorgen, dass dieses großartige Kunstwerk einen Ehrenplatz auf dem Gabentisch bekommt. Alle sollen es betrachten können!«

Die beiden sahen ihm nach, als er sich entfernte. Dann beäugte Edie ihren Schützling und sagte: »Beatrice und Benedikt also, wie?«

Gilly machte eine Unschuldsmiene, die Edie ihr keinen Moment abkaufte. »Was meinst du?«

Edie schüttelte den Kopf. »Ach, nichts. Gar nichts. Komm, lass uns loslegen mit unserem Fest.«

53

Der Buchladen war erfüllt von Lachen und angeregten Gesprächen. Ezra und Edie gingen von Tisch zu Tisch, meist Hand in Hand, und Rachel schaute von ihrem Platz neben Toby zu den beiden hinüber. Sie selbst hatte die Platzkarten aufgestellt und war absolut sicher, dass sich die ihre nicht neben der von Toby befunden hatte. Und dennoch hatten sie Seite an Seite gestanden, als alle Gäste sich niederließen. Garantiert würde sich niemand dazu bekennen, die Karten vertauscht zu haben. Es mochte eine einzige Person gewesen sein, vielleicht hatte das aber auch die ganze Bande zusammen ausgeheckt.

Und Rachel konnte auch niemandem böse sein, merkte sie.

Von den Neuigkeiten über die Zukunft des Leuchtturms hatte sie noch niemandem berichtet. Diese Nachricht war so gewichtig, damit wollte sie auf keinen Fall von Edies und Ezras großem Tag ablenken. Rachel freute sich riesig darüber, dass die beiden so glücklich wirkten – und auch über Gilly. Das Mädchen trug einen grauen Hosenanzug mit passender Weste und weißem Hemd, dazu glänzende schwarze Doc-Martens-Stiefel und sah großartig aus. Gilly war auch beim Friseur gewesen und hatte jetzt nicht mehr den dicken wirren Pferdeschwanz, mit dem man sie seit ihrem Eintreffen in Newton Dunbar gesehen hatte, sondern einen Pixiecut, der ihr zartes Gesicht betonte. Rachel war enorm beeindruckt über die Veränderung, die Gilly durchlaufen hatte, seit sie den Buchladen im Leuchtturm zum ersten Mal betreten hatte. Aber schließlich wusste Rachel aus eigener Erfahrung, welche Wandlungen er bewirken konnte.

Natürlich war es nicht allein dem Ort zu verdanken, sondern auch den besonderen Menschen, denen Gilly hier begegnet war.

Bei diesem Gedanken warf Rachel unwillkürlich dem Mann neben sich einen Blick zu. Toby lächelte sie an und fragte: »Woran denkst du? Du siehst sehr nachdenklich aus.«

Rachel beugte sich so dicht zu ihm, dass sie den Duft seines Aftershaves riechen konnte, und murmelte Toby ins Ohr: »Macht du einen Spaziergang mit mir? Ich möchte dir etwas erzählen.«

Es war ein milder Spätsommerabend, draußen ging die Sonne allmählich unter, und die Schatten wurden länger. Die beiden schlenderten um den Turm herum, begleitet von Musik und fröhlichem Lachen, das durch die offene Tür nach draußen drang.

»Auf die Gefahr hin, dass ich zu weit gehe«, sagte Toby schließlich in das Schweigen hinein, »aber du siehst wunderschön aus heute.«

Rachel hatte sich für den Anlass ein pflaumenfarbenes wadenlanges Kleid mit Pflanzenmuster gekauft, das sie auch nach der Feier in Kombination mit einem Blazer zur Arbeit tragen konnte.

Sie lächelte. »Danke. Du siehst auch ziemlich imposant aus«, erwiderte sie. Als Toby überrascht wirkte, fügte sie hinzu: »Ich hab dich noch nie im Anzug gesehen.«

Er blickte an sich herunter und sagte trocken: »Hab auch lange keinen mehr angehabt. Und es fühlt sich, ehrlich gesagt, ziemlich seltsam an. Ich hatte mich daran gewöhnt, tagtäglich in Jeans und Sweatshirt am Laptop zu sitzen.«

»Das kannst du dir als Redakteur jetzt wohl nicht mehr erlauben, wie?«

Er warf ihr ein Lächeln zu. »Jedenfalls nicht in der Öffentlichkeit.«

Rachel blieb stehen und blickte am Turm hinauf, und Toby tat es ihr gleich. Er schien geduldig abzuwarten, bis Rachel zum Sprechen bereit war.

»Ich habe das bisher noch niemandem erzählt«, begann sie schließlich, »aber die Denkmalschutzbehörde wird den Leuchtturm kaufen. Man will die Camera obscura erhalten und eine Dauerausstellung zu Eveline MacDonalds Werk anlegen.« Als Rachel Toby ansah, war sie froh, dass sie ihm als Erstem von dieser neuen Entwicklung berichten konnte. »Und nicht nur das: Sie wollen den Buchladen erhalten, im Wesentlichen so, wie er jetzt ist.«

»Was? Aber das ist … großer Gott, was für eine *wunderbare* Neuigkeit!« Toby sah so begeistert aus, dass Rachel breit lächelte.

»Ja, ich freue mich auch wahnsinnig. Und Cullen würde das auch tun. Es ist gerade erst entschieden worden, und man wird einige Restaurierungsarbeiten vornehmen müssen. Jedenfalls sollen Eveline und die Camera obscura im Mittelpunkt stehen. Ich bin so erleichtert, Toby, dass sie nicht einfach spurlos verschwinden wird. Ganz großen Dank auch an dich«, fügte Rachel hinzu. »Ohne deinen Einsatz und deine Recherchen wäre Evelines Geschichte wahrscheinlich nie ans Tageslicht gekommen, und der Turm wäre einfach verkauft worden.«

Toby ergriff spontan ihre Hand, und Rachel drückte sie.

»Du bist doch darauf gekommen, wer E. A. M. war«, erwiderte er. »Du hast die Austen-Romane gefunden, und du hast auch den Zusammenhang hergestellt.«

Rachel warf einen Blick auf ihre verbundenen Hände, und Toby ließ los. »Ich würde mal sagen, es war ziemlich gute Teamarbeit, oder?«

Er lächelte. »Ja, das sehe ich auch so.«

»Jedenfalls«, berichtete Rachel weiter, »will man die zwei oberen Stockwerke als Ausstellungsräume für Evelines Skizzen und Dokumente nutzen, um damit die Geschichte des Leuchtturms darzustellen. Trudy Goodwin stellt dafür die Austen-Romane als Dauerleihgabe zur Verfügung, anstatt sie zu verkaufen.«

Toby schwieg einen Moment und sah plötzlich ernst aus. »Ich freue mich wirklich sehr über diese Entwicklung. Aber du hast dann kein Zuhause mehr, Rachel. Das hätte Cullen ganz bestimmt nicht gewollt. Und Eveline MacDonald sicher auch nicht, denke ich mir.«

»Aber es war doch ohnehin klar, dass ich nicht im Leuchtturm bleiben kann, weißt du. Und wie sich jetzt gezeigt hat, habe ich richtig Glück.«

»Inwiefern?«

Rachel atmete tief ein. Seit ihrem kurzen Gespräch mit Liz McNally hatte sie noch gar keine Zeit gehabt, über das

Angebot nachzudenken, das ihr gemacht worden war. McNally hatte gesagt, sie solle es sich in Ruhe überlegen, und Rachel hatte ihr zugestimmt, weil der heutige Tag ganz und gar Edie und Ezra gewidmet sein sollte. Aber eigentlich gab es nichts zu überlegen.

»Der Scottish National Trust braucht jemanden, der das Museum betreut, sobald es eröffnet ist«, sagte sie schließlich. »Und ich wurde gefragt, ob ich diese Stelle antreten möchte. Ich sei ja bereits Expertin für Eveline MacDonald und die Geschichte des Leuchtturms, deshalb sei ich ideal geeignet, sagte man mir. Und wohnen könnte ich dann im Pförtnerhaus. Also nicht mehr direkt im Leuchtturm, aber ganz in der Nähe.«

Toby starrte Rachel einen Moment lang fassungslos an und zog sie dann in eine Umarmung. Rachel lachte, als sie spürte, wie seine Arme sich um sie schlossen.

»Also jetzt bin ich wirklich richtig glücklich«, murmelte Toby an ihrem Ohr. »Wie absolut wunderbar, ich freue mich so für dich. Ich habe mir Sorgen um dich gemacht, weißt du.«

»Um mich muss man sich keine Sorgen machen.«

»Stimmt«, pflichtete er ihr bei, als er sie losließ. »Das weiß ich auch. Was aber nichts nützt, wenn man zu Ängsten neigt.«

Rachel sah ihn forschend an und bemerkte erst jetzt die dunklen Schatten unter seinen Augen. »Wie geht es mit den Albträumen?«, fragte sie. »Ist es besser geworden?«

Toby wandte den Blick ab. »Ob besser, weiß ich nicht. Aber sie haben sich verändert. Ich träume jedenfalls nicht mehr so oft vom Krieg.«

»Ach ja? Wovon denn dann?«

»Von dir, Rachel«, antwortete Toby leise. »Ich träume von dir und dem, was wir hier hätten zusammen haben können, wenn ich nicht alles vermasselt hätte.«

Beide versanken eine Weile in ein Schweigen, in dem nur Gelächter und Stimmengewirr aus dem Leuchtturm und die Abendgesänge der Vögel aus dem Wäldchen zu hören waren.

»Der Trust möchte auch, dass ich ein Sachbuch über Eveline MacDonald und den Turm schreibe«, sagte Rachel schließlich. »Ich habe eingewandt, dass ich noch nie etwas geschrieben habe, aber jemanden kenne, den ich für den idealen Co-Autor halten würde.« Sie sah ihn an. »Jemand muss Evelines Geschichte erzählen, Toby, und ich wüsste nicht, wem das besser gelingen könnte als dir. Was meinst du? Willst du mir helfen?«

Er sah sie mit einem Blick an, der ihr Herz höher schlagen ließ. »Ja«, antwortete er nur. »Natürlich will ich das.«

Sie blieben noch einen Moment stehen, dann setzten sie ihren Rundgang um den Leuchtturm fort, die letzten warmen Strahlen der Abendsonne im Rücken. Als sie zum Eingang zurückkamen, stand Gilly auf der Veranda und schien bereits auf sie gewartet zu haben.

»Da seid ihr ja!«, sagte das Mädchen. »Ich dachte schon, ihr wärt durchgebrannt oder so. Los, kommt, Ezra hat eine Karaokemaschine gemietet, und Ron wird gleich singen. Edie hat gedroht, sich Gabeln in die Ohren zu stecken, aber ich denke, es wird *umwerfend*!«

Gilly verschwand nach drinnen, wo in dem allgemeinen Tumult Ron beim Warmsingen, Ezras herzhaftes Lachen und

Edies gespieltes Entsetzen angesichts der nahenden Darbietung zu hören waren. Dann kam auf einmal Eustace angeflitzt, setzte sich auf die Türschwelle und blickte verdrießlich zu Rachel auf. Kurz darauf gesellte sich Bukowski zu dem alten Kater und ließ sich neben ihm nieder.

Rachel schaute noch einmal am Leuchtturm hinauf und stellte sich James und Eveline MacDonald zusammen in dem Kuppelraum dort oben unter den Wolken vor. Und Rachel wünschte sich, sie hätte Eveline gekannt und ihr sagen können, dass ein Leben mit den Füßen auf der Erde möglich war, dass man leben und lieben konnte, wenn man bereit war, etwas zu wagen, allen Tragödien zum Trotz, die das eigene Leben vielleicht schon bestimmt hatten.

Ich war hier und doch nicht hier.

»Hey«, sagte Toby leise. »Wo bist du denn gerade?«

Rachel sah ihn an und lächelte. »Nirgendwo außer hier«, antwortete sie. »Ich bin hier.«

Aus dem Leuchtturm waren jetzt die ersten Töne von »Bat Out of Hell« zu hören.

»Na komm«, sagte Rachel und hakte sich bei Toby ein. »Genug Vergangenheit für heute. Da drin beginnt gerade eine Zukunft. Und die will ich nicht verpassen. Wie sieht's mit dir aus?«

Danksagung

Ein Buch kommt nur zur Veröffentlichung durch die Beteiligung vieler Menschen, denen ich allen danken möchte. Zunächst meinen Lektorinnen Clare Hey und Louise Davies, die sich für die Idee zu ›Lighthouse Bookshop‹ begeisterten und mir mit Expertise und Ermutigung zur Seite standen, bis das Buch vollendet wurde. Wie immer auch großen Dank an meine Agentin Ella Kahn: Ohne deine Unterstützung würde ich heute keine Romane für Erwachsene schreiben.

›Lighthouse Bookshop‹ ist entstanden, während Covid-19 überall auf der Welt Chaos anrichtete und unser aller Leben veränderte. Ich empfand es in dieser Zeit als Segen, mich täglich in Gedanken nach Newton Dunbar flüchten zu können. Dafür danke ich Simon & Schuster, meinem Verlag, der mir das ermöglichte. Außer meinen bereits oben erwähnten wunderbaren Lektorinnen möchte ich auch Pip Watkins für das bezaubernde Cover der Originalausgabe danken, Sabah Khan fürs Marketing, Sara-Jade Virtue für die Markenentwicklung, Anne O'Brien fürs Korrekturlesen, Maddie Allan und Kat Scott aus dem Vertrieb und Francesca Sironi aus der Herstellung. Ohne euch gäbe es dieses Buch nicht.

Und natürlich wie immer ganz großen Dank und ganz viel Liebe an meinen Mann Adam Newell für seine Geduld und seine unerschütterliche Liebe zu Buchhandlungen. Du bist noch immer der einzige Mensch, den ich kenne, der einen Buchladen aus Versehen eröffnet hat. Bücher stehen im Mittelpunkt unseres gemeinsamen Lebens, das ich liebe.

Leseprobe

352 Seiten / Auch als eBook

1

Der Frühlingshimmel über dem Meer war strahlend blau, nur hie und da segelten ein paar Wölkchen, als schwebe Zuckerwatte im Wind über der Nordsee. Anna fuhr bis an den Rand der Klippe, hinter der die Straße abrupt zu enden schien, und dann an dem Schild vorbei, das nur Anwohnern die Zufahrt gestattete.

Rundum erstreckten sich grüne Weideflächen, bis die Abhänge so steil wurden, dass sie für Vieh nicht mehr begehbar waren. Die schmale abschüssige Straße tauchte zwischen grasbewachsenen Felsen ab, auf denen Wildblumen von Böen gezaust wurden. Linker Hand zeigte ein hölzerner Wegweiser den Fußweg zum Dorf an, während sich die Straße in einer Haarnadelkurve weiterschlängelte. Sie war so eng, dass Anna sogar in ihrer winzigen Blechbüchse von einem Auto fürchtete, die Biegung nicht zu schaffen. Dahinter kam Crovie in Sicht, ein Dorf, das aus einer Reihe bunter Häuser bestand, die wie farbenfrohe Napfschnecken an dem schmalen Uferstreifen unterhalb der Klippen hafteten.

Weiter unten wurde die Straße etwas breiter, gesäumt von ein paar Holzhütten, bevor sie schließlich an einem steinigen Strand endete, der sich im Bogen bis zu einer hohen grasbewachsenen Klippe erstreckte. Von hier aus konnte man über das Meer bis zum Horizont blicken, vorbei an den welligen grünen Klippen oberhalb der Häuser. Es war Ebbe, und an dem schmalen Strandstreifen glänzten nasse schwarze Felsen und kleineres Gestein in der Sonne. Anna hielt an und schaltete den Motor aus. Sie blickte in die endlose blaue Weite und versuchte, ihre Gedanken zu sortieren – was ihr nur etwa zwei Minuten gelang, denn dann fiel ein Schatten über das Auto, und jemand klopfte energisch an die Scheibe. Ein alter Mann starrte aufgebracht herein, und Anna öffnete das Fenster.

»Hal…«, begann sie.

»Parken ist hier nicht erlaubt«, raunzte der Mann. »Nur für Anwohner.« Vorwurfsvoll wies er mit seinem Stock auf die Rückseite eines Schilds, das Anna übersehen hatte. »Touristen müssen oben parken und den Fußweg nehmen.«

»Ich bin aber Anwohnerin«, erklärte Anna. »Ich …«

»Ferienwohnungen gelten nicht«, fiel der Alte ihr ins Wort. »Touristen parken oben.«

Anna beschloss, sich aus ihrer unterlegenen Position zu befreien, löste den Gurt und öffnete die Tür. Als sie ausgestiegen war, überragte sie den Alten zwar um einiges, aber er wirkte deshalb nicht weniger angriffslustig. Die krummen Schultern waren immer noch wuchtig, früher war er bestimmt ein kraftvoller Mann gewesen, und sein runzliges, wettergegerbtes Gesicht ließ auf ein Leben in der Natur schließen.

»Ich bin keine Touristin, sondern Anwohnerin«, begann Anna erneut. »Die neue Besitzerin vom Haus Fishergirl's Luck.« Sie setzte ein Lächeln auf und streckte dem Mann die Hand hin. »Schön, Sie kennenzulernen, Mr …«

Er wich zurück, als hätte sie ihm etwas Ekelhaftes hingehalten, und musterte Anna mit angewidertem Blick von Kopf bis Fuß. »Sie?«, knurrte er. »Sie sind das?«

»Ich … ja. Mein Name ist Anna Campbell. Ich …«

Zu ihrer Bestürzung wandte der Mann sich ab und spuckte auf den Boden. »Diese elende Bude«, wetterte er. »Der alte Robbie hätte sie dem verfluchten Meer überlassen sollen.« Und damit humpelte er davon, schneller, als Anna es angesichts seines Alters für möglich gehalten hätte.

»Warten Sie«, rief sie ihm nach. »Bitte, ich möchte hier keinen schlechten Start. Können wir uns nicht noch kurz unterhalten?«

Doch der Alte blieb nicht stehen. Anna blickte ihm betroffen nach und lehnte sich ans Auto. Sie fühlte sich schwächlich. Keine fünf Minuten war sie hier, und schon hatten sich ihre schlimmsten Befürchtungen bestätigt. Crovie war kein paradiesischer Zufluchtsort, im Gegenteil: Sie war hier unerwünscht. Ihr wurde flau im Magen, und sie atmete in tiefen Zügen die feuchte salzige Luft ein. Über ihr segelten kreischende Möwen, und Anna kam es vor, als würden die Vögel sie auslachen.

Und sie haben recht, dachte sie. *Was hast du dir nur dabei gedacht? Wieso bist du nicht ins Ausland gezogen, wie Cathy dir geraten hat? Du hättest in Italien oder Spanien, irgendwo im warmen Süden, ein Haus mieten können. Wieso hier, um alles in der Welt? Und weshalb warst du auch noch so blöd, das Haus zu kaufen? Warum nur?*

Schließlich richtete Anna sich auf und betrachtete das Dorf. Es bestand aus einer einzigen Reihe von Häusern auf einem leicht gebogenen Uferstreifen unterhalb der mit Gras bewachsenen Klippen. Vor den Häusern gab es keine Straße, nur einen schmalen Betonweg. Bei Sturm wurden unvorsichtige Fußgänger schon mal von Brechern ins Meer geschwemmt, hatte Anna gelesen, und bei Flut war dieser Weg oft unpassierbar. Das war Anna außergewöhnlich und romantisch vorgekommen, doch jetzt wurde ihr klar, dass nur Ersteres zutraf. Die Fassade der meisten Häuser befand sich seitlich, nicht Richtung Ozean. Schutz vor den Elementen war hier wichtiger als eine spektakuläre Aussicht.

Anna hatte sich das kleinste Haus von ganz Crovie gekauft. Sie konnte es von ihrem Standpunkt aus sehen. Es kehrte dem Meer den Rücken zu, schien kaum mehr als ein Steinschuppen zu sein. Der Eingang war den hinteren Häusern und den Klippen zugewandt, und die furchterregende Straße war der einzige Weg zu ihrem neuen Zuhause, das sie sich, ohne es jemals besichtigt zu haben, zugelegt hatte – weil sie es nicht einmal einen Tag länger in Geoffs Luxuspenthouse in Kensington ausgehalten hätte.

»Du bist so was von blöd, Anna«, murmelte sie vor sich hin. »So unfassbar dumm.«

Aber es half alles nichts, jetzt konnte sie nur losgehen und sich die Schlüssel zu ihrem neuen Domizil abholen. Anna schloss den Wagen ab, atmete noch einmal tief durch und marschierte los.

Das letzte, der Straße am nächsten gelegene Gebäude war gar kein Wohnhaus, stellte sie verwundert fest. An der weiß gestrichenen Giebelseite, die schon etwas schmuddelig wirkte, war in großen grauen Buchstaben die Aufschrift *Crovie Inn* zu lesen. In den Fenstern hingen noch Speisekarten, doch das Gasthaus schien schon länger geschlossen zu sein. Anna fragte sich, wo der nächste Pub sein mochte. Vermutlich in Gardenstown, dem benachbarten Küstendorf in der großen Bucht des Moray Firth, an der auch Crovie lag. Als Anna sich jetzt umdrehte, konnte sie Gardenstown am anderen Ende des steinigen Strandes erkennen. Die Häuser der Ortschaft waren zahlreicher als in Crovie und schmiegten sich in die Nischen zwischen den Klippen. Der Hafen war zwar nicht groß, konnte aber immerhin als solcher bezeichnet werden. In Crovie gab es nur eine Mole mit Anlegestellen für ein paar Boote. Im Moment lag dort lediglich eine betagte Holzjolle vertäut, die auf Felsen hockend die Rückkehr der Flut erwartete.

Kein Wunder, dass die meisten Gebäude Ferienhäuser sind, dachte Anna. *Wer ist denn schon so verrückt, freiwillig hier zu leben?* Selbst jetzt, bei strahlendem Sonnenschein und Ebbe, wirkte das Dorf nicht gerade einladend; faszinierend schon, aber nur für einen Ferienaufenthalt, nicht auf Dauer. Anna hatte auch gelesen, dass die Ansiedlung während der sogenannten Clearances entstanden war, als im achtzehnten Jahrhundert die Bewohner der Highlands zugunsten der Schafzucht von Gutsherren vertrieben worden waren. Die ersten Menschen, die sich in Crovie niedergelassen hatten, waren also notgedrungen hierhergekommen. Es war einer der wenigen Orte, für den die Engländer keine Verwendung gehabt hatten. Aus der Ferne hatte Anna sich eingebildet, der Ort sei eine Art Symbol für die Widerstandskraft der Unterdrückten. Aber für welche Haltung genau, wusste sie selbst nicht ganz. Schlauheit? Kühnheit? Hoffnung? Oder war es ihr nur so vorgekommen, weil sie in diesem Moment einfach keine Alternative gehabt hatte?

Nur blöd, dachte sie erneut. *Einfach idiotisch.*

Und dann fand sie sich auf einmal vor ihrem Haus wieder. Genau wie die kleine Ortschaft hatte sie der Name anfänglich in Begeisterung versetzt. Er stand auf dem Briefkasten unter einem kleinen Fenster links von der Eingangstür: *The Fishergirl's Luck.* Die Tür war in einer heiteren himmelblauen Farbe gestrichen, die aber in der salzigen Meeresluft abzublättern begann.

Anna starrte auf den Eingang zu ihrem neuen Zuhause. Auf der Website des Maklers hatte sie Bilder der Innenräume gesehen, konnte sich aber nur noch an eine schmale Holztreppe zu einem Raum unterm Dach erinnern, in dem höchstens ein Bett für eine Person Platz fand. Und an ein Flair von Gemütlichkeit, das aber vielleicht durch raffinierte Fotos erzeugt worden war. Angesichts der Größe des Hauses konnte sich im Erdgeschoss nur ein einziger Raum befinden. Fishergirl's Luck war wirklich kaum mehr als ein Schuppen, hatte wahrscheinlich früher als Lager oder Ähnliches gedient.

Sie rief sich zur Vernunft. Das Haus hatte fließend Wasser, Strom und eine Dusche, um Himmels willen, es war schließlich keine Bruchbude. Von außen wirkte es dürftig, konnte aber innen ganz anders sein. Und die abblätternde Farbe an der Tür war nun wirklich unwichtig. Anna sagte sich, dass sie vermutlich viel zu lange in Vorzeigeräumen gelebt hatte, in teuren und stilvollen, aber charakterlosen Apartments.

Anna holte tief Luft und klopfte dann energisch an die Tür. Die Post vom Makler hatte einen Brief vom Hausbesitzer enthalten, in dem er schrieb, er werde ihr den Schlüssel persönlich aushändigen. So etwas wäre in London nicht passiert, aber erstens war sie hier nicht in London, und zweitens hatte Anna keinerlei Erfahrungen mit Immobilienkäufen. Das war Geoffs Domäne gewesen. Während er stetig berühmter wurde, war Anna mit ihm über zwanzig Jahre lang in immer luxuriösere Domizile umgezogen, in denen ihr dennoch nur ein Teil vom Schrank und eine Hälfte vom Waschbecken zur Verfügung gestanden hatte.

Der Wind zerrte an Annas Haaren, während sie wartete. Ihr fiel auf, dass es neben dem Haus einen Streifen Land gab, vom Weg durch einen schiefen Zaun mit einem Törchen abgegrenzt. Eine Art Garten, der aber betoniert war, vermutlich weil er bei Flut immer unter Wasser stand.

Ein paar Minuten vergingen, ohne dass sich im Haus etwas rührte. Vielleicht war Robert MacKenzie furchtbar schwerhörig. Der feindselige Alte hatte ihn wahrscheinlich nicht umsonst »der alte Robbie« genannt. Der Hausbesitzer musste ein Greis sein.

Nachdem Anna noch einmal geklopft hatte, hörte sie hinter sich ein lautes Knarren. Sie fuhr herum und sah eine Frau mit kurz geschnittenem silberweißem Haar und Lachfältchen um die Augen in der Tür des Hauses gegenüber.

»Suchen Sie jemanden?«, erkundigte sich die Frau. Im Gegensatz zu dem alten Griesgram hatte sie keinerlei schottischen Akzent.

»Ich sollte hier eigentlich jemanden treffen«, erklärte Anna mit erhobener Stimme, um den heulenden Wind zu übertönen. »Robert MacKenzie, kennen Sie den?«

»Er wohnt gar nicht in Crovie«, antwortete die Frau verwundert. »Ist er wirklich hier mit Ihnen verabredet?«

»Ich … ja«, sagte Anna, die sich nach den anstrengenden

letzten Wochen plötzlich furchtbar erschöpft fühlte. »Also, ich habe das Haus gegenüber gekauft. Er muss mir den Schlüssel übergeben …«

»Ach so!«, rief die Frau aus. »Sie sind Anna Campbell!«

»Ja«, sagte Anna verdutzt.

»Robbie hat Sie angekündigt, aber ich dachte, Sie würden erst nächste Woche kommen. Verspätung sieht ihm eigentlich nicht ähnlich, vielleicht hat er einen Einsatz mit dem Boot.«

Anna sah sie verständnislos an.

»Er gehört zur Crew des Rettungsboots von Macduff«, erklärte die Nachbarin lächelnd. »Vielleicht gab es einen Notfall, und er hatte keine Zeit, sich bei Ihnen zu melden. Ich rufe gleich mal Barbara an, sie wird das wissen. Wollen Sie nicht auf eine Tasse Tee reinkommen? Sie sehen aus, als könnten Sie eine gebrauchen.«

Einen kurzen Moment lang fürchtete Anna, in Tränen auszubrechen.

»Oh«, sagte sie. »Ja. Ja, gern. Das wäre sehr nett.«

»Ich bin übrigens Pat«, erklärte die Frau, als sie beiseitetrat, um Anna einzulassen. »Pat Thorpe.

2

Pat Thorpes Heim hieß »Die Weberkate«, Weaver's Nook. Es war dreistöckig, und wer immer es entworfen hatte, musste sehr erfinderisch gewesen sein, um so dicht an den Klippen ein so geräumiges Haus zu gestalten. Die Haustür war seitlich über eine Treppe zu erreichen, neben der ein kleiner Sitzplatz mit Rattanmöbeln eingerichtet war.

»Gäste führen wir durch diese offizielle Tür«, erklärte Pat und wies in Richtung Treppe, »aber wir selbst nehmen den ›Handwerkereingang‹, wie mein Mann das nennt.«

Sie öffnete eine Seitentür und ging einen schmalen Flur entlang, Anna folgte ihr. Am Ende befand sich wiederum eine Tür, durch die man in eine geräumige, behaglich warme Küche mit grauem Fliesenboden kam. Die Steinwände waren weiß getüncht, und in einem großen offenen Kamin stand ein Holzofen. Die Küchenschränke waren in einem sonnigen Gelb gestrichen, rustikale Stühle umgaben einen langen Eichentisch. Pat bat Anna, Platz zu nehmen, füllte den Wasserkocher, schaltete ihn ein und ging nach oben, um zu telefonieren. Anna sah sich in der Küche um und betrachtete bewundernd eine Anrichte voller Keramik in leuchtend bunten Farben.

Als Pat wieder herunterkam, berichtete sie, dass Robert

MacKenzie tatsächlich bei einem Rettungseinsatz war. Ein Ausflugsboot aus Lossiemouth war im regen Schiffsverkehr des Firth in Probleme geraten.

»Scheint aber nicht so dramatisch zu sein«, bemerkte Pat, während sie sich mit dem Tee beschäftigte. Der köstliche Duft von frisch gebackenem Shortbread, das auf einem Teller neben dem großen Herd abkühlte, erfüllte die Küche. »Mit etwas Glück ist Robbie bald hier. Obwohl … Ich kann mir vorstellen, dass du an deinem Umzugstag nicht gleich ewig mit den neuen Nachbarn plaudern willst. Du bist doch bestimmt müde, oder?«

»Ein bisschen«, gab Anna lächelnd zu. »Und mein erstes Gespräch hier ist auch ordentlich schiefgelaufen.«

»Wie das denn?«

»Ich war gerade zwei Minuten hier«, berichtete Anna, »als ein älterer Mann mir klarmachen wollte, dass ich mein Auto auf dem Touristenparkplatz abstellen muss.«

»Ach herrje. Hatte er einen Stock? Und sah aus, als hätte er es früher mit Mike Tyson aufnehmen können?«

»So in etwa, ja.«

»Das war Douglas McKean«, erklärte Pat seufzend. »Oje, nimm es nicht so schwer. Der hat nichts gegen dich persönlich, es geht ihm um dein Haus. Da gab es irgendwelche Streitigkeiten, die Jahrzehnte zurückliegen. Bren hat er deshalb auch schon gehasst. Obwohl, ehrlich gesagt: Ich wüsste nicht, wen dieser Mann überhaupt mag. Außer den alten Robbie vielleicht. Douglas ist der letzte Ureinwohner von Crovie sozusagen. Er ist hier geboren und aufgewachsen, und mit Neuankömmlingen kommt er gar nicht zurecht. Ich sollte wohl Mitgefühl mit ihm haben, aber das fällt mir schwer, offen gestanden. Er ist einfach zu unausstehlich.«

Anna lächelte, erleichtert, offenbar nicht die einzige Person zu sein, die den Alten in Rage brachte. »Seit wann lebst du hier?«

»Frank und ich haben das Unternehmen vor fünfzehn Jahren gegründet, als Altersvorsorge. Vielleicht nicht eine unserer allerbesten Ideen, aber inzwischen kann ich mir gar nicht mehr vorstellen, anderswo zu leben.«

»Was für ein Unternehmen ist das denn?«

Pat bot Anna den Teller mit Shortbread an. »In der Hochsaison bieten wir hier in unserem Haus Bed and Breakfast an, und wir haben noch ein zweites, das wir als Ferienunterkunft vermieten. Frank ist gerade dort, um ein paar Reparaturen zu machen. Die Buchungen lassen von Jahr zu Jahr nach, aber da wir auch nicht jünger werden, passt das schon. Und wir leben sehr gern hier. Aber du, Anna – was führt dich nach Crovie?«

»Tja.« Anna blickte in ihren Teebecher. »Lange Geschichte. Oder nein ... eigentlich eher kurz, nur nicht so interessant. Mein Vater ist gestorben und hat mir ein bisschen Geld etwa zu dem Zeitpunkt hinterlassen, als meine langjährige Beziehung in die Brüche ging. Da ist mir klar geworden, dass ich bald vierzig werde und abgesehen von ein paar Sachen, die in das alte Auto meines Dads passen, nichts mein Eigen nennen kann. Als ich mein Elternhaus ausgeräumt habe, fielen mir Fotoalben in die Hände. Meine Eltern hatten ihre Hochzeitsreise nach Schottland gemacht, und es gab ein Foto von ihnen in Crovie. Das sah so toll aus, dass ich es gegoogelt habe. Dabei bin ich auf Fishergirl's Luck gestoßen«, sie hielt einen Moment inne, »und habe es spontan gekauft, weil ich es nach dem Verkauf meines Elternhauses ohne Hypothek bezahlen konnte und eine Unterkunft brauchte. Ich dachte mir, ein kompletter Neuanfang wäre vielleicht gut …« Anna sah Pat mit schiefem Lächeln an und fügte hinzu: »Was vielleicht auch nicht meine allerbeste Idee war.«

»Ach, sag das nicht«, erwiderte Pat. »Du hast das Haus doch noch gar nicht von innen gesehen. Bren hat es sehr geliebt. Und ich freue mich auf jeden Fall riesig, dass wieder jemand darin wohnen wird.«

»War Bren die vorherige Besitzerin?«, fragte Anna.

»Ja. Bis heute hat niemand anders dort gewohnt. Sie hat es vor vielen Jahrzehnten umgebaut. Hat das Gebäude ihrem Vater abgekauft, von dem Geld, das sie in der Heringsfischerei angespart hatte. Das hat sie jedenfalls erzählt. Aber Douglas McKean behauptet, sie hätte ihren Vater irgendwie übers Ohr gehauen. Bren war auf jeden Fall eine echt eindrucksvolle Frau. Hat ihr Leben lang hier alleine gewohnt, bis sie vor, na, fünf Jahre wird es her sein, gestorben ist. Fünfundneunzig ist sie geworden und ohne Hilfe zurechtgekommen, bis sie einschlief und nicht mehr aufstand. Seither war das Haus unbewohnt. Offen gestanden, glaube ich, dass der alte Robbie sich nicht davon trennen konnte. Die beiden waren sich sehr nah.«

Anna hörte, wie die Handwerkertür auf- und wieder zuging.

»Ah, da kommt Frank«, sagte Pat und stand auf, als jemand in der Küchentür erschien.

Frank Thorpe war ein großer kräftiger Mann etwa Mitte

Sechzig, mit einem freundlichen Gesicht, das aussah, als lache er viel und gern. In einer Hand hielt er eine Vorhangstange, in der anderen einen Maschinenkoffer. Als Frank seine Frau erblickte, strahlte er, als habe er das Wiedersehen seit Wochen herbeigesehnt. Anna erhob sich, angesteckt von dem sonnigen Lächeln.

»Aha!«, rief Frank aus. »Der Besuch ist also für uns! Ich habe mich schon gefragt, wem wohl das Auto gehört.«

»Das ist Anna, Frank. Sie ist die neue Besitzerin vom Fishergirl's Luck«, erklärte Pat.

Frank stellte den Koffer ab und lehnte die Stange an einen Küchenschrank. Dann schüttelte er Anna die Hand und sagte herzlich: »Prächtig, prächtig. Willkommen in Crovie, junge Frau.« Er hielt den Maschinenkoffer hoch. »Wenn du Hilfe brauchst in deinem Häuschen, sag Bescheid, ja?«

»Die Arme ist gerade angekommen, als Robbie zu einem Einsatz gerufen wurde, und nun hat sie keinen Hausschlüssel«, berichtete Pat, während sie ihrem Mann Tee eingoss.

»Hm, ich kann dir das Türschloss knacken, wenn du willst«, verkündete Frank zwinkernd, setzte sich und griff nach seinem Becher.

Anna blinzelte verblüfft. »Ähm, also …«

»Ach Frank, benimm dich«, schalt Pat. »Willst du dich der neuen Nachbarin als Erstes mit solchen Fähigkeiten präsentieren?«

»Ist nur ein Hobby, ich versprech's dir«, bemerkte Frank grinsend. »Ich habe das für Bren auch schon gemacht, weißt du. Vor Jahren hat sie mal ihren Schlüssel im Sturm fallen lassen, und schwups war er im Meer verschwunden. Und einen Schlosser kriegst du hier nicht, da kannst du warten bis zum Sankt-Nimmerleins-Tag. Deshalb habe ich ihr erst mal Zutritt zum Haus verschafft, bis Robbie mit einem Ersatzschlüssel kommen konnte.«

»Von Robert MacKenzie«, begann Anna, um ein weniger heikles Thema anzuschneiden, »habe ich das Haus gekauft. Er war wohl mit Bren verwandt, wenn er das Haus nach ihrem Tod geerbt hat?«

»Neffe zweiten Grades oder so«, antwortete Pat. »Die Verwandtschaftsbeziehungen hier sind äußerst verworren und rätselhaft. Jeder ist auf irgendeine Art mit allen anderen verwandt.«

»Na ja, ich warte lieber, bis er selbst hier ist«, sagte Anna. »Ich möchte nicht gleich mit noch jemandem aneinandergeraten.«

»Douglas McKean«, erklärte Pat, als Frank sie fragend ansah.

»Ach herrje, dieses alte Schandmaul«, sagte Frank. »Beachte den am besten gar nicht. Aber wegen Robbie brauchst du dir keine Sorgen zu machen, das ist einer von den Guten. Der ist immer für jeden da, deshalb fährt er auch noch mit dem Rettungsboot aus, obwohl er damit eigentlich schon mal aufgehört hatte. Robbie würde sich nie beklagen, wenn ich dir die Tür schon mal öffne. Und außerdem ist Fishergirl's Luck jetzt dein Haus, oder? Du kannst doch damit machen, was du willst.«